LAURA LIPPMAN
DAS GEWISSEN DES MÖRDERS

DER DRITTE FALL FÜR
TESS MONAGHAN

Aus dem amerikanischen Englisch von
Ulrich Hoffmann

KAMPA

Die amerikanische Originalausgabe erschien 1998 unter dem Titel
Butchers Hill im Verlag Avon Books, New York.
Die deutsche Erstausgabe erschien 2005 unter demselben Titel
im Rotbuch Verlag, Hamburg.

Für den Blick hinter die Verlagskulissen:
www.kampaverlag.ch/newsletter

KAMPA POCKET
DIE ERSTE KLIMANEUTRALE TASCHENBUCHREIHE
Gedruckt auf säurefreiem und chlorfrei gebleichtem Papier
zur Unterstützung verantwortungsvoller Waldnutzung,
zertifiziert durch das Forest Stewardship Council.
Der Umschlag enthält kein Plastik. Kampa Pockets werden
klimaneutral gedruckt, kampaverlag.ch/nachhaltig informiert
über das unterstützte CO_2-Kompensationsprojekt.

Veröffentlicht im April 2023 als Kampa Pocket

Covergestaltung: Lara Flues, Kampa Verlag
Covermotiv: © Mathilde Crétier
Satz: Tristan Walkhoefer, Leipzig
Gesetzt aus der Stempel Garamond LT / 230120
Druck und Bindung: GGP Media GmbH, Pößneck
Auch als E-Book erhältlich
ISBN 978 3 311 15520 1

www.kampaverlag.ch

Für Susan Seegar, die mir beibrachte, wie man liest,
die mich ermutigte zu schreiben und die mich überredete,
meiner Barbiepuppe den Kopf zu rasieren.
Ich bin froh, kein Einzelkind gewesen zu sein.

When years without number
like days of another summer
had turned into air there
once more was a street that had never
forgotten the eyes of its child

W. S. Merwin,
»Another Place«

Prolog

Vor fünf Jahren ...

Er träumte seinen Lieblingstraum, den von Annie, als er glaubte, Steinchen an seine Fensterscheibe fliegen zu hören. *Klick, klick, klick.* Nein – er war doch derjenige, der die Kiesel an Annies Fenster geworfen hatte, vor so vielen Jahren, damals in der Castle Street. Und wenn er sah, dass sie ihren Vorhang beiseitezog, sang er: »Buffalo girl, won't you come out tonight, come out tonight, come out tonight.« Und das tat sie.

Sie war ein dünnes, langbeiniges Mädchen gewesen, war mit nackten Füßen die Feuerleiter heruntergestiegen, die hochhackigen Schuhe steckten in den Taschen ihres Kleids wie leuchtend rote Vögel, die ihre langen Hälse hervorreckten. »Tolle Taschen«, hatte sie gesagt, als er diese bewunderte. Er bewunderte alles an ihr – die weiße Spitze, die sie an Saum und Ausschnitt ihres Kleids genäht hatte, um ihm mehr Flair, wie sie sagte, zu verleihen, ihr herzförmiges Gesicht, die Mulde am Ansatz ihres Halses, in die er ihr ein herzförmiges Medaillon hängte.

Egal wie oft sie die Feuerleiter herunterstieg, um sich mit ihm zu treffen, sie zögerte jedes Mal auf der letzten Stufe, etwa ein halbes Stockwerk über dem Erdboden, als fürchtete sie zu fallen. Aber er wusste, dass sie sich ein wenig vor ihm fürchtete, davor, ihn zu lieben, davor, was es für ein junges, gut gelauntes Mädchen bedeutete, einen so ernsthaften und düster dreinschauenden Mann zu lieben. So hing sie an der letzten Sprosse, und die Zehen ihrer nackten Füße krümmten sich vor Angst, als sie über dem Bürgersteig hin und her schwang, und er lachte, er konnte nicht anders, er lachte über dieses dünne, langbeinige Mädchen, das über der Castle Street schwebte. Seine Annie. »Der Prinz soll doch sein Mädchen in ein Schloss entführen, aber du lebst schon in einem«, sagte er ihr immer. »Wo soll ich nur mit dir hin, meine Prinzessin?« Er versprach ihr, sie nach Europa mitzunehmen, nach Jamaika, nach New York. Am Ende hatte er sie nur fünf Blocks weit zur Fairmount Avenue entführt, und jeden August eine Woche nach Virginia Beach.

Klick, klick, klick.

Aber das war vierzig Jahre her, und Annie war tot, schon fast zehn Jahre, er lag allein im Ehebett. Die Geräusche an seinem Fenster mussten von einem Ast stammen oder von Eisregen. Aber es gab verdammt wenig Bäume in der Fairmount Avenue, und es war Anfang Juni, der dritte Juni. Selbst im Halbschlaf wusste er, welches Datum es war, er wusste, welche Zahlen gezogen worden waren, denn er schrieb sie immer in den Kalender. 467 beim Pick Three, 4526 beim Pick Four, die hatten ihm glatt 350 Dollar eingebracht. Sein Glückstag. Aber das war gestern gewesen. Er hatte seinen Schein schon beim Koreaner eingelöst. Am Morgen müsste er in sein Traumbuch sehen, er müsste nachschlagen, welche Zahl für eine verlorene Liebe stand, für ein Herz, für die Farbe Rot.

Klick, klick, klick. Dann ein lauteres Geräusch, das er sofort erkannte, das mittlerweile allzu bekannte Geräusch zerbrechender Scheiben. Fensterscheiben direkt unter ihm – nein, diesmal eine Windschutzscheibe. Das Geräusch ließ verfliegen, was von seinem Schlaf noch übrig war, von seinem Traum, von seiner Annie.

Diese verdammten Kinder, die aus der Fayette. Aber *es reichte jetzt,* schwor er sich, dann sagte er es laut: »Es reicht.«

Er bewahrte seine Pistole in der untersten Kommodenschublade auf, sie lag in einem Nest aus einzelnen Socken, die er aufhob, weil die Gegenstücke vielleicht eines Tages wieder auftauchten. Und man konnte damit gut sauber machen, man zog sich einen Strumpf über die Hand und konnte Staub wischen. Die Patronen befanden sich zusammen mit seinen nie getragenen Manschettenknöpfen in der kleinen Schublade am Rande des altmodischen Ankleidetischs. Er lud die Pistole in aller Ruhe. Die Kinder hatten es ja auch nicht eilig. Wenn diese Kinder erst mal anfingen, ließen sie sich verdammt viel Zeit, sie wussten, dass niemand die Polizei rief, und es wäre auch egal, wenn doch. In dieser Gegend hatten alle Angst vor den Kindern, und den Bullen war das so egal, dass man heulen könnte. »Es sind ja bloß Sachen«, sagten sie jedes Mal, wenn er anrief. Aber es waren nicht *ihre* Sachen. Nur sein Wagen, sein Radio, seine Fenster, seine Haustür. Sein, sein, sein.

Langsam ging er im Dunkeln die Treppe herunter. Er keuchte ein wenig. Teufel, er wurde dick, er müsste Magermilch auf seine Frühstücksflocken gießen. Aber ein Mann musste tun, was ein Mann tun muss. Das hatte

John Wayne gesagt, da war er sich ziemlich sicher. Er hatte den Film mit Annie im alten Hippodrom-Kino gesehen, oder vielleicht auch im Mayfair. Einem von beiden. Es war nicht einfach, sich seine Erinnerungen zu bewahren, so, wie in dieser Stadt Häuser abgerissen wurden. Und was die Stadt nicht abriss, fiel von allein in sich zusammen. Annie und er waren danach tanzen gegangen, da war er sich sicher, drüben auf der Pennsylvania Avenue.

Als er hinaus auf den Treppenabsatz trat, waren die Kinder viel zu konzentriert auf ihren nächtlichen Zerstörungszug, um auf ihn zu achten. Sie kratzten mit Stöcken seitlich an dem geparkten Wagen entlang, sie traten methodisch die Scheinwerfer ein und hämmerten Steine auf die Kotflügel. Irgendwann, das wusste er, würden sie alle Scheiben einschlagen und dann die Radios stehlen, sofern die Radios es wert waren, gestohlen zu werden. Diejenigen, die kein vernünftiges Radio im Wagen hatten, wurden mit zerfetzten Sitzen belohnt, Müll auf dem Wagenboden, Hundescheiße auf den Sitzen.

Die Marmorstufen fühlten sich kalt und glatt unter seinen nackten Füßen an. Er verfehlte die unterste, stürzte mit einem peinlich dumpfen Geräusch auf den Bürgersteig, wie ein überreifer Apfel, der zu Boden klatschte. Entgeistert schauten die Kinder auf. Als sie sahen, dass er es war, lachten sie.

»Geh wieder rein, Alter«, sagte der Dünne, der immer für alle sprach. »Du brauchst deinen Schlaf, sonst schaffst du morgen nicht alle deine Nickerchen.«

Der kleine Dicke lachte über diesen tollen Witz, die anderen stimmten ein. Es waren insgesamt fünf, alles

Pflegekinder, die bei einem jungen christlichen Ehepaar lebten. Ausgesprochen nette Leute, sie meinten es gut, aber sie konnten mit diesen Kindern nichts anfangen. Sie konnten ihnen nicht mal vernünftige Klamotten anziehen. Sie nahmen einfach immer mehr Kinder auf und sahen hilflos zu, wie sie durchdrehten. Der Dünne, der Dicke, die Zwillinge, ein Junge und ein Mädchen, und der Neue, ein Gerippe, dem irgendjemand mal sagen müsste, er sollte sich die Nase putzen. Ja, dafür immerhin waren diese neuen Sicherheitslaternen gut, man konnte sich die Kriminellen bei der Arbeit ordentlich anschauen.

»Es reicht jetzt«, sagte er. »Ihr hört jetzt sofort auf.«

Darüber lachten sie noch lauter, sie lachten über diesen bemitleidenswerten alten Mann, der am Boden saß und ihnen vorschreiben wollte, was sie zu tun hatten. Dann fingen sie an, ihn zu bewerfen, mit Steinen, Stöcken und Getränkedosen. Er versuchte nicht, sein Gesicht oder seinen Kopf zu schützen, er saß einfach da und ließ ihren Müllregen auf sich niedergehen. Als alle Steine und Stöcke geworfen waren, als sie ihn mit allen Schimpfworten bedacht hatten, die ihnen einfielen – dann, erst dann zeigte er ihnen die Pistole.

»Scheiße, Alter, das kannst du doch nicht machen«, sagte der Dünne, aber er schien nicht mehr ganz so selbstsicher zu sein wie vorher.

»Glaubst du?« Er schoss nach oben in den Himmel.

»Er bringt uns um. Er bringt uns alle um«, schrie das Mädchen und lief weg. Das Mädchen war schnell, schneller als die anderen, obwohl ihr Zwillingsbruder fast genauso schnell war. Die beiden hatten schon das

Ende des Blocks erreicht und bogen nach Norden ab, bevor er wusste, was los war. Der Dicke lief hinter ihnen her, während der große Dünne an dem Kleinsten zerrte, dem Rotznasigen, der erstarrt schien, nicht so sehr aus Angst, sondern aus reiner, großmäuliger Dummheit.

»Komm schon, Donnie«, bettelte der Dünne und zerrte an seinem Arm. »Der Alte hat eine Pistole. Diesmal will er uns nicht verarschen.«

Die Rotznase zögerte noch einen Moment, dann lief sie in Richtung der Straßenecke, der Junge machte ungeschickte, krummbeinige Schritte, aber er konnte mehr oder weniger mit dem dünnen Langbeinigen mithalten. Er hätte die Kinder einholen können, wenn er gewollt hätte. Stattdessen schoss er noch einmal und dann noch einmal, die Pistole in seiner Hand war lebendig geworden, sie hatte sich von ihm losgelöst. Ein Wagen bog in die Fairmount ein, als sie davonliefen, jemand öffnete ein Fenster und brüllte, dass endlich Ruhe sein sollte, und dann war da noch ein Knall zu hören, ein Junge schrie, ein weiterer Knall, die Pistole schoss einfach immer weiter. All diese Geräusche gerieten durcheinander, er konnte nicht mehr sagen, in welcher Reihenfolge sie aufgetreten waren. Der Kleinste taumelte und stürzte, und jetzt schrie der Dünne mit hoher, piepsiger Stimme, wie ein Mädchen.

Und dann war die Straße leer, abgesehen von einem kleinen Haufen zerknüllter Klamotten an der Straßenecke.

Er schaute auf die Waffe, die er immer noch auf Schulterhöhe in seiner merkwürdig ruhigen rechten Hand hielt, die aber jetzt schwieg. Er wartete darauf, dass etwas passierte, dann wurde ihm klar, dass es schon passiert war.

Er ging hinein und legte die Pistole unter einige Decken am Boden von Annies Schrank, hinter eine Tür, die er selten öffnete. Er griff nach Handfeger und Schaufel, er zog Schuhe an, um seine Füße zu schützen. Als die Polizei und der Krankenwagen kamen, war er fast fertig damit, die Glasscherben vor seinem Haus aufzukehren. War ja klar, diesmal kamen sie so schnell, wo er noch so viel zu tun hatte.

»Augenblick noch«, sagte er, und die Polizeibeamten warteten sprachlos, während er mit seinem Handfeger die letzten paar Glassplitter und Müllreste auf seinem kleinen Stück der Fairmount zusammenkehrte.

»Okay«, sagte er und lehnte Handfeger und Schaufel gegen die Treppe; er wusste, er würde sie nie wiedersehen. »Ich bin bereit.«

1

Tess Monaghans Schreibtischunterlagen-Kalender war die größte, weißeste Fläche, die sie je betrachtet hatte. Dreißig Kästchen Junitage, leer wie die sibirische Tundra, erstreckten sich über ihren Schreibtisch, bis es ihr vorkam, als gäbe es keinen Platz für irgendetwas anderes. Sie dachte, sie würde erblinden, während sie daraufstarrte, konnte ihren Blick aber auch nicht davon lösen. Dreißig perfekte Quadrate, die alle auf irgendwelche Dinge warteten, die zu tun waren, und auf Orte, an die man musste, und nur im heutigen, dem vierten, gab es Eintragungen:

9:30 Beale
10:30 Browne
(SuperFresh: Hundefutter)

Außerdem gab es eine hingekritzelte Zeichnung in der linken unteren Ecke, die sie für eine ziemlich gute Version eines Mannes in einem Rollstuhl hielt, der von einem kurzen Steg ins Wasser rollte. Geschmacklos natürlich, solange man den Mann nicht als ihren bisherigen Arbeitgeber Tyner Gray erkannte, dann bekam das Bild einen eigenwilligen Charme.

Sie hatte Tyner gesagt, Juni wäre kein guter Monat, um ein eigenes Büro zu eröffnen, aber er hatte wie immer ewig genervt und ihr genug Arbeit von seiner Kanzlei versprochen, um die ersten Monate zu überbrücken. In den finsteren Momenten – und dieser war einer davon – glaubte sie, dass er bloß einen Schreibtisch für die Sommervertretung hatte freimachen wollen.

Na gut, sie hatte ja auch erst letzte Woche aufgemacht. Und man hätte damit rechnen können, dass es in der Woche nach dem Memorial-Day-Wochenende nicht so besonders lief. Andererseits würden Juli und August noch ruhiger werden, denn halb Baltimore fuhr dann nach Ocean City und an die Strände Delawares.

»Aber wir nicht, Esskay. Wir sind Arbeitermädchen«, sagte sie zu ihrer Windhündin, die auf dem klumpigen malvenfarbenen Sofa eine hervorragende Imitation einer Matisse-Statue hinlegte. »Die rosa Nackte«. Nein, »die schwarze, haarige Nackte mit dem rosa Bauch«. Esskay war eine Rennhündin gewesen, aber jetzt war sie nur noch eine Weltklasse-Pennerin, pro Tag brachte sie es auf dem Sofa hier und im Bett zu Hause auf etwa achtzehn Stunden Schlaf. Esskay konnte es sich leisten zu schlafen, sie hatte ja auch keine laufenden Kosten.

Laufende Kosten – das war nun wirklich eine tolle Bezeichnung. Die Kosten liefen Tess nämlich einfach davon. Bislang hatte ihr Buchhaltungsprogramm nichts als Ausgaben bei Tess Monaghan, Inc. angezeigt, korrekterweise: Keyes Investigations, Inc. Die Firma war nach einem pensionierten Polizisten benannt, dessen Unterlagen nötig waren, damit Tess in Maryland als lizenzierte Privatdetektivin arbeiten konnte. Sie hatte Edward Keyes niemals getroffen, er hatte bloß die Firma gegründet und bekam dafür einen kleinen Prozentsatz ihrer Gewinne. Sie hoffte, dass er auch Geduld mitgebracht hatte.

Immerhin würde ihr erster potenzieller Klient, ein Mr. Beale, in zehn Minuten hier sein. Sie vermutete, dass er absolut pünktlich käme, immerhin hatte er versucht, noch gestern einen Termin zu bekommen. Er hatte sie kurz nach acht Uhr abends angerufen, als müsste sein Bedürfnis nach einem Privatdetektiv sofort befriedigt werden. Tess, die lange geblieben war, um vergebens zu versuchen, ihr neues Büro büroartiger aussehen zu lassen, konnte es sich nicht leisten, einen Mandanten abzulehnen, aber sie fand es klüger, diesen hier über Nacht in seinem eigenen Saft schmoren zu lassen. Oder auch einfach mal auszuschlafen. Beale hatte am Telefon ein bisschen betrunken geklungen, mit der sorgfältigen Aussprache eines Besoffenen. Tess hatte ihm einen Termin um neun Uhr dreißig eingeräumt, nachdem sie sich lang und breit darüber ausgelassen hatte, welche Probleme das in ihrem übervollen Arbeitstag verursachen würde. Und tatsächlich hatte sie ihr morgendliches Work-out um fast dreißig Minuten abkürzen müssen, sie war in ihrem Alden-Skiff nur bis zum Fort McHenry gerudert.

Gestern Abend hatte das Büro im sommerlichen Dämmerlicht sauber und professionell ausgesehen, nur eine Winzigkeit von einem erstklassigen Laden entfernt. Heute fiel die grelle Sonne direkt durch die Schaufensterscheibe, und das Büro sah nach dem aus, was es war – das Erdgeschoss eines zu oft renovierten Reihenhauses in einem der übleren Blocks in Butchers Hill. Das Haus war fast hundert Jahre alt und schien langsam in sich zusammenzusacken, der Linoleumboden wellte sich und sah aus wie ein Swimmingpool, die Türen und Türrahmen hatten kaum mehr Kontakt miteinander. Beige Farbe, selbst drei Schichten, half da auch nicht viel weiter.

Mit mehr Geld in der Tasche hätte Tess dem alten Ladengeschäft auch mehr Gerechtigkeit angedeihen lassen können, sie hätte sich richtige Möbel statt ausrangierter Familienerbstücke leisten können. Aber mit mehr Geld in der Tasche hätte sie auch gleich ein besseres Büro in einer besseren Gegend gemietet, ein ordentliches Büro mit Holzfußboden, Ziegelwänden und vielleicht sogar mit Hafenblick. In einer netteren Umgebung hätten ihre Schrottmöbel vielleicht sogar trendig gewirkt. Hier waren sie einfach bloß Schrott.

Und dass Tante Kitty ihr zur Eröffnung gerahmte Familienfotos geschenkt hatte, war zwar wirklich herzensgut gemeint, machte die Sache aber nur noch schlimmer. Was für eine Geschäftsfrau hatte denn bitte ein verblichenes Foto von sich selbst an der Wand hängen, wie sie sich mit schokoladenverschmiertem Gesicht mit aller Kraft an den Hals eines mit Münzen zu fütternden fliegenden Hasens klammerte, während ihre Großmutter versuchte, sie davon loszureißen. Kurz entschlossen nahm Tess das Bild von der Wand, aber dann fiel ihr wieder ein, dass das vergrößerte Foto den kleinen Wandsafe verdeckte, in dem ganz einsam ihre Pistole lag. Sobald sie Bargeld im Überfluss hätte, würde sie es dort hineinpacken.

Jemand klopfte so kräftig an die Tür, dass es klang, als würde die Faust gleich durch die Glasscheibe brechen. Der brave Beale, zehn Minuten zu früh, wenn man der neonbeleuchteten »Zeit für einen Haarschnitt«-Friseur-

Uhr glaubte, die an der Wand hing; eine weitere Gabe ihrer Tante. »Ist offen«, rief Tess über die Schulter und schaute sich schnell um, um festzustellen, ob es etwas anderes gab, was sie über den Safe hängen konnte. Der Türknauf drehte sich ungeduldig, was sie daran erinnerte, dass sie abgeschlossen hatte. Eine traurige, aber notwendige Vorsichtsmaßnahme in Butchers Hill.

»Augenblick«, rief sie und hängte das Bild zurück an die Wand. Sie würde später etwas Passenderes suchen. Poker spielende Hunde waren zum Beispiel immer gut.

»Miss Monaghan?«

Der Mann, der ihr Büro betrat, hatte dünne Beine, aber einen fast tonnenförmigen Oberkörper. Er ging um Tess herum, als trüge er ein unsichtbares Kraftfeld mit sich, das ihn zwang, eine möglichst große Distanz zu anderen einzunehmen, dann setzte er sich langsam auf den Stuhl ihrem Schreibtisch gegenüber. Seine Gelenke knackten hörbar; er war wie der Blechmann aus Oz nach einem langen, intensiven Regen. Nein, er erinnerte sie eigentlich an eine andere Figur aus dem Zauberreich Oz, den weit unbekannteren König der Gnome aus einem späteren Buch der Serie. Er hatte dieselbe rundliche Mitte auf dürren Beinen. Und was noch? Der König der Gnome hatte tödliche Angst vor Eiern.

»Das ist also Keyes, Inc.«, sagte ihr Besucher. »Sind Sie Keyes?«

»Ich bin seine Partnerin, Tess Monaghan. Mr. Keyes ist, äh, in Frührente.«

»Ich bin auch in Rente«, sagte der Mann und schaute in seinen Schoß. Tess hatte sich gerade noch solche Sorgen gemacht, aber er schien seine Umgebung gar nicht zu registrieren – nicht die Möbel, nicht die Fotos, nicht einmal Esskay, die ihre Augen geöffnet hatte und niedlich tat, nur für den Fall, dass der Besucher ihr einen der Kekse herüberwerfen wollte, die Tess in einer Dose auf dem Schreibtisch aufbewahrte.

»Ich nehme an, Sie wissen, wer ich bin?« Seine Stimme klang bescheiden, aber seine Brust, deren Umfang schon groß war, schien vor Wichtigkeit noch weiter anzuschwellen.

Nein, wusste sie nicht. Sollte sie? Er war ein älterer Schwarzer, was in seinem Fall bedeutete, dass seine Haut dieselbe Farbe hatte wie ein zu lange gelagerter Schokoriegel – dunkelbraun mit kreidigem Unterton. Er trug einen braunen Anzug, der zwei Farbnuancen heller war als sein Gesicht, und obwohl der Anzug sauber und ordentlich war, passte er nicht gut. Zu eng an den Schultern, ein bisschen weit an den Beinen und dazu ein rosa Hemd und ein knallroter Schlips. Der Mann hielt einen ehemals weißen Panamahut in Händen, der jetzt gelb war wie ein Tortillachip. Auf jeden Fall hatte ihm heute Morgen keine Frau beim Anziehen zugeschaut, befand Tess.

»Nein, leider nicht«, gab sie zu.

»Luther Beale«, sagte er, als wäre sein voller Name ausreichend. Aber das war er nicht. Sie konnte in seiner Stimme dieselbe angeberisch überbetonende Präzision hören, die sie hatte glauben lassen, dass er am Telefon betrunken gewesen war.

»Luther Beale?«

»Luther Beale«, wiederholte er ganz ernst.

»Ich weiß leider nicht …«

»Vielleicht kennen Sie mich auch als den Schlachter von Butchers Hill«, sagte er steif, und Tess registrierte peinlich berührt das kleine Geräusch, das sie von sich gab, irgendwo zwischen einem Quieken und einem Keuchen. Der Spitzname war ihr bekannt. Den hatte ihr ehemaliger Arbeitgeber, der mittlerweile eingestellte *Baltimore Star*, ihm verpasst. Der *Star* war gut darin gewesen, Spitznamen zu verteilen, wohingegen die überlebende Zeitung, der stinklangweilige *Leuchtturm*, nur gut darin war, sich selbst welche zuzuziehen.

Luther »Der Schlachter« Beale. Der Schlachter von Butchers Hill. Ein paar Wochen lang war er berühmt gewesen, er hatte die Hauptrolle in einem nationalen Moralstück gespielt. Luther Beale war ein übler Rächer oder ein armer alter Mann gewesen, je nachdem, wie man die Sache sah. Luther Beale. Sein Name war im Talk-Radio öfter genannt worden als der Hillary Clintons. Hatte nicht sogar »60 Minutes« etwas über ihn gebracht? Nein, das war Roman Welzant gewesen, der Schneeball-Killer, der vor zwanzig Jahren vor Gericht gestanden hatte, weil er Teenager erschossen hatte, die weitere zehn Jahre zuvor mit Schneebällen auf sein Haus außerhalb der Stadtgrenze geworfen hatten. Beale hatte einen wesentlich jüngeren Jungen erschossen, weil der eines seiner Fenster eingeschlagen hatte. Oder seine Windschutzscheibe? Egal. Entscheidend war, dass die Jury auf dem Land Welzant freiließ, während die Jury in der Stadt Beale verknackte.

»Ja, Mr. Beale. Ich erinnere mich an den … Zwischenfall.«

»Wissen Sie noch, wie es endete?«

»Sie wurden verurteilt – Totschlag, denke ich, oder etwas Ähnliches, jedenfalls kein Mord, wenn Sie heute hier sitzen – und mussten ins Gefängnis.«

Beale beugte sich in seinem Stuhl vor und wedelte mit dem Finger vor Tess' Gesicht herum. Ein alter Mann, der es gewohnt war, unaufmerksamen jungen Leuten Lektionen zu erteilen. »Nein, nein, nein. Ich habe *Bewährung* für den Totschlag bekommen. Ich musste wegen Waffenbesitz in den Bau. Ich hatte einen Jungen umgebracht, eine schreckliche, schreckliche Sache, aber sie hätten mich laufen lassen, weil ich es nicht geplant hatte. Sie haben mich eingesperrt, weil ich innerhalb der Stadtgrenzen eine Waffe abgefeuert habe. Mindeststrafe. Ist das nicht was?«

Da stimmte Tess ihm zu. Das war wirklich was, etwas sehr Eigenartiges. Aber sie erkannte die Frage als rhetorisch und lehnte sich zurück. Sie hatte Leute wie Beale schon häufiger getroffen. Sie waren wie diese kleinen Züge im Zoo oder im Einkaufszentrum, sie fuhren einfach den ganzen Tag auf derselben Spur im Kreis.

»Was kann ich für Sie tun, Mr. Beale?«

»Wissen Sie, ich war zweiundsechzig, als ich ins Gefängnis kam. Jetzt bin ich sechsundsechzig. Ich bin seit drei Monaten draußen. Diese Gegend ist übler als damals, bevor ich ins Gefängnis musste. Ich schätze, selbst in der Hölle kann es immer noch heißer werden. Deswegen ist mir aufgefallen, dass eine nette junge Frau wie Sie hier ein Geschäft eröffnet hat. Ich hoffe, Sie haben mehr aufzufahren, Miss, als diesen dünnen Hund. Sie sollten eine Waffe tragen. Denn Sie können darauf wetten, dass die kleinen Jungs hier in der Gegend welche haben. Aber ich darf keine Waffe mehr besitzen. Ich bin vorbestraft. Ist das nicht was?«

Dieses Mal schien er eine Antwort zu erwarten. Tess versuchte, sich eine unverbindliche, niemanden verärgernde Antwort zu überlegen. »So ist das Gesetz.«

»Das Gesetz! Das Gesetz ist albern. In der Bibel steht, du sollst nicht töten, nicht, du sollst keine Feuerwaffen innerhalb der Stadtgrenzen benutzen. Wissen Sie, dass ich mir nie zuvor im Leben etwas habe zuschulden kommen lassen, bevor sie mich verhafteten? Sie haben gesucht, glauben Sie mir, Sie haben gesucht. Sie wollten mich unbedingt drankriegen. Das habe ich nie verstanden, warum es diese Polizisten und Staatsanwälte so auf mich abgesehen hatten. Als würde in dieser Stadt alles wieder in Ordnung kommen, wenn sie mich wegsperrten. Aber ich war nicht vorbestraft. Ich hatte nicht mal einen unbezahlten Strafzettel. Wissen Sie, was sie über mich herausfanden, nachdem sie lange genug gesucht hatten?«

Tess schüttelte den Kopf, wenn auch nur um anzudeuten, dass sie zuhörte.

»Manchmal habe ich am Wochenende auf dem Bau gearbeitet, aber ich hatte keinen Gewerbeschein. O ja, da hatten sie den Staatsfeind Nr. 1, da waren sie sicher. Da zieht ein Mann los und streicht Zimmer und reinigt Siele, und er hat keinen Gewerbeschein. Den müssen wir einsperren und den Schlüssel gleich wegwerfen.«

»Ich hab gehört, dass Sie auch noch nach Bob Vila suchen«, bot Tess an.

Beale wedelte durch die Luft, als wäre Tess' Scherz ein störendes Insekt. »Und jetzt bin ich vorbestraft. Das ist alles. Das ist alles, was jemand über mich wissen muss. Früher haben die Leute mich auf der Straße gesehen und vielleicht gesagt: ›Oh, da ist Luther Beale, seine Frau Annie ist an Krebs gestorben.‹ Oder: ›Luther Beale, der arbeitet drüben bei Procter & Gamble in Locust Point, er könnte sich ein hübscheres Haus in einer netteren Gegend leisten, aber er mag die Fairmount Avenue, er hat sein ganzes Leben hier gelebt.‹ Wissen Sie, was sie jetzt über mich sagen?«

Sie wartete einen Moment. »Nein, weiß ich wohl nicht.«

Tess meinte, Tränen in Beales Augenwinkeln zu sehen. »Sie sagen: ›Da ist Luther Beale. Der bringt dich um, wenn er dich nur sieht. Er hat mal einen kleinen Jungen erschossen, nur weil der mit Steinen auf ein paar Autos geworfen hat.‹«

Haben Sie ja auch. Aber man verdiente kein Geld damit, einen potenziellen Mandanten mit der Wahrheit zu konfrontieren. Tess konnte sich eigentlich überhaupt nicht vorstellen, wie sie mit diesem Gespräch Geld verdienen sollte. Hatte Beale sie für einen Psychiater gehalten? Oder ging er einfach, wie so viele Männer, davon aus, dass die Funktion einer Frau schlicht und ergreifend darin bestand, Männern zuzuhören? Vielleicht konnte sie ein bisschen nebenbei verdienen, indem sie Männern zuhörte, die von ihren Sorgen erzählten. Vergiss Telefonsex. Wie wär's mit 1-900-LANGWEILMICH oder einer Website, www.erzaehlmirdeinesorgen.com.

»Mr. Beale, kann ich irgendetwas für Sie tun?«

»Wiedergutmachung.«

Das Wort, das Luther Beale mit seiner tiefen, knurrigen Stimme sehr sorgfältig ausgesprochen hatte, schien in der Luft zu hängen und vor sich hin zu glitzern. Tess stellte es sich in schwarzen Plastikbuchstaben auf der Markise vor einer der grausigen Kirchen an der Ostküste vor, einem dieser kleinen Ziegelgebäude, die sich mitten zwischen endlosen Maisfeldern befanden. *Predigt heute: Wiedergutmachung. Und nicht vergessen: Am Wochenende ist das alljährliche Skrupel-Frühstück der schuldigen Damen.*

»Wiedergutmachung«, wiederholte er. »Ein schönes Wort, finden Sie nicht?«

Das fand sie nicht. »Rache ist keine schöne Angelegenheit. Vielleicht haben Sie einen legitimen Grund, gegen das System zu sein, aber wenn Sie darauf aus sind, Mr. Beale, sollten Sie sich lieber jemand anders suchen, der Ihnen dabei helfen kann.«

»Sie sind doch eine gut ausgebildete Frau, Miss Monaghan? Waren Sie auf dem College?«

»Ja, Washington College, drüben in Chestertown.«

»Ich hätte doch gehofft, so eine gute Schule hätte Ihnen die Bedeutung eines so weit verbreiteten Wortes beigebracht. Ich habe im Gefängnis viel gelesen – die Bibel, Geschichte. Aber ich habe auch ein Wörterbuch gelesen, eines der besten Bücher, die wir haben. Im Wörterbuch gibt es keine Lügen, nur Wörter, schöne Wörter, die darauf warten, dass man etwas aus ihnen macht. Das Wichtige an der Wiedergutmachung ist der Schluss: Gutmachung. Retribution. Geht zurück auf das Lateinische: Retribution – zurückzahlen. Das kann ›belohnen‹ bedeuten – oder ›bestrafen‹.«

Beale genoss seine kleine Vokabelstunde. Tess nicht. Ihr fielen mehrere mögliche Entgegnungen verschiedenen Zorn- und Witzgrades ein. Aber ihre Tante und ihr ehemaliger Arbeitgeber hatten ihr mehrfach klargemacht, dass das Betreiben eines eigenen Geschäfts vor allem bedeutete, jeden Tag mehrere Haufen Scheiße zu fressen.

»Okay, und an wem wollen Sie nun was wiedergutmachen?«

Beale drehte seinen Hut in den Händen, er knetete die Krempe mit Fingern, die so dick und lang waren wie die Esskay-Würstchen, der die Windhündin ihren Namen verdankte. *Hotdog-Finger und Schinken-Hände,* dachte Tess, dann fragte sie sich, wieso sie Schweinefleischprodukte im Kopf hatte. Offensichtlich würde ihr morgendlicher Bagel nicht bis zum Mittagessen vorhalten.

»Ich habe Ihnen schon gesagt, dass ich bei Procter & Gamble in Locust Point gearbeitet habe. Es war gut, dort zu arbeiten – ordentliches Geld, anständige Sozialleistungen. Die Fabrik hat zugemacht, während ich … weg war.«

Im Gefängnis, du warst im Gefängnis. Weil du einen kleinen Jungen getötet hast.

»Für die Menschen war das schlimm, aber die Aktien sind gestiegen, gestiegen, gestiegen. Das war meine Altersvorsorge, und ich kam fünf Jahre lang nicht ran, also sind sie noch weiter gestiegen. Für meine Verhältnisse bin ich ein reicher Mann, ohne zu arbeiten bin ich reicher geworden, als ich es durch Arbeit je geworden wäre. Ich könnte dieses Geld nicht mehr ausgeben, selbst wenn ich wollte. Und ich habe keine Frau, keine Kinder, überhaupt keine Familie, niemanden, dem ich es hinterlassen kann.«

Tess nickte, obwohl sie immer noch keine Ahnung hatte, worauf er hinauswollte.

»Es gab mal eine Fernsehsendung, vor Ihrer Zeit, *Der Millionär*. Da tauchte ein Typ namens Michael Anthony auf und sagte den Leuten, dass sie Geld bekämen. Meine Frau und ich mochten diese Sendung immer. Ich hab gedacht – vielleicht kann ich meinen eigenen Michael Anthony haben, jemanden, der diese Kinder suchen und ihnen helfen kann. Nicht mit Millionen – so viel habe ich nicht –, aber mit ein paar Tausend hier oder da.«

»Die Kinder?« Sie wusste nicht, wovon er redete.

»Die Kinder, die in jener Nacht dort waren. Die gesehen haben, was ... passierte.«

Tess versuchte, sich an die Berichte über den Schlachter von Butchers Hill zu erinnern. Viel war zu lesen gewesen über sein Opfer – Donnie Moore –, das fiel ihr jetzt wieder ein. Die Journalisten hatten hart daran gearbeitet, etwas Interessantes über einen Elfjährigen herauszufinden, der weder besonders nett noch klug gewesen war, es aber dennoch nicht verdient hatte, wegen Vandalismus in den Rücken geschossen zu werden. Das Beste, was ihnen einfiel, war, dass Donnie noch unfertig war. Die anderen Kinder, die Zeugen, waren schon aus rechtlichen Gründen anonym geblieben. Als Pflegekinder waren ihre Namen vertraulich, und die lokalen Medien beließen es während des Verfahrens dabei. Der Gerichtszeichner hatte die Kinder nicht einmal im Zeugenstand skizziert, wenn sie sich recht erinnerte.

»Warum wollen Sie das tun? Diese Kinder haben Sie geärgert und gequält.«

»Und eines von ihnen wurde getötet. Das ist nicht Gottes Gerechtigkeit. Ich bin vielleicht mit den Gerichten im Reinen, aber ich bin nicht mit mir und ich bin nicht mit Gott im Reinen. Ich kann nichts mehr tun für den Jungen, der gestorben ist, außer, für uns beide zu beten, aber ich kann vielleicht den anderen helfen. Stipendien, wenn sie auf ein College gehen wollen. Ein Auto, um einen Job annehmen zu können. Hilfe zu Hause. Ich weiß auch nicht. Braucht nicht jeder irgendwie Geld?«

Damit hatte er sie. Junge, damit hatte er sie.

»Wer sind diese Kinder? Wo sind sie?«

»Also, da war der Dicke. Und die Zwillinge, an deren Namen erinnere ich mich, Truman, das war der Junge, und das Mädchen hieß, glaube ich, Destiny. Dann noch ein Junge, ein dünner, der hat am meisten geredet.«

»Sie haben keine vollständigen Namen?« Tess versuchte, nicht laut zu seufzen.

»Nein. Es waren Pflegekinder, sie haben bei den Nelsons gelebt, einem netten jungen Paar, das viele Kinder aufgenommen hat. Die haben es gut gemeint, aber sie konnten mit diesen Kindern nicht umgehen, sie hatten nicht mal saubere Sachen für sie. Die Nelsons sind nach der Schießerei weggezogen, die Kinder kamen alle in neue Familien. Aber jetzt sind sie über achtzehn, jetzt sind sie auf sich allein gestellt, oder?«

»Wenn sie damals wenigstens dreizehn waren, dann schon. Aber wenn sie noch Jugendliche und in Pflegefamilien sind, wird es schwer sein, sie aufzutreiben, selbst *mit* Namen. Donnie war erst elf, man kann nicht wissen, ob die anderen viel älter waren. Wir können nicht einmal davon ausgehen, dass sie Führerscheine haben. Stadtkinder …« Sie hatte sagen wollen: »Arme schwarze Kinder«, aber sich gerade noch zusammengerissen. »Stadtkinder haben oft keinen, wissen Sie.«

»Oh.« Beale dachte einen Moment nach. »Ich glaube, der Dicke hieß Earl. Oder Errol.«

»Errol?«

»Vielleicht auch Elmer. Ein Name, der mit E anfing und irgendwo ein L drin hatte, da bin ich ziemlich sicher. Hilft das?«

Tess unterdrückte einen weiteren Seufzer. »Hören Sie, Mr. Beale, ich muss Ihnen sagen, dass die Chancen, diese Kinder zu finden, ziemlich gering sind, und es wird zwar nicht wahnsinnig teuer, aber es kostet auf jeden Fall Geld, vielleicht mehr, als Sie denken. Sie müssen nicht nur meinen Stundensatz bezahlen, sondern auch alle Ausgaben, die ich habe. Kilometergeld. Auslagen für Computerrecherchen.«

»Ich kann zahlen«, antwortete er.

»Bevor ich offiziell an Ihrem Fall zu arbeiten beginnen kann, müssen Sie zu einem Anwalt namens Tyner Gray gehen und um die Vermittlung an einen Privatdetektiv bitten.« Sie zog ihre Schreibtischschublade auf und nahm eine von Tyners Karten heraus. »Er wird einen Vertrag für meine Arbeit aufsetzen. Das garantiert, dass unsere Beziehung vertraulich bleibt, was Ihnen vielleicht nicht wichtig erscheinen mag, aber mir ist es sehr wichtig.«

»Das heißt, dass Sie nicht mit irgendjemand über mich reden müssen, richtig?«

»Ja.« *Vielleicht.* Nicht einmal Tyner konnte garantieren, dass die Bullen sie da nicht eines Tages rausprügeln würden. Der Trick bestand darin, sich einfach aus Sachen rauszuhalten, die Bullen interessierten, und das hatte sie ohnehin vor. »Tyner wird Ihnen seinen normalen Stundensatz für Ihren Besuch berechnen. Das mag Ihnen vielleicht viel Geld für wenig Arbeit erscheinen, aber es geht nicht anders, wenn Sie möchten, dass ich Ihren Fall übernehme.«

»Ich habe Ihnen doch schon gesagt, Geld ist nicht das Problem.«

»Meiner Erfahrung nach ist Geld immer irgendwann das Problem. Sie müssen verstehen, dass Sie hier für Ihr Geld nicht unbedingt ein Ergebnis bekommen. Ich suche, Sie bezahlen. Leute zu finden ist heutzutage einfacher als jemals zuvor. Aber nicht, wenn man die Namen nicht weiß. Sie wären überrascht, wie viele Kinder namens Destiny es allein in Baltimore gibt.«

»Destiny ist nicht so wichtig. Sie ist ein Mädchen.«

Kleine Haufen Scheiße, kleine Haufen Scheiße, murmelte Tess stumm vor sich hin. »Und wieso sind Mädchen nicht so wichtig?«

Nicht einmal Beale war so gefühllos, dass er ihre Irritation nicht bemerkte. »Ich wollte nicht – es ist bloß, dass ich ein Mann bin, und ich sorge mich um die jungen schwarzen Männer, die ich sehe. Die Mädchen finden manchmal allein einen Ausweg. Für die Jungs ist es schwieriger. Es ist nicht einfach, ein schwarzer Mann zu sein, aber es ist noch schwieriger, ein schwarzer Mann zu werden, verstehen Sie, was ich meine?«

Tess verstand ihn, aber nur ungefähr so, wie sie Fakten

über Bosnien aufnahm, Singapur und den Gazastreifen. Teile Baltimores waren für sie praktisch Ausland, Orte, die sie nicht einmal mit einem Pass bereisen konnte. So war das einfach, so war es immer gewesen, so würde es immer sein.

»Okay, ich versuche, die Jungs *und* das Mädchen zu finden, wenn ich erst einmal heraushabe, wer sie sind. Sagen wir mal, es geschieht ein Wunder, und ich treibe alle auf. Was dann? Möchten Sie, dass ich ein Treffen vereinbare?«

»Ich hätte nichts dagegen, sie zu treffen, aber ich vermute mal, dass sie mich nicht unbedingt wiedersehen wollen. Nein, finden Sie sie bloß und kriegen Sie raus, was sie brauchen, was es kostet. Dann schreibe ich Ihnen einen Scheck und Sie schreiben denen einen Scheck. Ich muss dabei anonym bleiben. Ich möchte nicht, dass sie das Geld aus falsch verstandenem Stolz ablehnen.«

Tess kritzelte diese Anweisungen auf ihren Tischkalender, obwohl sie bezweifelte, dass die Kinder Beales Geld ablehnen würden. Dieser falsche Stolz existierte im Märchen, nicht in der Wirklichkeit.

»Wenn Sie einem von ihnen mehr als zehntausend Dollar schenken, können Sie dem Finanzamt gegenüber nicht mehr anonym bleiben. Es gibt nämlich eine Schenkungssteuer. Vielleicht sollten Sie darüber nachdenken, eine Stiftung oder so was zu gründen. Tyner kann das für Sie tun. Das ist steuerlich vielleicht günstiger.«

»Mich interessiert nicht, Steuern zu sparen. Mich interessiert ...«

»Wiedergutmachung. Ich weiß. Geht zurück aufs Lateinische. Zurückzahlen. Belohnung oder Strafe.«

Beale stand auf und schaute auf sie herab. Es sah aus, als müsste er sich entscheiden, ob sie ihn verhöhnte oder einfach nur zeigte, wie gut sie aufgepasst hatte.

»Sie sind ein kluges Mädchen, Miss Monaghan, nicht wahr?«

Sie entschied sich, ihm das »Mädchen« durchgehen zu lassen. Diesmal. »Ich glaube schon, dass ich einigermaßen intelligent bin. Ja.«

»Aber Sie sind noch nicht weise. Haben Sie die Bibel gelesen? ›Der Weisheit Anfang ist: Erwirb dir Weisheit, kaufe Einsicht für all deine Habe!‹ Buch der Sprüche, Kapitel 4, Vers 7.«

Das breite, sonnige Grinsen auf Tess' Gesicht konnte man nur erklären, weil sie jetzt *keine* Scheiße mehr fraß.

»Bevor Sie gehen, sollten Sie wissen, dass das Erreichen der Weisheit in diesem Fall einen ordentlichen Vorschuss voraussetzt.«

2

Beale ging, er hielt Tyners Karte in seiner verkrampften Hand, und Tess blieben noch dreißig Minuten bis zu ihrem nächsten Termin. Sie entschied sich, mit Esskay einen kurzen Spaziergang zu machen und sich dabei eine Kleinigkeit zu essen zu holen, denn so konnte sie bis zum Mittagessen durchhalten und zugleich ihre neue Nachbarschaft besser kennenlernen. Sie nahm die Leine vom Haken an der Tür, und Esskay wachte sofort auf, rollte sich in einer flüssigen Bewegung vom Sofa und tapste mit den Krallen auf dem Linoleum, glücklicher als Gene Kelly an einem Regentag.

Aber es war ein wunderschöner Tag. Der Frühling in Baltimore war kalt und nass gewesen, dann aber hatten sich ein paar merkwürdig schöne Tage breitgemacht. Sonnig, trocken, nicht zu heiß, und die kleinen Parks standen voller Azaleen und Lilien, die niemals zu verwelken oder ihre Blüten zu verlieren schienen. Außerdem spielten die Orioles. Natürlich ließ diese paradiesische Perfektion die Eingeborenen nervös werden. Man glaubte in dieser Stadt, dass etwas Gutes immer seinen Preis hatte, wie diese Mieten-mit-Kaufabsicht-Angebote, bei denen man tausend Dollar für einen Dreihundert-Dollar-Fernseher bezahlte. Früher oder später würde die Rechnung fällig werden.

Esskay blieb abrupt stehen, und Tess stieß sich das

Knie am spitzen Steißbein der Hündin. Das würde bestimmt einen blauen Fleck geben. »Was, zum ...« Sie hätte es wissen müssen. Die Hündin hatte die ganze letzte Woche jedes Mal hier angehalten, denn hier gab es eine Katze, die sich auf der Fensterbank eines Hauses sonnte. Esskay hatte bereits vergessen, was sie gesehen hatte, aber sie hatte das zugehörige Gefühl nicht vergessen. *Fröhlich, fröhlich, glücklich, glücklich*, schienen ihre zitternden Muskeln zu singen. Tess genehmigte der Hündin eine Pause, dann zog sie an der Leine.

»Gehen bedeutet, sich von Zeit zu Zeit vorwärts zu bewegen, Esskay. Also geh weiter.«

Sie überquerten die Straße und betraten den Patterson Park durch einen der verzierten Steinbögen. »Der Stadt smaragdenes Juwel« hatte ein ausgebrannter *Leuchtturm*-Schreiber den Park einmal getauft. Aber das Juwel war aus der Fassung gebrochen und klapperte jetzt in irgendeiner Kommodenschublade herum, zu teuer, um es zu versichern oder zu tragen. Baltimore war voll mit solchen unnützen Schätzen. Die Standardlösung der Stadt bestand darin, sie zu versteigern oder verfallen zu lassen, aber dann gab es immer eine Rette-das-irgendwas-Gruppe, die im letzten Augenblick intervenierte, wie Soldaten in einem altmodischen Melodram. Das waren wirklich nutzlose Siege. Was, um Himmels willen, half es beispielsweise, die wunderschöne alte Pagode zu retten, die in der nordwestlichen Ecke des Patterson Parks stand, wenn es den städtischen Bediensteten nicht einmal gelang, regelmäßig den Rasen zu mähen. Und erst vor einer Woche hatte ein Jogger eine Frauenleiche im hohen Gras am Fuße der Pagode gefunden, den Hals aufgeschlitzt, das Gesicht praktisch eingeschlagen. Der *Leuchtturm* hatte der Geschichte einen Absatz auf Seite drei eingeräumt. *Frau ermordet.* Tess wusste, wie diese Zeitungssprache zu übersetzen war, wie die Details der Geschichte zu decodieren waren, was Fundort und die Kürze der Meldung bedeuteten. *Drogen und Prostitution führen zu einem weiteren verdienten Opfer.* Das Stück hatte für Aufregung im Stadtteil gesorgt, aber nur, weil die Zeitung die Leiche in Butchers Hill angesiedelt hatte statt in Patterson Park. Diese herumliegenden Leichen waren schlecht für die Grundstückspreise.

Butchers Hill. Der Name hatte zu einem wunderbar makabren Spitznamen für Luther Beale geführt, aber der Hintergrund hätte nicht passender sein können. Um die vorletzte Jahrhundertwende herum hatten die reichen Schlachter der Stadt westlich des Patterson Parks gewohnt, sie bauten sich aus den Gewinnen ihrer Steaks schöne Häuser. Und zwar auf einem Hügel, von dem aus man den Hafen sehen konnte: Butchers Hill. Ende der Geschichte, es gab nur ein ironisches Postskriptum. Beales Haus befand sich genau genommen nicht einmal in diesem Stadtteil. Aber »der Schlachter der Fairmount Avenue« klang einfach nicht so gut.

Wo auch immer man die Grenzen zog, die Schlachter waren ohnehin schon lange weggezogen. Jetzt wohnten in dieser Gegend alte arme Leute. Und das nahe gelegene Johns Hopkins Hospital sorgte für steten Nachschub an jungen Städtern, die sich auf die gemauerten Kamine und Bleiglasfenster stürzten. Tess spürte geradezu, wie sie beobachtet wurde, wie die Leute versuchten, sie einzuordnen. Weiß plus jung plus komischer Hundename bedeutete hier normalerweise Yuppie. Aber wie erklärte man dann den zwölf Jahre alten Toyota, dessen Auspuff mit Klebeband befestigt war?

Sie schaute auf ihre Schweizer Armeeuhr, ein Abschiedsgeschenk von Tyner. »Abschiedsgeschenk«, hatte sie gesagt. »Kriegt man das nicht bei einer Spielshow, wenn man verloren hat?« »Wasserdicht bis hundert Meter«, hatte er entgegnet, als hätte sie vor, sich auch nur knöcheltief in den Patapsco zu begeben, ganz abgesehen vom Meer. Es war fast Viertel nach zehn. Sie zog an Esskays Leine. Der Hund war tatsächlich stehen geblieben, um an den Rosen zu riechen, Relikte eines längst vergessenen Gartens, der in dieser Ecke des Patterson Parks vor sich hin wucherte.

»Wir müssen weiter, wenn wir noch einen Kaffee holen und pünktlich zum nächsten Termin kommen wollen. Wenn du dich gut benimmst, gibt es für dich vielleicht einen Berger-Keks. Hast du mich verstanden? Wenn du was Süßes haben willst, dann geh jetzt los.«

Esskay war völlig verzogen, weil sie Tess den Großteil des Frühlings für sich allein gehabt hatte, also kümmerte sie sich nicht weiter um sie. Die Sonne ließ jeden Tag neue, aufregende Gerüche aus der Erde treten, und der Wind vom Hafen her wiegte das Gras verlockend, als würden darin Feldmäuse und Kaninchen herumlaufen. Und obwohl die Hündin keine Ahnung hatte, was ein Berger-Keks war, wusste sie, was etwas Süßes bedeutete, und sie wusste, dass sie immer etwas nach dem Gassigehen bekam, egal, wie sie sich benommen hatte. *Fröhlich, fröhlich, glücklich, glücklich.*

Der Zehn-Uhr-dreißig-Termin wartete schon vor dem Büro, eine leuchtend gelbe Flamme vor den verblichenen Ziegeln. Tess konnte, als sie mit einem Kaffee und einer offenen Packung Berger-Kekse in der Hand, einen halb aufgegessenen Keks zwischen den Zähnen, um die Ecke kam, gleich sehen, dass die Frau ungeduldig und verärgert war.

»Ich warte nicht gern«, sagte Mary Browne, als Tess aufschloss.

Tess errötete, würgte ihren schokoladenüberzogenen Keks herunter, schloss auf und bat die Frau ins Büro. »Normalerweise bin ich sehr pünktlich, aber ich war mit meiner Hündin unterwegs, und ...«

»In Ordnung. Jetzt sind ja alle da, können wir anfangen?« Sie setzte sich gegenüber von Tess' Schreibtisch, schlug die Beine übereinander und zog dann ihren Rock herunter, als könnte Tess sonst in Versuchung geraten, ihr drunterzuschielen.

Tess verabreichte der Windhündin das versprochene Stückchen Keks und schaute bei dieser Gelegenheit sehnsüchtig auf die anderen, die noch in der Schachtel lagen. Einen hatte sie auf dem Weg zurück zum Büro heruntergeschlungen, aber der hatte bloß Appetit auf mehr gemacht. Vielleicht sollte sie die Kekse auf einen Teller legen und der gnadenlosen Mary Browne zur Versöhnung anbieten? Dann könnte sie auch selbst noch ein paar essen.

»Möchten Sie einen Keks und vielleicht ein Glas Wasser?« Esskay nutzte den Augenblick, um ins Bad am hinteren Ende des Büros zu schlendern und lautstark aus der Kloschüssel zu schlabbern. Keyes Investigations, der Laden hat Klasse. »Ich hab im Kühlschrank auch Orangensaft. Und ein Sixpack Coke ...«

»Ich möchte lieber über das Geschäftliche sprechen«, sagte die Besucherin und zog einen kleinen braunen Umschlag aus ihrer Handtasche.

Im Gegensatz zu Luther Beale, dem alles egal gewesen war, bedachte Mary Browne ihre Umgebung mit einem schnellen, nicht sonderlich beeindruckten Blick. Die neue beige Farbe schien sich vor ihren Augen von der Wand zu lösen und die Jahrzehnte der beschämenden Geschichte des Hauses zu enthüllen: das letzte Leben als billiges Studio-Apartment, für das eine kleine Kochnische in eine Ecke gequetscht worden war; die kurze Zeit als Bar; die Jahre als chemische Reinigung, wegen der die Wände immer noch einen merkwürdigen Geruch ausdünsteten.

Während ihre potenzielle Klientin sich umsah, betrachtete Tess die potenzielle Klientin. Mary Browne könnte Beweisstück A für eine Lehrstunde darüber sein, dass die Afrikaner das antike Ägypten für sich beanspruchen wollten. Ihre Gesichtszüge waren so zart wie Nofretetes, ihre Haut war von einem samtenen Dunkelbraun, das das gelbe Kostüm und der passende Strohhut noch dunkler wirken ließen. Ihre Haare schienen sehr kurz geschnitten zu sein, aber nicht so kurz, dass sie sich nicht noch lockten. Mit ihrem langen Hals, der wie ein Stängel aus dem dunklen V ihres Kostüms aufragte, und dem dunklen glatten Gesicht, das von der breiten Krempe des Huts mit einem gelben Hutband eingerahmt wurde, erinnerte sie vor allem an die Rudbeckien, die später im Sommer aufblühen würden.

»Miss Monaghan?« Mary Brownes Tonfall konnte kalt und glatt sein wie dünnes Eis.

»Bitte, nennen Sie mich Tess. Immerhin bin ich wahrscheinlich jünger als Sie.«

»Ich bin erst zweiunddreißig.«

»Ich bin neunundzwanzig.« Tess ging auf, dass es vielleicht keiner von Dale Carnegies Tipps war, einer potenziellen Klientin zu sagen, dass sie älter aussah, als sie war. »Aber es liegt nicht daran, dass Sie über dreißig wirken, Sie erscheinen bloß so viel … eleganter. Mir überlegen, möchte ich, glaube ich, sagen.«

»Ich bin nicht hergekommen, um über mein Alter oder meine Kleidung zu sprechen.« Mary Brownes Aussprache war von fast komischer Präzision, abrupt und hart. »Ich möchte, dass Sie meine Schwester suchen, die unsere Familie als Teenager aus den Augen verloren hat.«

»Aus den Augen verloren? Ist sie weggelaufen? Oder wurde sie von einem Elternteil gekidnappt, das nicht das Sorgerecht ausübte?«

Die Frage schien Mary Browne zu überraschen. »Sie ist aus freien Stücken gegangen, als sie achtzehn war. Es war absolut legal, wenn man ihr Alter in Betracht zieht, aber … ich meine …«

»Ich habe festgestellt«, sagte Tess, »dass es hilft, wenn die Leute mir von Anfang an die Wahrheit erzählen. Ich will nicht über Sie richten, und was Sie mir sagen, ist vertraulich.«

»Nun gut. Meine Schwester wurde schwanger, als sie achtzehn war, und meine Mutter hat sie rausgeworfen, als sie sagte, sie würde das Baby zur Adoption freigeben. So etwas tun wir nicht. Ist das genug ›Wahrheit‹ für Sie?«

»›Tun wir nicht‹?« Sie wiederholte papageienhaft Mary Brownes Worte, aber aus ihrem Munde klangen sie ein wenig hässlicher.

»Schwarze Familien kümmern sich umeinander, selbst wenn sie dafür Sozialhilfe benötigen. In der Gegend, wo ich aufgewachsen bin, gab kein Mädchen sein Baby weg. Es der Mutter oder Großmutter zu geben – das war in Ordnung. Meine Mutter wollte ihr Enkelkind großziehen, aber Susan hatte etwas anderes im Sinn. Also warf meine Mutter sie hinaus – und ich schaute zu. Ich wusste, dass Susan das Richtige tat, hatte aber zu viel Angst vor meiner Mutter, um mich gegen sie zu stellen. Sie war eine großartige Frau, meine Mutter, unsere Mutter. Man legte sich nicht mit ihr an, wenn man nicht verlieren wollte. Susan war dazu bereit. Ich nicht.«

»Und wie lange haben Sie keinen Kontakt mehr zu Susan gehabt? Seit wie vielen Jahren?«

Tess nahm einen Notizblock aus ihrer Schreibtischschublade und machte sich Notizen. Mary Brownes geschäftliches Benehmen sorgte dafür, dass auch sie geschäftiger wirken wollte.

»Dreizehn. Dreizehn Jahre diesen Monat.«

»Sie hatten überhaupt keinen Kontakt zu ihr? Was ist mit Ihrer Mutter?«

»Meine Mutter ist letztes Jahr gestorben. Ich schätze, auch deswegen will ich sie finden. Sie ist die einzige Verwandte, die ich noch habe.«

»Also gut, erledigen wir erst mal die Formalitäten.« Tess schaltete ihren Macintosh an, der auf einem Computertisch neben ihrem Schreibtisch stand. »Ich habe Ihnen schon meine Stundensätze und das mit den Auslagen erklärt, als Sie anriefen. Sie waren schon bei Tyner, also muss ich jetzt nur noch eine Datei für Sie anlegen. Ich habe hier ein Formular, in dem Ihr Name, Ihre Adresse und Telefonnummer stehen, aber ich muss noch ein paar Dinge wissen, um anfangen zu können. Darf ich fragen, was Sie beruflich tun?«

»Ich bin selbstständig. Ich arbeite als Lobbyistin für Wohltätigkeitsorganisationen.«

Selbstständig. Das ließ Alarmglocken schrillen. Tess sollte Mary Brownes Kreditwürdigkeit überprüfen, um sicherzugehen, dass sie Geld genug hatte, sie zu bezahlen.

»Wie haben Sie von meinem Büro gehört, Miss Browne?« Tante Kitty, ganz Geschäftsfrau, hatte ihr empfohlen, danach zu fragen, um ihr Marketing verbessern zu können.

»Ich wollte eine unabhängige Geschäftsfrau wie mich selbst beauftragen, und ich habe mich erinnert, etwas über Sie im *Daily Record* gelesen zu haben. Da stand, dass Sie in Mr. Keyes' Firma eingetreten sind. Und ich erinnerte mich an Ihren Namen. Diesen Winter war etwas über Sie in der Zeitung, nicht wahr? Ich weiß nicht mehr genau, was – jemand hat versucht, Sie zu töten, oder vielleicht haben auch Sie beinahe jemanden getötet, als Sie im Leakin Park angegriffen wurden?«

»So in der Art«, sagte Tess unzufrieden, und ihre Rippen, die inzwischen vollständig abgeheilt waren, schienen trotzdem in Erinnerung daran, was ein Fußtritt anrichten konnte, zu schmerzen. »Der vollständige Name Ihrer Schwester?«

»Susan Evelyn King.«

»King?«

»Verschiedene Väter«, sagte Mary Browne kurz angebunden, und ihr Blick forderte Tess heraus, einen Kommentar zu wagen.

»Kennen Sie ihre Sozialversicherungsnummer?«

»Warum ... nein, leider nicht. Ist die nötig?«

»Nein, sie macht die Sache bloß einfacher. Wann wurde sie geboren?«

»Sie ist am 17. Januar zweiunddreißig geworden.«

Tess schaute Mary Browne an. »Ich dachte, Sie hätten gesagt, *Sie* wären zweiunddreißig. Wie kann Ihre Schwester gleich alt sein?«

Wenn man ihre dunkle Hautfarbe in Betracht zog, war es unmöglich zu sagen, ob Mary Browne tatsächlich errötete, aber irgendwie schien sie peinlich berührt zu sein.

»Ich meinte, ich werde im Dezember zweiunddreißig«, sagte Mary Browne steif. »Wir wurden im selben Jahr geboren, fast genau elf Monate nacheinander.«

Eitelkeit, dein Name ist Frau. Aber was ging es Tess an, wenn Mary Browne sich jünger machen wollte? Wahrscheinlich war sie schon vierunddreißig oder fünfunddreißig und log, was ihr Alter anging. Aber wenn Tess erst einmal über dreißig war, würde es ihr ja vielleicht genauso gehen.

»Ich hab zwei Cousins väterlicherseits, bei denen es genauso war«, sagte sie und tippte Susan Kings Geburtsdatum ein. »Sie werden die irischen Zwillinge genannt. Als meine Tante Vivian im selben Kalenderjahr den zweiten Jungen zur Welt brachte, erledigten die Ärzte im Mercy die zweite Beschneidung umsonst.«

Mary Browne erlaubte sich ein kleines Lächeln mit zusammengepressten Lippen, dann reichte sie Tess den braunen Umschlag, den sie am Anfang des Gesprächs aus ihrer ledernen Aktentasche genommen hatte. Darin steckten ein Foto und ein Scheck über die Vorschusssumme.

»Ist sie das?«, fragte Tess. Das Mädchen auf dem Foto hatte breite Schultern und wirkte dicklich. In großen Brillengläsern spiegelte sich der Blitz der Kamera, sodass ihr Gesicht wenig mehr war als ein dunkler Fleck mit zwei explodierenden Sternen darin. Sie trug eine Schürze und hielt irgendetwas am Griff, einen Besen oder einen Mob. Das konnte auch Jimmy Hoffa sein – oder Madalyn Murray O'Hair, ebenfalls ein verschwundener Baltimorer. Das Foto war völlig nutzlos, aber der Scheck – nun ja, es war schlechter Stil, einen Scheck zu gierig anzustarren.

»Das ist sie mit siebzehn.«

»Ist Ihnen nicht sehr ähnlich, oder? Aber Sie haben ja auch gesagt, Sie seien bloß Halbschwestern.«

»Sie war im Grunde ein hübsches Mädchen, nur nicht besonders fotogen.«

»Ja, klar«, sagte Tess zweifelnd.

»Das ist alles, was ich habe.« Mary Browne schaffte es, zugleich entschuldigend und defensiv zu klingen. »Aber ich denke, es ist ungefähr so hilfreich, als wollte jemand Sie mit dem Foto da an der Wand ausfindig machen.«

Großartig. Mary Brownes gnadenloser Blick hatte das Foto mit dem fliegenden Hasen entdeckt. Tess musste sich unbedingt etwas anderes suchen, um es vor den Safe zu hängen.

»Das ist vor dem alten Weinstein-Drugstore in der

Edmondson Avenue aufgenommen worden. Erinnern Sie sich, das war im selben Einkaufszentrum wie der alte Hess-Schuhladen, mit dem Friseursalon und den Spielzeugeichhörnchen im Schaufenster?«

»Wir haben unsere Schuhe nicht bei Hess gekauft, aber ja, ich weiß, wovon Sie reden.«

Ich weiß, wovon Sie reden – wenn man die Augen zumachte, könnte sie auch aus der neuesten BBC-Produktion von Jane Austen stammen. »Meine Mutter hat mich mitgenommen, um die Affen anzuschauen.«

»Nur Sie?« Tess hatte das Gefühl, Mary Browne hätte ihr nicht alles gesagt. Das taten die Leute oft. Vielleicht war mehr dran an der Geschichte, wieso Susan King abgehauen war – das hässliche, ungeliebte Entlein, das im Schatten dieses Schwans aufwuchs.

»Susan natürlich auch.«

»Das Foto jedenfalls stammt von dem Tag, an dem ich eine böse Lektion lernte. Meinem Großvater gehörte Weinstein's, also dachte ich, ich könnte endlose Runden auf dem fliegenden Hasen drehen. Aber wenn mein Quarter alle war, war er alle, genau wie bei jedem anderen. Poppa hatte ein weiches Herz, er ließ mich ewig weiterfahren, aber Gramma hielt die Regeln ein. ›Du bezahlst wie die anderen Kinder!‹ Ich durfte nicht umsonst fahren, und ich bekam auch keine Getränke umsonst, obwohl Poppa mir manchmal ein bisschen Schokolade rüberschob.«

»Das mag jetzt merkwürdig klingen, aber Sie sehen ein wenig aus wie dieses kleine Mädchen, das vor Jahren im Fernsehen zu sehen war und auf dem Sofa mit einem Plastiküberzug herumhüpfte.«

»Sie meinen« – Tess wechselte in den Baltimore Akzent, den anzunehmen ihre Mutter sie gehindert hatte: »›Hey, ihr Kinder, *hüfft* nicht auf den Möbeln rum! Ihr macht die *kabbut*!‹«

»Ja, genau das. Ich weiß noch, dass ich mir wünschte, meine Mutter würde diese Plastiküberzüge kaufen, weil ich glaubte, dann könnte ich *ewich* auf dem Sofa herumhüpfen.«

Ewich. Jane Austen, sag Hallo zu Joe Friday.

»Ja, das in dem Werbespot war meine Cousine Deborah. Deborah Weinstein. Lustig, dass Ihnen die Ähnlichkeit auffällt. Inzwischen sehen wir einander überhaupt nicht mehr ähnlich. Sie ist immer noch hell, ich wurde dunkel.«

»Sie glauben, Sie seien dunkel?«

Jetzt war Tess damit dran, zu erröten und eine Entschuldigung zu stammeln. »Also, ich meine, mein Haar wurde dunkler.«

»Ich will Sie nur ärgern. Sie haben sich in Wahrheit gar nicht so sehr verändert, wie Sie glauben.«

»Wirklich?« Tess fand, sie hätte sich ungeheuer verändert, sodass es fast unmöglich war, die einigermaßen durchtrainierte, einigermaßen ausgewachsene Theresa Esther Monaghan in den dicklichen Gliedern und dem Babyspeck-Gesicht auf dem Bild wiederzuerkennen.

»Ja. Sie tragen immer noch einen Zopf und haben immer noch ein wenig Schokoladenschmiere im Gesicht.« Mary Browne verabschiedete sich nicht, sie erlaubte sich bloß ein weiteres schmallippiges Lächeln und ging, während Tess sich den Rest Schokoladenüberzug ihres Berger-Keks abtupfte. Sie musste diese Schokoladenschmiere das ganze Gespräch über im Gesicht gehabt haben.

»Augenblick!«, rief sie hinter Mary Browne her; ihr Computerformular war nicht einmal halb ausgefüllt. Aber als sie die Tür erreicht hatte, fuhr Mary Browne schon in einem babyblauen nagelneuen Taurus mit einem Kennzeichen aus Virginia davon. Virginia-Kennzeichen bedeuteten oft Mietwagen, aber Tess schrieb trotzdem die Nummer auf, man konnte ja nie wissen. Martin Tull von der Mordkommission hatte ihr solche mnemotechnischen Tricks empfohlen, um ihre Observationsfähigkeiten zu schulen.

Zurück am Schreibtisch gönnte sie sich das billige Vergnügen, die beiden Schecks anzustarren, die sie an diesem Vormittag entgegengenommen hatte, und in aller Seelenruhe füllte sie ein Scheckeinreichungsformular aus. Mary Browne war vielleicht ein bisschen komisch, aber Susan King zu finden würde nicht schwierig werden. Solche Fälle brauchte sie dringend – und viel Geld vorneweg. Der Scheck war sogar eine Geldanweisung, also musste sie nicht mal befürchten, dass er platzte.

Eine Geldanweisung? Wieso würde jemand sie mit einer Geldanweisung bezahlen? Wohnte Mary Browne mit einem Mann zusammen, der vielleicht Fragen über einen Scheckbucheintrag für Tess Monaghan, Privatdetektivin, stellen würde? Oder ging es ihr vielleicht entgegen allem Anschein so schlecht, dass sie nicht mal ein Girokonto hatte? Tess betrachtete das Formular auf ihrem Computerbildschirm. Eine Postfachadresse. Das war ihr nicht so merkwürdig vorgekommen, als sie angerufen worden war, aber jetzt begann Tess' Herz zu klopfen, es schlug gegen ihre Rippen, als wollte es entkommen.

Ungeschickt vor Aufregung wählte sie die Telefonnummer, die Mary ihr gegeben hatte, nur um die präzise, seidige Stimme, die gerade noch ihr Büro erfüllt hatte, sagen zu hören: »Dies ist die Pager-Voice-Mailbox von Mary Browne. Bitte hinterlassen Sie eine Nachricht nach dem Pfeifton oder geben Sie Ihre Nummer ein, ich melde mich so schnell wie möglich bei Ihnen.«

Tess unterdrückte ihr erleichtertes Lachen. »Ich wollte Ihnen nur sagen, dass Sie davon ausgehen können, mit Ihrer Schwester den vierten Juli zu feiern, Mary Browne«, verriet sie dem Pager. »Ich kann fast schon garantieren, sie bis dahin gefunden zu haben.«

Genau genommen konnte Tess niemanden finden, der nicht im Telefonbuch stand. Aber sie wusste jemanden, der es konnte, und sie war nicht zu stolz, um Arbeit zu delegieren.

3

Die Damentoilette im dritten Stock der Enoch Pratt Free Library war verlassen. Das war sie normalerweise, deswegen hatte Tess sie als Treffpunkt vorgeschlagen. Sie hatte keine Ahnung, wieso das Obergeschoss der Bibliothek, in dem sich die Altphilologie und das Mencken-Zimmer befanden, so gnadenlos ausschließlich von Männern bevölkert wurde, aber so war das nun einmal, so war es immer gewesen. Wahrscheinlich könnte man dagegen klagen, aber das müsste jemand anders machen. Tess war immer schon begeistert von diesem privaten Refugium mitten in der Innenstadt von Baltimore gewesen, mit Blick auf die mit Grünspan überzogene *Kirche der Empfängnis.*

»Hallo, Wee Willie Keeler«, sagte sie und winkte durchs Fenster über die Cathedral Street hinweg. Das war Kittys Spitzname für den Kardinal, und Kitty stand der Kirche wohl von allen Monaghans am fernsten.

Auch Tess verhielt sich nicht immer gottesfürchtig. Einmal, als sie in den Winterferien aus dem College nach Hause gekommen war, hatte sie hier einen Schwangerschaftstest durchgeführt. Sie hatte sich nicht getraut, ihn zu Hause zu machen, und konnte es nicht ertragen zu warten, bis sie in die Schule zurückkehrte. Der Test war negativ ausgefallen, und das hatte sie gefeiert, indem sie sich mit Whitney Talbot an der Bar oben im alten Peabody Hotel getroffen hatte. Sie trugen niedliche kleine Kleidchen und logen den Männern, die darauf bestanden, sie einzuladen, etwas vor, was ihr Alter, ihren Namen und eigentlich auch alles andere anging. »Neue Samenspender vorsprechen lassen«, hatte Whitney es genannt.

Das Peabody gab es nicht mehr, jetzt war dort ein Kettenhotel mit Polyester-Bettzeug, es gab keine Bar im obersten Stock mehr. Und auch ihre beste Freundin Whitney war weg – zumindest war sie zurzeit in Japan. Ach ja, alles verging. Das war ein echter Katechismus in Baltimore, das ökumenische Gebet aller Eingeborenen. Tess machte es sich auf der Fensterbank bequem, die tief und breit genug war, dass man dort gut sitzen konnte, und blätterte im ersten Band von Mary McCarthys Memoiren, während sie wartete. Wenig später hörte sie die schweren Schritte von Wanderstiefeln auf den Fliesen. Eine dickliche Frau, weich und wirr wie ein ungemachtes Bett, kam zur Tür herein.

»Wird auch Zeit …«, begann Tess, aber Dorie Starnes hob einen Finger vor den Mund, eine Imitation des Bibliothek-Stereotyps.

»Hast du in alle Kabinen geguckt?«

»Die Türen stehen alle offen, Dorie. Siehst du?«

Damit war Dorie nicht zufrieden. Also schaute sie selbst hinter alle Kabinentüren und dann sah sie zur Decke hoch, nur für den Fall, dass sich irgendjemand an den Lampenhalterungen festklammerte.

»Man kann nicht vorsichtig genug sein, weißt du«, sagte sie, zog die schwere Holztür zum Flur draußen hinter sich zu und schloss ab.

»Doch, das kann man. Vorsicht kann einem auch schaden. Wenn man zum Beispiel solche Angst hat zu fliegen, dass man überall mit dem Auto hinfährt. Das ist statistisch nicht nur riskanter, es kostet einen auch Geld, weil man so viel Zeit braucht.«

»Ich fliege nicht.«

»Weil du Angst hast.«

»Weil ich noch nie irgendwo hinwollte, was weiter weg ist als drei Stunden mit dem Auto von Baltimore.«

»Oh.« Tess suchte nach einer weiteren Analogie über die Vorteile von Risiken, aber es fiel ihr nichts ein. »Dann nehme ich es zurück. Vielleicht kannst du wirklich nicht vorsichtig genug sein.«

»Das kannst du laut sagen. Wenn meine offiziellen Chefs jemals rauskriegen, dass ich was nebenbei mache, während ich noch bei ihnen unter Vertrag stehe, wäre es aus mit der kleinen Dorie. Dir kommt das vielleicht wie irgendein Mantel-und-Degen-Unsinn vor, aber ich hab dadurch eine Krankenversicherung und meine Rente.«

»Hübsch gesagt. Machst du immer noch diese Fremdwörterübungen?«

»Ja. Zwölf Kassetten für Jugendliche, die Schulprüfungen haben. Ich weiß bei den meisten Wörtern schon, was sie bedeuten, aber so höre ich auch, wie sie klingen.« Dorie starrte Tess an, für den Fall, dass die sich über sie lustig machen sollte. Aber Tess hatte bereits früh in dieser Beziehung gelernt, sich nicht mit der Systemmanagerin des *Leuchtturms* anzulegen. Aus ihrem Eckchen des Großraumbüros bei der Zeitung verkaufte Dorie auf dem Schwarzmarkt Informationen, sie bediente sich der Onlineressourcen der Zeitung und vor allem auch der Business-Programme, was nicht mal die Reporter konnten. Vergiss die *Hand an der Wiege.* Mittlerweile liegt alle Macht bei den Fingern, die Zugriff auf die Kreditwürdigkeit von jemandem haben.

»Es sind nicht bloß die Vokabeln. Deine Stimme klingt auch anders. Voller.«

»Ich höre gerade Derek Jacobi, der die *Ilias* liest. Das sind vielleicht zwanzig Stunden insgesamt, und wenn ich meine Kopfhörer zu lange auflasse, dann höre ich mich an, als käme ich aus Essex.«

»Wie wahr«, sagte Tess. Dorie hatte den Namen des englischen Schauspielers falsch ausgesprochen, aber das würde Tess ihr niemals sagen. »Nun, Durchlaucht, lasst mich Euch sagen, was ich brauche.«

Dorie hörte genau zu, sie merkte sich alles. Tess hätte ihr problemlos Ausdrucke der Dateien geben können, aber Dorie mochte kein Papier. Sie bestand darauf, dass ihre »organische Festplatte« die sicherste Möglichkeit war, Informationen aufzubewahren. Keine Stromprobleme, keine Systemabstürze, und nicht einmal die besten Hacker der Welt kamen an die Daten ran.

»Gott, Tess«, sagte sie, nachdem sie alles über die beiden Fälle wusste, und schüttelte den Kopf. »Normalerweise kein Problem, aber im Moment stehen mir ein paar Leute mit Eilaufträgen auf den Füßen. Leute, die mir deutlich mehr zahlen, als du es kannst.«

»Hey, ich hab mich für meinen lebenslangen Rabatt qualifiziert, indem ich dir diesen Nebenjob überhaupt erst vorgeschlagen habe, erinnerst du dich?«

»Klar, und ich nehm dich mal in meinem neuen Ford Explorer mit, um dir zu zeigen, wie dankbar ich bin.

Aber zusätzlich erwartet auch der *Leuchtturm*, mein offizieller Arbeitgeber, das eine oder andere von mir. Diese tyrannischen Herrscher. Kann die Suche nach Susan King ein paar Tage warten?«

»Klar.« Wahrscheinlich wäre es sogar besser. Ein zu schnelles Ergebnis könnte die barsche Mary Browne auf die Idee bringen, zu viel bezahlt zu haben. »Was ist mit dieser Beale-Sache? Kannst du mir da überhaupt helfen?«

Dorie fuhr sich mit den Fingern durch die kurzen Haare, deren Neigung zur Lockenbildung sie wie einen exotischen Vogel aussehen ließ, diese schielenden Biester mit den komischen kleinen Brüsten. »Du machst Witze. Nur Vornamen, und der Kerl ist sich nicht mal bei denen sicher? Außerdem Jugendliche, die wahrscheinlich irgendwann im Heim waren, egal ob bei einer Pflegefamilie oder in einer Jugendstrafanstalt.«

»Der Staat benutzt doch auch Computer«, bettelte Tess. »Das Jugendamt, das Sozialamt – deren Daten müssen doch auch irgendwo gespeichert sein.«

»Ich sag ja nicht, dass ich mich nicht reinhacken kann, aber man findet da nichts. Die Daten der verschiedenen Behörden sind nicht vernetzt. Es gibt keine Indizes. Und selbst in dieser Bürokratie muss man mehr als einen Vornamen haben, Tess. Aber ich kann dir relativ schnell die Ausschnitte über Beales Gerichtsverhandlung besorgen. Vielleicht stehen die Namen der Kinder da drin.«

»Daran hab ich auch schon gedacht. Aber als Minderjährige in einer Pflegefamilie dürfte ihre Identität vermutlich geheim gehalten worden sein.«

»Dann versuch es doch mal auf die ganz altmodische Tour in der Nachbarschaft. Vielleicht weiß irgendjemand, wo sie jetzt alle stecken, oder er kann dich mit den Pflegeeltern in Verbindung bringen. Mach mit deinen langen Beinen doch mal irgendwas anderes, als dieses blöde kleine Boot zu rudern.«

»Okay.« Mit der Antwort hatte Tess gerechnet, obwohl sie halb gehofft hatte, dass Dorie eine geheime, omnipotente Datenbank einfallen könnte.

Dorie wollte gehen. Tess wusste, wie das lief, sie wusste, sie würde fünf Minuten warten müssen, bevor sie selbst ging. Sie konnte sich vielleicht den Treffpunkt aussuchen, aber alles andere an dem Treffen hatte Dorie vorgeschrieben.

»Was machst du nachher?«, fragte Dorie, als sie die Tür wieder aufschloss und sich im Flur umsah. »Wollen wir irgendwo ein Bier trinken gehen?«

»Klar. Oder ... Nein, ich kann nicht. Ich trink Kaffee mit Martin Tull, wenn der Schluss hat.«

»Mit diesem *Shrimp*? Was soll das denn, bist du in ihn verknallt? Der ist doch viel zu klein für dich. Wirf ihn zurück ins Wasser.«

»Er ist bloß ein Freund. Im Moment brauche ich Freunde mehr als die große Romantik.«

Dorie lachte. »Aber sicher, Tess. Red dir das nur weiter ein.«

»Er ist ein Kumpel, nicht mehr. Ich mag ihn. Außerdem kann es nicht schaden, einen Freund zu haben, der bei der Mordkommission ist.«

»Hey, vielleicht kann er dir bei dieser Beale-Sache helfen.«

»Ach was, Sherlock.«

Tess konnte nicht oft bei Dorie das letzte Wort behalten, aber wenn, dann war es toll. Flüchtig, aber toll. Morgen würde sie eine sarkastische E-Mail in ihrem Computer vorfinden, eine subtile Erinnerung daran, wer in dieser Beziehung eigentlich auf wen angewiesen war.

Abends in ihrer Wohnung öffnete Tess zwei Dosen zum Abendbrot – Ravioli für sich, Pedigree für Esskay. Sie hatte irgendwo gelesen, dass Singles auf die Kleinigkeiten achten sollten, also nahm sie sich die Zeit, die Ravioli auf einen Teller zu schütten und dazu einen Salat mit Senfdressing aus Nora Ephrons *Sodbrennen* zu machen, einem der beiden »Kochbücher«, die sie besaß. Sie tröpfelte sogar ein wenig Olivenöl auf Esskays Futter, dann trug sie beide Gerichte auf die »Terrasse«, ein schäbiges Stück Dach, auf das man durch die französischen Fenster in ihrem Schlafzimmer gelangte. In den warmen Monaten war das ihr Esszimmer, solange Esskay die gierigen Möwen verjagte.

Vor ein paar Wochen hatte sie geglaubt, die Kommastelle auf ihrem Girokonto hätte sich verschoben, und sich einen Kaffeetisch und passende Stühle bei Smith and Hawken gekauft. Eigentlich hatte sie nur einen Stuhl kaufen wollen, aber die Verkäuferin hatte sie so merkwürdig angeschaut, dass sie am Ende vier genommen hatte; sie überkompensierte, wie immer. Sie setzte sich jeden Abend auf einen anderen, nur für den Fall, dass das grün gestrichene Metall empfindlich war. Sie kam sich vor wie Schneewittchen, das von Platz zu

Platz rutschte, bloß waren diese Plätze alle gleich und alle nicht ganz richtig.

War sie einsam? Das war nicht das Wort, mit dem sie den Zustand beschrieben hätte – das schnelle, hastige Klopfen in ihrem Hals, die Trockenheit in ihrem Mund, das andauernde Gefühl, dass sie irgendwo irgendwas Wichtiges nicht getan hatte. Nein, Einsamkeit war Melancholie, ein Gefühl, das man erfuhr, wenn man weit entfernt von der Familie und den Freunden war. Sicher, Whitney war nach Japan gezogen, und sie selbst war – eigentlich Gott sei Dank – gerade in einer Liebes-»Auszeit«, aber sie hatte noch andere Freunde und schrecklich viele Verwandte in Baltimore. Was sie empfand, musste die Sorge bei der Gründung eines neuen Geschäfts sein, ganz einfach.

»Es geht aufwärts«, sagte sie zu Esskay und sich selbst gleichermaßen und aß in ungewöhnlich kleinen Bissen von ihrem Teller. »Wir haben heute Geld auf die Bank gebracht. Jetzt haben wir ein Polster.«

Die Windhündin schaute gierig auf Tess' Teller, als wollte sie sagen: *Dann lass mich doch mit dir feiern, indem ich den Rest von deinem Essen kriege.* Tess lockte Esskay mit den restlichen Ravioli zurück in die Wohnung, dann ging sie hinunter in den Buchladen im Erdgeschoss, in der Hoffnung, dass ein Treffen mit der Besitzerin, ihrer Tante Kitty, ihre Laune bessern würde.

Kitty war im Laden, sie räumte neu angelieferte Bücher ein. FRAUEN UND KINDER ZUERST war als Familienunternehmen bei einem Krebs-Festessen vor mehreren Jahren gegründet worden, als eine plötzlich flüssige

Kitty Monaghan wortwörtlich mit einem nicht ganz so überraschend bankrotten Poppa Weinstein zusammentraf. Natürlich hatte ihm die kleine Rothaarige gefallen – sie gefiel allen Männern –, aber er mochte auch ihren Vorschlag, in seinem ehemaligen Flagship-Drugstore einen Nischen-Buchladen einzurichten. »Ich habe immer in erster Linie Frauen und Kinder bedient«, sagte er Kitty, während sie ihre Krebshämmer schwangen, »warum also nicht Bücher für Frauen und Kinder? Mach mir ein Angebot.«

Der *Titanic*-inspirierte Name des Ladens passte nach einem Jahr nicht mehr. FRAUEN UND KINDER ZUERST, aber nicht *ausschließlich*, hatte Kitty befunden und langsam auch männliche Autoren bei den Frauenbüchern zugelassen. Ihre einzige Forderung bestand darin, dass es in den Büchern der Männer starke weibliche Charaktere geben müsste, wodurch viele berühmte Autoren rausfielen.

»Ich meine, man kann sie auch ignorieren, aber was bringt das?«, fragte sie Tess am Abend, während sie Bücher von noch mehr Fremdlingen auspackte. Amis, Ellroy, Updike, die beiden Roths, Henry und Philip, die neuesten Werke der lokalen Autoren, Madison Smartt Bell und Stephen Dixon. »Eine Weile hat man seine Ruhe, aber am Ende muss man sich doch mit ihnen auseinandersetzen.«

»Deswegen wollte ich nicht auf die Western High School«, sagte Tess, die es sich an der alten, U-förmigen Getränkebar bequem gemacht hatte, welche immer noch den Mittelpunkt des Ladens bildete. »Eine Städtische Mädchen-Highschool ist eine nette Idee, aber ich wollte mich nie in dieser kleinen kuscheligen Mädchenwelt in Sicherheit wiegen.«

»Blödsinn«, sagte Kitty und trat die leeren Pappkartons flach. »Du wolltest nicht auf die Western gehen, meine liebe Nichte, weil du schon mit Appetit auf Testosteron auf die Welt gekommen bist. Du hattest was gegen die Western, weil du nicht in einer flirtfreien Zone sein wolltest.«

»Das siehst du falsch. Wir konnten so viel flirten, wie wir wollten – draußen auf dem Hof beim Mittagessen, mit den Jungs von der Polytechnischen. Ich aber wollte mich mit ihnen streiten, ich wollte bessere Noten kriegen als sie, und ich wollte wissen, ob sie mich dann immer noch fragen, ob ich mit ihnen ausgehe.«

»Tess, du hattest mit zwölf Körbchengröße C. Einstein hätte ein Date mit den Poly-Jungs gekriegt, wenn er Brüste gehabt hätte. Genau genommen ist Einstein mit Brüsten wahrscheinlich der absolute Traum für die Polys.«

Kittys neuster Freund, der fünfundzwanzig zu sein schien, verglichen mit ihren vierzig-plus-x, kam in diesem Augenblick in den Laden herein, er hielt ein paar Iris im Arm, deren zerfetzte Stiele darauf hindeuteten, dass er sie bei irgendjemandem aus dem Garten gepflückt hatte. Will Elam. *Will-Er-Lange* für Tess. Ein Student, den Tess für Kitty ein wenig zu dürr und ein bisschen zu kopfig fand. Die Klugen wurde sie am Ende der zwei, drei Wochen, die sie ihren Freunden zugestand, niemals problemlos los. Sie wollten immer wissen, *warum*, wo es doch kein Warum gab, außer dass Kitty eben verdammt schnell gelangweilt war.

»Jetzt, wo du es erwähnst, fällt mir, glaube ich, ein, von welcher Seite der Familie dieses wilde Ausgeh-Gen kam«, sagte Tess.

Kitty freute sich über ihre Blumen und ignorierte Tess. Will war völlig verloren im Kitty-Land, diesem kleinen Fleckchen, dessen Fahne die Farbe erdbeerblonder Locken hatte, dessen offizieller Duft Freesien waren und in dem das einzige Geräusch, das man hörte, ein samtenes Flüstern war.

»Ich geh aus«, verkündete Tess, nur falls sich doch noch jemand für sie interessierte. »Warte nicht auf mich.«

4

Im Daily Grind bestand Tess darauf, Martin Tulls Café Latte und seine Schokoladen-Biscotti zu bezahlen.

»Ich habe irgendwie das Gefühl, du willst was von mir«, bemerkte er trocken.

»Krass. Bist du jemals auf die Idee gekommen, dass ich dich vielleicht einfach noch mal einladen will, statt dass du immer bezahlst, als wäre ich ein Sozialfall?«

»Und vielleicht willst du auch noch was von mir.«

»Vielleicht«, sagte sie und rührte ein wenig Zucker in ihren Cappuccino. Sie hatte es nicht eilig. Tulls Neugier würde irgendwann siegen. Er interessierte sich sehr für ihr neues Geschäft, unter anderem auch, weil er sie mit seinem pensionierten Kollegen Edward Keyes zusammengebracht hatte. Tess vermutete, dass auch er eines Tages auf Privatdetektiv umsatteln würde, wenn der Commissioner jemals seine Drohung wahr machte, ihn in eine andere Abteilung zu versetzen. Tull gehörte in die Mordkommission. Solange er dort arbeiten durfte, würde er nicht gehen.

Aber jetzt war er abgelenkt, er schaute hinüber zu dem kleinen Pier, der sich gegenüber vom Coffeeshop befand.

»Sie sind nicht da«, sagte Tess.

»Wer?« Seine Stimme klang unschuldig, als hätte er nicht schon ein paar Mal hinüber zum Pier geschaut.

»Deine Alter Egos. Sie haben Pause. Ich vergesse immer, welche Figur auf dir beruht? Der Blonde, dessen Augen zu eng zusammenstehen, oder der Kahle, der immer gleich in die Luft geht?«

»Er ist nicht mehr kahl, und er steigt aus der Serie aus, selbst wenn sie noch eine Staffel drehen.«

»Ich dachte, du guckst das nicht?«

»Manchmal steht was in der Zeitung darüber. Ich lese die Artikel, um sicher zu sein, dass sie nicht bei mir in der Gegend drehen. Dann sperren sie Straßen und so, das nervt richtig. Sie scheinen Hamilton zu mögen. Im Nordost-Distrikt gibt's alle möglichen verschiedenen Häuser. Das sieht im Fernsehen wahrscheinlich gut aus.«

Tess lächelte. Baltimore war normalerweise sehr heikel, was das eigene Image anging, aber alle liebten die Fernsehserie über die hiesigen Mordfälle. Die Sendung lief auf einem der großen Sender und war so bekannt, dass sich ein Gangster einmal versehentlich einem der Darsteller ergeben hatte. Zugegebenermaßen konnten die Dreharbeiten manchmal nerven, vor allem hier in Fells Point, wo der Pier als Polizeihauptquartier herhalten musste. Aber die Serie stellte die Stadt korrekt dar, und nach all den Jahren, in denen man mit Bildern aus New York und Los Angeles vollgestopft worden war, war es richtig aufregend, wenn jemand im landesweiten Fernsehen »Wilkens Avenue« und »Fort McHenry Tunnel« sagte, als wären das tatsächlich existierende Orte.

»Aber deswegen treffen wir uns immer hier, oder? Weil du gerne mal die Schauspieler sehen möchtest.«

»Ich trink gern Kaffee und mag keine Bars«, sagte Tull.

»Du wohnst in Fells Point. Wo sollen wir uns sonst treffen?«

»In einem anderen Coffeeshop?«

Eine Blondine am Nachbartisch versuchte, Tulls Blick einzufangen, hatte aber kein Glück. Frauen fielen ihm niemals auf. Na ja, fast nie – irgendwo in der Vergangenheit schlummerte eine Ex-Frau. Aber vielleicht war sie genau deswegen eine Ex, weil er ihr auch keine Aufmerksamkeit hatte zuteilwerden lassen. Tull schwieg sich darüber aus. Frauen seufzten immer, wenn sie ihn sahen, sie warfen sich ihm praktisch vor die Füße, aber dieser ausgezeichnete Detective konnte den Fall seines eigenen Liebeslebens nicht lösen. Irgendwo tief drin war er auf ewig ein kleiner dünner Junge mit Akne, ganz abgesehen von diesen lächerlich kleinen Händen und Füßen.

Tess war nicht scharf auf ihn. Sie würde, wie sie es sich vorgenommen hatte, mit niemandem ausgehen, bis sie herausbekommen hatte, wieso sie sich immer die Falschen aussuchte. Von den letzten drei Männern in ihrem Leben war einer tot, einer im Gefängnis und einer in Texas. Keines dieser Schicksale wünschte sie Tull, dem Nicht-Trinker.

»Hast du ein Alkoholproblem?«, fragte sie plötzlich.

»Das wäre doch nun wirklich ein Klischee, findest du nicht?«, entgegnete Tull. »Der versoffene Bulle.«

»Ein Klischee ist doch nur eine Wahrheit, die durch zu häufige Wiederholungen banal wurde.«

»Wie fändest du es, wenn ich dir sage, dass ich glaube, *du* trinkst zu viel, und deswegen treffe ich mich mit dir hier, damit du dich an nichts anderem als Koffein vergreifen kannst?«

Tess dachte darüber nach. Persönliche Beobachtungen faszinierten sie, selbst wenig schmeichelhafte. Trank sie wirklich zu viel, oder versuchte Tull bloß, ihre Frage abzuwehren? Sie folgte H.L. Menckens Tipps für verantwortungsbewussten Alkoholgenuss: Niemals vor Sonnenuntergang trinken und nie drei Tage hintereinander. Na ja, sie hielt sich jedenfalls einigermaßen an diese Regeln. Man musste ja nicht unbedingt auf den Abend warten, wenn gerade Sommerzeit war. Und ein Gläschen Wein zum Mittag erschien ihr auch bloß zivilisiert.

»Dann würde ich sagen, dass du versuchst, mir auszuweichen«, sagte sie. »Und wo wir schon bei Klischees sind: Alle glauben, dass ich alles bis zum Exzess auslebe, aber ich kann mit allem aufhören, jederzeit. Du kannst es ja ausprobieren.«

»Männer zum Beispiel. Was aber hieße, dass ich dich nicht ausprobieren könnte.« Er veralberte sie. Tull wäre sofort zum Ausgang gerannt, wenn er glaubte, sie wäre in ihn verliebt. Tess bemerkte plötzlich Nancy LaMotts Stimme, die im Raum hing und sich an ihnen rieb wie eine rollige Katze. Es war einer dieser merkwürdigen Augenblicke, in denen die Hintergrundmusik plötzlich zum passenden Soundtrack wurde. *Moonriver* in diesem Fall. *Two drifters. Huckleberry friends,* was auch immer das heißen sollte.

»*Frühstück bei Tiffany*«, sagte Tull.

»Tolle Geschichte, schrecklicher Film.« Tess heulte jedes Mal, wenn sie ihn sah.

»Hab ich dir je erzählt, wie George Peppard mich von der Schlaflosigkeit heilte? Auf irgendeinem Sender gab's jede Nacht *Banacek*-Wiederholungen. Das hat mein Problem ganz schnell gelöst.«

»Wann war das denn? Nach deiner Scheidung?«

»Ich weiß nicht mehr.« So nah und doch so weit. Sie war wieder einmal voll gegen eine von Martin Tulls inneren Mauern gerannt. Er konnte sich an alle Einzelheiten jedes Mordfalls erinnern, den er je in dieser Stadt bearbeitet hatte, aber er tat immer ganz vergesslich, wenn man ihm eine persönliche Frage stellte.

»Also, ich hatte heute tatsächlich Klienten«, sagte sie, weil sie wusste, dass dieses Thema ihn interessierte.

»Ja?«

»*Zwei* Klienten an einem Tag. Eine ganz einfache, simple Vermisstengeschichte. Gott segne das tolle Internet-Suchsystem Autotrack.«

Tull biss mit seinen kleinen, sehr gleichmäßigen weißen Zähnen seinen Biscotti entzwei. »Eine Menge dieser Computerabfragen sind illegal, oder sie sollten es zumindest sein. Ich will nicht allzu viel darüber wissen, wie du herausfindest, was du herausfindest. Das ist mir zu heikel.«

»Ich mach das nicht selber, wenn dich das beruhigt. Aber ich will dich etwas zu dem anderen Fall fragen. Es geht unter anderem darum, minderjährige Jugendliche zu finden, die vielleicht in Pflegefamilien sind. Da hilft einem der Computer nicht weiter, habe ich mir sagen lassen.«

»In Baltimore?« Tull trommelte mit den Fingern auf den Tisch. Er war sofort gefesselt.

»Maryland. Glaube ich. Hoffe ich. Ich kenne nicht einmal ihre vollen Namen.«

»Wer will sie finden? Warum?«

Sie umging die erste Frage. Es ging Tull nichts an, wer zu ihr kam, aber das Warum könnte geschickt formuliert reichen, um ihn dazu zu bringen, ihr zu helfen. »Sie haben vor ein paar Jahren vor Gericht ausgesagt. Mein Mandant hat das Gefühl, ihnen etwas schuldig zu sein, und möchte ihnen etwas zukommen lassen.«

»Autounfall?«

»Jedenfalls eine Art Unfall. Diese Kinder waren die einzigen Zeugen. Er weiß ihre Nachnamen nicht mehr, und bei den Vornamen ist er sich nicht sicher.«

»Tess, das ist doch ganz einfach. Ich meine, es ist so einfach, du solltest dich schämen, dass du nicht weißt, wie das geht.«

Sie machte eine Schnute. »Okay, ich schäme ich, aber ich hab keine Ahnung. Was muss ich machen? Wie fange ich an?«

»Diese Kinder waren Zeugen vor Gericht, ja? Also musst du nur den Namen des Falls in den Gerichtscomputer eingeben, dann erscheint die Zeugenliste. Selbst Minderjährige werden mit vollem Namen genannt, wenn sie als Zeugen vorgeladen werden. Auch bei zivilrechtlichen Verfahren.«

Tess nippte an ihrem Cappuccino und sagte hochnäsig: »Aber ich hab nicht gesagt, dass es ein Zivilverfahren ist. Das denkst du dir bloß.«

»Egal, ob zivil oder nicht, du hast doch gesagt ...« Tull schaute sie an. »Willst du mich veralbern, Tess? Wer ist denn nun dein Klient? Ist das einer von meinen Fällen?«

»Die Namen meiner Mandanten sind vertraulich, Detective Tull, das solltest du doch wissen.«

»Kriminalrecht, Kriminalrecht, Kriminalrecht«, murmelte er vor sich hin. »Mordfall?«

»Das geht dich nichts an.«

»Also ein Mordfall. Ein Mordfall, bei dem Kinder die Zeugen waren.« Tess konnte beinahe sehen, wie Tull im Kopf Akten durchging, er überflog alle der über zweitausend Fälle, die in den letzten sieben Jahren von der Mordkommission behandelt worden waren. »Kinder, Kinder, Kinder. Der Typ, der in Cedonia erschossen wurde, weil er zu spät mit der Tochter aus dem Kino kam?«

»Wenn ich dir den Namen meines Mandanten sage, könnte Tyner seine Zulassung verlieren. Außerdem könntest du nicht falscher liegen.«

»Oder der Typ, der diesen Vierzehnjährigen erschossen hat, als der gegen sein Auto trat und den Alarm auslöste?«

Das brachte sie aus dem Gleichgewicht. »Ist mir was entgangen?«

»Nein, das kann es nicht sein. Da wurde das *Kind* getötet, die Zeugin war eine alte Frau, die auf ihrer Veranda saß.« Tull schnipste mit den Fingern. »Totes Kind. Kinder als Zeugen. Beale. Luther Beale. Dieses verrückte Arschloch.«

»Ich weiß nicht, ob er verrückt ist. Er ist ein bisschen eigenartig. Aber wer wäre das unter diesen Umständen nicht?«

»Also *ist* es Beale.« Begeistert boxte sich Tull in die eigene Handfläche. »Mann, ich kann nicht fassen, dass du irgendwas glaubst, was der alte Sack dir erzählt.«

Tess erhob sich abrupt. Sie war wütend darüber, wie

leicht sie sich dazu hatte bewegen lassen, seine Vermutung zu bestätigen. Tull warf einen Blick auf ihr Gesicht und fragte: »Wieso gießen wir unseren Kaffee nicht in Pappbecher und gehen ein bisschen spazieren?«

Fells Point war am Freitagabend voller Passanten, aber Tess und Tull wussten, wie sie die betrunkenen Menschenmassen hinter sich ließen. Sie gingen die Fell Street entlang, eine kleine Ansammlung neuer Stadthäuser und Wohnblöcke, die auf einer langen Landspitze in den Hafen hereinragten. Es gab hier nicht genug Parkplätze für zufällige Besucher, und die einzige Bar war relativ langweilig. Sie gingen zum Dock und setzten sich hin, schauten über das Wasser zum Locust Point. Tess konnte die Überreste der Fabrik von Procter & Gamble sehen, in der Beale gearbeitet hatte, neben der Fabrik von Domino's. Die Leute aus Baltimore nannten es nur »Sugar House«, denn das Gebäude verfügte über ein leuchtendes Neonschild, das Tausende Baltimore-Erinnerungen erhellte.

»Luther Beale will wiedergutmachen, was er getan hat«, sagte sie. »Ist das so schwer zu glauben? Muss man heutzutage schon *leichtgläubig* sein, um zu glauben, dass jemand etwas Anständiges tun will?«

»Tut mir leid«, sagte er. »Das Wort hätte ich nicht benutzen sollen. Aber Luther Beale – Herrgott, Tess, er ist der Teufel. Er sollte Luzifer Beale heißen.«

»Der Teufel? Dieser alte Mann in seinem braunen Anzug? Oh, Martin, ich weiß, er hat einen kleinen Jungen erschossen, und das finde ich schrecklich, aber er ist nicht böse. Er ist ein alter Mann, der einen schrecklichen Fehler gemacht hat. Er ist nicht der Erste mit einer Pistole, dem das passiert. Immerhin will er es wiedergutmachen oder es zumindest versuchen.«

»*Das* ist das Problem. Er ist im Herzen immer noch eine Art Ein-Mann-Bürgerwehr, er richtet sich sein eigenes Rechtssystem ein. Erst war er Richter und Henker in einer Person, jetzt will er die Jury sein und Schmerzensgeld zahlen.«

»Er hat einen Fehler gemacht. Einen schrecklichen, furchtbaren, tragischen Fehler. Ich sage nicht, dass das zu rechtfertigen ist, aber es ist nicht so furchtbar, wie du es darstellst.«

»Einen Fehler? *Einen* Fehler?« Tull schrie jetzt beinahe. Dann hielt er inne. Er riss sich zusammen. »Ich wette, er hat dir gesagt, er sei nicht vorbestraft. Stimmt's?«

»Er hat gesagt, er hätte einmal Probleme gehabt, weil er ohne Gewerbeschein Renovierungen …«

»Check ihn durch, Tess. Dann wirst du einen Angriff von vor fünfzehn Jahren finden. Wenn der andere Typ nicht 250 Pfund gewogen hätte und eins neunzig groß gewesen wäre, wäre das wahrscheinlich Beales erste Mordanklage gewesen. Er hat PBJ bekommen – *Probation before judgment*, Bewährung ohne Verhandlung.«

»Ich weiß, was PBJ ist«, blaffte Tess. »Ich weiß auch, dass es dasselbe ist, wie nicht vorbestraft zu sein, also hat Beale die Wahrheit gesagt. Wenn ich ihn durchcheckte, würde ich gar nichts finden.«

»Ja, Beale hat aus diesem Zwischenfall etwas Wichtiges gelernt«, fuhr Tull fort. Er ignorierte sie. »Such dir jemand in deiner Größe. Nein, jemand Kleineres, ein Kind. Ein elf Jahre altes Kind, Tess, das vielleicht fünfundsiebzig Pfund wog. Der Junge hatte ein paar Steine in der Hand. Luther Beale hatte eine .357 Magnum. Das war nicht wirklich ein fairer Kampf auf der Fairmount.«

»Ich hab ihn getroffen«, wandte Tess ein. »Ich hab mit ihm gesprochen. Es tut ihm wirklich leid. Wenn überhaupt, dann hat er das Gefühl, dass er noch nicht genug dafür bezahlt hat. Nur darum geht es. Er hat aus der Bibel zitiert. Er wäre nicht der erste Kriminelle, der im Gefängnis zu Gott findet.«

»Ja, und er wäre nicht der Erste, der es wieder tut, wenn er rauskommt.« Tull schaute hoch zum Mond, der sich voll über dem Hafen erhob, dick und von einem ekligen Grüngelb. »Sag mal, Tess, hattest du kein komisches Gefühl bei diesem Kerl? Ich habe eigentlich großes Vertrauen in deine Instinkte. Ich hab dich durch eine Leiche kennengelernt, und ich hab auch da deinen Gefühlen getraut.«

»Zuerst nicht«, erinnerte sie ihn. »Erst als ich schon fast tot war.«

Wunderbar, diese kleine Spitze hatte ihm wehgetan, obwohl es wirklich nicht seine Schuld gewesen war. Aber er hatte ihr auch wehgetan, indem er ihre Einschätzung in Zweifel zog.

»Ja, okay, verstanden. Aber fandest du Beale nicht irgendwie sehr eigenartig?«

»Nein, ganz und gar nicht«, sagte sie. »Ein bisschen nervig; ich sollte aufmerksam sein und ihm verdammt gut zuhören. Er war fast schon unhöflich. Aber ehrlich gesagt, mit ihm zu reden war nicht viel anders, als mit meiner Großmutter zu reden.«

»Unhöflich ist noch nicht mal der Anfang. Vor Gericht hieß es, dass er aussagen wollte, dass er auf Notwehr oder irgendeinen anderen Unsinn plädieren wollte. Sein Anwalt hat es ihm ausgeredet, was Beales Laune nicht verbesserte. Donnie Moores Mutter kam jeden Tag ins Gericht, sie hat das gesamte Verfahren mitgemacht. Alles, was sie wollte, war, dass Beale einmal sagte: ›Es tut mir leid.‹ Weißt du, was er ihr gesagt hat, als sie sich schließlich im Flur trafen?«

»Nein«, sagte Tess, während in ihrer Erinnerung die Aussagen von vor fünf Jahren zum Leben erwachten. »Und das muss ich auch nicht wissen.«

»Ich sag's dir trotzdem.« Tull beugte sich zu ihr herüber, und er senkte die Stimme, so wie es alte Frauen taten, wenn sie gezwungen waren, einen Fluch zu wiederholen. »Er hat zu dieser Frau, die um ihr einziges Kind trauerte, gesagt: ›Wenn Sie eine gute Mutter gewesen wären, dann hätte Donnie nicht bei mir in der Gegend leben müssen, und dann wäre er jetzt nicht tot.‹ Netter Kerl, was? Ein echtes Goldstück.«

Tess sagte nichts, sie schaute bloß hoch zum Mann im Mond. Ihr ganzes Leben lang hatte sie den Vollmond in der Hoffnung angeschaut, das Grinsegesicht zu sehen, aber sie sah immer nur ein trauriges Gesicht, der Mund hatte die Form eines kleinen traurigen Os, als pfiffe er ein trauriges Lied.

Tull legte seine Hand auf ihre, eine merkwürdige Geste für ihn. Eine merkwürdige Geste für sie *beide:* Sie waren erst seit Kurzem Freunde, und keiner von beiden war besonders romantisch veranlagt. »Ich sag es dir noch einmal, Tess, und du kannst mich diesmal wieder ignorieren, wenn du willst, aber es stimmt: Luther Beale ist ein übler Kerl. Lass es sein.«

»War es dein Fall?«

»Nein, aber ich kenne die Jungs, die …«

»Also ist das alles nur Hörensagen.«

Tull nickte langsam. »Das muss man wohl sagen.«

»Du hasst Bürgerwehren wirklich, oder? Ist das so eine Bullensache? Hast du wirklich Angst vor dem, was passiert, wenn die Leute das Gesetz in ihre eigenen Hände nehmen? Oder liegt es daran, dass Luther Beale der Beweis ist, dass die Polizei versagt hat? Wenn die Cops diese Kinder aufgehalten hätten, dann wäre nie geschehen, was geschehen ist.«

»Das ist nicht fair, Tess.«

Nein, das war es nicht. Aber Freunde mussten verschiedener Meinung sein dürfen, sie mussten einander wütend machen dürfen, sie mussten vergeben und vergessen. Selbst in ihrem Zorn wurde Tess klar, dass Tull und sie einen kleinen Meilenstein auf dem Weg ihrer Beziehung passiert hatten. Sie hatten miteinander gestritten und jetzt vertrugen sie sich wieder.

»Was stört dich so an Luther Beale? Ich will es wirklich wissen.«

Tull ließ sich Zeit mit der Antwort. »Ich mag keine Bürgerwehren, weil ihre Form des Rechts keine Verhältnismäßigkeit kennt. Sie nehmen das Recht einfach in die eigenen Hände. Sie halten sich selbst für wertvoller als alle und alles andere. Wir stehen auch so schon kurz vor der Anarchie. Wir brauchen dafür keine Luther Beales.«

»Aber er hatte recht, nicht wahr? So gemein es war, er hatte recht.«

»Er hatte recht, Donnie Moore zu erschießen?«

»Er hatte recht, dass Donnie Moore nicht mitten in der Nacht über die Fairmount Avenue gezogen wäre, wenn seine Mutter von Anfang an ihren Job getan hätte.«

»Das ist hart, Tess.«

Diesmal machte sie sich nicht die Mühe zu widersprechen.

5

Zu ihrem eigenen Ärger bemerkte Tess, dass sie einen Garth-Brooks-Song summte, als sie am nächsten Morgen auf dem Patapsco ruderte. Das war eine ihrer heiß geliebten Gewohnheiten, und sie hatte sie sehr vermisst, als sie Anfang des Jahres wegen ihrer Verletzungen nicht aufs Wasser gekonnt hatte. Ihr Hirn war wie ein Kanalgitter bei Platzregen, sie konnte auch nichts dafür, was darin hängen blieb – aber *Garth Brooks*, um Gottes willen, nur eine einstudierte Pose und ein großer Hut. Aber ihre Parodie passte trotz allem prima zu den Ruderschlägen, die ihr Alden durch das dunkle Wasser trieben. »I have low friends …«, begleitete sie vom Beginn bis zur Mitte des Zugs, »… in high places« war dann der Schluss. Vier Strophen, jede ein wenig schneller als die zuvor, reichten, um sie von der Hanover Street Bridge zum Bootshaus zu befördern.

Und auch sie hatte einige nützliche Freunde und Verwandte in Schlüsselstellen der städtischen Verwaltung. Onkel Donald hatte über die Jahre in praktisch jeder Behörde gearbeitet, während die Arbeit ihres Vaters bei der Behörde, die Alkoholverkaufslizenzen kontrollierte, ihm eine interessante Mischung »Freunde« in ganz Baltimore eingetragen hatte. Außerdem kannte sie einen Reporter, der im Gegensatz zu Dorie nichts für seine Dienste berechnete. Einen Reporter, der Tess einiges schuldig war. Die großherzige Tess entschied, sie sollte ihm die Gelegenheit geben, seine Schulden zu bezahlen, indem er ihr die Gerichtsakte Luther Beales besorgte – samt der Liste mit Zeugennamen darin. Sie würde ihm eine Nachricht auf dem Anrufbeantworter hinterlassen, sobald sie nach Hause kam, und wenn sie aus der Dusche stieg, wäre ihre Arbeit getan.

Im Clarence Mitchell Courthouse hatten die Sommerferien schon begonnen. Es standen keine Satelliten-Lkws davor, was bedeutete, dass drinnen keine heißen Verfahren stattfanden. Die Luft in den dämmrigen Fluren war kalt und abgestanden, wie die im Kühlschrank nach zwei Wochen in Ocean City.

»Wer klopf-klopf-klopft denn da an meine Tür?«, grummelte eine Stimme, als Tess am Pressebüro klopfte.

»Der kleine Billygoat Gruff, du Troll. Darf ich deine Zugbrücke überqueren?«

»Nicht beim Haar am Kinn meiner Urgroßmutter.«

»Jetzt kriegst du die Märchen durcheinander. Das haben die drei kleinen Schweinchen zum großen bösen Wolf gesagt.«

»Leck mich. Oh, tut mir leid, *das* haben Hänsel und Gretel zur Hexe gesagt.«

Die Tür schwang auf. Wie üblich hatte Kevin Feeney sich nicht die Mühe gemacht aufzustehen, um zu öffnen, er war bloß in seinem Bürostuhl herübergerollt, den Telefonhörer zwischen Schulter und Ohr geklemmt, dann rollte er wieder zurück an seinen Schreibtisch und beschwerte sich die ganze Zeit: »Du bist ein nutzloser Sack Scheiße. Das weiß ich schon seit Wochen.« Das musste eine seiner Quellen sein, dachte Tess. Mit seinem Chef hätte Feeney deutlich barscher geredet. »Ja, dann erzähl mir halt was, was ich nicht weiß. Ach ja? Man hört aus Spanien auch die Neuigkeit, die Welt sei keine Scheibe.«

Beim Reden wühlte er in einem Papierstapel auf seinem Schreibtisch, dann reichte er Tess den Ausdruck, den dem Gerichtscomputer zu entlocken sie ihn gebeten hatte. Ja! Da standen ganz einfach die Namen. Destiny Teeter. Treasure Teeter. Salamon Hawkings. Eldon Kane.

»Wahnsinn. Beale hatte einen von vier richtig.« Einen von vier, und dann auch noch den, der ihn am wenigsten kümmerte, das Mädchen: Destiny. Er hatte auch mit dem »El«-Namen recht gehabt – das musste der kleine Dicke sein, von dem er erzählt hatte.

»Ja, ja, ja«, murmelte Feeney ins Telefon und bedeutete Tess, dazubleiben. »Wieso rufst du nicht jemanden an, den das interessiert? Mir ist dieser Mist doch wurscht. Ich schreib keine Kommentare und mache auch nicht die verfluchten Schlagzeilen. Willst du dich bei mir auch noch über den Vertrieb beschweren? Kriegst du die Zeitung direkt vor die Tür, oder musst du bis auf den Bürgersteig gehen?«

Dann eine Pause, in der der Anrufer etwas sagte. »Mittagessen? Klar. Nächsten Mittwoch passt mir gut. Machen wir's in dem Nudelladen in Towson. Zwölf Uhr? Besser zwölf dreißig.«

»Deine neue Freundin?«, fragte Tess, als er aufgelegt hatte.

»Deine *Mama.* Sie geht nur zu gerne in diese billigen Motels am Pulaski Highway auf ein Mittagspäuschen.«

»Das wäre wirklich toll. Ich würde meine Mutter deutlich mehr respektieren, wenn ich das Gefühl hätte, dass sie auch mal die Kontrolle verlieren kann. Oder wenigstens meiner Großmutter gegenüber mal Nein sagt. Gramma schmeißt meiner Mutter heute Abend eine tolle Party zum fünfzigsten Geburtstag, was in Wirklichkeit heißt, dass sie meine Mutter zwingt, ihren eigenen Geburtstag in der Wohnung meiner Großmutter zu feiern.«

»Nicht, dass mich die Angelegenheiten deiner bekloppten Familie nicht wahnsinnig faszinierten, aber ich hab noch was für dich. Ich hab die Namen der Kinder durch das elektronische Archiv der Zeitung gejagt, nur falls einer von ihnen zu einem ausgezeichneten Schüler oder Kabinettsmitglied herangewachsen wäre. Ich hab's sogar bei Nexis probiert, obwohl das vielleicht ein bisschen weit hergeholt ist, aber ich geb das Geld der Zeitung gern für solchen Unfug aus. Zwei Treffer. Ich darf dir die freudige Mitteilung machen, dass Eldon Kane, gerade mal achtzehn geworden, ins Erwachsenenstrafrecht versetzt worden ist. Don Pardo, wieso erzählen Sie unseren Zuschauern nicht, was Eldon gewonnen hat?«

Feeney sprach nun mit der samtweichen Stimme eines Fernsehansagers. »Nun, Bob, Eldon hat sich für einen Haftbefehl wegen eines Autodiebstahls qualifiziert, weil er sich nicht bei seinem Bewährungshelfer gemeldet hat. Jetzt ist er ein gesuchter Mann und hält sich wahrscheinlich nicht mehr in diesem Bundesstaat auf.«

Tess, die begonnen hatte zu hoffen, dass Feeney ihr mehr Arbeit abgenommen hatte, als sie zu träumen gewagt hätte, sackte in sich zusammen. »Na, das ist ja wunderbar. Wenn die Bullen ihn schon nicht finden können, wie soll ich das dann schaffen?«

»Du hast ja noch einen Treffer. In den Unterlagen des *Leuchtturms* tauchte ein weiterer Name auf. Der Hawkings-Junge hat vor drei Jahren irgendeinen bundesweiten Forensik-Wettbewerb gewonnen, da war er noch Achtklässler an der Gwynn's Falls Middle School, knapp außerhalb der Stadt. Das war nur eine Liste in Achatschrift, aber da stand er drauf.«

»Das ist ja schon was«, sagte Tess und notierte die Information auf ihrem Ausdruck. »Vielleicht kann die Schule mir sagen, wo er zur Highschool geht.«

»Hast du die Namen der Eltern? Das würde natürlich weiterhelfen.«

»Hey, ich hatte noch nicht mal die Namen der Kinder, bis du mir das hier gegeben hast. Und was ist mit den Pflegeeltern? Hast du was über die?«

»Ja, George und Martha Nelson. Die sind jetzt in D. C. Die Privatisierung und das derzeitige politische Klima haben es gut mit ihnen gemeint. Sie haben einen Haufen Geld gekriegt, um eine Art Waisenhaus mit eigener Schule für ›gefährdete‹ junge Schwarze einzurichten. Die Benjamin Banneker Academy. Vor zwei Monaten standen begeisterte Berichte sowohl in der *Washington Post* als auch in der *Washington Times*, wahrscheinlich das einzige Mal, dass die beiden sich in irgendwas einig waren. Aber in keinem der Artikel steht etwas darüber, was vor fünf Jahren in Baltimore geschah. Wahrscheinlich haben die Reporter nichts davon gewusst, und die Nelsons haben es sicher nicht freiwillig erzählt.«

»Vielleicht dachten sie, dass sie weniger Geld bekämen, wenn sie zugäben, dass eines ihrer Pflegekinder umgebracht worden ist.«

»Sie haben ihnen nicht ausdrücklich erlaubt, nachts um zwei loszuziehen und Windschutzscheiben einzuschlagen.« Feeney blätterte in seinem Reporter-Notizbuch. »Ich hab eine Adresse von Donnie Moores Mutter rausgesucht – sie hat versucht, Beale zu verklagen, während er im Gefängnis saß, sie wollte sich an seine Rente und Sozialversicherung dranhängen. Da ist es – einer dieser Wohnblöcke, die sie demnächst in die Luft jagen, dort am Westufer.«

Tess machte eine weitere Notiz auf ihrem Block, sie schrieb die Adresse ab, die auf der inneren Umschlagseite von Feeneys Reporter-Notizblock prangte.

»Was ist aus der Klage geworden?«

»Es gab einen Vergleich. Die Akte ist versiegelt, aber bei Gericht heißt es, dass sie am Ende weniger als fünfstellig bekam, nachdem ihr Anwalt noch seinen Teil kassiert hatte. Wie sie so was ausrechnen, ist nicht ganz schön. Donnie Moores Wert wird auf der Basis seines möglichen zukünftigen Verdienstes kalkuliert.«

»Verdammt, ich frage mich, was ich demnach wert wäre?«

»Teufel, Tess, für dich bekämen sie mehr, wenn sie die Einzelteile verkaufen.« Feeney kicherte über seinen eigenen Scherz.

»Besten Dank. Wollen wir demnächst mal miteinander zu Abend essen?«

»Vielleicht ein anderes Mal. Ich hab vier Wochen Urlaub. Ich hab mittlerweile so viel Urlaub angespart, dass sie mich wegschicken.«

»Wo fährst du hin?«

Feeney schaute peinlich berührt. »Kalifornien. Meine Schwester wohnt in Long Beach, und ich hab ihre Töchter seit drei Jahren nicht gesehen. Wir machen irgendwelchen Familienmist zusammen, fahren nach San Diego in den Zoo, irgend so was, und dann fahr ich noch allein nach Baja, setz mich an den Strand und saufe. Warst du mal da? Schöne, schöne Gegend.«

Tess ließ sich von seinem Gesabbel über Baja nicht ablenken. »Feeney, du gehst mit deinen Nichten nach Disneyland?«

Er nickte erschrocken. Das Telefon klingelte und er griff nach dem Hörer; erleichtert blökte er hinein: »Ach ja? Ja, fick dich auch, Bunky. Weißt du, wenn ich irgendwelchen Scheiß von dir will, dann presse ich deinen Kopf aus.«

Tess winkte zum Abschied. Sie musste noch über die Vorstellung grinsen, dass Feeney und seine Nichten mit den Piraten der Karibik spielten, Feeney sich dem Roboter-Lincoln stellte, Feeney von den verschiedenen Disney-Charakteren in die Mangel genommen wurde, die er mit seiner sauren Miene wie ein Magnet anziehen würde. Wenn sie davon Fotos bekommen könnte, dann hätte sie als Erpresserin ausgesorgt.

Das Schulbüro der Gwynn's Falls Middle School schien sowohl im übertragenen Sinne als auch wortwörtlich zu zerschmelzen – verschwitzte Missetäter warteten vor dem Büro des Konrektors, alle Telefone klingelten gleichzeitig, und die Klimaanlage war kaputt. Tess, die in ihrer eigenen Schulzeit zwei- oder dreimal zum Vize gerufen worden war, fühlte sich schuldig und verängstigt, mitten in diesem Chaos, als könnten all die ungestraften Sünden ihrer Jugend plötzlich ans Licht kommen.

»Kann ich Ihnen helfen?« Die gehetzte Sekretärin am Schreibtisch machte sich nicht die Mühe, zu Tess aufzuschauen, und ihre abgehackten Worte ließen schon durchscheinen, dass sie hoffte, nicht helfen zu können.

»Ich bin gekommen, um Informationen über einen Ihrer ehemaligen Schüler einzuholen.«

Tess gab sich nonchalant, als wäre es völlig normal, dass irgendein Fremder Informationen über einen Schüler abfragte, aber die Sekretärin ließ sich davon nicht beeindrucken. Es war eine schwarze Frau mit blond gefärbten Haaren, grasgrünen Augen und einem zerknitterten Leinenkleid mit vielfarbigem Tropenmuster. Sie starrte Tess an, als versuche sie, sich an ihr Gesicht von einem der Fahndungsplakate aus der Post zu erinnern.

»Ich gehe davon aus, dass Sie kein Elternteil sind?«

Tess war versucht zu lügen, entschied sich aber dagegen, weil sie damit nicht durchkäme. Sie hatte im Büro keinen einzigen weißen Schüler gesehen, auch nicht in den düsteren Korridoren der Schule. »Nein, ich bin eine Privatermittlerin, die engagiert wurde, um diesen Schüler zu finden.«

»Von einem sorgeberechtigten Elternteil?« Die Sekretärin zog das Juristenwort sor-ge-be-rech-tigt in die Länge, als wollte sie Tess klarmachen, dass sie auch wusste, was es bedeutete.

»Äh, nein, aber mein Mandant hat ein legitimes Interesse daran, dieses Kind ausfindig zu machen.«

»Ach wirklich? Wie kann jemand – jemand, der kein Elternteil ist, wahrscheinlich noch nicht mal ein Verwandter – ein *legitimes* Interesse daran haben, einen unserer Schüler ausfindig zu machen? Wenn Sie von der Polizei wären, hätten Sie eine Marke. Wenn Sie vom Jugendamt wären, hätten Sie einen Ausweis. Wenn Sie nicht von der Polizei sind und nicht vom Jugendamt, dann ist es kein legitimes Interesse, und ich möchte Sie nicht in meiner Schule haben.«

Tess entschied sich, auf Macht zu spielen. »Hören Sie, vielleicht sollte ich die Sache mit dem Rektor besprechen. Es ist eine problematische Geschichte, da muss jemand Entscheidungen treffen können und wollen.«

»Ich *bin* die Rektorin, gute Frau, und *Sie* sind das Problem. Fremde, die von der Straße her einfach so reinmarschieren, sind etwas, das wir sehr ernst nehmen. Also verlassen Sie jetzt das Gelände und kommen Sie nicht wieder. Wenn ich Sie wiedersehe, werde ich Sie wegen Hausfriedensbruch anzeigen.«

Tess ging, so wie sie das Rektorenbüro früher immer verlassen hatte – mit gesenktem Kopf, roten Wagen und in dem sicheren Gefühl, dass alle, an denen sie vorbeiging, von ihren Schandtaten wussten.

Donnie Moores Mutter wohnte nicht mehr dort, wo Feeney sie lokalisiert hatte. Ihre Schwester hatte die Wohnung übernommen, eine abgetakelte Frau, die vielleicht etwa zehn Jahre jünger als Tess war. Sie hätte noch jünger aussehen können, wenn sie nicht von Crack abhängig gewesen wäre. Es hatte ihren Körper ausgelaugt, bis er nicht viel mehr war als ein bisschen Haut, die sich über lange knubbelige Knochen spannte. Oder vielleicht war sie auch auf Heroin, sie schien jedenfalls im Halbschlaf zu sein, als Tess an ihre Tür klopfte. Ihr Kopf schwankte verträumt hin und her wie bei diesen Plastikhunden, die man manchmal in tiefer gelegten Chevys sah. Sie lehnte sich an den Türrahmen und schickte Tess zu einem Reihenhaus in der Washington Street.

»In der Nähe des Krankenhauses?«

»Nein, weiter südlich.« In ihrem drogenweichen Mund klang es wie: »Weida sülch.«

»Aber das ist fast wieder in Butchers Hill.« Tess hatte das Gefühl, als wäre sie den ganzen Morgen herumgefahren, nur um herauszubekommen, dass ihr Ziel sich ein paar Blocks von ihrem Büro entfernt befand.

»Ja, da ist Keishas neues Haus. Der Vater ihres Babys hat ihr geholfen, es zu finden.« Die Schwester schloss ein paar Sekunden lang die Augen. Dann riss sie sie wieder auf.

»Er behandelt sie gut?«

»Der Freund?«

»Der Vater vom Baby«, korrigierte sie. Offensichtlich ein wichtiger Unterschied. »Sagen Sie Hallo von mir, ja? Sagen Sie ihr, Tonya lässt grüßen.«

»Donna?« Sie sprach praktisch ohne Konsonanten, es war sehr schwer, sie zu verstehen.

»Eh-eh. Tone-ya. Wie Toni Braxton, wissen Sie, bloß anders. Hey, wissen Sie was, meine Cousine kennt ein Mädchen, das eine ihrer Schwestern kannte, unten in Severna Park, wo sie her ist.«

»Ein Mädchen kennt ihre Schwester?«

»Nein, sie kennt Toni Braxton. Sie sagt, sie ist wirklich

nett, gar nicht hochnäsig. Sie sagt, sie kommt nach Hause und singt im Garten, und dann gibt's Huhn. Sie will mich nächstes Mal anrufen, wenn sie auf Besuch kommt.« Tonya schloss die Augen und umarmte sich selbst, sie träumte von ihrem Gartengrillfest mit Toni Braxton.

Eine Ratte watschelte über den Bürgersteig vor Keisha Moores Reihenhaus. Das Haus sah ordentlich aus, aber dunkel, die Fenster waren geschlossen und die Vorhänge zum Schutz vor dem hellen Sonnenlicht zugezogen. Es wirkte wie ein Haus, in dem alle schliefen, obwohl es beinahe Mittag war. Tess klopfte mehrfach und wollte schon gehen, als sie Schritte auf der Treppe hörte.

»Was wollen Sie?« Die Frau, die die Tür aufriss, trug nur einen BH und eine ausgebeulte kurze Sporthose. Die Sporthose sollte eigentlich locker sitzen. Aber ihr kräftiger Körper füllte jede Falte. Sie war nicht fett, aber kräftig gebaut, auf eine Art, von der Tess annahm, dass sie den meisten Männern gefiel. Auf jeden Fall war sie nicht verhungert wie eine Süchtige.

»Sind Sie Keisha Moore?«

»Sind Sie vom Sozialamt?«

»Nein ...« Tess kramte in ihrem Rucksack, sie suchte nach ihrem Portemonnaie und der Ermittlerlizenz.

»Weil ich hab Ihnen schon gesagt, dass hier kein Mann lebt.«

»Nein, wirklich, ich bin Detective.«

Das war der falsche Ausdruck. »Ich hab nichts gemacht. Was wollen die Bullen von mir? Ich hab nichts gemacht, und Lavon hat auch nichts gemacht. Wieso haben Sie es immer auf uns abgesehen?«

»Ich bin Privatdetektivin, kein Cop.« Tess fand endlich ihre Lizenz und streckte sie Keisha hin. »Ich will Ihnen nur ein paar Fragen über Ihren Sohn stellen, Donnie Moore.«

Das Gesicht der Frau schien bei der Nennung von Donnies Namen zu erstarren. Sie sog ihre Unterlippe ein und betrachtete Tess' Lizenz.

»Das ist lange her«, sagte sie leise. »Wieso kommen Sie jetzt?«

»Können wir drinnen reden? Hier draußen in der Sonne ist es schrecklich warm.«

Aber im Inneren des Hauses war es deutlich heißer, außerdem war die Luft schal und abgestanden. In dem kleinen vorderen Zimmer schliefen zwei kleine Kinder auf zwei alten Sofas, die wie Kirchenbänke angeordnet waren, gegenüber einem Altar aus Messing, auf dem ein Fernseher und ein Videorekorder standen. Die Kinder sahen selbst im Schlaf noch müde aus, falls das möglich war.

»Meine Neffen«, sagte Keisha, sie schaute sie eine Sekunde lang an. »Sie waren gestern Abend lange auf.«

»Gehören sie zu Ihrer Schwester, die ich in Ihrer alten Wohnung getroffen habe?«

»Tonya hat Ihnen gesagt, wo Sie mich finden? Die hatte noch nie ein gutes Gespür. Nein, das sind die Kinder meines Bruders. Ich passe für meine Schwägerin auf sie auf, während sie beim Sozialamt ist und versucht, Essensmarken zu kriegen. Sie wollen sie ihr wegen der neuen Regeln nicht geben, aber sie weiß nicht mal, was sie falsch gemacht hat.«

»Wo ist Ihr Bruder?«

»Weg«, sagte Keisha, und der Ton ihrer Stimme ließ Tess nicht weiter nachfragen.

Irgendwo über ihnen begann ein Baby zu schreien. Keisha lief hoch, ihre Stoffschlappen klatschten auf die hölzernen Treppenstufen, und ein paar Minuten später kehrte sie mit einem dicken kupferfarbenen Baby in einer Windel zurück. Sie hatte sich die Zeit genommen, ein kariertes Baumwollhemd überzuziehen, aber keine, es zuzuknöpfen.

»Sie muss gewickelt werden«, sagte sie und führte Tess in das mittlere Zimmer. Das war beim Bau des Hauses offenbar als Esszimmer geplant worden, aber jetzt stand es leer, abgesehen von einer Tiefkühltruhe an einer Wand. Keisha benutzte diese als Wickeltisch, und obwohl ihre Bewegungen liebevoll und kompetent aussahen, machte es Tess nervös, das Baby auf der glatten harten Fläche herumrollen zu sehen.

»Sie ist hübsch«, sagte sie zögerlich, weil sie nicht sicher war, ob das die richtigen Worte waren. Eigentlich war das Baby eher pummelig, und es machte einen Fischmund, der Tess an Harpo Marx erinnerte, aber welche Mutter wollte das schon hören?

»Haben Sie auch welche?«

»Leider nein«, sagte Tess höflich, sie versuchte, so verlangend zu klingen, wie sie wusste, dass Mütter es von Nichtmüttern erwarteten. Sie war nicht besonders wild auf Babys. Aber dieses pummelige Mädchen wirkte sympathisch, in seinen Augen tanzte ein wildes Feuer, es wedelte mit Armen und Beinen, als wollte es tanzen.

»Das ist Laylah«, sagte Keisha und winkte mit der kleinen Babyhand in Tess' Richtung.

»Lay-lay-lay-lah«, sang Tess, dann war es ihr peinlich. »Das machen die Leute wahrscheinlich dauernd.«

Keisha schaute erstaunt. »Es gibt ein Lied, das so heißt wie mein Baby? Das ist ja was. Das würde ich gern mal hören.«

»Ja, Derek and the Dominoes.« Keisha schaute sie einfach nur an. »Wissen Sie, Eric Clapton?«

»O ja, der Gitarrist. Dem der kleine Junge zum Fenster rausgefallen ist. Der hat einen Song mit Babyface gemacht?«

Lustig, wie unterschiedlich die Menschen die Welt sahen. Andererseits hatte auch Tess nicht gewusst, dass Toni Braxton aus Severna Park stammte. »Wie alt sind Sie, wenn ich fragen darf?«

»Ich bin im April einunddreißig geworden.«

»Als Donnie zur Welt kam, waren Sie also ...« Tess hielt inne, einerseits, um nachzurechnen, andererseits, weil das Nachrechnen ihr das Gefühl gab, unhöflich zu sein.

»Fünfzehn. Ja. Aber was wollen Sie jetzt über Donnie wissen? Das ist schon so lange her.«

»Ich versuche, die anderen Kinder zu finden, die mit ihm bei den Nelsons waren, und ich dachte, Sie wüssten vielleicht, wo die sind.«

»Warum? Ich meine, warum wollen Sie sie finden?«

»Weil mich jemand darum gebeten hat.« Das klang ein bisschen düster, also setzte sie hinzu: »Es könnte sein, dass ihnen Geld zur Verfügung gestellt wird, wegen der Sache damals.«

»Die bekommen Geld und Donnie nicht?«

»Nein, leider nicht.« Sie schuldete Keisha keine weitere Erklärung, entschied aber, sich eine auszudenken, nur falls Keisha von ihrer eigenen Trauer abgelenkt war. »Wahrscheinlich wegen Ihrer Klage. Gleiches Verfahren und so weiter.«

»Oh«, sagte Keisha. Die Windel des Babys hatte Klebestreifen, und Laylah wand sich nicht besonders, aber trotzdem brauchte Keisha eine Weile, um die Windel zu schließen. »Also, ich weiß nicht, wo die sind. Ich hab sie nie getroffen.«

»Was war mit dem Verfahren? Waren Sie nicht vor Gericht?«

»Mh-mh.«

»Da waren sie doch auch, oder? Ich weiß, dass Sie als Zeugin aufgerufen wurden.«

»Oh, vielleicht haben wir ein- oder zweimal miteinander gesprochen. Aber wir haben uns nie wirklich kennengelernt.«

Keisha erinnerte Tess an die Gewichte, die man vom Boden eines Schwimmbeckens heraufholen musste, um seinen Rettungsschwimmerschein zu machen. Manchmal, wenn man es nicht richtig angestellt hatte, musste man an die Oberfläche schwimmen, tief durchatmen und es noch mal versuchen. »Warum war Donnie in einer Pflegefamilie?«

»Ich denke, das geht jetzt niemand was an, nicht wahr? Aber es war nicht richtig, das sage ich Ihnen. Das war bloß eine dumme Verwechslung. Sie haben mir den Jungen ohne Grund weggenommen, und dann war er tot. Und dafür mussten sie nichts zahlen.«

»Man hat ihn einfach so in eine Pflegefamilie gesteckt, ohne Anhörung?«

Keisha drückte Laylah an sich, sie ließ den Kopf sinken, sodass sie am Nacken ihrer Tochter schnuppern konnte. Sie lächelte, als wäre der Duft des Babys eine Art Aromatherapie. Tess fragte sich, ob man eine Mutter sein musste, um den Duft wahrzunehmen, oder ob alle sich einig waren, dass Babyhälse gut rochen.

»Hören Sie, das ist alles lange her, und ich erinnere mich nicht mehr an alles. Ich will mich auch nicht an alles erinnern. Ich habe jetzt Laylah und bin jetzt eine gute Mutter, eine richtig gute Mutter, und der Vater meines Babys ist gut zu mir. Was geht es mich an, wenn Sie was für die anderen Kinder tun wollen?«

Im vorderen Zimmer wimmerte einer der schlafenden Neffen wie ein Hündchen. Keisha Moore rührte sich nicht, sie stand einfach nur im schattigen Esszimmer und wiegte Laylah in den Armen.

Tess legte ihre Karte auf die als Wickelkommode umfunktionierte Tiefkühltruhe. »Nur für den Fall«, sagte sie. »Und im Übrigen finde ich, dass Laylah wirklich süß ist.«

Als sie durch das vordere Zimmer gingen, schliefen die beiden kleinen Jungs noch, ihre Wangen waren gemustert vom groben Stoff der alten Sofas, ihre Kleidung klebte verdreht und zerknittert an ihren dürren, kompakten Körpern. Ihr war zuvor nicht aufgefallen, dass sie Schuhe trugen, knöchelhohe Sportschuhe mit Klettverschlüssen, Schuhe, die irgendwer bezahlt haben musste. Sie waren wahrscheinlich zu müde gewesen, um ihre Turnschuhe auszuziehen, als sie sich schlafen legten. Aber wieso hatten Keisha oder ihre Schwägerin nicht die Klettverschlüsse geöffnet und die Schuhe sanft von den Füßen gezogen, ohne sie zu wecken?

Tess erinnerte sich daran, wie sie barfuß durch die Sommertage gerannt war, sorglos und frei, ein angestoßener Zeh oder dass ein Glas Glühwürmchen herunterfallen könnte, waren ihre größten Sorgen. In der Washington Street konnten sich die Kinder nicht einmal den Luxus leisten, barfuß durch ihre eigenen Träume zu laufen.

6

Es war zehn Jahre her, dass Großmutter Weinstein ihr großes altes Haus in Windsor Hills aufgegeben hatte und in ein vollgestopftes Apartment in einem Vorort nordwestlich von Baltimore gezogen war. »Hier ist es so städtisch«, hatte sie gesagt, und die Familie war froh über diese ungewöhnlich kurze Aussage der Großmutter gewesen. Aber am Ende war die Nachbarschaft ihr weniger wichtig gewesen als die laufenden Kosten des Hauses, einer riesigen Bude mit verrottenden Holzschindeln und einem unkrautüberwucherten Garten. »Ich bin eine Frau mit begrenzten Mitteln«, erzählte sie ihren Kindern und Kindeskindern immer wieder gern. »Wisst ihr, Poppa hat mir nicht viel hinterlassen.« Das wussten sie, das wussten sie.

Aber Gramma wollte immer noch so einladen, wie sie es aus der Zeit mit Poppa gewohnt gewesen war. Zu Judiths Geburtstagsessen hatte sie all ihre fünf Kinder gebeten sowie deren Ehegatten, die Enkelkinder und die Urenkel. Das waren insgesamt zwanzig Leute, mit denen es in ihrer Wohnung so gemütlich gewesen wäre wie in einem übervollen Fahrstuhl, einem Fahrstuhl voller Kleinkram und Porzellanhündchen, und jedes Teil hatte seinen Namen und seine Geschichte.

Die Kinder hatten das Problem wie immer gelöst, indem sie Gramma hintergingen. Tess' Mutter Judith rief ihre vier Brüder an, und sie verständigten sich darauf, Strohhalme um das Abendessen zu ziehen. Die Verlierer gingen hin, die anderen dachten sich glaubwürdige Entschuldigungen aus, warum sie nicht konnten. Selbst Tess' Vater wurde am Ende aus der Pflicht entlassen, er behauptete, er müsse arbeiten. Die Monaghans und Weinsteins kamen immer noch nicht besonders gut miteinander klar. Also erschienen am Ende Gramma, Onkel Jules und Tante Sylvia, deren Tochter Deborah und Schwiegersohn Aaron, Onkel Donald, Onkel Spike, Tess und natürlich als Ehrengast Judith, die alles organisiert hatte.

»Wo sind die anderen?«, fragte Gramma, als Judith den Geburtstagskuchen anschnitt und die Stücke weiterreichte.

»Verpflichtungen«, sagte Judith. »Die Menschen leben heutzutage so hektisch.«

»Nun ja, Isaac und Nathan hatten immer viel vor. Deswegen sind sie so erfolgreich. Aber ich finde, wenigstens dein Mann hätte kommen können. Feiern die Monaghans etwa keine Geburtstage? Gott weiß, sie feiern alles andere.«

»Patrick führt mich am Wochenende in das Inn bei Perry Cabin aus.« Judith brach ein Stückchen Kuchen mit den Fingern ab und stopfte es sich in den Mund. *Sie würde mich umbringen, wenn ich das täte,* dachte Tess.

»In eine Blockhütte? Er geht mit dir an deinem fünfzigsten Geburtstag in eine Blockhütte?«

»Es ist ein Fünf-Sterne-Restaurant und -Hotel, Gramma«, sagte Tess, während ihre Mutter den Mund immer noch voll Kuchen hatte.

»Sehr schick, da bin ich sicher. Ich kann bloß nicht verstehen, wieso nicht alles so bleiben kann, wie es war.«

Tess konnte das schon. Es lag nicht nur an dem Umzug aus dem Haus, obwohl man dort hatte wundervoll feiern können, in diesem überwachsenen viktorianischen Bau, der sich auf einer Anhöhe über den Gwynn's Falls befand, voller geheimer Ecken. Zum Beispiel gab es einen alten Speiseaufzug und die Überreste eines Weinkellers. Nein, vor allem Poppas Tod hatte die Familientreffen verändert. Überarbeitet und ausgelaugt, war es ihm trotz allem gelungen, sie beidhändig mit Liebe zu bewerfen, wie ein kleines Kind, das im Swimmingpool um sich spritzte. Gramma hingegen machte jedem Vorurteil über jüdische oder andere Großmütter Ehre, servierte ungenießbares Essen und missgönnte einem jeden Bissen. Außer man aß zu wenig, dann war sie beleidigt.

»Tess, du isst deinen Kuchen nicht«, sagte Gramma jetzt und beobachtete, wie Tess ihr Kuchenstück halbierte, dann viertelte und schließlich noch einmal teilte. Es war nicht leicht, einen Kuchen zu finden, den Tess nicht mochte, aber Gramma schaffte es jedes Mal. Heute gab es durchmatschten Ananaskuchen, der die Konsistenz von gefrorenem Konzentrat aus der Dose hatte.

Judith warf ihr einen warnenden Blick zu. Als müsste Tess an die Grundregeln des Abends erinnert werden. Keine Widerworte, keine schlichten Wahrheiten, nichts, was man als Beleidigung verstehen könnte. Es sei denn, natürlich, man war Gramma.

»Ich bin nach diesem wundervollen Essen so satt.«

»Aber Judith kann ihre Geschenke nicht aufmachen,

bis du deinen Kuchen aufgegessen hast. Möchte noch jemand eine Tasse Kaffee? Ich mache welchen.«

»Nein!« Judith schrie fast vor Panik, um ihre Mutter vor einem weiteren kulinarischen Vergehen zu bewahren. »Ich meine, ich mache ihn, Mama. Ich weiß ja, wo alles ist.«

»Hat Judith zugenommen?«, fragte Gramma, als diese durch die Schwingtür in die Küche gegangen war. »Oder liegt es an dem Kleid?«

Das musst du gerade sagen, dachte Tess verärgert und zerbröselte ihren Kuchen weiter. Großmutter Weinstein gehörte zu den alten Frauen, die von der Schulter bis zur Hüfte nur aus Busen zu bestehen schienen. Tess fragte sich oft, ob ihr dieses Schicksal auch bevorstünde, ganz egal, wie viele Gewichte sie stemmte, wie weit sie lief und ruderte. Jeden Tag schienen in den Zeitungen mehr Beweise dafür zu stehen, dass die Gene eben einfach jedermanns Schicksal waren, dass die Erbmasse einen am Ende einholte.

»Du siehst jedenfalls unglaublich *gesund* aus heute, Theresa Esther«, sagte Großmutter gerissen. Tess zuckte zusammen. Die Euphemismen ihrer Grußmutter schmerzten noch mehr als die Vorwürfe anderer. Pieks, pieks, pieks. Es war wie der Besuch bei einem schlechten Akupunkteur.

»Sie ist ein hübsches Mädchen«, sagte Onkel Donald, der wie immer die mitschwingende Beleidigung nicht mitbekam. Kurios, als Lobbyist hatte er die kleinsten Gesten in Annapolis verstanden, er konnte das Schicksal eines Antrags danach voraussagen, wie der Sprecher sich am Kopf kratzte. Aber bei den Treffen seiner eigenen Familie schien ihm jegliche Nuance zu entgehen. »Wenn ich mit Tess die Straße entlanglaufe, sehe ich, wie andere Männer sie anschauen. Sie fragen sich, wie ein alter Kerl wie ich so eine hübsche Begleiterin abgestaubt hat.«

»Pah«, sagte Gramma unbeeindruckt. »Eine Frau, die sich für diese Art der Aufmerksamkeit interessiert, ist wie ein Suppenknochen, der glaubt, ein Hund hätte ehrbare Absichten. Es zählt nichts, bis man einen Ring am Finger hat. Vergiss das nicht, Tess.«

Mehr brauchte Tante Sylvie nicht, um zu fragen: »Und wann kann ich auf deiner Hochzeit tanzen, Tesser?«

»Wenn Maryland endlich offiziell den Electric Slide Dance verbietet.«

Deborah lächelte Tess über den Kopf ihres zwei Jahre alten Sohns Samuel an, benannt nach Poppa. Deborah war siebenunddreißig und hatte fünf Jahre und ungefähr fünfzigtausend Dollar aufgewandt, um Samuel herzustellen. Sie wollte unbedingt, dass das Kind über dieselbe DNA verfügte wie die Eltern. Wie die Chinesen so schön sagen: Sieh dich vor, was du dir wünschst. Samuel war ein Mini-Aaron, und Aaron war Tess' Einschätzung nach keinesfalls fünfzigtausend Dollar wert. Deborah hätte lieber nach Sperma suchen sollen, das nicht für blasse Haut, Kulleraugen und ein lippenfreies Gesicht sorgte.

»Oh, Mama, Tess ist eben eine Karrierefrau«, sagte Deborah. »Ich hab gehört, du hast dein eigenes Büro in Butchers Hill aufgemacht. Wie geht das Geschäft?«

»Wunderbar.« Dabei hätte der Nachmittag nicht schlimmer laufen können. Tess und Esskay waren durch Beales Wohngegend gezogen, um herauszufinden, ob irgendjemand wusste, wo Destiny, Treasure, Salamon und Eldon steckten. Es stellte sich heraus, dass fast alle wussten, wer ihr Klient war, und die anderen vermuteten, sie wäre eine Polizistin. Aber niemand wollte mehr zu ihr sagen als »Hallo«, »Nein« und »Auf Wiedersehen«. Oh, sie waren schon höflich gewesen, sie wollten bloß nicht mit ihr reden. Sie war sich noch nie so *weiß* vorgekommen. Bis heute hatte sie geglaubt, sie könnte Leuten Vertrauen einflößen, aber ihr offenes Auftreten und freundliches Lächeln hatte bei diesen Leuten überhaupt nichts gebracht. Nicht einmal Esskay war es mit ihren kleinen Schnaufern gelungen, das Eis zu brechen.

»Hast du in der Gegend keine Angst?«

»So schlimm ist es nicht.«

»Wirklich? Habe ich nicht letzte Woche in der Zeitung gelesen, dass man in der Nähe der Pagode im Patterson Park eine Prostituierte gefunden hat? Zusammengeschlagen und erstochen?«

Die gute alte Deborah. Sie wusste wahrscheinlich nicht, wie der derzeitige Präsident der Vereinigten Staaten hieß, aber sie fand diese kleine Meldung im *Leuchtturm.*

»War sie schwarz?«, fragte Gramma.

»Das stand nicht in der Zeitung.«

»Soll es auch nicht«, sagte Tess. »Sie nennen die Hautfarbe nicht, wenn es nicht wichtig …«

»Eine Schwarze«, stellte Gramma fest. »Sollen sie einander doch umbringen. Sie hat wahrscheinlich fünf Kinder hinterlassen, für die wir jetzt alle zahlen müssen.«

Alle schauten an die Decke, Onkel Donald räusperte sich nervös, aber niemand sagte etwas.

Judith steckte den Kopf aus der Küche herein. »Der Kaffee ist fertig. Hand heben, wer eine Tasse will.«

»Theresa Esther, du faules Mädchen, steh auf und hilf deiner Mutter«, sagte Gramma. »Es ist immerhin ihr Geburtstag.«

Wie bei allem in Grammas Leben gab es eine strenge Hierarchie, was die Geschenke anging. Es kam immer zuerst Onkel Spike dran, dessen tatsächliche Beziehung zur Familie irgendwie unklar war. Die Weinsteins vermuteten, er wäre ein Monaghan, die Monaghans waren sicher, dass er ein Weinstein sein musste. Er ließ alle munter weiterraten, indem er zu allen Einladungen kam, selbst zu solchen wie dieser, wo er eigentlich gar nicht eingeladen gewesen war.

Dieses Jahr hatten er und Onkel Donald sich für Judiths Geschenk zusammengetan, und als Tess ihrer Mutter den großen, schweren Karton reichte, wurde ihr ganz anders. Es fühlte sich an wie irgendein Elektrogerät. Onkel Spike, Barkeeper und Buchmacher, kaufte so was gerne direkt vom Laster herunter, während Onkel Donald in seinem Behördenjob durchaus auch mal ungewöhnlich kreative Materialanforderungen einreichte.

»Einer von diesen Radio-CD-Spielern«, sagte Judith glücklich. »Woher wusstest du, dass ich so einen für die Küche haben möchte?«

»Ich hab meine Spione«, sagte Onkel Donald und zwinkerte Tess zu. »Ist er okay? Wir können ihn natürlich … umtauschen, wenn es nicht das ist, was du willst.«

Onkel Spike schaute besorgt von seinem zweiten Stück Ananaskuchen auf. Er war also dieses Jahr dafür zuständig gewesen, das Geschenk auszusuchen.

»Nein, nein, das ist genau richtig. Vielen Dank. Danke euch beiden.«

Onkel Jules war als Nächster dran, er hatte ein Kästchen mit, das in das bekannte grün-gelb gestreifte Papier seines Schmuckgeschäfts eingewickelt war, darum ein gelbes Zierband. Jede Frau der Familie Weinstein bekam an ihrem Geburtstag eines dieser Kästchen. Es waren immer hübsche Stücke, aber nur selten passten sie zur Empfängerin. Tess vermutete schon seit Langem, dass der Schmuck aus Erbschaften stammte, die Jules billig aufkaufte, oder dass es Ware war, die er nicht loswurde. In diesem kleinen Kästchen befanden sich zwei kleine Kämme aus Sterlingsilber mit türkisfarbenen Steinen, in einem Stil, den Judith niemals tragen würde, Tess aber vielleicht. Gramma wies darauf natürlich hin.

»Jules, die sind doch viel zu modern für Judith. Was glaubst du denn? Sie ist jetzt fünfzig. Immerhin, sie wird nicht jünger. Vielleicht könnte Tess sie tragen, sie passen gut zu ihren Augen. Oh, ich hab's vergessen. Deborah hat ja die grünen Augen, deine sind mehr grau-blau, nicht wahr, Tesser? Aber auch sehr hübsch, auf ihre Art.«

Noch ein Geschenk für meine Mutter, dann haue ich ab. Tess hatte ihrer Mutter das Geschenk schon zu Hause gegeben. Handgeschmiedete Messbecher mit passenden Löffeln. Sie hatte den Eindruck gehabt, dass sie Judith gefielen, aber jetzt dämmerte Tess, dass ihre Mutter zwar gut kochen konnte, aber keinen Spaß daran hatte. Als einzige Tochter einer Frau, der es gelang, alles

Essbare zu vernichten, war sie schon in jungen Jahren in die Küche gezwungen worden und hatte dann dort bleiben müssen.

Gramma reichte Judith einen Umschlag. Es war immer ein Umschlag, immer mit einem Scheck über fünfzig Dollar. Also, ihre vier Söhne und die Tochter bekamen fünfzig Dollar, die Enkel jeweils fünfundzwanzig Dollar an Geburtstagen und Chanukka. Tess vermutete, dass Judith und ihre Brüder höhere Schecks bekamen, weil das System aufgebaut war wie Reparationszahlungen nach einem Krieg. Wer am längsten gelitten hatte, bekam das meiste.

Aber statt des üblichen grünen Schecks mit Grammas Kritzelschrift darauf zog Judith eine gefaltete Fotokopie heraus.

»Was ist das? Das sieht aus wie eine Grundstückseigentümerurkunde.«

»Meine große Überraschung«, triumphierte Gramma. »Ich überschreibe allen meinen Kindern und Enkelkindern gleich große Anteile an dem Grundstück, das Samuel mir im Norden hinterlassen hat. Es gehört jetzt zu dem Gelände, auf dem sie ein neues Einkaufszentrum bauen wollen. Das Geschäft sollte Ende des Sommers abgeschlossen sein. Poppa hat letztlich doch eine gute Investition gemacht, auch wenn sie sich erst zehn Jahre nach seinem Tod auszahlt.«

»Ich bin überrascht, dass er das nicht verkaufen musste, als er zahlungsunfähig wurde«, sagte Onkel Jules und setzte seine Lesebrille auf, um die Urkunde zu untersuchen. Immerhin würde er ja dieses Erbe auch wieder teilen, genau wie seine Deborah.

»Es gehörte ihm persönlich, nicht der Firma. Samuel wollte ein Haus auf dem Land bauen, für das Alter. Wer hätte wissen können, dass es so weit draußen irgendwann etwas wert sein würde? Aber was früher weit draußen war, scheint jetzt nicht mehr so weit zu sein, so wie die Menschen aus der Stadt fliehen. Ich habe die Steuern gezahlt und es behalten, und so haben wir unsere Schäfchen ins Trockene gebracht. Meine Anwälte sagen, wir bekommen vielleicht bis zu zweihunderttausend Dollar für das Grundstück, wenn wir die Sache richtig angehen.«

Die Urkunde wanderte um den Tisch von Hand zu Hand, bis Tess sie bekam. Fünf Kinder, vier Enkel, zweihunderttausend Dollar – das hier waren also über zweiundzwanzigtausend Dollar. Wenn sie es richtig anstellten.

Die Weinsteins hatten endlich einmal Glück. Das war auch lange überfällig. *Sie* hatte endlich einmal Glück. Wenn es mit dem Verkauf klappte, hätte sie endlich einmal eine Reserve, mehr als genug, um schlechte Zeiten zu überbrücken.

Der gute alte Poppa. Es war, als hätte er sich aus dem Grab noch einmal gemeldet und einen Quarter in den Automaten gesteckt, er ließ sie noch einmal auf dem fliegenden Hasen reiten.

7

Man ging im Allgemeinen davon aus, dass der Bürgermeister von Baltimore jeden Morgen aufwachte und sich mit einem breiten Grinsen nach Süden wandte. Ganz egal, wie schlecht er die Stadt führte, er konnte sich auf Washington verlassen: Dort machte man es noch schlechter. Mehr Morde, schlechtere Schulen, größere Schlaglöcher und ganz an der Spitze ein überführter Drogensüchtiger, bis die Stadt schließlich aufgab und den ganzen Mist einem Komitee übergab. Ja, schlimmer ging immer, schienen die Straßen Washingtons zu singen, als Tess' Wagen zur Schule der Nelsons auf dem Capitol Hill rüttelte.

Die Benjamin Banneker Academy befand sich in einer ehemaligen Bank, einem Sandsteingebäude mit dicken Mauern, das in einer nicht allzu schlechten Gegend östlich des Kapitols stand. Obwohl sie die Gegend recht gut kannte, konnte sich Tess nie an die schachbrettartige Bebauung gewöhnen. Ein Block restaurierter Stadthäuser folgte auf eine Reihe heruntergekommener Mietsblöcke. In Baltimore waren die Stadtteile gut oder schlecht, und es war leicht, den Problemzonen auszuweichen. Auf dem Capitol Hill konnte man eine Tasse Kaffee für drei Dollar und ein Tütchen Heroin für ein paar Cents innerhalb von fünf Minuten Entfernung voneinander erwerben. Eine falsche Abzweigung, und man erlebte plötzlich seine ganz eigene Version des *Fegefeuers der Eitelkeiten.*

Tess rüttelte an der übergroßen Tür der Benjamin Banneker Academy. Abgeschlossen – ungewöhnlich für eine Schule, aber in dieser Gegend nicht dumm. Die Nelsons waren wahrscheinlich übervorsichtig, wenn man mal an die Umstände des Todes von Donnie Moore zurückdachte. Sie drückte auf die Klingel und wartete auf den steinernen Stufen. Ein junger Mann mit rundem Gesicht steckte den Kopf zur Tür heraus und sagte: »Keine Besucher während der Unterrichtsstunden, Ma'am.«

»Mr. und Mrs. Nelson erwarten mich.«

Er betrachtete sie, schloss die Tür ohne ein weiteres Wort, kehrte einige Sekunden später zurück und öffnete ihr. Tess konnte jetzt sehen, dass er eine militärisch anmutende dunkelblaue Uniform trug. Seine schwarzen Schuhe waren spiegelblank, seine Hose war messerscharf gebügelt. Obwohl die vollen Wangen seinem Gesicht eine babyhafte Anmutung verliehen, war sein übriger Körper kräftig und knochig, und die gut definierten Muskeln eines Gewichthebers zeichneten sich unter seiner Uniform ab. »Tut mir leid, Ma'am. Aber im Augenblick habe ich strikte Anweisung, niemanden reinzulassen, vor allem keine Reporter.«

»Ich bin kein Reporter.«

Der junge Mann schaute sie überrascht an, als könnte er sich gar nicht vorstellen, was eine weiße Frau, die an der Tür der Banneker Academy klingelte, sonst noch tun könnte. Eine schlanke Frau in einem Kleid mit Blumenmuster kam in den Flur, sie trug eine weiße Strickjacke über den schmalen Schultern. Die Haltung der Frau war noch korrekter als die des Aufsehers, so gerade und ordentlich, dass Tess der Rücken vom Anschauen schon wehtat.

»Miss Monaghan?«

»Ja, ich bin diejenige, die angerufen hat, um über Donnie …«

»Richtig.« Die Frau berührte den jungen Aufseher am Ellenbogen. »Drew, gehen Sie zurück auf Ihren Platz. Mr. Nelson und ich sind im Lehrerzimmer, wenn Sie uns brauchen.«

Sie führte Tess in einen kleinen schattigen Raum voller Bücherregale, aber ohne Bücher. Offensichtlich verfügte die Banneker Academy nicht über allzu große Mittel – alles sah gebraucht und abgenutzt aus. Tess warf einen Blick auf den Globus in der Ecke. Er war riesengroß, eine schöne Welt aus dunklen kräftigen Farben und leuchtend blauen Ozeanen. Ein solcher Globus kostete normalerweise ein Vermögen, aber dieser war mindestens zehn Jahre alt, Europa, die Sowjetunion und Afrika waren hoffnungslos veraltet.

Mr. Nelson war ein kräftig gebauter Mann mit Schnauzer und kurz geschnittenen Haaren, er erhob sich aus einem verblassten Ohrensessel vor dem Fenster und streckte ihr die Hand hin.

»Willkommen in der Benjamin Banneker Academy«, sagte er, aber seine Stimme klang nicht besonders freundlich, und er löste seine Hand schnell aus ihrer, als fände er die Berührung unangenehm.

»Vielen Dank. Ich muss zugeben, ich bin ein bisschen verwirrt. Ist dies hier eine Schule oder ein Waisenhaus?«

»Beides«, sagte Mrs. Nelson, »obwohl wir den Begriff

›Waisenhaus‹ nicht schätzen. Die Banneker Academy ist eine besondere Einrichtung, eine Privatschule, die Unterstützung von der Stadt im Rahmen eines Programms erfährt, das die öffentlichen Schulen wettbewerbsorientierter machen soll. Gleichzeitig ist sie auch ein Wohnheim. Die Schüler, die hier zugelassen werden, stammen aus dem Pflegeprogramm der Stadt.«

»Sie kassieren also doppelt.«

Mr. Nelson runzelte die Stirn. »Wir tun nichts Illegales, falls Sie das andeuten wollen. Es sind zwei voneinander unabhängige Institutionen unter einem Dach.«

»Ich wollte nicht behaupten …«

»Das wollten Sie sicher nicht«, sagte er ärgerlich. Wunderbar, sie hatte es geschafft, ihn schon während des freundlichen Geplauders vor dem eigentlichen Gespräch zu verärgern. Platz da, Dale Carnegie, lass dir von Tess Monaghan mal zeigen, wie man's macht.

Mrs. Nelson griff ein, sie versuchte, die Gemüter zu beruhigen. »Wir haben den Stadtrat davon überzeugt, uns zu erlauben, eine Privatschule für die Jungen einzurichten, die bei uns wohnen. Wir sind die Lehrer, wir sind die Eltern. Wenn George und ich irgendetwas aus unseren … Problemen über die Jahre gelernt haben, dann, dass es sinnlos ist, Kinder gut zu erziehen, um sie dann in Schulen zu schicken, wo ihnen das Gegenteil beigebracht wird.«

Jetzt war es also die Schuld des Schulsystems von Baltimore, dass die Schützlinge der Nelsons auf der Straße Amok liefen. Trug eigentlich irgendjemand die Verantwortung an dem, was vor fünf Jahren in der Fairmount Avenue geschehen war?

»Unsere Jungen wissen jetzt, wo sie hingehören, und sie blühen auf«, fuhr Mrs. Nelson fort. Ihre Stimme war leise, aber leidenschaftlich. »Ich muss Ihnen zugestehen, dass wir sie nicht in höherer Mathematik oder Physik unterrichten können, aber wenn wir einen Jungen haben, den diese Themen interessieren, dann können wir auf die Dienste von Tutoren aus der Gegend zurückgreifen. Eines Tages werden wir unsere eigene Begabtenförderung anbieten, und die Lehrer werden sich darum reißen, bei uns zu arbeiten.«

»Eines Tages«, sagte Mr. Nelson, der weniger verträumt zu sein schien als seine Frau. »Bis dahin ist es noch ein weiter Weg.«

»Sie haben gesagt, Sie hätten aus Ihren Problemen gelernt. Ich gehe davon aus, Sie meinen Donnie Moore.«

Die Nelsons schauten einander an. Tess sah ihn nicken, nur ein wenig, als gebe er ihr die Erlaubnis, über etwas zu sprechen, was lange verboten war.

»Donald«, sagte Mrs. Nelson. »Ja, ich habe mich auf Donald bezogen.«

»Ich versuche, die anderen Kindern ausfindig zu machen, die bei Ihnen lebten, als Donald ermordet wurde.« Tess hatte bisher noch niemanden diese formellere Version seines Namens benutzen hören – nicht seine Mutter, nicht Detective Tull, nicht einmal die Zeitungsartikel von damals –, aber sie war bereit, ihn so zu nennen, wenn sie das den Nelsons ein wenig näherbrachte.

»Warum?«

Tess war auf diese Frage vorbereitet, wesentlich besser, als sie es bei Keisha Moore gewesen war.

»Eine Opferschutz-Gruppe aus der Stadt möchte den Kindern helfen.«

»Jetzt? Ist es nicht ein bisschen spät? Wahrscheinlich geht es ihnen jetzt gerade besser, und Sie – Ihre Opferschützer – wollen sie jetzt an die Schrecken erinnern, die sie gesehen haben.« Mrs. Nelson zog ihre Strickjacke enger um die Schultern, als ließe es sie frieren, an Butchers Hill nur zu denken. »Ich kann in dieser Art von Philanthropie nicht viel Liebe erkennen, Miss Monaghan.«

»Niemand möchte, dass sie noch einmal durchleben, was früher war. Ich dachte, wenn Sie von ihnen gehört hätten, wenn Sie wüssten, wo sie sind …«

»Nein«, sagte Mr. Nelson scharf. »Wir haben nie wieder von ihnen gehört. Sie wissen nicht einmal, wo wir sind. Und wir wissen nicht, wo die Kinder jetzt sind. So funktioniert das Pflegenetzwerk, wissen Sie. Wir haben sie zu uns genommen, wir haben uns um sie gekümmert, wir haben sie geliebt, aber wir hatten keine Rechte. Sie waren unsere Kinder, das ist so sicher, als wären sie uns geboren worden. Aber als Donald starb, hat man sie uns noch in jener Nacht weggenommen. Dieser böse alte Mann hätte sie auch alle töten können, so gründlich hat er unser Heim und unsere Arbeit zerstört.«

Mrs. Nelson weinte mittlerweile. Stumme Tränen liefen ihr übers Gesicht. Mr. Nelson nahm Tess bei den Schultern und drehte sie in Richtung des Flügelfensters hinter seinem Ohrensessel. »Sehen Sie«, sagte er und hielt Tess' Schultern fest, als könnte sie versuchen, sich zu entwinden. Sie sah zehn junge Männer in Formation, die auf dem Hof rannten, marschierten und gemäß den Befehlen eines Anführers exerzierten. Es war ein heißer

Vormittag, und Schweiß lief ihnen über die Gesichter, aber sie spurten mit grimmiger Entschlossenheit, ihre Bewegungen waren exakt und kontrolliert.

»Diese jungen Männer lieben Disziplin«, sagte er. »Sie *sehnen* sich danach. Sie haben ihr ganzes Leben darauf gewartet, dass jemand ihnen sagt, sie seien gut genug, den höchsten Standards zu genügen. Donald und die anderen haben in einer Welt gelebt, in der die Menschen sagten: *Du bist nichts, du wirst nie etwas sein, geh einfach irgendwohin, lass dich berieseln, mehr bringst du sowieso nicht.* Und dann, falls diese armen Kinder noch nicht verstanden hatten, falls sie noch nicht wussten, wie wenig ihre Leben wert waren, bestraft ein Richter einen Mann für den Mord an Donald mit einer kürzeren Haftstrafe, als manche Leute für das Töten eines Hundes bekommen.«

Die jungen Männer marschierten jetzt auf der Stelle, sie brüllten im Chor. Obwohl Tess die Worte nicht hören konnte, die sie riefen, konnte sie die Freude in ihren Bewegungen spüren, während sie den Befehlen ihres Aufsehers folgten.

»Lassen Sie unsere Kinder in Ruhe, Miss Monaghan«, drängte Mr. Nelson. »Lassen Sie sie vergessen. Das Vergessen ist jetzt ihre einzige Rettung.«

»Wer sich nicht an die Vergangenheit erinnern kann, ist dazu verurteilt, sie zu wiederholen.«

»Glauben Sie das wirklich?«

Tess zuckte mit den Achseln. Diese Santayana-Weisheit war einen Versuch wert gewesen. »Manchmal.«

Ihre Ehrlichkeit schien Mrs. Nelson ein wenig auftauen zu lassen. »Falls es Sie beruhigt, ich könnte Ihnen auch nicht helfen, wenn ich wollte. Uns sind diese Kinder auch verloren gegangen. Ich schätze, das ist unsere Strafe, weil wir uns nicht besser um sie gekümmert haben.«

»Aber diese Jun… jungen Männer dort draußen werden Sie retten.« Es war eher eine Frage, eine Hoffnung, als eine Aussage.

Mr. Nelson schüttelte den Kopf. »Ich wünschte, ich könnte Ihnen das versprechen. Aber ich kann ihnen hier nur Sicherheit versprechen, auf diesem kleinen Stückchen Land, solange sie bei uns sind. Irgendwann gehen sie hinaus in die Welt, das können wir ihnen nicht abnehmen. Aber nein, es wird nie wieder einen Donald Moore geben, nicht, solange wir aufpassen.«

Was sollte man nach so einer Ansprache sagen? Luther Beales Plan, sein Wunsch nach Wiedergutmachung, erschien im Angesicht der Verpflichtungen der Nelsons ihren Schützlingen gegenüber banal und unwichtig.

»Gehen Sie in Frieden, Miss Monaghan«, rief Mrs. Nelson ihr hinterher. Ihre Stimme wirkte immer noch ein wenig erschüttert von den stillen Tränen.

Der Aufseher führte Tess hinaus. Beeindruckt von seiner perfekten Haltung richtete auch Tess sich ein wenig auf, sie drückte die Schultern durch und zog den Bauch ein.

»Gefällt es Ihnen hier?«, fragte sie ihn, als er ihr die Vordertür aufschloss.

»O ja, Ma'am.«

»Was unterrichten sie … im Unterricht. Ich meine, was bringen sie Ihnen hier bei?«

»Überleben.«

»Wie meinen Sie das?«

Der junge Mann bedachte sie mit einem Lächeln, das zugleich süß und arrogant war. »Sie bringen uns bei, wie wir in unserer Welt überleben – und wie wir in *eurer* leben. Seien Sie vorsichtig, wenn Sie zu Ihrem Wagen gehen, Ma'am. In dieser Gegend gibt es ein paar ziemlich üble Burschen.«

Tess fuhr auf dem Baltimore Washington Parkway Richtung Norden, als ihr Rucksack zu klingeln begann. Überrascht kurvte sie beinahe aus ihrer Spur, dann erinnerte sie sich an ihr Handy, das in dem Durcheinander aus Kugelschreibern und zerknitterten Geldautomatenbelegen unten in ihrer alten ledernen Büchertasche herumrutschte. Die Vergangenheit hatte sie überzeugt, dass sie es sich nicht leisten konnte, ohne Handy zu sein, aber die Kontostände auf den Geldautomatenbelegen mahnten sie, dass sie es sich auch nicht leisten konnte, es zu benutzen.

»Hier ist Dorie. Gott, ich hasse Handys.«

»Nicht so sehr, wie ich diese ewige Baustelle hasse. Man kann nur vor sich hin kriechen.«

»Fährst du langsam genug, um dir was aufzuschreiben? Oder willst du an der nächsten Ausfahrt rausfahren und mich zurückrufen? Ich hab deine Susan-King-Infos.«

»Ich fahr jetzt gerade auf den nächsten Parkplatz. Ich ruf dich auf der 800-Nummer des *Leuchtturms* zurück.«

Tess parkte ihren Toyota neben ein paar Telefonzellen, die man vom Auto aus nutzen konnte. Das musste mal ganz besonders originell gewirkt haben, ein Autobahnrastplatz, von dem aus man telefonieren konnte, ohne aus dem Wagen zu steigen. Wie niedlich, wie wunderbar einfach. Aber es war eine billigere, bessere Verbindung als auf dem Handy.

»Okay, ich hab mein Notizbuch vor mir liegen. Erzähl mir, was du über Susan King weißt.«

»Erstens mal heißt sie jetzt nicht mehr Susan King – sie heißt Jacqueline Weir. Sie hat ihren Namen ganz legal ändern lassen, als sie achtzehn wurde. Wahrscheinlich hat sie gedacht, das würde reichen, um ihre Verwandten daran zu hindern, sie aufzutreiben.«

»Hätte es ja auch, wenn ihre Verwandten jetzt keinen Zugriff auf Dories magische Finger hätten.« Ein bisschen Lob gehörte zum Deal mit Dorie. »Wieso glaubst du, dass sie ihren Namen geändert hat, um unterzutauchen? Ihre Schwester hat es so klingen lassen, dass sie einander einfach nur nach einem Streit mit ihrer Mutter aus den Augen verloren haben.«

»Jacqueline Weir hat den besten Grund von allen, sich vor ihren Verwandten zu verstecken – Geld. Für jemand, der erst zweiunddreißig ist, hat sie es gut getroffen. Sie hat eine eigene Firma. Eine Beratungsfirma. So steht es in den Unterlagen, aber das kann alles Mögliche bedeuten. Es muss ihr gut gehen, weil sie einen großen Kreditrahmen hat. Außerdem zahlt sie fünfundsechzigtausend Dollar auf eine Wohnung in Columbia ab.«

»Das ist nicht so viel«, wandte Tess ein, während sie die Adresse aufschrieb, die Dorie ihr durchsagte.

»Nein, aber der Kredit wird durch ihr Portfolio abgesichert, und nicht viele Zweiunddreißigjährige haben so viele Aktien. Rund zweihunderttausend Dollar bei Marktschluss gestern. Wie viel hast *du* auf dem Konto?«

»Jetzt sag mir nicht, dass du ihre Kreditwürdigkeit abgefragt hast. Ich dachte, wir hätten uns darauf geeinigt, dass du das nur dann machst, wenn es unbedingt notwendig ist.«

»Okay, dann hab ich ihre Kreditwürdigkeit eben nicht abgefragt. Sagen wir einfach mal, mein sechster Sinn sagt mir, dass sie hervorragend wäre. Was noch? Ach ja, sie hat einen brandneuen Lexus geleast, allerdings über ihre Firma, also ist das eine Steuersache. Nicht dumm, diese Susan King/Jacqueline Weir. Außerdem habe ich irgendein Verfahren gegen eine Susan King gefunden, als ich nach ausstehenden Schulden gesucht habe, aber das war nach der Namensänderung, also vermute ich mal, dass es nicht dieselbe Susan King war, oder es ist keine große Sache. Wenn es jemandem wirklich wichtig gewesen wäre, hätte er sich die Mühe gemacht, sie ausfindig zu machen. Wahrscheinlich ein Strafzettel oder irgend so ein Unsinn.«

»Wenn sie so wohlhabend ist, würde sie dann ihre Strafzettel nicht bezahlen?«

»Ich hab nicht gesagt, dass sie reich ist, aber es geht ihr offensichtlich gut genug, dass Verwandte, denen es nicht so gut geht, um Geld betteln würden.«

Tess dachte an Mary Browne in ihrem teuren gelben Kostüm, das zu den Schuhen passte, zu denen das Band an ihrem Strohhut passte. So kleidete sich auch Tess' Mutter, und es war nicht billig, wenn alles zu allem passen sollte. Allein die Schuhrechnungen waren atemberaubend. »Ihre Schwester sah nicht so aus, als ginge es ihr schlecht.«

»Ja, aber nur so kommt man an Geld, weißt du nicht?

Wenn man so aussieht, als ob man es nicht braucht. Ich habe übrigens auch Mary Browne mit dem Geburtsdatum, das du mir gegeben hast, abgefragt.«

»Und?«

»Selbst wenn ich die Suche auf Maryland begrenze, finde ich hundert. Mit s, ohne s, aber mindestens hundert, die sie sein könnten. Aber keine mit diesem Geburtsdatum.«

»Ich *wusste*, dass sie beim Alter lügt.«

»Vielleicht.« Dorie klang nicht überzeugt. »Oder vielleicht benutzt sie auch nicht ihren richtigen Namen. Oder kommt nicht von daher, wo sie sagt. Vielleicht ist sie auch nicht die Schwester dieser Frau, vielleicht weißt du gar nicht, warum sie nach Susan King sucht, die versucht, sich als Jacqueline Weir ein neues Leben einzurichten.«

Tess schaute auf die Uhr. »Hör mal. Ich bin nicht weit von der Abzweigung nach Columbia entfernt. Ich sag dir was – ich fahr mal bei ihr vorbei, und wenn Jacqueline Weir zu Hause ist, versuche ich, ihre Geschichte aus ihr rauszuleiern, ohne ihr zu sagen, für wen ich arbeite. Geht's dir damit besser?«

»Nicht so gut, wie wenn ich den Scheck kriege, den du mir jetzt schuldest.«

Tess legte auf und reihte sich, wenn auch nicht ganz mühelos, wieder in den Verkehr ein. Sie fuhr vor sich hin, konnte sich aber nicht verkneifen, darüber nachzudenken, was Dorie herausfinden könnte, wenn sie Theresa Esther Monaghan in ihrer elektronischen Datenbank nachschlug. Ein zwölf Jahre alter Toyota. Keine Hypothek, aber ein Kredit für das Büro, für den

Kitty und Tyner bürgten. Ansonsten keine Unterlagen über die Firma – immerhin gehörte das Geschäft Edgar Keyes, obwohl Tess' Name bei der Firmierung als Vizepräsidentin genannt wurde. Sie fühlte sich sicher und überlegen, weil sie wusste, wie wenig elektronische Spuren sie hinterlassen hatte. Aber sie fühlte sich auch wie ein Versager. Wichtige Leute würden bestimmt nicht so anonym durchs Leben geistern.

Diese Gedanken nahmen sie so ein, dass sie beinahe die Ausfahrt nach Columbia verpasste. Im letzten Augenblick bog sie auf den Highway 175 ab und fuhr nach Westen, mitten ins Herz von Marylands letzter Romanze mit Utopia.

Die Satellitenstadt Columbia, erbaut mit dem verrückten Optimismus der Sechziger, sollte die Vororte mit Pseudo-Dörfchen und geschickt geplanten Rasenflächen revolutionieren. Man hatte es eine »neue Stadt« genannt, eine neue Art zu leben. Aber Columbia zeichnete sich vor allem durch merkwürdig benannte Sackgassen aus – Proud Foot Place, Open Window Way, Sea Change. Am Ende war Utopia bloß ein ganz normaler Vorort, eine Schlafstadt für Baltimore und D.C. Der mittlerweile verstorbene Stadtplaner James Rouse war bekannter für seine oft nachgebauten »Festival-Märkte«, von Bostons Faneuil Hall bis zu Baltimores Harbor Place, als für diese »neue Stadt«. Er hatte verändern wollen, wie die Menschen lebten, hatte aber nur verändert, wie Touristen einkauften. *So viel zum Leben als Visionär*, dachte Tess. Immerhin hatte er sich an seine eigenen Vorgaben gehalten, er hatte in seiner eigenen Stadt gelebt und in seinen letzten Jahren Obdachlosenheime gebaut.

Jacqueline Weirs Wohnung befand sich in einem Bauabschnitt, der Cove genannt wurde; erbaut vor über dreißig Jahren, war dies praktisch Columbias Äquivalent zum Williamsburg der Kolonialzeit. Tess marschierte fast fünfzehn Minuten durch ein Wirrwarr aus Stuck und Ziegelhäusern, bevor sie die Adresse fand. Es war eine zweistöckige Wohnung, die an einen kleinen Kanal in Richtung des künstlichen Wilde Lake grenzte. In dieser Jahreszeit stand das Wasser und war voll mit leuchtend grünen Algen.

Dories Misstrauen hatte sie angesteckt. Was war, wenn Jacqueline Weir nicht gefunden werden wollte? Wenn sie einen guten Grund hatte, ihre Schwester nicht wiedersehen zu wollen? Wenn Mary Browne gar nicht ihre Schwester war? Tess konnte ja schlecht bei dieser Frau klingeln und sagen: »Hallo, man hat mich engagiert, Sie ausfindig zu machen, irgendwelche Einwände?« Aber wenn sie sich mit nicht mehr als einem Clipboard und einer ihrer schlichten, aussagefreien Visitenkarten bewaffnete, dann konnte sie sich in eine Meinungsforscherin verwandeln, alle möglichen persönlichen Fragen stellen und sich so die Informationen verschaffen, die sie brauchte. Oder sie konnte behaupten, sie käme von einem dieser neuen Computerdienste, die anboten, Leute mit alten Freunden in Verbindung zu bringen, und dann Jacqueline Weirs Reaktion auf diese einmalige kostenlose Offerte abwarten. Sie klopfte energisch an der Tür, regelrecht energiegeladen.

Keine Antwort, es drangen auch keine Geräusche aus der Wohnung. Dorie hatte gesagt, Jacqueline/Susan arbeitete zu Hause, aber wer konnte schon wissen, wo eine Beraterin zur Mittagszeit war? Sie klopfte wieder, und diesmal hörte sie hohe Absätze über Hartholz klappern. Wunderbar. Sie richtete sich ein wenig auf, sie dachte noch einmal an die Gangaufsicht in der Banneker Academy und das Rückgrat von Mrs. Nelson. Strich sich mit der freien Hand über das Haar. Lauter Lügen lagen ihr auf der Zunge.

Aber die lösten sich alle in Nichts auf, die Worte verschwanden, als die Tür sich öffnete.

»Ich dachte, Sie wären ein bisschen schneller«, sagte die Frau, die Tess als Mary Browne kennengelernt hatte. »Aber letztlich haben Sie sich nicht schlecht geschlagen.«

8

Wer sind Sie?«

»Ich bin Jackie Weir«, sagte die Frau, die Tess als Mary Browne kannte. Auf jeden Fall kleidete sie sich wie Mary Browne. Heute in ein korallenrotes Kostüm mit weißen Zierleisten an den Aufschlägen und am Kragen. Das Weiß passte zu den hochhackigen Schuhen, den Perlohrringen und der doppelten Perlenkette um ihren dunklen Hals. All das, nur um in einem Heimbüro zu sitzen und darauf zu warten, dass Tess sich zur Pointe ihres kranken kleinen Scherzes machte.

»Aber Jackie Weir ist Susan King.«

»Stimmt.«

»Und ›Mary Browne‹ hat mich engagiert, um Susan King zu finden. Sie haben mich engagiert, um *sich selbst* zu finden.« Einen Augenblick lang wünschte Tess sich, dass sie ihre Pistole dabeihätte. Das Ganze war verrückt, und verrückte Menschen machten sie nervös.

»Ja, und das haben Sie auch geschafft. Gratuliere. Wie ich schon sagte, ich dachte, Sie würden es ein bisschen schneller schaffen – es ist nicht wirklich schwierig, wenn man erst mal die Namensänderung entdeckt hat, und jeder einigermaßen kompetente Privatdetektiv sollte das können. Aber trotzdem bin ich beeindruckt.«

Sie standen immer noch vor Marys – nein, Susans, nein, *Jackies* – Apartment. Tess betrachtete den Parkettfußboden, die tödlich aussehenden weißen Pumps der Frau, ihre eigenen flachen Nubuk-Schuhe. Sie stammten aus dem Tweeds-Katalog und waren gelblich, aber im Katalog hatte man sie maismehlfarben genannt. *Warum denke ich über Schuhe nach?* Weil ihr die Situation peinlich war und sie sich gedemütigt fühlte, und sich auf ihre Schuhe zu konzentrieren hinderte sie daran zuzugeben, wie wütend sie war.

»Das gefällt mir gar nicht«, begann Tess. »Sie kommen zu mir ins Büro, Sie lügen mich an …«

»Ich nehme an, Sie lügen nie.«

Es war besser, darauf zu schweigen. »Sie haben nur meine Zeit verschwendet.«

»Ich habe für Ihre Zeit *bezahlt.* Eine neue Privatdetektivin, die gerade anfängt – alle Ihre Fälle sollten so einfach sein. Ich weiß, wie es ist, mit einem Geschäft neu anzufangen. Man kann gar nicht genug solche Jobs haben. Aber meine nächste Aufgabe ist nicht so einfach. Es wird Ihnen nicht so leicht fallen, diejenige zu finden, nach der ich wirklich suche.«

Tess schaute auf. »Wieso glauben Sie, dass ich noch einmal für Sie arbeite, nachdem Sie mich so an der Nase herumgeführt haben?«

Jackies Lächeln war das einer Geschäftsfrau, die daran gewöhnt war, mit schwierigen Menschen umzugehen, aufgewühlte Gemüter zu beruhigen, auf ein *Ja* hinzuarbeiten. »Hören Sie, es ist Mittagszeit. Können wir vielleicht beim Essen darüber reden? Das Clyde's ist ganz in der Nähe.«

»Kein Clyde's«, sagte Tess stur, wie ein Kind, das Nein sagte, nur um Nein zu sagen. »Ich kann denen nicht verzeihen, dass sie sich für die Karte von diesem ekelhaften Lied ›Afternoon Delight‹ haben inspirieren lassen.«

»Dann lassen Sie uns nach Clarksville fahren.«

»Clarksville? Was ist da? Ein Dairy Queen?« Ein Hotdog und ein Peanut Buster Parfait hätten ihr gut gepasst. Ein Nachteil des Stadtlebens war der echte Mangel an Dairy Queens.

»Ganz offensichtlich beschäftigen Sie sich nicht mit Wohnanlagen. In Clarksville befinden sich einige der schicksten Vororte überhaupt – und ein ausgezeichnetes französisches Restaurant. Es ist teuer, aber das ist es wert. Kommen Sie, ich zahle.«

»Das kann ich mir denken«, sagte Tess. »Immerhin haben Sie Aktien im Wert von fast zweihunderttausend Dollar seit Marktschluss gestern.«

Es war ein kleiner Sieg zu bemerken, wie Jackie Weirs Pupillen sich bei diesem Fakt weiteten. Gut – sollte sie sich fragen, was Tess vielleicht noch herausbekommen haben könnte.

Clarksville hatte sich verändert. Tess erinnerte sich an Bauernhäuser, ein paar einfache Gebäude zwischen einigen Bäumen. Jetzt standen große, ordentliche Häuser auf wohl gepflegten Gartenflächen. Das war keine Siedlung, die in den ersten Jahren nackt und unfertig schien – die Besitzer hatten viel zu viel Geld ausgegeben, um etwas anderes als sofortige Perfektion ertragen zu können. Aber allein der Mangel an Fehlern, die Abwesenheit von irgendetwas so Spontanem wie einem umgefallenen Fahrrad oder einem wuchernden Flieder ließen Tess die Siedlung unerträglich erscheinen.

»Mini-Villen nennt man diesen Baustil«, sagte Jackie, während sie nach Westen fuhren. »Es werden tatsächlich Grundstücke von mindestens neunhundert Quadratmetern und ausschließlich natürliche Materialien vorgeschrieben.«

»Aber das war gerade ein *lavendelfarbenes* Haus. Wie kann denn das natürlich sein?«

»Ich finde, es sieht eher aus wie Immergrün, wenn man es genau nimmt. Und der Besitzer hat seinen Mercedes passend lackieren lassen. Oder vielleicht umgekehrt?«

Nach den albernen übergroßen Häusern ging Tess davon aus, das Restaurant hätte ähnlich albtraumhafte Dimensionen. Erleichtert stellte sie fest, dass das »Trouve« ein kleines Bauernhaus aus Feldsteinen war, das aussah, als wäre es Stein für Stein aus Frankreich hergeschafft worden. Wenn der Parkplatz nicht voll teurer Wagen gestanden hätte, hätte man denken können, es handele sich noch um einen alten Bauernhof.

»Miss Jacqueline, haben Sie heute eine Reservierung?«, fragte der Oberkellner. Tess warf einen Blick auf die Gäste im gut gefüllten Saal und kam sich plötzlich schlecht gekleidet und hässlich wie eine Vogelscheuche vor. Bei warmem Wetter zog sie meistens Sachen an, die möglichst wenig Hautkontakt hatten – heute ein weites weißes T-Shirt und einen knöchellangen Baumwollrock, der es ihr erlaubte, auf eine Strumpfhose zu verzichten, jetzt aber von der vielen Fahrerei arg verknittert war.

»Nein, wir kommen eher zufällig bei Ihnen vorbei, aber ich hoffe, dass Sie trotzdem einen Tisch für uns haben, Michel.«

»Natürlich.« Tess ging davon aus, dass man zwei

Frauen direkt vor den Eingang der Küche oder der Toiletten platzieren würde, vor allem, wenn eine davon so miserabel angezogen war. Aber Michel führte sie an einen Tisch vor einem schönen Panoramafenster, durch das man einige Obstbäume und dahinter eine Wildblumenwiese sehen konnte.

Jackie erlaubte es sich zu strahlen. »Wie gesagt, ich gehe oft mit Kunden hierher.«

»Was genau *machen* Sie eigentlich?«

»Ich bin eine professionelle Geldbeschafferin. Ich hab in der Entwicklungsabteilung eines Krankenhauses in einem Vorort Washingtons angefangen, aber ich habe festgestellt, dass ich selbstständig mehr verdienen kann, indem ich auf Vertragsbasis Geld auftreibe. Für mein Gewissen übernehme ich auch ein paar wohltätige Angelegenheiten – Advocates for Children and Youth, Health Care for the Homeless, Manna House –, aber damit kommt man nicht weit. Das große Geld liegt in Kapitalanlagen.«

»Und Politiker?«

»Am Anfang schon. Jetzt nicht mehr so oft. Ich mag Krankheiten lieber als Politiker.«

»Wer nicht?«

Jackie schaute Tess über die Karte hinweg erstaunt an.

»Das war ein Scherz«, erklärte Tess.

»Oh, verstehe.« Aber sie lächelte nicht.

Immerhin hatte Jackie – es war immer noch ganz schön schwierig, sich zu erinnern, welchen Namen sie nun trug – Hunger mitgebracht. Sie bestellte eine Vorspeise, Salat und ein Hauptgericht, was hieß, dass Tess sich ihrem Beispiel anschließen konnte, ohne erklären zu müssen, dass sie am Morgen zuerst gerudert und dann drei Meilen gelaufen war. Es war erfrischend, sich in der Gesellschaft einer Frau zu befinden, die, ohne sich zu entschuldigen, genauso viel aß wie sie. Viele Frauen, die sie kannte, schienen das schreckliche Spiel zu spielen, bei dem die Siegerin diejenige war, die das kärglichste Essen bestellte. Ihre Mutter konnte das hervorragend. In Jackies Begleitung hatte Tess das Gefühl, als könnte sie ein Schild über den Tisch hängen: *Bringt uns Sahnesoßen!*

»Ich habe wirklich einen ernsthaften Auftrag für eine Privatdetektivin«, sagte Jackie, nachdem sie bestellt hatten. »Aber ich habe schlechte Erfahrungen gemacht. Vor ein paar Monaten habe ich jemanden engagiert, aber der hat nichts unternommen, sondern einfach nur dagesessen und meine Schecks eingelöst. Jemand anders hat aufgegeben, als es schwierig wurde. Also habe ich mich entschieden, vor dem nächsten Versuch sicherzustellen, dass derjenige wenigstens grundsätzlich in der Lage ist, überhaupt irgendetwas herauszufinden. Mich aufzustöbern ist nicht schwierig, aber man muss immerhin darauf kommen, meinen Namen durch die Datenbank laufen zu lassen, und dann muss man bei der Kfz-Meldestelle nach meiner Adresse suchen.«

»Welchen Namen meinen Sie noch mal?«, fragte Tess unschuldig und strich Butter auf ein frisches, warmes Brötchen.

»Die Geschichte, die ich Ihnen erzählt habe, stimmt weitgehend. Susan King wurde als Teenager schwanger und stritt sich deshalb mit ihrer Mutter. Sie verließ ihr Zuhause und, das muss ich leider sagen, hat sich mit ihrer Mutter nie wieder richtig vertragen.«

»Müssen Sie von sich in der dritten Person sprechen? Ich finde das ganz schön beängstigend.«

»Susan King ist für mich eine dritte Person. Sie ist genauso tot wie meine Mutter.«

»Wieso haben Sie Ihren Namen geändert? Wollten Sie sich vor Ihrer Mutter verstecken, nachdem sie Sie rausgeworfen hatte?«

Fragen schienen Jackie ungeduldig werden zu lassen. Tess ging auf, dass sie dieses Treffen im Kopf geprobt hatte, und jetzt spielte Tess ihre Rolle nicht wie geplant. Wie musste sie es genossen haben, in ihrer Wohnung zu sitzen und darauf zu warten, dass Tess an ihre Tür klopfte.

»Meine Mutter hat mich nicht hinausgeworfen, weil ich ein Baby bekam. Das fand sie in Ordnung. Ich war immerhin nicht das erste Mädchen in Southwest Baltimore, das schwanger wurde.«

»Southwest Baltimore? Wo denn da?«, fragte Tess, ganz geborene Baltimorean, für immer darauf fixiert, wo genau Leute wohnten.

»Pigtown«, murmelte Jackie. »Pigtown, in Ordnung? Also, Mama wollte, dass ich das Baby bekam, dann hätte sie es großziehen und jeden Monat ein bisschen Sozialhilfe und Essensmarken abstauben können. Darauf hätte ich mich auch fast eingelassen. Aber wissen Sie, ich war mit der Highschool fertig und hatte diesen beschissenen Job, und plötzlich sah ich meine Zukunft vor mir. Ich sagte mir: ›Jetzt geht's um alles, Mädchen. Noch hast du die Gelegenheit, etwas aus dir zu machen, aber nicht, wenn du dieses Baby behältst.‹«

Die Vorspeisen wurden serviert – ein Törtchen mit

Waldpilzen für Tess, irgendwas aus Ziegenkäse für Jackie.

»Was war mit dem Vater des Babys?«

»Der wollte kein Vater sein. Aber wissen Sie, ich rechne ihm hoch an, dass er das von Anfang an zugegeben hat, er hat nicht erst anders getan und mich dann sitzen lassen, als das Baby da war. Das habe ich bei meinen Freundinnen oft genug miterlebt. Jedenfalls habe ich meine Tochter an eine private Vermittlungsagentur weitergegeben und es nie bereut. Dann bekam ich ein Stipendium für die Penn, da entschied ich mich, meinen Namen zu ändern, als ein Symbol für mein neues Leben. Ich glaube, unbewusst wollte ich nicht, dass mein Baby eines Tages nach mir sucht. Ich ging wohl damals davon aus, dass ich eines Tages richtig berühmt wäre, richtig erfolgreich, und ich wollte ganz bestimmt kein schreckliches Boulevard-Wiedersehen erleben.«

Jackies Geschichte beeindruckte und ekelte Tess zugleich. Wie konnte jemand mit achtzehn Jahren so berechnend sein? Aber das Vertrauen dieser Frau in sich war belohnt worden. Ihr Leben war voll von Reichtümern, und das in einem Alter, in dem viele Mitschülerinnen es bei Weitem noch nicht so weit gebracht hatten. Tess wurde klar, dass sie selbst sich so auf das Alter von »Mary Browne« kapriziert hatte, weil sie es nicht ertragen konnte, dass jemand, der nur ein paar Jahre älter war als sie selbst, jemand, der nicht reich oder privilegiert zur Welt gekommen war, so viel zustande gebracht hatte. Aber Susan-Jackie war nur über ihr eigenes Alter gestolpert, weil sie über diesen Teil ihrer Geschichte einfach nicht nachgedacht hatte. Ein kleiner, eher ungewöhnlicher Fehler wahrscheinlich.

»Und warum sind Sie zu mir gekommen? Machen Sie sich Sorgen, dass Ihre Tochter vor Ihrer Tür stehen könnte? Wollen Sie sichergehen, dass man Sie nicht finden kann? Das geht vielleicht schon, aber ich bin darauf spezialisiert, Leute zu finden, nicht, sie zu verstecken.«

»Ich will mich nicht verstecken. Ich schäme mich meiner Vergangenheit nicht.« Gut, gut, gut. Jackie war empfindlich und hatte sich nicht ganz unter Kontrolle. Mit zitternden Händen nahm sie mehrere große Schlucke Wasser aus ihrem Glas. Als sie weitersprach, hatte sie sich wieder unter Kontrolle, ihre Stimme klang ruhig und geschmeidig.

»Ich habe Ihnen schon erzählt, dass meine Mutter im letzten Jahr starb. Wir hatten wieder Kontakt zueinander, aber ich war für sie nur eine Art menschlicher Geldautomat. Sie rief an, um sich über irgendeine Krise in ihrem Leben zu beklagen, und ich schickte ihr Geld. Als sie starb, wartete ich darauf, mich allein zu fühlen. Stattdessen fühlte ich mich verfolgt, als würde mir jemand nachschleichen. Ich sagte Termine ab, fuhr durch Pigtown und schaute mir die jungen Mädchen dort an. Ich dachte immer bloß: *Bist du hier irgendwo? Was ist aus dir geworden? Hasst du mich?*«

»Ihre Tochter wurde zur Adoption freigegeben, wahrscheinlich ist sie bei einer netten Mittelstandsfamilie gelandet. Sie müsste schon sehr undankbar sein, um die Frau zu hassen, die es ihr ermöglicht hat, ein besseres Leben zu leben.«

»Ich wünschte, das wüsste ich. Diesen Sommer wird

sie dreizehn. Ich war nicht viel älter, als ich ihren Vater traf. Fünf Jahre später war sie unterwegs.«

Tess fragte sich, wie es war, schwanger zu sein. Sie wusste nur um die Angst davor, wenn man sich furchtbar sorgte, nicht richtig verhütet zu haben, wenn man immer und immer wieder die Tage im Kalender nachzählte, wenn man den Eisprung berechnete und sich fragte, ob einen die Pharmakonzerne möglicherweise doch im Stich gelassen hatten. Nichts war hundertprozentig sicher. Aber was war, wenn man kein Baby bekommen konnte? Wenn man diese ganze Zeit und das Geld aufwandte, wenn man sich darum sorgte, etwas zu verhindern, was nie geschehen würde? Bekam man dann sein Geld zurück?

»Möchten Sie wieder zu einem Teil des Lebens Ihrer Tochter werden? Denn damit möchte ich nichts zu tun haben. Ich glaube, die Eltern sind die Menschen, die einen großziehen.«

»Nein, absolut nicht. Ich möchte sie bloß sehen, ich möchte wissen, dass es ihr gut geht. Was könnte ich ihr schon bedeuten? Ich bin ein bisschen zu jung für eine Mutter, zu alt für eine Freundin. Ich werde meinen Namen beim Staat registrieren lassen, und wenn sie achtzehn ist, kann sie mich dort nachschlagen, wenn sie möchte. Im Moment möchte ich sie einfach nur aus der Ferne sehen, ich möchte wissen, dass es die richtige Entscheidung war, dann wäre ich glücklich. Blutsbande. Ich habe so viele Fehler gemacht, als ich jünger war. Ich möchte einfach nur wissen, dass sie nicht dieselben Fehler macht.«

Noch ein verschwundenes Kind, dachte Tess, und dieses hat noch nicht mal einen Namen. Sie hatte nicht die geringste Ahnung, wo sie anfangen sollte.

»Werden Sie nach ihr suchen? Können Sie mir helfen, mein Baby zu finden?« Jackie hatte ihren abgehobenen, professionellen Sprachduktus abgelegt. Sie klang jetzt drängend, fast bittend.

»Ich weiß nicht. Was Sie da von mir wollen, ist nicht einfach. Ehrlich gesagt habe ich keine Ahnung, wo ich anfangen könnte.«

»Es gibt da eine Adoptionsgruppe, die sich alle zwei Wochen in Columbia trifft. Dort könnten wir hingehen und erste Informationen einholen.«

»Das ›Wie‹ macht mir nicht so große Sorgen. Ich meine, ich könnte es einfach versuchen und ein bisschen Geld verdienen, ohne mir Sorgen zu machen, dass es Sie umbringt. Aber ich bin immer noch nicht sicher, ob ich für Sie arbeiten will.«

»Warum?«

»Weil Sie mich reingelegt haben. Sie haben mich an der Nase herumgeführt. Okay, Sie haben mit einem anderen Detektiv schlechte Erfahrungen gemacht. Aber man kann ja auch anders herausfinden, ob ich gute Arbeit mache. Ich werde das Gefühl nicht los, dass Ihnen dieses Spielchen gefallen hat, dass Sie Ihren Auftritt als Mary Browne genossen haben. Ich komme mir vor wie eine kleine Maus, die eine Katze mit den Pfoten hin und her schubst. Außerdem sind Sie doch klug, und Sie müssen Beziehungen haben, wenn Sie für Politiker gearbeitet haben. Sie können wahrscheinlich genauso viel herausfinden wie ich, möglicherweise sogar mehr.«

»Es stimmt, ich bin erfolgreich – jedenfalls erfolgreicher als Sie, das steht fest.«

»Vielen Dank für diesen Hinweis«, entgegnete Tess trocken.

»Aber wenn ich mit Leuten zu tun habe, die Macht über mich haben – vor allem mit *weißen* Menschen, die Macht über mich haben –, dann flippe ich aus. Entweder klappe ich einfach den Mund zu und mir fällt nichts ein, oder ich drohe schreiend ein Gerichtsverfahren an. Beides ist nicht besonders hilfreich.«

Für Tess war es ein merkwürdiges *Déjà-vu*, als wüsste sie genau, was Jackie meinte. Die Schuldirektorin der Gwynn's Falls Middle School, die verschwiegene Keisha, Beales unkooperative Nachbarn, selbst die Nelsons. Sie hatten sich zurückgezogen, sie hatten ihr weniger geholfen, als sie gekonnt hätten, und all das nur wegen *ihrer* Hautfarbe.

»Okay, *quid pro quo*«, sagte sie.

»Wie meinen Sie das?«

»Ich übernehme Ihren Fall, aber ich will mehr als Geld von Ihnen. Ich möchte, dass Sie mir bei einem anderen meiner Fälle helfen, mit Leuten reden, die nicht mit *mir* reden.«

Jackie schaute sie hasserfüllt an. »Sie meinen arme, schwarze Leute, nicht wahr? Glauben Sie, es gibt da eine Geheimsprache, die ich kann, mit der ich durchkomme? Dass irgendein armes, schwarzes Kind mit einer Sister spricht, die einen Lexus fährt und solche Sachen trägt wie ich?«

»Vielleicht. Ich möchte jedenfalls wetten, dass Sie die Schuldirektorin einer Middle School überzeugen können, dass Sie die Verwandte eines bestimmten Kindes sind, was mir schon mal nicht gelingt. Das ist ein Anfang. Wir werden sehen, wie es dann weitergeht.«

Die Hauptgerichte kamen, und Jackie machte sich über ihren *Pompano en croute* mit einer Wucht her, die Tess bewundernswert fand und die ihr auch durchaus bekannt vorkam. Sie beugte sich mit der gleichen Intensität über ihren Teller. Aber Jackie konnte sich auf ihr Essen konzentrieren, ohne eine Denkpause einzulegen.

»Wenn ich Ihnen bei diesem anderen Fall helfe, kriege ich dann einen Preisnachlass?«

»Nein«, sagte Tess. »Das ist der Preis dafür, nicht von Anfang an ehrlich zu mir gewesen zu sein. Eine Art Betrugszuschlag.«

Jetzt lächelte Jackie, aber es war ein kühles Lächeln, ein wenig hochnäsig sogar. »In Ordnung. Sie haben schon mal eine der Kardinalregeln für Geschäftsfrauen gelernt. Verschenk nichts, es sei denn, du musst.«

»Haben Sie sich je verschenkt?«

»Nein. Aber ich war auch von Anfang an gut.«

9

Sie fuhren zusammen in die Stadt, obwohl das für Tess eine lange Rückreise bedeutete, denn sie hatte ihren Wagen vor Jackies Wohnung stehen lassen. Aber sie musste Jackie über die Namen der Kinder informieren, nach denen sie suchte, über den Block, in dem sie gelebt hatten, sie musste ihr sagen, welche Fragen sie stellen sollte. Zudem genoss sie den Luxus von Jackies Wagen und das herrliche Gefühl, chauffiert zu werden, obwohl sie das Jackie gegenüber nicht zugab.

Es war heiß geworden, und Tess verspürte ein perverses Vergnügen dabei, Jackie in ihren hochhackigen Schuhen über die Fairmount Avenue zu jagen. »Ich würde ja mit Ihnen kommen, aber das wäre kontraproduktiv«, sagte sie. »Wenn die Leute uns zusammen sehen, werden Sie automatisch weniger vertrauenerweckend wirken.«

»Das stimmt wahrscheinlich«, sagte Jackie. »Was werden Sie tun, während ich unterwegs bin?« Offensichtlich hatte Jackie ihren frühen Erfolg nicht der Tatsache zu verdanken, lange untätig herumzusitzen.

»Ich denke darüber nach, wie wir den nächsten Ermittlungsteil angehen«, versicherte ihr Tess.

Die nächste Stunde verbrachte sie damit, Esskay beizubringen, Stöckchen zu holen, indem sie Bleistifte in die Ecke gegenüber vom Sofa warf. Als Jackie zurückkehrte – sie hinkte auf dem linken Fuß, als hätte sie dort eine Blase –, hatte Tess genug Bleistifte in die Ecke geworfen, um einen kleinen Scheiterhaufen anzünden zu können.

»Ich hab vergessen, wie heiß diese Reihenhäuser im Sommer werden«, sagte Jackie, nahm die Coladose, die Tess ihr anbot, und hielt sie an Hals und Stirn, bevor sie sie öffnete. »Und wie scheußlich manche von ihnen sind. Leute, die nicht glauben, wie die Menschen in der Dritten Welt leben, sollten mal eine Tour durch East Baltimore absolvieren.«

»Und haben Sie irgendwelche Spuren zu den Kindern gefunden?«

»Das habe ich. Nicht viel, aber immerhin.« Jackie lächelte, sie war zufrieden mit sich. Und warum auch nicht? Sie hatte schnell Erfolg gehabt, wo Tess gescheitert war. Deswegen hatte Tess sie rekrutiert, aber trotzdem tat es weh, an diese Grenze zu stoßen, dass es Orte gab, an die sie nicht kam, Menschen, mit denen sie nie wirklich würde reden können. Sie schaltete ihren Computer an und öffnete Luther Beales Datei. Es stand noch nicht viel drin, nur die Notizen vom ersten Gespräch und eine Übersicht über die nutzlosen Interviews gestern mit Keisha und den ganzen anderen.

»Erzählen Sie mir, was Sie herausgefunden haben.«

Jackie berichtete über die Ergebnisse genauso, wie sie einem ihrer Kunden einen Plan vorgeschlagen hätte, Geld aufzutreiben: zügig, effizient, mit knappen Worten. »Zwei der Kinder sind Sackgassen. Salamon Hawkings und Eldon Kane. Die Nachbarn können sich nicht erinnern, sie nach der Schießerei noch mal gesehen zu haben, keiner weiß, was aus ihnen wurde. Aber die Zwillinge, Treasure und Destiny, sind in der Gegend geblieben. Offiziell befinden sie sich in der Obhut einer Tante irgendwo in der Nähe der Biddle Street, aber die Nachbarn sehen sie andauernd. Man geht davon aus, dass sie in Wahrheit hier leben.«

»In einer eigenen Wohnung? Wer vermietet denn zwei Teenagern eine Wohnung?«

Jackie schaute Tess an, als wäre die wirklich zu dumm. Es war derselbe arrogante Ausdruck, den sie an den Tag gelegt hatte, als Tess am Morgen auf ihrer Türschwelle in Columbia aufgetaucht war.

»Sie zahlen keine Miete«, sagte Jackie. »Sie wohnen einfach in einem leer stehenden Haus. Dann und wann kommt ihre Tante vorbei und holt sie nach Hause. Aber früher oder später sind sie wieder da. Treasure ist auf Crack. Er dreht Runden.«

»Dreht Runden?«

Wieder dieser Blick. »Er holt sich sein Essen in den Suppenküchen der Gegend. Beans and Bread; Bea Gaddy's, wenn Beans and Bread zu hat. Destiny will so nicht leben. Sie ist ein Auto-Girl.«

»Was ist das?« Vielleicht würde Jackie nicht so gucken, wenn sie zugab, etwas nicht zu wissen.

»Eine Art Nutten-Azubi. Ein Typ kommt vorbei und bietet ihr eine Mitfahrgelegenheit an. Jeder weiß, dass er Sex will und für sie irgendwas dabei rausspringt, aber sie ist kein Profi. Destiny steht auf Versace, haben mir die Damen der Nachbarschaft erzählt, und auf schicke Lederhandtäschchen. Aber sie hat einen einigermaßen festen Freund, der ihr die teuren Sachen kauft. Die Autoausflüge sind eher fürs Taschengeld. Und für Treasures Drogen, möchte ich wetten.«

»Versace? Wie kann denn ihr Freund Versace bezahlen?«

»Wieso? Er ist – wie sagt man – freischaffender Pharmaanbieter«, sagte Jackie und zog eine Augenbraue hoch. »Niemand schien seinen Namen zu kennen, aber sie würden ihn mir auch nicht sagen, wenn sie ihn wüssten. Ganz egal, wer man ist, die Leute hier nennen keinen Namen, wenn es um die Dealer aus der Gegend geht. Dafür kann man hops gehen.«

»Wie haben Sie es geschafft, dass die Nachbarn Ihnen überhaupt so viel erzählt haben?« Vielleicht konnte Tess von Jackie etwas lernen.

»Ich hab sie nicht verarscht. Ich hab ihnen gesagt, dass ich versuche, die Kinder zu finden, die damals in dem Haus lebten, wo der kleine Junge vor Jahren erschossen wurde. Lustig – hier werden jede Woche Leute erschossen, aber alle erinnern sich an die Nacht, in der Donnie starb. Und ich sage Ihnen noch etwas, sie hassen den alten Mann wirklich, der ihn erschossen hat.«

»Luther Beale? Was sagen sie über ihn?«

»Sie sagen, er sei selbstgerecht, was ungefähr das Schlimmste ist, was man in ihren Augen sein kann. Er glaubt, er sei besser als sie, und er macht kein Geheimnis daraus. Die Leute vergeben einem viel, aber das nicht. Was auch immer man tut, man darf die Leute nicht wissen lassen, dass man mehr vom Leben will als sie.«

Tess dachte bei sich, dass Jackie diese Erfahrung wahrscheinlich selbst gemacht hatte.

Als sie zur Gwynn's Falls Middle School fuhren, war die Schule fast vorbei. Wieder erzählte Tess Jackie das Wichtigste auf dem Weg. Die Wahrheit zu sagen war in Ordnung, wenn man damit weiterkam, aber es gab Grenzen. Die knallharte Schuldirektorin würde nicht verraten, wo ihr ehemaliger Schüler Salamon Hawkings steckte, nur weil Jackie ehrlich war.

»Ich soll also sagen, ich sei von der Arena Stage School?«, fragte Jackie verwirrt. »Ich dachte, ich sollte eine Verwandte spielen. Wenn ich mir schon eine Geschichte ausdenke, warum soll ich dann nicht sagen, dass ich von der Kunsthochschule bin? Das ist doch viel plausibler.«

»Eine andere Schule, selbst eine in einem anderen Bezirk, könnte einen Schüler mit einem Anruf finden. Sie sind von der Arena Stage, und Sie planen in der nächsten Saison eine Originalaufführung, in der es einen Teenager-Jungen gibt, der richtig viel zu sagen hat, er muss sich jede Menge Dialoge einprägen, und Sie hätten gehört, dass dieser Salamon Hawkings ein großartiger Sprecher wäre.«

»Wie heißt denn das Stück?«

»Das Stück? Herr im Himmel, keine Ahnung, Jackie. Improvisieren Sie halt.«

»Ich plane lieber alles im Voraus«, sagte sie schmallippig.

Darauf möchte ich wetten. »Okay, das Stück heißt …« Tess schaute an den Straßenrand. Sie fuhren an einem Grundstück vorbei, auf dem früher einmal ein Karussell gestanden hatte, und dahinter hatte ihre Mutter im Sommer immer Gemüse direkt vom Laster eines Bauern gekauft. Vom Laster hatte er auf einen kleinen Laden aufgestockt, dann hatte er Fisch und Meeresfrüchte ins Angebot genommen. Vor ein paar Jahren war der Laden unter mysteriösen Umständen abgebrannt, und die Familie war einfach verschwunden. Jetzt stand an dieser Stelle eine kleine Backsteinkirche. Aber Tess erinnerte sich noch an das handgeschriebene Schild, das über den Fischen in ihrem eisigen Bett hing.

»Das Stück heißt ›Frische Seeforellen‹. Es ist ein Drama im Stile August Wilsons über eine Familie, die mit den Einkünften eines Gemüsestands gerade so durchkommt. Starke Spannungen zwischen Vater und Sohn, vor allem darüber, ob er bleibt und im Geschäft hilft oder aufs College geht. Wie finden Sie das?«

»Nicht besonders originell, aber ich denke, es wird reichen. Also, die Arena Stage führt ›Frische Seeforellen‹ auf und sucht dafür einen Teenager, der mit reichlich Dialog klarkommt.«

»Genau, und Sie haben von Salamon Hawkings durch einen Ihrer Cousins gehört, dessen Tochter in der Endausscheidung gegen ihn angetreten ist.«

Jackie guckte, als wüsste sie nicht genau, ob sie beeindruckt oder genervt sein sollte. »Das tun Sie den ganzen Tag? Sich irgendwelchen Mist ausdenken?«

»Die Wahrheit macht einen vielleicht frei, aber sie verschafft einem keine Informationen. Glauben Sie mir, wenn wir anfangen, nach Ihrer Tochter zu suchen, werden Sie zu schätzen wissen, wie weit man mit einer ordentlichen Lüge kommen kann.«

Kinder quollen aus der müde aussehenden Schule. Tess duckte sich im Beifahrersitz von Jackies Wagen und wartete. Sie wollte nicht riskieren, dass die Schuldirektorin sie entdeckte, da sie ganz sicher ihre Drohung wahr machen würde, Tess anzuzeigen. Die Frau war ohnehin schon so clever, dass die Arena-Stage-Geschichte vielleicht nicht klappte. Tess wünschte, sie könnte neben Jackie stehen und die notwendigen Zusatzlügen ausspucken. Trotz der durchdachten Geschichte, mit der Jackie sie eingewickelt hatte, schien sie nicht unbedingt über die Fähigkeit zu verfügen, spontan zu improvisieren. Um erfolgreich lügen zu können, musste man am Lügen als solchem einen gewissen Spaß haben. Wenn man nur auf die Ergebnisse aus war, verpasste man das Segelflieger-Gefühl, schlicht und ergreifend mit der Unwahrheit durchzukommen. Man war da draußen, hoch über der Landschaft, in der die meisten Menschen wohnten, man spürte den Wind im Gesicht. Außerdem war die Arena-Stage-Geschichte eine von Tess' besten Lügen, sie hätte sie wirklich gern selbst vorgetragen.

Fünfzehn Minuten vergingen. Die Schule hatte sich schnell geleert und schien nun völlig einsam dazuliegen. Jackie hatte im Schatten geparkt, aber trotzdem war es heiß im Wagen, und der Ledersitz war feuchter, als es ein Stoffsitz gewesen wäre. Tess kurbelte das Fenster herunter, streckte den Kopf heraus und hechelte ein bisschen, so wie Esskay es tat. Sie hatte die Hündin eigentlich mitnehmen wollen. Immerhin musste sie auch wieder rausfahren nach Columbia, um ihren Wagen zu holen, und sie hätte sich über Gesellschaft auf der Rückfahrt gefreut. Aber Jackie war nicht damit einverstanden gewesen, einen Hund in ihren schönen Wagen zu lassen.

Tess war nicht einmal sicher, wie begeistert sie davon war, *sie* darin zu haben.

»Das ist ja reizend«, sagte Jackie, die von hinten gekommen war.

»Ich glaube«, sagte Tess überrascht, »Hunde machen das ganz richtig. Jetzt ist mir tatsächlich ein bisschen kühler. Wie ist es gelaufen?«

Jackie ging um den Wagen herum und setzte sich auf den Fahrersitz. »Es war so einfach, dass es fast peinlich ist. Ich bin noch ein wenig geblieben und habe mit der Direktorin geplaudert, nur um mein Gewissen zu beruhigen, weil ich diese nette Frau reingelegt habe. Es stellte sich heraus, dass Salamon Hawkings ein Stipendium für eine feine Privatschule hat, die Penfield School oben in Butler.« Sie schwieg einen Moment. »Ich bin nicht einmal sicher, wo das ist.«

»Mitten im WASP-Land. Das sieht man schon daran, dass es in Butler genau zwei Geschäfte gibt, eine Sattelmacherei und einen Weinladen. Mehr brauchen WASPs nicht.«

»Was soll denn ein schwarzer Junge dort?«

Tess zuckte mit den Achseln. »Diese Privatschulen legen großen Wert auf den Mix. Jede dieser Schulen hat ein paar Innenstadt-Kids mit Stipendien. Und wenn Salamon ein richtig guter Diskutant ist, dann möchte ich wetten, dass sogar mehrere Schulen hinter ihm her waren.«

»Oder vielleicht brauchten sie auch einfach nur einen kleinen schwarzen Jungen, der am Ende der Einfahrt steht und die Lampe hochhält, wie einer dieser Gartenzwerge.«

Sie fuhren durch Woodlawn, langsam gerieten sie in die ersten Staus. Tess wünschte, sie hätte darauf geachtet, wie Jackie fuhr; dann hätte sie sie von diesem täglichen Stop-and-go weggelotst auf die leere Geisterstraße, die man als I-70 kannte, eine der wenigen Interstates im Lande, die als Sackgasse endeten. Leute, die Baltimores Abkürzungen und kleinen Straßen nicht kannten, machten sie ungeduldig.

»Diese Gartenzwerge sieht man in einigen Ecken Baltimores immer noch, habe ich bemerkt«, fuhr Jackie fort. »Sie haben die Gesichter weiß angemalt, als würde das irgendjemanden täuschen.«

»Ja, und man sieht auch immer noch Keramikkätzchen, die an Ziegelhäusern hochklettern. Da drüben ist eins. Oh mein Gott, rufen Sie PETA an.«

»Das ist nicht dasselbe«, sagte Jackie pikiert.

»Schon, insofern, als es nicht lohnt, darauf Kraft zu verschwenden. Manche Leute sind Idioten. Die mit den Gartenzwergen tun es immerhin der Welt kund. Man weiß von Anfang an, mit was für Trotteln man zu tun hat.«

»Wenn man dieser Logik folgt, dann müssten Sie ja auch für die speziellen Nummernschilder der Söhne der Konföderierten-Kriegsveteranen sein. Oder finden Sie, es geht dabei nur um die Meinungsfreiheit?«

»Ich finde es unwichtig. Es ist, als würde man sich über die Trucker ärgern, die diese Spritzschutzlappen mit großbrüstigen Frauen drauf haben. Was soll ich machen, sie verklagen, weil sie meine Gefühle verletzen?«

»Den Spritzschutz hat aber nicht der Staat ausgegeben.«

»Sollte er vielleicht. Damit könnte er mehr Geld verdienen als mit diesen Veteranen-Nummernschildern. Hören Sie, Jackie, Sie sind meine Klientin, ich will mit Ihnen nicht über Sachen streiten, die mir sowieso egal sind.«

»Ich wünschte, ich könnte mir den Luxus leisten, dass es mir egal ist, aber das kann ich nicht. Es ist mein Leben, es geht mich an.«

Tess saß eine Minute lang still da. Es gab alles Mögliche, was sie sagen wollte, eine Menge Sachen, die zu sagen sie sich fürchtete. Immerhin war Jackie eine Klientin, selbst wenn sie an diesem Nachmittag als ihre Partnerin aufgetreten war. Außerdem waren solche Gespräche sowieso und unter allen Umständen gefährlich. Niemand, nicht einmal die besten Freunde, konnten ein ehrliches Gespräch über Hautfarben führen. Tess entschied sich, den Mund zu halten, sie drehte die Lehne des Beifahrersitzes zurück und schloss die Augen. Dann holte die Wirklichkeit die Pose ein, und das Nächste, was sie mitbekam, war der Parkplatz vor Jackies Wohnung. Tess hatte das Gefühl, als wären Wochen vergangen, seit sie am Morgen hier aufgetaucht war; sie war so stolz gewesen, eine Jackie Weir alias Susan King aufgetrieben zu haben.

»Die Adoptionsrechtler treffen sich Montagabend«, erinnerte Jackie sie, während Tess sich streckte, sie war noch ganz steif von ihrem Nickerchen. »Sie kommen doch mit, nicht wahr?«

»Das war unser Deal. Wer würde das denn nach dem, was Sie heute für mich getan haben, infrage stellen?«

»Sie wären überrascht, wie viele Leute ihre Versprechen nicht halten.« Jackie klang gereizt. Wenn es jemand anders gewesen wäre, hätte Tess die Bemerkung für einen merkwürdigen Scherz gehalten, aber Jackie hatte schon klargestellt, dass Humor nicht ihre starke Seite war.

»Ein weiterer Tipp für Geschäftsfrauen?«

»Ein Tipp fürs Leben. Einen, den ich schon seit langer, langer Zeit beherzige.« Mit diesen Worten war Jackie verschwunden, sie hinkte immer noch auf dem linken Fuß in ihrem weißen hochhackigen Schuh. Einem weißen hochhackigen Schuh, der durch East Baltimore gewandert war, ohne auch nur ein Fleckchen abzubekommen.

10

Selbst von der anderen Straßenseite aus war offensichtlich, dass etwas nicht stimmte, als Tess und Esskay am nächsten Morgen das Büro erreichten. Die Tür schien in der Sommerbrise ein wenig hin und her zu schwingen. Sie war nicht offen, aber auch nicht richtig geschlossen.

Bei näherem Hinsehen stellte sich heraus, dass das Schloss geknackt worden war. Eigentlich eher *gehackt* – der Teil mit dem Riegel dran war aus dem Holz gebrochen und auf den Boden geworfen worden.

»Sie sollten sich eine Metalltür einbauen lassen«, sagte Luther Beale, der in dem Stuhl vor ihrem Schreibtisch wartete.

»Hatten wir heute Morgen einen Termin?«, fragte Tess, während sie das Loch betrachtete, in dem sich ihr Schloss befunden hatte. Esskay ging um sie herum zum Sofa.

»Nein, aber ich dachte, ich komme mal vorbei und frage, ob Sie Fortschritte gemacht haben. Die Tür war schon so, als ich kam.«

Tess legte ein Telefonbuch hinter die Tür, damit sie nicht die ganze Straße klimatisierte, bis ein Schlosser kam. Sie hatte gute Laune gehabt, sie war stolz auf ihren Drang gewesen, an einem Samstag ins Büro zu gehen und Kleinigkeiten zu erledigen, bevor sie sich mit

Tyner zum Training und einem anschließenden Lunch traf. Aber die Sache mit dem Schloss hatte das Potenzial des Tages vernichtet. Jetzt würde sie Stunden hier verbringen müssen.

»Ich war's nicht«, setzte Beale hinzu, defensiv wie ein Mann, der es gewohnt war, beschuldigt zu werden.

»Das habe ich auch nie behauptet«, sagte Tess und schlug die Nummer ihres Vermieters im Rolodex auf ihrem Schreibtisch nach. Sie hoffte, dass er für das neue Schloss würde zahlen müssen. Vielleicht sollte sie vorher noch die Polizei anrufen und Anzeige erstatten und dann erst den Vermieter informieren, damit der die Sache der Versicherung melden konnte. Er war ein kleiner schrumpeliger Mann, der ihren Großvater gekannt und offensichtlich beneidet hatte. Es gelang ihm, jedes Gespräch auf die Tatsache zu reduzieren, dass er es über die Zeit zu etwas gebracht hatte, wohingegen ihr Großvater nach einem spektakulären Start gescheitert war. »Langsam und gelassen, langsam und gelassen«, belehrte Hiriam Hersh sie gerne. »Ihr Großvater war ein Hase, ich bin eine Schildkröte. Sie können viel von mir lernen.« Nein, sie war ganz bestimmt nicht wild auf Hiriam Hershs Äsop-Analogien.

»Nein, Ma'am, die Tür war schon so, als ich kam«, sagte Beale mehr zu sich als zu ihr.

»Ich bin überrascht, dass Sie hier auf mich gewartet haben. Woher wussten Sie, dass ich an einem Samstag vorbeikommen würde?« Tess wählte die Nummer des Polizeireviers Ost statt der städtischen 911-Notrufnummer. Die Stadt hatte jetzt auch eine Nummer für alle Angelegenheiten, die keine Notfälle waren, 311, aber sie fand schon, dass ein Einbruch einen für den Besuch der Polizei irgendwann in diesem Jahrhundert qualifizierte.

»Wusste ich nicht. Ich dachte, ich schaue einfach mal vorbei, und als ich die Tür sah, bin ich reingegangen, um auf Ihre Sachen aufzupassen. Dieser Computer würde nicht lange durchhalten, nicht in dieser Gegend.«

Der diensthabende Polizeibeamte nahm ab und legte sie in die Warteschleife, bevor sie auch nur eine Silbe herausbrachte. Tess schaute sich schnell im Zimmer um. Es schien nichts zu fehlen – der Computer, der Scanner, der Drucker waren noch da. Das Bild mit dem fliegenden Hasen hing an seinem Platz über dem Wandsafe. Vielleicht waren Drogensüchtige eingebrochen und hatten nach Metall gesucht, das sie auf dem Schrottplatz verkaufen konnten. Ein paar der Metallhändler waren nicht allzu kleinlich, was die Herkunft der Kupferleitungen, Stahlgitter und alten Boiler anging, die Tag für Tag in Einkaufswagen angefahren wurden. Aber der alte Ofen stand noch da, und Wasserhähne gab es auch noch.

Sie hing immer noch in der Warteschleife, zog die Schutzhülle von ihrem Computer ab und schaltete ihn an. Ihre Dateien waren noch da, sie wirkten unberührt. Sie vergrößerte das Fenster und überprüfte die Daten der letzten Veränderungen – nichts. Andererseits zählte das Ausdrucken einer Datei auch nicht als Veränderung. Sie schaute zum Drucker. Es lag Papier im Einzug, und sie legte nur Papier ein, wenn sie es brauchte, da Esskays Haar sich auf allem ablagerte, was man draußen herumliegen ließ. Außerdem war sie sparsam mit Papier. Das war ein Teil ihrer Kosten, den sie kontrollieren konnte.

»Verstehen Sie etwas von Computern?«, fragte sie Beale skeptisch.

»Hm. Ich weiß genug, um mir keinen Mac zu kaufen so wie Sie. Ich habe einen IBM-Klon mit 200 Megahertz und einem Gigabyte Speicher. Wussten Sie, dass man fast jede Zeitung im Land online lesen kann? Ich wette, dass ich so pro Monat fünfzig Dollar spare.«

»Möglicherweise hat jemand gestern Nacht Kopien von meinen Dateien erstellt.«

»Haben Sie nicht aus Sicherheitsgründen ein Passwort?«

»Nein«, sagte Tess. Wenn Beale wirklich so viel Ahnung von Computern hätte, hätte er das wissen müssen. Er hatte sie doch bei seinem ersten Besuch den Computer benutzen sehen. »Ich bin nie darauf gekommen, dass ich eins brauchen könnte, ich arbeite hier schließlich allein.«

»Was stand denn in meiner Datei?«

»Nicht viel. Ein paar Spuren in Richtung der Zwillinge. Die Namen kannten Sie übrigens nicht mehr besonders gut. Sie heißen Treasure und Destiny Teeter.«

»Ich konnte mir noch nie gut Namen merken«, murmelte Beale. »Und wo sind sie?«

»Ich bin nicht sicher. Glaubt man den Nachbarn, leben sie offiziell in der Nähe der Biddle Street, aber man sieht sie oft hier in der Gegend.« Sie fragte sich, ob sie ihm sagen sollte, dass laut der Beschreibung der Nachbarn keiner der beiden besonders geeignet für die Uni erschien. Aber das war ja nur ein Beispiel für die Hilfe gewesen, die Beale leisten wollte. Vielleicht konnte er Treasure in der Drogenklinik unterbringen und für Destiny so etwas wie die Schule der Nelsons in D.C. auftreiben, nur für Mädchen.

»Ist das alles, was Sie haben? Das ist nicht viel.«

Tess hing immer noch in der Warteschleife des Polizeireviers, legte auf und drückte die Wahlwiederholung. Wieder wurde sie in die Warteschleife gestellt, bevor sie eine Silbe hervorbringen konnte.

»Ich finde es ziemlich gut, wenn man bedenkt, wie wenig Informationen Sie mir gegeben haben. Vor vier Tagen wusste ich nicht einmal die Namen. Jetzt weiß ich, wo ich nach den Zwillingen suchen muss, und ich habe noch jemanden im Auge, Salamon Hawkings. Er hat ein Stipendium für eine Privatschule. Eldon Kane wird per Gerichtsbeschluss gesucht und ist wahrscheinlich nicht mehr in Maryland, also können wir ihn vermutlich von Ihrer Liste streichen.«

»Haben Sie den Hawkings-Jungen schon gesehen? Das Schuljahr ist fast vorbei.«

»Ich hatte noch keine Gelegenheit.«

»Sie sind nicht besonders schnell, oder? Wenn ich Sie pro Stunde bezahle, dann erwarte ich, dass Sie aus jeder Minute das Beste herausholen.«

Beale war genau wie Großmutter Weinstein; kein Lob, nie zufrieden.

»Es hat sich herausgestellt, dass es die Sache nicht leichter macht, dass Sie den anonymen Spender spielen wollen. Schulen mögen es nicht besonders, wenn Fremde versuchen, aus ungenannten Gründen ihre Schüler ausfindig zu machen. Also muss ich mir jetzt einen plausiblen Grund überlegen, mich mit Salamon Hawkings zu treffen.«

»Das ist einfach«, sagte Beale. »Wenn Sie sich an die Schule wenden, sagen Sie ihnen einfach, dass der Hawkings-Junge Geld zu erwarten hat, ohne ins Detail zu gehen. Das finden die Leute immer gut.«

»Sie meinen, wie diese ungenutzten Konten, die der Staat jedes Jahr anbietet?«

»Nein, das kann man zu leicht überprüfen. Vielleicht könnten Sie so tun, als wären Sie von diesem Laden, der Kinderträume wahr macht. Make-a-Wish, Dream-a-Dream, wie auch immer die heißen.«

»Ich glaube, das ist für kranke Kinder«, sagte Tess. »Aber es ist trotzdem eine gute Idee.«

Beale stand auf. Er trug denselben braunen Anzug wie bei seinem ersten Besuch, aber diesmal mit einem blau-gelb gestreiften Hemd. Er hielt denselben vergilbten Panamahut in den Händen.

»Aber sitzen Sie nicht nur rum«, sagte er. »Wenn ich mich richtig erinnere, bezahle ich Sie stundenweise. Und das schließt nicht ein, dass Sie hier sitzen und auf einen Schlosser warten.« Dann war er verschwunden, ohne ein Danke, ohne ein Wort des Lobes für das, was Tess herausgefunden hatte. Na ja, so war das Geschäft. Leute, die einen bezahlten, mussten nicht dankbar sein, sie mussten einem nur Schecks geben, die nicht platzten. Was das anging, war Beale ein Traumkunde.

Sie hing immer noch in der Warteschleife des Polizeireviers, legte erneut auf und rief stattdessen ihren Vermieter an. Sollte sich Hersh doch mit der kaputten Tür herumplagen und dem Schlosser erzählen, wie er schildkrötenmäßig so viel weiter gekommen war als die Weinstein-Hasen. Sie würde jetzt trainieren gehen.

Tyner war in der letzten Zeit ungewöhnlich nett zu Tess gewesen. Sie vermutete, dass er sich schuldig fühlte, weil er sie aus dem bequemen Nest seines Büros geworfen und ihren Schreibtisch schon wieder besetzt hatte, als ihr Stuhl noch warm war. Ganz sicher erwartete sie nicht, dass diese Freundlichkeit anhielt. Aber sie genoss die kurzfristigen Vorteile seiner Schuldgefühle, die Geschenke, mit denen er sie überschüttete, so wie die neue Uhr und den Sommerpass für seinen Fitnessclub, den Downtown Athletic Club, den sie sich von ihrem eigenen Geld niemals hätte leisten können.

Der DAC, wie die Mitglieder ihn nannten, war nicht der schönste Club in Baltimore, aber bei Weitem der größte. Er befand sich in einem alten Lagerhaus an einer Stelle, die Lincolns Trauerzug passiert hatte, und hatte dementsprechend eine lange Geschichte. Die legendären Kämpfe um die besten Parkplätze, die trainingswillige Menschen austrugen, um möglichst nahe an der Tür zu parken, damit sie keinen Zentimeter mehr als nötig gehen mussten. Und wegen der Anbaggerei war die Männerumkleidekabine an den Wochenenden nicht mehr jugendfrei. Außerdem war da die unbestätigte Geschichte eines Mannes, der in den voll besetzten Abendstunden einen Herzinfarkt erlitten hatte. Einige Besucher kamen ihm zu Hilfe, während andere – ungeduldige – die Verwirrung nutzten, um in der StairMaster-Schlange vorzurücken.

»Ach, kommen Sie, Mr. Gray«, protestierte der junge Trainer, der Tyners Rollstuhl die kurze Treppe in den großen Saal hochschob, während Tyner Tess diese Geschichte erzählte. Seine Stentorstimme wurde bei jeder erreichten Stufe für einen Moment höher. »Sie wissen doch, dass das hier nie passiert ist.«

»Wenn es nicht stimmt, dann sollte es aber eigentlich«, erklärte Tyner. Mithilfe des Trainers wechselte er in die Nautilus-Butterfly-Maschine und zog seine Gewichtheber-Handschuhe an, als er saß. »Was steht heute auf deinem Plan, Tess? Gewichte oder Aerobic?«

»Ich war heute Morgen rudern, und zwar richtig lange, also bleiben mir nur noch Gewichte. Aber ich fang mal mit dem Unterkörper an.«

»Nicht schlappmachen. Ich behalte dich im Auge.«

»Sieh dich vor.« Tess streckte die Arme aus und packte Tyners Arm, als der versuchte, das Gewicht in Ruheposition zu bringen. »Komm schon, drück noch ein bisschen, alter Mann. Stärker. *Stärker.* Das schaffst du.«

Das schaffte er sogar locker. Tyner war gut in Schuss. Oberhalb der Gürtellinie war er so schlank und kräftig, wie er es Anfang zwanzig gewesen war, als er in der Olympia-Rudermannschaft war. Darunter – nun ja, darunter war er, was er seit mehr als vierzig Jahren war, seit ein zu schnelles Auto für die Lähmung seiner Beine gesorgt und damit seine olympischen Bemühungen beendet hatte.

»Mit meinem Oberkörper bringe ich immer noch mehr zustande als du«, neckte er sie.

Am Samstagnachmittag war im DAC nicht viel los. Es waren zwar noch keine Schulferien, aber die Leute mit Wochenend-Mitgliedschaften hatten sich schon an die Küste verdrückt oder machten bei dem guten Wetter draußen Sport. Tess wäre auch lieber draußen gewesen, aber es gab nun mal im Freien keinen Ersatz fürs Gewichtheben.

Ein dürrer, blasser Typ in den Vierzigern saß auf der Quad-Maschine. »Darf ich zwischendurch ran?«, fragte sie.

»Nur noch zwei«, sagte er und hielt erklärend zwei Finger hoch. Aber er saß einfach da, gemütlich wie ein Mann auf einem Barhocker, er hatte es nicht eilig. Tess entschied sich, nicht zu warten, sondern stattdessen an die Beinpresse zu gehen, die Maschine direkt neben ihm.

»Wie finden Sie das?«, fragte er; er trödelte immer noch, er fing nicht etwa mit seinem nächsten Set an.

»Was?«, fragte sie mit knirschenden Zähnen, als sie die letzte Wiederholung beendete, das Gewicht sprang ein wenig, als es auftraf. Sie hoffte, dass Tyner das nicht gehört hatte, er würde sie wegen dieser Schlamperei wieder anmachen.

»Der Typ in dem Rollstuhl. Was soll *das* denn?«

»Ich verstehe nicht.«

»Das ist ein *alter* Mann in einem *Rollstuhl*, um Gottes willen. Was soll denn das? Ich bin hier, weil ich letztes Jahr geschieden wurde, und, Sie wissen schon, mich zeigen will. Da muss man sich ja in Form halten. Ich hasse es, aber das ist der Preis, den man zahlt. Warum ist der hier?«

»Sind Sie jetzt fertig?« Ihre Stimme klang leicht, aber sie fühlte sich wie Clark Kent, der in eine Telefonzelle schlüpfte, sie spürte bereits, wie ihr geheimes Alter Ego sich entfaltete. Sie zählte bis dreißig, aber nicht, um ihren Zorn unter Kontrolle zu halten. Sie zählte bloß ihre

Pausenzeiten, denn sie wollte sie so kurz wie möglich halten.

»Fast.« Er schnaufte viel zu schnell durch ein weiteres Set, seine Bewegungen waren hastig und ruckartig, seine Beine baumelten dabei wie die eines kleinen Jungen. Er hielt einen Finger hoch. »Ein Set noch. Wie heißen Sie eigentlich?«

»Ich bin Tess.« *Aber man nennt mich auch den Entmanner.*

Sie wartete geduldig, sie ließ ihn eine lange Pause und dann sein letztes Set hindurch sabbeln. Die ganze Zeit erklärte er ihr, wieso er so ein toller Fang wäre. Oh, und er war geschickt genug, das in eine unnötig komplizierte Geschichte einzuflechten, warum er so ungern mit seinem *Range Rover* zum Stadion fuhr, aber es war dann doch nicht so schlimm, weil man ja als *Dauerkartenbesitzer* gesonderte Parkplätze hatte, er liebte die Orioles, aß aber im Stadion nichts, höchstens im *Camden Club*, normalerweise ging er hinterher zu *Dalesio's*. Nichts davon hatte die Form einer Einladung – Tess war klar, dass er noch nicht entschieden hatte, ob sie es wert war –, aber sie hätte die wichtigsten Informationen, wenn er entschied, dass er für das Spiel heute keine besseren Optionen fand.

Als er endlich fertig war, wischte er den nicht existierenden Schweiß vom Sitz, er prahlte mit seiner Höflichkeit, dann zog er den Pin aus dem Siebzig-Pfund-Gewicht.

»Wie viel wollen Sie denn? Ich weiß ja, dass ihr Mädels nicht so viel Muskeln aufbauen wollt.«

»Ach, ich weiß nicht«, sagte Tess beiläufig. »Heute

fühle ich mich nicht ganz auf der Höhe ... vielleicht hundertzwanzig?«

Er lachte, als wäre das ein wunderbarer Witz, und steckte den Pin an die erbetene Stelle. Mit gelangweiltem Gesichtsausdruck ließ sich Tess auf dem Sitz nieder und legte los, zügig, aber in guter Form. Ihr neuer Freund, der jetzt auf der Beinpresse kauerte, hielt inne, als er sah, wo Tess den Pin hatte stecken lassen. Sie konnte sehen, dass er kein leichteres Gewicht einstellen, aber auch nicht anfangen und dann feststellen wollte, dass er mit ihrem Gewicht nicht klarkam.

»Ich schätze, ich bin sowieso fertig«, sagte er.

Noch nicht ganz. »Der Mann im Rollstuhl?«, sagte Tess, als er davonging.

»Ja?«

»Das ist mein Freund.«

Tess erzählte Tyner den Großteil dieser Geschichte beim Mittagessen, nur die Teile über ihn ließ sie weg. Obwohl Tyner immer behauptete, resistent gegen die Idioten der Welt zu sein, konnte sie sich nicht vorstellen, dass die gemeinen Sätze des anderen Mannes ihm nicht wehtäten.

Sie aßen im Point, der heruntergekommenen Kneipe ihres Onkels Spike. Es war nie ganz klar, ob die Kneipe einfach nur eine Tarnung für Spikes Buchmacherei war oder ob sie ihn ernährte, wenn die Spieler gerade mal sparten. Juni war ein schlechter Monat für beide Geschäftszweige – Basketball und Pimlico fast vorbei, Football noch weit weg und Baseball nur für Idioten geeignet. Um Gäste in die Bar zu locken, hatte Spike angefangen, kostenlose Erdnüsse in großen flachen

Schalen anzubieten. Aber sein Helfer Tommy weigerte sich, jeden Abend den Boden zu fegen, und jetzt konnte man nicht durch das Point gehen, ohne dass es ständig unter den Füßen knirschte und kleine Wölkchen Erdnussstaub die Knöchel umhüllten.

»Ich bin sicher, dein geheimes Leben als Entmanner hält dich gut beschäftigt«, sagte Tyner, »aber mich interessiert eigentlich mehr, wie es mit deiner richtigen Arbeit läuft.«

»Alles war prima, bis jemand letzte Nacht meine Tür mit einem Kuhfuß aufhebelte. Es fehlt nichts, aber ich hab das Gefühl, dass Einbrüche in der Gegend ein dauerhaftes Problem werden könnten.«

»War es ein Junkie?«

»Möchtest du noch Erdnüsse?« Tess ging hinüber zu der nächsten Schale, holte zwei Hände voll, brachte sie zurück an den Tisch und ließ sie unter großem Rasseln auf die Platte fallen.

»Ist dir jemals aufgefallen, dass es in jedem Erdnusshaufen, den man isst, eine fast perfekte Nuss gibt?«, fragte sie, als sie eine knackte. »Sie ist ein bisschen dunkler geröstet als die anderen und hat ein beinahe pikantes Aroma. Also isst man noch ein paar Dutzend, man sucht nach einer weiteren, die genauso kräftig schmeckt, und stattdessen bekommt man eine ab, die sauer und verschrumpelt ist, die den Geschmack der perfekten Erdnuss auslöscht, deshalb isst man immer noch weiter, um die Balance wiederherzustellen, und dann hat man den ganzen Bauch voller Erdnüsse, man fühlt sich total aufgequollen und hat immer noch keine dieser seltenen, perfekten Erdnüsse gefunden.«

Tyner war nicht der Typ, der sich durch einen Monolog über Erdnüsse ablenken ließ.

»Also waren es keine Junkies?«

»Nein«, gab Tess zu und seufzte laut. »Ich glaube, jemand hat sich an meinen Computer gesetzt und eine Datei ausgedruckt. Es lag Papier im Einschub, und das lasse ich nie draußen. Ich stecke es in den Drucker, wenn ich es brauche.«

»Welche Datei wurde ausgedruckt?«

»Kann ich nicht sagen, aber ich vermute, die von Beale. Er saß da, als ich kam, sagte, er sei zufällig vorbeigekommen. Merkwürdig, ich weiß, aber warum sollte er seine eigene Datei stehlen? Er zahlt ja dafür zu erfahren, was drinsteht. Andererseits kann es aber auch nicht Jackie sein. Der Einzige, der weiß, dass ich für Jackie arbeite, ist Jackie.«

»Zumindest, soweit du weißt.«

»Ja, aber warum sollte sie lügen?«

»Ich hab keine Ahnung, aber wir wissen schließlich, dass sie dich schon einmal angelogen hat, nicht wahr? Ich meine, selbst wenn sie einen Grund für ihre Mary-Browne-Scharade hatte, sie hat trotz allem gelogen, und sie lügt gut.«

Tyner wischte die Erdnussschalen und den Staub auf den Boden. »Was weißt du über den Vater des Babys?«

»Er ist längst verschwunden, irgendein Typ aus der Nachbarschaft. Wollte kein Vater sein und hat alle Rechte abgetreten. Jackie hatte ihn seit Jahren nicht gesehen.«

»Behauptet sie.«

»Aber warum sollte sie mir nicht die Wahrheit sagen?«

»Ich hab keine Ahnung, warum irgendwer irgendwas tut«, sagte Tyner. »Mein Job besteht darin, dich daran zu erinnern, dass es wesentlich mehr Möglichkeiten gibt. Betrachte nichts als gesichert, Tess. Jemand hat eine oder mehrere deiner Dateien ausgedruckt. Es gibt nur zwei, Beales und Jackies. Beale saß in deinem Büro, als du kamst, und hat seine Unschuld beteuert, bevor irgendjemand ihm irgendwas vorwerfen konnte. Sehr merkwürdig. Jackie hat dich mindestens einmal angelogen. Wer weiß, ob sie auch gelogen hat, was den Vater des Babys angeht – vielleicht gibt es ja noch jemanden, der das Mädchen wiederfinden will.« Er dachte einen Augenblick nach. »Hast du deine Waffe im Büro?«

»Ja, im Safe. Sie war noch da.«

»Du hast eine Lizenz, sie zu tragen. Vielleicht solltest du die nutzen.«

»Oh, Tyner, du bist wirklich paranoid.«

»Ich würde mich einfach wohler fühlen, da du nun schon in Butchers Hill arbeitest, wenn ich wüsste, dass du an deine Waffe rankommst. Was willst du denn machen, wenn die Einbrecher wiederkommen? Sagen: ›Entschuldigen Sie, ich muss bloß etwas aus dem Safe holen, dann bin ich ganz für Sie da.‹ Wenn es ein Drogensüchtiger ist, musst du schnell handeln. Die sind nicht vernunftgesteuert, die könnten dich aus reiner Dämlichkeit umbringen.«

Tess sagte nichts, sie suchte bloß weiter im Erdnussberg nach der perfekten Erdnuss.

11

Am Sonntagmorgen begann Tess ihre Suche nach Treasure.

Obwohl es heiß war, entschied sie sich, zu Fuß zu gehen, denn so würde auch Treasure sich bewegen. Erst ging sie nach Westen zum Beans and Bread, dann nach Osten, um herauszufinden, wo in Butchers Hill er untergekommen war.

Die Beans-and-Bread-Suppenküche war nur ein paar Blocks von ihrer eigenen Wohnung entfernt. Sie befand sich jetzt in einer ehemaligen Synagoge, aber die katholische Mission hatte in einem kleinen Laden näher am Wasser begonnen, direkt um die Ecke von Tess' jetziger Wohnung. Doch die Armut gehörte zu den wenigen Geschäften in Baltimore, denen es niemals schlecht ging, und deswegen war Beans and Bread der kleine Laden schnell zu eng geworden.

Trotzdem war Tess nicht darauf vorbereitet, um elf Uhr vormittags an einem Sonntag fast fünfzig Männer und Frauen vor Beans and Bread warten zu sehen. Ein Mann mit breiten Schultern und einer verspiegelten Sonnenbrille stand mit dem Rücken zur Tür und murmelte in ein Walkie-Talkie. Ab und zu öffnete sich die Tür einen Spalt, eine Frau lehnte sich heraus und flüsterte ihm etwas zu, und dann brüllte der Türsteher den Wartenden Nummern entgegen. Fünf bis zehn Leute zeigten ihre Wartenummern und durften hinein. Es war nicht viel anders als vor den angesagten Clubs in New York, nur waren die Schlangensteher hier höflicher.

»Du kannst deinen Hund nicht mit reinnehmen, Schwester.« Die Stimme des Türstehers war fest, aber freundlich. »Wenn du möchtest, passe ich auf ihn auf, während du isst. Im Moment haben wir dreißig Minuten Wartezeit.«

»Ich bin nicht wegen des Essens hier. Ich versuche, jemand zu finden, der hierherkommt, ein Kind namens Treasure Teeter.«

»Treasure Teeter?« Die verspiegelte Sonnenbrille schaute weiter auf die Menge. »Klingt nicht bekannt, aber ich kenne auch nicht alle Namen. Schwester Eleanor wüsste vielleicht mehr, aber sie ist heute nicht hier. Kann es bis morgen warten?«

»Wenn es muss, dann kann es«, seufzte Tess.

»Weißt du, wie er aussieht?«

»Nein, bloß, dass er sehr jung ist, vielleicht siebzehn, und möglicherweise drogensüchtig.«

»Es gibt einen Jungen, der regelmäßig herkommt, aber ich habe ihn nie von jemandem Treasure nennen hören.« Er murmelte etwas in sein Walkie-Talkie, dann hörte er der statisch knisternden Entgegnung zu. »Joe Lee sagt, der Typ, an den ich denke, war hier, als wir um zehn aufgemacht haben. Aber jetzt ist er lange weg. Das ist drei oder vier Essenszeiten her.«

Ein alter, zahnloser Mann, der einen Wollhut und einen schweren Mantel trug, obwohl es warm war, trat an den Türsteher heran und flüsterte ihm schüchtern etwas ins Ohr. Er lebte schon so lange auf der Straße, dass es aussah, als hätten Schmutz und Dreck sich mit seiner Haut und seinen Klamotten verbunden. Als Esskay versuchte, an seinem Soldatenmantel zu schnuppern, zuckte der Mann ängstlich zurück und entfernte sich eilig.

»Was war das?«

»Der Mann sagt, er hätte gehört, Bea Gaddy würde heute Essen verschenken. Er sagt, der Junge wäre dorthin unterwegs gewesen. Kennst du den Laden drüben in Collington?«

Der alte Mann war wieder auf sie zugekommen, er kramte in seinen Taschen und behielt Esskay im Auge. Wieder flüsterte er dem Türsteher etwas zu. Seine Stimme war so leise, dass Tess kein Wort von dem hören konnte, was er sagte.

»Beißt dein Hund?«, fragte der Türsteher.

»Nur, wenn man ein Hotdog oder ein Nagetier ist.«

»Siehst du, Howard? Ihr Hund beißt nicht, und ich glaube, sie auch nicht. Frag die Schwester, was du fragen möchtest.«

Der alte Mann schüttelte schüchtern den Kopf, dann zog er eine Dose Orangenlimonade aus der Tasche und streckte sie ihr hin. Seine Handrücken waren dreckig, aber die Hände sahen einigermaßen frisch gewaschen aus.

»Jemand vom SuperFresh hat uns heute ein paar Kisten Limo geschenkt, und wir geben jedem Besucher am Ausgang eine Dose«, erklärte der Türsteher. »Howard möchte, dass du seine nimmst. Er sagt, es sei ein langer Weg rüber zu Bea Gaddy, du würdest an einem so heißen Tag durstig werden.«

Tess betrachtete die Limonadendose in der verknorpelten Hand, die vergilbten, dreckigen Fingernägel. Die leuchtend orangefarbene Dose war noch mit Kondensperlen überzogen. Sie konnte noch nicht lange in der Manteltasche gesteckt haben. Sie spürte, wie der Türsteher sie anschaute. Sie nahm die Dose und versuchte, nicht zusammenzuzucken, als ihre Finger seine berührten, sie riss sie auf und nahm einen großen Schluck.

»Vielen Dank, Howard«, sagte sie zu dem Mann, der sich rückwärts zu entfernen begann, sich dann abwandte und davonhastete.

»Du hast seinen Tag gerettet«, sagte der Türsteher.

»Indem ich ihm seine Limo wegnehme und weil mein Hund ihm Angst macht?«

»Weil er etwas für jemand anders tun konnte. Niemand will immer nur bekommen, verstehst du? Howard schmuggelt jeden Tag Brot hier raus, damit er die Vögel füttern kann, nur damit jemand ihn braucht.«

Und tatsächlich sah Tess ihn mitten in einem Vogelschwarm stehen, als sie an der Bank Street nach Osten abbog. Die Tauben und Möwen umkreisten ihn eng, aber er hatte keine Angst, das konnte sie sehen. Er gurrte sie in ihrer eigenen Sprache an, zerkrümelte Brotscheiben und warf sie in die Luft wie strahlend weißes Konfetti.

Im Sommer war bei Bea Gaddy nicht viel los, sie steckte den Großteil ihrer Energie in die Planung – und Promotion – eines Thanksgiving-Dinners für Tausende, aber sie hatte einen Tisch vor ihrem Reihenhaus stehen, für die Spenden, die jeden Tag hereinkleckerten. Heute lagen auf diesem Tisch nur ein paar Sweatshirts und eine

Kiste mit gebrauchten Videobändern. Erstaunlich, was für Müll die Leute bei den Wohltätigkeitsorganisationen abluden, dachte Tess, als wären es steuervergünstigte Müllhalden.

Ein junger Mann untersuchte die Videobänder sehr sorgfältig, als stünde er in seinem Blockbuster-Videoverleih und wählte aus, was er sich am Abend anschauen würde. Vielleicht hatte er sogar mal einen Videorekorder gehabt, aber sein ausgemergelter Körper erzählte die Geschichte von vielen Pfandleihen, von einem Leben, aus dem alles geplündert worden war, was auch nur ein oder zwei Dollar brachte.

»›Ein Golflehrgang‹«, sagte er und legte ein Band hin. »Ach, hier ist nichts. Ich hab gehört, ihr hättet heute leckere Kekse.«

»Hatten wir«, sagte die Frau, die den Tisch überwachte und dafür sorgte, dass die Leute nicht alles abstaubten und dann verkauften – nicht, dass man für dieses Zeug viel bekäme. »Du bist ungefähr zehn Minuten zu spät. Süßigkeiten sind schnell weg.«

»Ach, Mann.« Er zog die Silben lang wie ein jammerndes enttäuschtes Kind, er trampelte ein bisschen mit den Füßen. »Gab es Butterscotch Krimpets? Sag mir nicht, dass es Butterscotch Krimpets gab.«

»Was interessiert's dich? Sie sind weg. Du kriegst keine.«

»Ein Mann möchte wissen, was er verpasst. Verstehst du? Also, gab es Butterscotch Krimpets?«

»Ich weiß nicht«, sagte die Frau müde. »Es waren vor allem Juniors und Pies.«

Tess hatte höflich gewartet, bis der Mann mit seiner

Süßigkeiten-Erkundigung fertig war. Als er begann, die Sweatshirts durchzusehen, fragte sie die Frau: »Kennen Sie Treasure Teeter?«

»Hm.«

Die eine Silbe klang zwar nicht besonders freundlich, aber mehr oder weniger zustimmend.

»War er heute hier?«

Die Frau sagte nichts, sie wandte Tess bloß den Rücken zu und begann, mehrere braune Supermarkttüten zusammenzufalten. Der Mann schaute immer noch die Sweatshirts durch, aber er betrachtete Tess dabei durch seine schweren Augenlider. Sie zog eine Fünf-Dollar-Note aus ihrer Jeanstasche und wedelte damit verführerisch, dann begann sie mit Esskay davonzugehen. Sie nahm die Ecke an der Collington und wartete. Und tatsächlich kam der Mann gleich nach ihr um die Ecke, er lief, um sie einzuholen.

»Ich kenn den Typ«, stieß er hervor, als er sie erreicht hatte. Sein Atem ging selbst nach dieser kurzen Strecke schnell. »Treasure Teeter. Er nennt sich Trey, aber da ist dieses Mädchen, das manchmal kommt, sie nennt ihn so. Sieht nett aus. Keine Ahnung, was sie mit ihm zu schaffen hat.«

»Sie zeigen mir, wo ich ihn finde, dann geb ich Ihnen diesen Fünfer, und Sie können sich so viele Butterscotch Krimpets kaufen, wie Sie wollen.« Tess wusste, dass er das nicht tun würde. Mit Bargeld in der Hand würde er seinen süßen Zahn sofort vergessen und nur über den Mist nachdenken, dessentwegen er überhaupt Süßigkeiten wollte.

»Für zehn bringe ich Sie zu ihm.«

»Zu ihm? Deal.«

Er streckte die Hand aus – nicht, um ihre zu schütteln und den Deal zu bekräftigen, sondern um die Scheine in Empfang zu nehmen.

»*Nachdem* ich bei Treasure bin«, sagte Tess.

Er trottete sofort los, erst Richtung Westen, dann südlich auf die Chester Street, er stoppte ungefähr in der Mitte des Blocks.

»Hier«, sagte er und streckte ihr die Handfläche entgegen.

»Das ist ein vernageltes Reihenhaus«, sagte Tess. »Woher soll ich wissen, ob Treasure wirklich hier rumhängt?«

»Er ist hier.« Er hämmerte an eines der Fenster, dass das Holz zitterte. »Trey, Alter. Hier ist Bobby. Ich hab was für dich. Was Gutes.«

Der Fensterladen schwang langsam zur Seite. Der Junge, der seinen Kopf rausstreckte, sah viel jünger aus als siebzehn, er hatte das müde Engelsgesicht eines kleinen Kindes, das man mitten in der Nacht aufweckte. In seinen Augenwinkeln klebte Schlaf, und sein Haar war auf der einen Seite flacher als auf der anderen. Ein paar gelbe Tropfen liefen ihm aus dem Mundwinkel, die Zitronenfüllung eines Pies.

»Was willst du, Alter?«

Aber Bobby war schon weg. Er war mit Tess' beiden Fünfern in der Faust davongerannt.

»Hallo, Treasure. Ich bin Tess Monaghan. Ich hab nach dir gesucht.«

»Ich heiße Trey.«

»Trotzdem suche ich nach dir.«

»Kennen wir uns?«

»Nein.«

»Ich hab nichts getan«, sagte er automatisch.

»Hab ich auch nicht behauptet.«

»Was wollen Sie dann von mir?«

»Jemand hat mich gebeten, nach dir zu sehen, um zu erfahren, wie es dir geht.«

Echte Skepsis brachte er nicht zustande, aber sie konnte sehen, dass er ihr nicht glaubte. »Meine Tante hat 'ne weiße Frau angeheuert, um zu fragen, wie's mir geht? Sie *weiß*, wie's mir geht. Ich hab sie letzten Mittwoch um Geld angehauen, als Beans and Bread zu war und ich nichts Warmes zu fressen hatte. Mann, sie war eisig. Sie hat gesagt, wenn ich hungrig wär, würde sie mir Maisbrot backen. Aber die Frau kocht so scheiße. Warum soll ich essen, was sie backt?«

»Du lebst bei ihr, oder?«

»Wenn ich will. Wenn ich muss. Im Winter ist es gut bei ihr. Aber sonst bin ich lieber allein.«

»Was ist mit deiner Schwester Destiny? Lebt sie dort oder hier bei dir?«

»Destiny ist weg.«

»Weg wohin?«

»Ich hab sie nicht gesehen, aber sie wird bald wieder zurück sein, dann ist alles in Ordnung. Das hat sie mir jedenfalls gesagt, alles wird dann in Ordnung sein. Wir haben unsere eigene Wohnung, wenn sie wiederkommt.«

»Wo ist sie hin?«

»Weiß nicht.« Er kicherte. »Ich glaub, sie ist nach Burma.«

»Burma?«

»Oder vielleicht hat sie sich ja auch bis nach China durchgegraben. Ja, vielleicht das.« Er kicherte weiter.

Junkie-Humor. Musste man mögen. Aber Tess fand sich auch immer superwitzig, wenn sie bekifft war.

»Wann kommt sie zurück?«

»Wenn sie fertig ist.«

»Wann hast du sie zum letzten Mal gesehen?«

Treasure hob die Hände, als wollte er die Tage an seinen gespreizten Fingern abzählen. Stattdessen begann er wieder zu lachen, als hätte er etwas ausgesprochen Komisches in seinen Handflächen entdeckt. Vielleicht seine Lebenslinie. Dann streckte er ihr seine Hand wie ein Verkehrspolizist entgegen und schaute über seine Schulter, und so blieb er eine Weile.

»Treasure?«

»Ich mach den Heisman.«

»Was?«

»Den Heisman machen. Wissen Sie, wie im Football.« Er wiederholte die Bewegung, und Tess begriff, dass er wie die Preisstatue aussehen wollte, die mit ausgestreckten Armen dastand. »Ich konnte rennen. Mann, ich konnte rennen. Ich hätte ein Stipendium haben können, wenn ich gewollt hätte.«

»Ich hab dich nach Destiny gefragt. Ich dachte, Zwillinge wären einander näher als normale Geschwister.«

Treasure starrte sie bloß mit leerem Blick an. »Wir sind uns nahe. Echt nahe. Destiny und ich, wir halten immer zusammen. Wollen Sie nun was von mir oder von meiner Schwester? Was wollen Sie hier überhaupt?«

Eine gute Frage. Was könnte Luther Beale schon für

Treasure Teeter tun, außer ihm mehr Crack zu kaufen und vielleicht eine Wohnung zu zahlen, in der er es rauchen könnte?

»Willst du clean werden und vielleicht deinen Schulabschluss machen? Ich weiß jemand, der dir hilft, wenn du willst.«

»Mann, ich wusste, Sie sind voller Scheiße. Sie sind von dieser Klinik, oder? Die, die diese Sozialhelfer auf die Straße schickt, um Leute einzukassieren. Jeder weiß, dass es keine Plätze in der Detox gibt, selbst wenn man clean werden will. Die Warteliste ist ewig lang. Außer für die Vets. Dann müssen sie einen nehmen. Aber ich bin kein Vet, jedenfalls nicht offiziell.« Er kicherte. Ja, Treasure Teeter konnte sich prima zum Lachen bringen. »Ich würd in den Krieg ziehen, wenn sie mich wollten. Kann auch nicht härter sein als da, wo ich war. Ja, Ma'am, ich würde sofort in den Krieg ziehen.«

»Ich könnte dich in einem privaten Krankenhaus unterbringen. Ich kenne … ein Programm, das dafür aufkommt. Wenn du möchtest. Privatzimmer, gutes Essen. Keine staatliche Klinik.«

Treasure legte das Kinn auf die Fensterbank. Er schien tatsächlich über ihren Vorschlag nachzudenken. Dann aber lenkte ihn eine Raupe ab, die über die bröckelige Farbe kroch. Er streckte seinen Finger aus und ließ die Raupe auf den Nagel kriechen, dann hielt er den Finger dicht vors Gesicht. Er starrte die Raupe an, bis er fast schielte. Dann schüttelte er den Finger, sodass die Raupe zu Boden fiel.

»Nee, das ist nichts für mich.«

Tess reichte ihm eine ihrer Visitenkarten. »Wenn du es dir anders überlegst, ruf mich an. Das Angebot steht, zumindest für eine Weile.«

Treasure nahm ihre Karte und reinigte sich mit den Ecken die Zähne. »Der Kuchen war schon gut«, sagte er. »Ich wünschte, ich hätte zwei Stück mitgenommen.«

Kitty wollte gerade den Laden aufmachen, als Tess und Esskay nach Hause kamen. Die Hündin, die nicht von einem Obdachlosen Orangenlimonade bekommen hatte, schlabberte gierig die Schüssel leer, die Kitty hinter dem Tresen stehen hatte, sie verspritzte mehr Wasser, als sie trank.

»Hattest du jemals das Gefühl, dass es da draußen zwei Baltimores gibt?«, fragte Tess ihre Tante, während sie versuchte, hinter Esskay herzuwischen.

Wie immer verstand Kitty, was Tess meinte, selbst wenn Tess sich selbst nicht ganz sicher war. »Ja, drei oder vier, vielleicht sogar fünf. Aber so ist es schon immer gewesen, Tesser. Das reiche Baltimore, das arme Baltimore. Das schwarze und das weiße Baltimore. Das alte Baltimore, die Leute, die ihr blaues Blut bis zur Arche Noah zurückverfolgen können, und das Baltimore der Emigranten.«

»Ich hätte bloß nie gedacht, ich würde mir nur eine Meile von meiner eigenen Wohnung entfernt vorkommen wie im Ausland. Ich hatte heute Angst, Kitty. Ich hatte Angst vor einem alten Mann, der nichts anderes vorhatte, als mir eine Limonade zu schenken. Ich hatte Angst, vor einem leer stehenden Haus in der Chester Street zu stehen und mit einem bekifften Kind da drin zu reden. Die Stadt geht vor die Hunde. In hundert Jahren wird es sie nicht mehr geben.«

»Du bist zu jung, um so desillusioniert zu sein, Tess. Wenn du anfängst, so zu denken, gibt es kein Zurück. Vergiss nicht, in den Nestern vom letzten Jahr findet man dieses Jahr keine Küken.«

»Wie bitte?«

»Du hast *Don Quijote* immer noch nicht durch, oder?«

Erinnert an ihre literarische *bête noire*, wischte Tess intensiver auf dem Boden herum, obwohl sie schon fast das ganze verspritzte Wasser aufgenommen hatte. »Ich hab den ersten Teil durch. Cervantes hat zehn Jahre gebraucht, den zweiten zu schreiben, also dachte ich, vielleicht mache ich zehn Jahre Pause, bevor ich ihn lese.«

»Der zweite Teil ist der wichtige, viel wichtiger als dieser ganze Windmühlenkram im ersten Teil.« Kitty öffnete die Doppeltüren des Ladens, vor denen sich schon einige Sonntags-Stammkunden mit Kaffeebechern in der Hand aufgebaut hatten. Das waren ihre ergebenen Kunden, die jeden Sonntag bis zwölf warteten, um hier überregionale Tageszeitungen zu kaufen und sich dann in die verblichenen Sessel zurückzuziehen, um sie zu lesen. Wenige von ihnen schafften es, wieder zu gehen, ohne wenigstens ein neues Buch mitzunehmen, das Kitty ihnen in die Hand gedrückt hatte. Kitty Monaghan, Königin des Handverkaufs.

»Weißt du, ich hab unrecht«, sagte sie plötzlich und richtete einen Stapel Anne-Tyler-Taschenbücher, die stets neben der Registrierkasse lagen. Es war Kittys quijotische Mission, die scheue städtische Autorin zu einer Autogrammstunde in ihrem Laden zu bewegen. Dazu war es noch nicht gekommen, aber Kitty gab die Hoffnung niemals auf.

»Du hast mit etwas Unrecht? Ich muss sofort die Presse rufen, ich kann mich nicht erinnern, diesen Satz je aus deinem Mund gehört zu haben.«

Kitty ignorierte die Spitze. »Dir fehlen nicht die Illusionen, Tess. Dir fehlt Sancho. Whitney ist in Tokio und Crow in Texas, du brauchst einen Begleiter. Es gibt keinen Don Quijote ohne Sancho Pansa, verstehst du?«

»Whitney kommt wieder zurück. Und was Crow angeht – an den denke ich gar nicht.«

»Lügnerin.«

»Möglicherweise. Aber Esskay ist für mich Sancho genug.«

Die Hündin schaute auf, als sie ihren Namen hörte, ihre Lefzen waren tropfnass, die Brust bebte, die Zunge hing ihr aus dem schiefen Maul. Ein Ohr ragte aufmerksam in die Luft, während das andere auf halbmast nach vorne hing.

»Sie reicht«, sagte Kitty. »Bis was Besseres kommt.«

12

Ich finde, der Kaffee ist besser geworden«, sagte Tess und nippte an ihrem Becher, während Jackie und sie darauf warteten, dass das Treffen der Adoptionsrechtler begann. »Als die Preise angehoben wurden – als die Leute sich daran gewöhnten, zwei, drei Dollar zu bezahlen –, stiegen auch die Erwartungen. Jetzt gibt es dort, wo man früher diesen verbrannten, faden Mist bekam, anständigen Kaffee. Selbst hier, wo er umsonst ist.«

Jackie sagte nichts, sie schlang die Arme nur fester um den Oberkörper und schob ihre langen Beine nach hinten unter den Plastikstuhl.

»Andererseits ist da auch noch das Rätsel des löslichen Kaffees«, plapperte Tess weiter in der Hoffnung, Jackie zu beruhigen. »Ich habe in der Zeitung gelesen, dass der Großteil der Leute, die löslichen Kaffee trinken, Rentner sind. Wenn man sie fragt, wieso sie löslichen Kaffee trinken, sagen sie, es dauert zu lange, frischen zu kochen. Dauert zu lange! Als hätten sie etwas Besseres zu tun, als die zehn Minuten abzuwarten, die es dauert, richtigen Kaffee zu kochen.«

Jackie beugte sich vornüber. Jetzt sah sie aus wie jemand mit schweren Magenkrämpfen. Tess begann zu glauben, dass Jackie sie vor allem hatte dabeihaben wollen, falls sie die Nerven verlor und davonlaufen wollte. Andererseits bereitete das Columbia Interfaith Center auch ihr Magenschmerzen. Das ökumenische, allen Glaubensrichtungen gegenüber aufgeschlossene Bauwerk basierte auf der ursprünglichen Vision Columbias und kam einem immer noch etwas müslihaft vor.

»Wir müssen doch keinen Kreis bilden und Händchen halten, oder?«, fragte Tess Jackie. »Und Jesus-Lieder singen, die wie schlechter Folk klingen?«

»Seien Sie nicht albern, wir treffen uns bloß in diesem Saal, wir sind nicht bei einem Gottesdienst.« Jackie klang barsch und ungeduldig, aber Tess war froh, überhaupt eine Antwort zu bekommen.

Jackie faltete sich weiter zusammen wie ein Origami-Schwan, als könnte sie verschwinden, wenn sie sich nur so klein wie möglich machte. Allerdings konnte Jackie gar nichts dagegen tun aufzufallen. Das lag einerseits an ihrer Kleidung, einer schlichten blauen Hose und einem passenden Pullover, für sie sehr freizeitmäßig, aber trotzdem war sie besser gekleidet als alle anderen Anwesenden. Und dann an ihrer Schönheit. Außerdem sah es aus, als machte sie Yoga.

Und dann war da noch die Tatsache, dass sie schwarz war, die einzige nicht weiße Person im Saal.

Eine abweisend wirkende Frau mit grau meliertem, sandfarbenem Haar trat an das Podium am vorderen Ende des Saals. Sie schaltete das Mikrophon ein, klopfte ein wenig darauf herum und schaltete es dann wieder aus.

»Ich glaube, das brauche ich heute Abend nicht«, sagte sie mit einer dieser klaren, glockenartigen Stimmen, die weit tragen. Der Großteil der Anwesenden lachte, Tess eingeschlossen, aber Jackie schaute ungeduldig und gereizt.

»Ich bin Adele Sirola, und dies ist Adoption Rights, eine Selbsthilfegruppe im besten Sinne dieses abgenutzten Wortes. Wir helfen dabei, adoptierte Kinder mit ihren biologischen Eltern in Kontakt zu bringen. Wir leisten zudem Lobbyistenarbeit, sowohl auf staatlicher als auch auf städtischer Ebene, um besseren Zugang zu den Adoptionsunterlagen zu erreichen und die einverständliche Kontaktaufnahme durch freiwillige Registrierungen zu erleichtern. Im letzten Monat haben wir, wie jeden Mai, in Washington beim ›Open My Records Day‹ demonstriert.« Sie lächelte nachdenklich. »Und im letzten Monat haben uns, wie jeden Mai, die Medien ignoriert. In den letzten paar Jahren hatten wir also eine Art Public-Relations-Problem.«

Eine Hand erhob sich weiter vorne. »Eine Freundin von mir hat mich davor gewarnt, heute hierherzukommen. Sie sagt, ihr seid in Wirklichkeit eine radikale Randgruppe, die glaubt, alle Adoptionen sollten verboten werden.«

Adele seufzte. »Das ist das Erbe von Baby Jessica, Baby Richard und anderen Einzelfällen, in denen reuige Mütter ihr Baby zurückforderten, bevor die Adoption rechtskräftig abgeschlossen worden war. Schlupflöcher im Gesetz – oft ganz einfach die Lüge der Mutter über die Vaterschaft – ermöglichen es ihr, das Kind zurückzuverlangen. Dann kommen die Kameraleute genau in dem Augenblick, in dem ein schreiendes, verwirrtes Kind den Armen der Adoptiveltern entrissen wird und zu einer völlig Fremden muss. Das sind vielleicht gute Fernsehbilder, aber darum geht es uns nicht.«

Adele ging hinter dem Podium hin und her, sie sprach jetzt frei, sie hatte etwas zu sagen.

»Mir sträuben sich die Nackenhaare, wenn mir jemand sagt, dass ich etwas nicht verstehe, weil ich es nicht erfahren habe. Ich sehe mich als den empathischen Typ. Aber es ist nun einmal so, wer nicht adoptiert wurde, *versteht* es nicht. Sie wissen nicht, wie es ist, zwei wunderbare, liebende Elternteile zu haben und trotzdem in den Spiegel zu schauen und sich zu fragen, wer einen zur Welt gebracht hat. Warum haben sie dich weggegeben? Was haben sie dir vererbt? Wenn man die bahnbrechenden Forschungsarbeiten der Genetiker in Betracht zieht, wie kann man dann nicht wissen wollen, wer die eigenen biologischen Eltern sind?«

Eine weitere Stimme meldete sich links im Saal zu Wort: »Die Agentur, die meine Adoption in die Wege leitete, hat gesagt, ich hätte ein Recht auf medizinische Informationen, aber wenn sie nicht lebenslange Vertraulichkeit garantieren könnten, würde das ganze System zusammenbrechen.«

»Lassen Sie mich raten, Sie wurden von einer katholischen Agentur vermittelt«, sagte Adele. Ein paar der Anwesenden lachten wie über einen altbekannten Scherz. *Jede Gruppe hat ihre eigene Sprache und Folklore, ihre eigenen Insiderwitze,* dachte Tess.

»Ja, ich kenne dieses Argument«, fuhr Adele fort. »Ein bisschen veraltet, finden Sie nicht? Ich meine, es basiert auf der Annahme, dass Adoptionen auf beschämende Geheimnisse zurückgehen, die zu enthüllen stets ein großes Risiko für den Elternteil oder das Kind birgt. Also, das letzte Mal, als ich nachgesehen habe, hatten wir schon fast das 21. Jahrhundert erreicht, und uneheliche Schwangerschaften sind kaum mehr als eine Karriereentscheidung. Von Ingrid Bergman zu Madonna in einer Generation. Wenn sie das ›Schande‹-Argument bringen, sagen sie letztlich: ›Du bist ein Fehler. Du bist peinlich.‹ Das ist lächerlich.«

Jackie spielte jetzt an ihrem Ohrring herum. Sie öffnete und schloss ihn mit lautem Klicken, immer wieder.

»Sind Sie selbst adoptiert?«, rief eine Frau von links.

Adele lächelte. »Ich bin dreifache Mutter, ich arbeite im National Institutes of Health, und ich hatte das Gefühl, ich sei nicht ausgelastet.«

Tess fiel auf, dass die Frauen darüber lachten, die Männer aber nicht.

»Natürlich wurde ich adoptiert«, sagte Adele. »Ich wusste das mein ganzes Leben lang, aber ich habe erst angefangen, nach meiner Mutter zu suchen, als ich dreißig war und eigene Kinder hatte. Das ist übrigens ziemlich normal – dass eine gravierende Lebensveränderung den Prozess in Bewegung setzt. Ich habe meine Mutter in einem staatlichen Pflegeheim in New York gefunden, sie hatte Lungenentzündung, weil sie den Großteil ihres Lebens auf der Straße gelebt hat. Sie ist eine Woche später gestorben. Ich sage Ihnen, das Einzige, was ich je bereut habe, war, die Suche nicht früher begonnen zu haben. Ich hätte vielleicht sechs Monate, ein Jahr, fünf Jahre mit ihr erleben können. Ich hatte eine Woche. Das war besser als nichts.«

»Warum erzählen Sie uns nicht, wie Sie sie gefunden

haben?« Die Frage dieser Frau klang in Tess' Ohren geprobt.

»Danke schön, Terry. Terry ist übrigens eine von uns, sie soll diese Frage stellen.« Adeles Auftreten war zugleich so leicht und doch so professionell, dass Tess sich fragte, ob sie ihren Charme an- und ausschalten könnte. Die Anwesenden fraßen ihr aus der Hand. Sie hätte ihnen auch Tupperware oder Unterwäsche verkaufen können, Timeshare-Wohnungen oder magnetische Heilmatten.

»Ich habe es genauso gemacht, wie Sie Ihre Eltern finden werden. Man fängt an mit dem, was man weiß – die Agentur, die die Adoption in die Wege geleitet hat, alle Hinweise, die man in medizinischen Unterlagen finden kann, auf die Adoptivkinder mittlerweile ein Recht haben, zum Teil dank Gruppen wie unserer. Man muss jammern, betteln, drängen. Man erfährt vielleicht einen Vornamen. Einen Heimatstaat. Sie werden erstaunt sein, wie weit man kommt.«

Tess, die daran dachte, wie schwer es ihr gefallen war, die Spuren der vier Kinder aufzunehmen, deren Namen sie sogar kannte, platzte heraus: »Es ist nicht so leicht, Leute zu finden. Sie lassen es so einfach klingen.«

Die restlichen Anwesenden wandten sich um, sie runzelten die Stirn in Richtung der skeptischen Fremden in ihrer Mitte. Aber Adele zuckte bloß die Achseln.

»Natürlich ist es schwer. Deswegen haben wir dieses vierundzwanzigseitige Booklet« – sie hielt ein Heftchen mit einem pfirsichfarbenen Umschlag und einer schwarzen Ringheftung hoch – »das Ihnen für den unglaublich niedrigen Preis von überhaupt gar nichts gehört. Wir verfügen zudem über Internet-Ressourcen und unterhalten ein landesweites Netzwerk mit ähnlichen Gruppen, für diejenigen unter Ihnen, die Eltern in einem anderen Staat ausfindig machen wollen. Wenn all diese Hilfe Sie dazu bewegt, uns etwas zu spenden, viel oder wenig, dann sei es so. Maryland Adoption Rights ist ein eingetragener Verein, die Spenden sind von der Steuer absetzbar. Weitere Fragen?«

Ein paar Hände schossen in die Höhe. »Allgemeine Fragen meine ich, keine persönlichen.« Die Hände sanken wieder herunter. »Dann machen wir eine Pause, schenken Kaffee nach und essen ein paar Kekse. Unsere Berater werden sich an verschiedenen Stellen im Saal niederlassen, sodass Sie vertrauliche Gespräche darüber führen können, wie Sie Ihre Suche beginnen. Vielleicht möchten Sie auch mit einigen unserer Mitglieder darüber reden, ob Sie schon bereit sind, mit der Suche zu beginnen, aber Sie sind hier, das ist der erste Schritt.«

Jackie rührte sich nicht. Tess ging hinüber zum Kartentisch, füllte die Kaffeebecher nach, dann legte sie ein paar Kekse auf eine Serviette. Pepperidge Farm und diese französischen Kekse, Lulus, und dazu Sumatra entkoffeiniert und koffeinierter Schokoladen-Mandel-Kaffee. *Toto, ich glaube, wir sind nicht mehr in Baltimore.*

Jackie ignorierte Kaffee und Kekse. Im ganzen Saal hatten Gespräche begonnen, und in der Luft lag ein leises, drängendes Surren, aber sie schien ihren Stuhl nicht verlassen zu wollen. Sie wiegte sich jetzt ein wenig hin und her, sie umarmte sich, als wäre ihr kalt.

Adele kam zu ihnen und setzte sich auf den freien

Stuhl neben Jackie. Ihre Bluse hing halb aus dem Rock, sie hatte Kekskrümel im einen Mundwinkel kleben und rührte ihren Kaffee mit einem Kugelschreiber um. Tess hatte sie eigentlich schon ganz nett gefunden, und irgendetwas an dem Bic-Kuli, der in dem Plastikbecher herumrührte, festigte diese Überzeugung.

»Sind Sie noch ein wenig unsicher?«

»*Nein!*«, sagte Jackie. »Es ist nur ... ich bin anders als die anderen hier.«

»Weil Sie schwarz sind?« Adele schaute überrascht. Die Hautfarbe sollte keine Rolle spielen, nicht im allen Religionen offenstehenden Interfaith Center, nicht im utopischen Columbia. Es war unhöflich, darüber auch nur einen Satz zu verlieren.

»Sie reden immer nur davon, dass man seine Eltern suchen kann. Ich suche nicht nach meiner Mutter. Ich war ... ich bin ... eine Mutter.«

Adele nahm Jackies Hand. Tess war überrascht, dass Jackie sich von einer Fremden berühren ließ. Sie wartete darauf, dass sie ihre Hand aus Adeles riss und unter sich schob. Aber sie ließ Adele ihre Hand halten, während Adele mit beruhigender Stimme auf sie einredete, so viel sanfter jetzt, aber immer noch so locker und leicht, wie sie es auch während des Auftritts auf dem Podium getan hatte.

»Sie waren jung, nicht wahr? Sechzehn? Siebzehn?«

»Achtzehn«, antwortete Tess, als Jackie nichts sagte. »Sie ist jetzt einunddreißig.«

»Nun, Sie haben recht, wir bekommen hier nicht so viele Mütter zu sehen wie Kinder. Und wir sehen nicht viele Mütter Ihres Alters. Aber das ist gut, verstehen

Sie? Jedes Jahr wird die Spur ein wenig kälter. Haben Sie das Kind hier in Maryland bekommen?«

Jackie nickte. Sie schaute in ihren Schoß.

»Wo genau, in welchem Gerichtsbezirk?«

»Baltimore, in der Stadt.«

»Wer hat die Vermittlung übernommen, eine kirchliche Agentur, eine Privatagentur oder der Staat?«

»Privat. Ein kleines Büro in der Saratoga Street.«

»Wissen Sie noch den Namen?« Adeles Stimme war immer sanfter geworden, als wäre Jackie ein verängstigtes, verwundetes Tier, das sie aus seinem Versteck locken wollte.

»Irgendwas Alternatives.«

»Okay, ›Irgendwas Alternatives‹ in der Saratoga Street. Ich wette, Sie glauben, das klingt nicht nach viel, aber ich hole jetzt mal Jeff rüber, und Sie werden überrascht sein, was der mit so wenig Informationen alles anstellen kann.« Sie sprach mit Tess, als wäre sie dafür zuständig, auf Jackie aufzupassen. »Jeff kennt Baltimore. Ich bin eher spezialisiert auf die Vororte Washingtons.«

Sie ging hinüber zu einem dünnen Mann mit einem schmalen Gesicht und stechend braunen Augen. Wenn Tess derzeit darauf geachtet hätte, hätte sie ihn für gut aussehend gehalten, aber sie achtete nicht auf so etwas. Adele und Jeff traten beiseite und sprachen mit leiser, drängender Stimme miteinander. Tess glaubte, ein gemurmeltes »Herr im Himmel« gehört zu haben, dann wurden die Stimmen wieder leiser. Nach ein paar Minuten kamen die beiden zurück zu ihr und Jackie. Tess konnte schon in ihren Gesichtern lesen, dass es nicht ganz so leicht werden würde, wie Adele gedacht hatte.

»Es gibt gute und schlechte Nachrichten«, sagte Jeff. »Ja, ich kenne den Laden. ›Family Planning Alternatives‹. Sie haben in den Gelben Seiten geworben und so getan, als würden sie alles Mögliche anbieten, von Verhütungsmitteln bis zu Abtreibungen. Aber finanziert wurden sie von einer radikalen Anti-Abtreibungs-Gruppe. Sie haben auch ein paar Adoptionen organisiert, aber ihr wahrer Zweck bestand darin, Frauen von der Abtreibung abzuhalten, indem sie ihnen allen möglichen Mist erzählten. Der Staat hat den Laden vor fünf Jahren geschlossen.«

»Was bedeutet das für mich?« Im Angesicht eines Problems war Jackie nicht mehr länger passiv. Sie war wieder eine selbstständige Geschäftsfrau, ungeduldig mit allen Hindernissen.

»Es heißt, Sie können nicht tun, was wir Ihnen normalerweise jetzt vorschlagen würden, nämlich zurück zur Agentur gehen und herausfinden, ob Sie sie überzeugen können, Ihnen Hilfestellung zu leisten«, sagte Adele. »Und da die Firma geschlossen wurde, wird es praktisch unmöglich sein, Leute ausfindig zu machen, die dort gearbeitet haben, ganz zu schweigen von den Unterlagen. Das ist ärgerlich, aber nicht das Ende der Welt.«

Tess streckte ihren kleinen Finger aus, sodass der Nagel sich seitlich in Jackies Oberschenkel bohrte. Sie schnitt ihre Nägel recht kurz, aber es reichte noch, um ein bisschen zu bohren. *Vergessen Sie nicht, dafür haben Sie mich. Ich habe Sie gefunden. Ich kann alle möglichen Leute finden, die schwer zu finden sind.*

»Also, wo fange ich an?«, forderte Jackie. »Wenn ich dort nicht anfangen kann, wo soll ich dann anfangen?«

»Mit ihrer eigenen Erinnerung«, sagte Jeff. »Die Agenturen geben den Müttern oft einige Informationen, um ihr Gewissen zu erleichtern. Manchmal schicken sie auch Unterlagen heraus, in denen etwas steht, was dort nicht stehen sollte. Eine unserer Klientinnen erfuhr den Nachnamen ihrer biologischen Mutter aus einem Formular, das das Krankenhaus ihr versehentlich zusandte.«

»Sie haben mir gesagt, der Adoptivvater meines Babys sei Arzt«, begann Jackie hoffnungsvoll.

»Mist.« Adele schüttelte sorgenvoll den Kopf. »Tut mir leid, meine Liebe, aber das sagen sie fast jedem Mädchen. Das ist eines der Klischees der Branche.«

Jackie sah aus, als würde sie gleich weinen. Tess bohrte ihren Nagel noch ein wenig tiefer in ihren Schenkel, sie signalisierte ihr, sich zusammenzureißen, ein bisschen Vertrauen in diejenige zu haben, die sie bezahlte.

»Diese Agentur«, sagte Tess. »Als die zumachte, gab es da einen großen Skandal?«

»In welcher Beziehung stehen Sie zueinander?«, fragte Adele. Nicht feindselig, nur ein wenig neugierig. Tess fragte sich, ob sie davon ausginge, dass sie ein Liebespaar wären.

»Sie ist eine Freundin«, sagte Jackie, bevor Tess antworten konnte. Das war genauso gut wie jede andere Antwort.

»Es gab ein paar Zeitungs- und Fernsehberichte, nichts Großes«, sagte Jeff. »Ich glaube, ich habe eine Akte über sie in meinem Büro. Aber soweit ich mich erinnern kann, stehen da keine Namen drin. Die Klienten standen unter Datenschutz, und die Eigentümer der Agentur verschwanden einfach zusammen mit all ihren Akten.«

»Aber es gab doch bestimmt ein oder zwei Anhörungen unten in Annapolis, oder? Den Versuch zu verbieten, dass so etwas noch einmal vorkommt. Ein paar Aussagen – verstörte Klienten, vielleicht sogar ein oder zwei unzufriedene Ex-Mitarbeiter?«

Jeff schaute Tess an, als wäre sie eine Wahrsagerin. »Ja, genau so war es, nur hat das Gesetz es nie auch nur durch das Komitee geschafft. Woher wissen Sie das?«

»Wenn ein Politiker nicht irgendeinen Vorteil aus der Tragödie eines anderen schlagen kann, wozu ist er dann Politiker?« Tess wandte sich Jackie zu. »Die Akten über Gesetzesanträge werden aufbewahrt, und auch darüber, wer aussagt, selbst wenn aus dem Gesetz nichts wird. Morgen haben wir eine Liste mit Namen, mit denen wir anfangen können.«

»Wissen Sie, es geht nicht nur um die Aneinanderreihung von Fakten«, sagte Adele ernsthaft. »Nicht nur darum, jemand zu finden und dann ›Hurra!‹ zu rufen. Sie stellen da ein paar richtig große Dominosteine auf, und Sie haben keine Ahnung, wie die fallen. Sie sollten wirklich mit uns weiterarbeiten.«

Jackie langte in ihre Handtasche, zog ihr Scheckbuch heraus und einen Stift – natürlich einen Montblanc – und schrieb Maryland Adoption Rights einen Scheck über zweihundertfünfzig Dollar aus. »Vielen Dank für Ihre Hilfe«, sagte sie. »Über die Dominosteine mache ich mir Sorgen, wenn sie fallen. In der Zwischenzeit ...«

Adele schaute sie hoffnungsvoll an.

»Könnte ich eine Quittung bekommen, für die Steuer?«

13

Kurz nach neun am Dienstagmorgen bog Tess vom Highway ab und fuhr auf einer schmalen Landstraße Richtung Norden. Die dreißig Minuten zur Penfield School waren schnell vergangen, und zwar dank einer Frau im Radio, die eine große Regierungsverschwörung vermutete, aufgrund derer alle neuen Autos mit Computerchips ausgestattet wären, die es der Bundesregierung erlauben würden, sie jederzeit und überall stillzulegen. Tess versuchte sich zu überlegen, was genau das brachte. Wenn die Regierung zum Beispiel jetzt ihren Wagen stillstehen ließ, was würden sie dann damit anstellen, oder mit ihr?

Radio-Talksendungen, je paranoider, desto besser, waren in letzter Zeit Tess' Lieblingsunterhaltung. Die Kakophonie der Stimmen war eine recht gute Gesellschaft. Unglücklicherweise waren die Sendungen, in denen die Gäste richtig zur Sache gingen, immer schwerer zu finden, sie wurden ersetzt durch völlig beliebige aufgeplusterte Konservative und sich ständig entschuldigende Liberale, die immer wieder dasselbe erzählten. Am anderen Ende der Skala – und des Spektrums – befand sich NPR, eine Art Müsli unter den Radiosendern: Die Sendungen fingen an, Tess zu gefallen, aber dann fiel ihr wieder ein, dass sie gut für sie waren, und sie schrak zurück.

Gerade fragte sich ein Anrufer, ob diese neuen, kleineren Satellitenschüsseln auch Teil des Überwachungsprogramms der Regierung seien. »Natürlich sind sie das«, versicherte die Sprecherin ihm und erklärte dann, wie Pay-per-View-Sendungen es dem Weißen Haus erlaubten, die Bürger auszuspionieren. Tess hörte sich die Details dieses ausgewachsenen Plans so fasziniert an, dass sie beinahe die Abzweigung zur Penfield School verpasste.

Es war ein Balanceakt, für zwei Klienten zu arbeiten. Jackie hatte angenommen, dass sie an diesem Morgen direkt nach Annapolis fahren würde, aber sie hatte Beale versprochen, mit Salamon Hawkings zu sprechen. Um ein Treffen zu arrangieren, hatte sie gestern in Penfield angerufen und sorgsam darauf geachtet, dem Schulleiter keine direkten Lügen zu erzählen: Sie war eine Alumna vom Washington College (absolut richtig), sie war interessiert daran, der Schule zu helfen, möglichst viele unterschiedliche Studenten aufzunehmen (wahr, aber das hatte nichts mit der Sache zu tun), und sie hatte gehört, dass Salamon Hawkings ein vielversprechender junger Student sei, ein preisgekrönter Diskutant (wahr). Der Direktor hatte hin und her überlegt, aber sich schließlich damit einverstanden erklärt, dass sie Salamon an diesem Vormittag treffen könnte, während seiner Hausaufgabenzeit.

Das schlichte Holzschild der Schule war so klein und diskret, dass sie an der Auffahrt vorbeifuhr und wenden musste. Penfield School, gegründet 1888. Damals war es eine kirchlich geführte Schule gewesen, eingerichtet für arme junge Waisenkinder. Was seine Herkunft und seinen Hintergrund anging, war Salamon Hawkings sicherlich Penfields Wurzeln näher als der Großteil der jungen Männer, die heute hier zur Schule gingen.

Der Direktor, Robert Freehley, erwartete sie im Foyer. *Hallo, Mr. Chips*: groß, dünn, vorzeitig ergraut, Tweedanzug, er hätte direkt aus dem Fernsehen stammen können. Die Juni-Morgen waren auf dem Land kühler, dachte Tess, aber doch nicht so kühl, dass man ein Tweedjackett tragen musste. Und dann auch noch eins mit ledernen Ellenbogenflicken.

»Sie warten in der Bibliothek auf Sie«, sagte er und führte sie durch Flure, die nicht viel anders aussahen als in jeder anderen Schule, aber dennoch konnte Tess spüren, wie viel reicher Penfield war als, sagen wir mal, die Gwynn's Falls Middle School. Ganz zu schweigen von der Benjamin Banneker Academy. Die Unterschiede waren klein, aber vielsagend: Die Vitrinen, in denen vor allem Lacrosse- und Fußballpokale standen, waren aus Eiche, und die Gegenstände darin wurden offensichtlich regelmäßig abgestaubt. Die Möbel waren durchaus abgenutzt, aber auf diese schicke WASP-Art. Im Gebäude selbst war es kühl, und zwar nicht wegen der Klimaanlage, sondern weil es aus dicken Steinen errichtet war, die die Nachtluft bewahrten. Nur der Geruch war derselbe wie in jeder Schule: Kreidestaub und Teenagerjungs rochen überall ziemlich gleich.

Salamon Hawkings saß am Ende eines langen Bibliothekstischs, den Kopf über ein Buch geneigt. Auf dem Tisch standen tatsächlich an jedem Arbeitsplatz Lampen mit grünen Lampenschirmen, obwohl das Morgenlicht, das durch die hölzerne Jalousie hereinschien, sie unnötig machte. Ein Mann in einem Seersucker-Anzug saß neben ihm. Ein Lehrer? Der Bibliothekar? Er kam Tess irgendwie bekannt vor, ein nicht wirklich auffälliger Mann von etwa fünfunddreißig Jahren.

»Jetzt überlasse ich Sie sich selbst«, sagte der Direktor. Er kam Tess ein wenig nervös vor. Vielleicht war der Mann am Tisch einer seiner Mitarbeiter oder ein reicher Alumni.

»Miss Monaghan?« Der Mann erhob sich, wohingegen Salamon nicht einmal aufschaute, er las einfach weiter. »Ich bin Chase Pearson.«

Tess griff nach seiner Hand, dann erst bemerkte sie, dass er sie nicht ausgestreckt hatte. »Natürlich. Sie sind im Kabinett des Gouverneurs. Die Taskforce für Kinder und Jugendliche, nicht wahr?« Und er würde sich gern zum Gouverneur wählen lassen, wenn alles glatt lief, glaubte man dem Tratsch ihres Onkels Donald. Die Pearson-Familie verfügte sowohl über Beziehungen als auch über Verwandte, wenn auch nicht über viel anderes. Sein Vorname, Chase, sollte wahrscheinlich andere daran erinnern, dass er entfernt mit dem Unterzeichner der Unabhängigkeitserklärung Marylands verwandt war. Sehr entfernt verwandt.

»Ich bin Sondersekretär für Jugendliche und Kinder«, sagte er ein wenig verschnupft. Nun ja, es musste für einen politisch ambitionierten Mann enttäuschend sein festzustellen, dass jemand seinen derzeitigen Titel nicht wusste und sein Gesicht nicht gleich erkannte. »Zuvor leitete ich die Taskforce gegen gewalttätige junge Männer in Baltimore City, auf direkte Anweisung des Bürgermeisters. Die Leute verwechseln die beiden oft.

Aber heute bin ich hier als Penfield-Alumni – und als Sal Hawkings' Mentor.«

Der junge Mann las weiter, als wären sie gar nicht da. Wahrscheinlich hatte er viel Übung darin, die Welt um sich herum auszublenden, dachte Tess, eine beinahe übernatürliche Fähigkeit, sich zu konzentrieren. Dieses Talent hatte ihn immerhin hierhergeführt, genauso sehr wie seine Diskussionsfähigkeit.

»Hat der Direktor Ihnen vom Interesse des Washington College an Salamon berichtet?«

»Sal«, korrigierte er, blätterte um, schaute aber immer noch nicht auf. »Man nennt mich jetzt Sal.«

Chase Pearson lächelte. Tess sah ein weiteres Problem auf den Möchtegern-Kandidaten zukommen. Seine Zähne waren unregelmäßig und gelblich, verfärbt vom Nikotin und braun am Zahnfleisch. Gut genug für einen stellvertretenden Gouverneur, aber nichts Höheres.

»Der Direktor hat mir erzählt, was Sie ihm erzählt haben«, sagte Pearson. »Aber als ich gestern in Chestertown anrief, hatte kein Mensch in der Zulassungsstelle des Washington College eine Ahnung, wovon ich redete.«

Verdammt. Sie wusste, sie hätte dieses Treffen dichter an ihren ursprünglichen Anruf legen sollen. Selbst die besten Lügen hatten kurze Beine. »Dieses Programm wird von der Alumni Society durchgeführt. Das College hat damit eigentlich nichts zu tun.«

»Das glaube ich nicht«, sagte Pearson, dann nahm er ein Blatt Papier vom Bibliothekstisch. »Theresa Esther Monaghan, neunundzwanzig. Wohnt in der Bond Street in Fells Point, in einem Gebäude, das ihrer Tante Katherine Helen Monaghan gehört. Besitzt einen zwölf Jahre alten Toyota, der letztes Jahr durch die Abgasuntersuchung gefallen ist, und hat zwei unbezahlte Parkstrafzettel, einen in Baltimore City, den anderen in Towson. Ehemalige Angestellte der Zeitung *Star.* Jetzt lizenzierte Privatdetektivin bei Keyes Investigations. Besitzt eine Smith & Wesson, Kaliber .38, für die sie auch eine Erlaubnis hat.«

Tess hatte sich gefragt, was man in den Datenbanken der Welt über sie finden würde – jetzt wusste sie es. Pearson musste seine Regierungsquellen genutzt haben, um dieses Dossier so schnell zusammenzustellen. Dorie hätte viel mehr finden können, aber Pearson hatte sich nicht schlecht geschlagen. Für einen Amateur.

Er schob das Blatt Papier in Salamons – Sals – Richtung, der seinen Blick jedoch noch immer nicht vom Buch löste. »Übrigens, das Washington College war hocherfreut, Ihre neue Adresse zu erfahren, da sie Sie vor einer Weile aus den Augen verloren hatten. Sie dürfen sich auf einen Spendenaufruf in nächster Zeit freuen. Obwohl ich das Gefühl habe, dass Sie nicht allzu viel frei verfügbares Einkommen haben, nicht einmal für Ihre geliebte Alma Mater.«

»Wenn das Washington College wollte, dass ich Geld spende, dann hätten sie mich davon abhalten sollen, einen Abschluss in Englisch zu machen«, sagte Tess. »Okay, ich hab gelogen. Ein bisschen jedenfalls. Ich repräsentiere jemanden, der Bescheid weiß über die Umstände des Todes von Sals Freund, Donnie Moore. Diese Person, die lieber anonym bleiben möchte, will Sal und die anderen, die bei diesem Todesfall dabei waren, unterstützen.«

»Sie repräsentieren Luther Beale.«

Tess dachte an ihre Bürotür, die haltlos im Sommerwind schwang. Aber sie konnte sich bei jemandem wie Chase Pearson nicht vorstellen, dass er so extreme Maßnahmen ergriff. Das brauchte er nicht. Vielleicht hatte die Polizei Beale unter Beobachtung. Vielleicht saß ein anderer Penfield-Alumni im Vorstand ihrer Bank und wusste, wessen Scheck sie eingelöst hatte. Baltimores Vorstände waren voller Penfield-Absolventen.

»Es gibt keine Datenbank auf der ganzen Welt mit dieser Information. Sie können also nicht wissen, wem ich repräsentiere«, sagte sie voller Neugier, ob er ihr widersprechen würde.

»Wen«, sagte Sal und schaute zum ersten Mal auf. Er war ein gut aussehender junger Mann, oder wäre das jedenfalls gewesen, wenn er gelächelt hätte. Er hatte tief liegende Augen und kraftvolle Züge, die noch stärker zum Ausdruck kamen, weil er sein Haar kurz geschnitten hatte. Es war kaum mehr als ein weicher Pfirsichflaum auf seinem Kopf. »*Wen* Sie repräsentieren.«

»Hör mal, jemand möchte dir helfen, dein Studium zu bezahlen oder nach Europa zu reisen, wenn du das willst. Was soll denn das für einen Nachteil haben? Wieso ist es so wichtig, wer dahintersteckt?«

Tess hatte direkt mit Sal gesprochen, aber der hatte sich schon wieder auf sein Buch konzentriert, ihr Gerede war ihm egal. Ganz offensichtlich verdienten nur die grammatikalischen Regeln und sein Name volle Aufmerksamkeit.

»Sal ist ein Einser-Schüler mit SAT-Ergebnissen über

1300. Praktisch jede Uni des Landes wird ihm ein Stipendium anbieten«, sagte Pearson. »Er braucht von niemandem Geld. Vor allem braucht er von niemandem *Blut*geld.«

»Lustig, ich dachte, eines Ihrer großen Themen sei die Wiedergutmachung der Schäden bei den Betroffenen. Und hier will mal jemand etwas wiedergutmachen, und Sie wollen nichts davon wissen.«

»Luther Beale hat vielleicht ein Kind getötet, aber es fehlte nicht viel, dass er alle die Kinder zerstört hätte, die gesehen haben, was er in jener Nacht auf dem Butchers Hill tat. Ich möchte ihn nicht in Sals Nähe wissen. Mir ist egal, wie viel Reue er empfindet. Der Tiger ändert seine Streifen nicht.«

»Der Leopard ändert seine Flecken nicht«, meldete sich Sal zu Wort.

»Unterbrich mich nicht, Sal«, sagte Pearson.

»Das steht hier aber«, sagte Sal. »Die Geschichte ist in dem Buch, das ich gerade lese, Mann.« Er blätterte um, und Tess sah ein leuchtend buntes Bild, eine Krokodilschnauze, die in eine Elefantennase biss. Kiplings *Genau-so-Geschichten:* Das Elefantenkind. Keine schlechte Warnungs-Fabel für Tess mit ihrer unersättlichen Neugier. Aber warum blätterte ein Highschool-Junior auf dieser Eliteschule durch so ein Kinderbuch?

»Geht es Sal so gut, dass er nichts anderes braucht? Selbst mit einem Stipendium denke ich doch, man kann Hilfe auf dem College brauchen. Vielleicht ein Auto oder einen neuen Computer? Mein Klient wäre froh, ihm damit aushelfen zu können.«

Bei der Erwähnung eines Autos schaute Sal Pearson

ein wenig bittend an, als wollte er sagen: *Was kann es schaden?* Pearson schüttelte den Kopf.

»Du hast leicht reden«, murmelte Sal. »Du hast einen Porsche.«

»Penfield befindet sich auf Privatgrund. Sal wird den Sommer über hierbleiben und Nachhilfeunterricht in Mathe und Physik nehmen, um aufzuholen. Aus reiner Freundlichkeit bitte ich Sie, nicht hierher zurückzukehren und auch nicht zu versuchen, noch einmal Kontakt mit Sal aufzunehmen. Wenn Sie dieser Bitte nicht Folge leisten, kann ich sie auch offiziell machen und eine einstweilige Verfügung beantragen.«

»Eine einstweilige Verfügung? Was, glauben Sie, habe ich vor? Ihn niederringen und ihm Dollarscheine in die Taschen stopfen?«

»Ich bin Sals Mentor, ich bin für ihn verantwortlich. Sie sind nicht die erste verantwortungslose Person, die versucht hat, seine Vergangenheit auszuspielen. Als Beale vor zwei Monaten aus dem Gefängnis entlassen wurde, hat er tatsächlich Anrufe von irgend so einem schmierigen Fernsehsender bekommen, der ein ›Wiedersehen‹ arrangieren wollte. Ekelhaft. Sie haben uns auch Geld geboten. Aber ich werde sicherstellen, dass Sals Leben nicht unter dem Schatten der Geschehnisse von vor fünf Jahren steht.«

Tess schaute sich in der elegant eingerichteten Bibliothek um, sie betrachtete Sal Hawkings in seinem dunkelblauen Blazer, der Kakihose, dem blauen Oxford-Hemd. Sie dachte an Treasure, das Gesicht verschmiert mit Zitronen-Pie, der in einem leeren Haus pennte. »Sal scheint dasjenige der Kinder vom Butchers Hill zu sein, das es am besten getroffen hat. Wieso gehen Treasure und Destiny nicht auch nach Penfield? Oder Eldon? Wieso ist Sal der Einzige, der unter Ihrem großherzigen Schutz steht?«

»Ich bin hier, weil ich *klug* bin«, sagte Sal und knallte sein Buch zu. »Die anderen waren verdammte Idioten, aber ich wusste genug, um rauszuwollen, selbst wenn es bedeutete, dass ich auf eine Drecksschule wie diese gehe. Und jetzt entschuldigen Sie mich, aber die zweite Stunde beginnt. Ich habe keine Zeit für irgendwelchen Mist, bei dem ich keine Noten bekomme.«

Er verließ den Saal und nahm das Kipling-Buch mit.

»Sehen Sie?«, sagte Pearson. »Jede Erinnerung an Luther Beale macht ihn wütend. Ein solches Trauma vergeht niemals. Jetzt gehen Sie bitte, und seien Sie darauf vorbereitet, festgenommen zu werden, wenn Sie zurückkehren.«

Wie so oft saß Tess auch diesmal schon in ihrem Wagen und war unterwegs nach Annapolis, bevor ihr klar wurde, was sie hätte entgegnen sollen. *Es war nicht Beales Name, der Sal wütend gemacht hatte, und auch nicht Donnie Moores. Es war die Erwähnung der anderen Kinder – Treasure, Destiny und Eldon.*

Sitzungen fanden schon nicht mehr statt, aber in Annapolis war trotzdem viel los, die Stadt war voller Touristen, die von der gnadenlosen Rustikalität angezogen wurden. Ganz offensichtlich waren Gap und Banana Republic viel exotischer, wenn sie sich in engen Kopfsteinpflastergassen befanden. Tess parkte im öffentlichen Parkhaus an der Main Street, obwohl es ihr immer wehtat, für das Parken zu bezahlen – daher auch die beiden Strafzettel –, und ging dann den Berg hoch zum Senatsgebäude.

Sie hatte die Sitzungen nie als Reporter verfolgt, aber sie wusste im Großen und Ganzen, wie ein Antrag zu einem Gesetz wurde. Jeff von Adoption Rights hatte ihr gesagt, dass der Antrag, der sich gegen solche Organisationen wie Family Planning Alternatives wandte, die Nummer 319 trug und von einem Senator aus Carroll County unterstützt worden war, einer ehemals dörflichen Gegend, die sich jetzt zur Großstadt Baltimore zählte. Tess hatte es irgendwie merkwürdig gefunden, dass jemand aus dem Umland sich um diesen Antrag verdient machte, vor allem ein alter Abtreibungsgegner wie dieser Senator. Da mussten irgendwo verschreckte Wähler abzustauben sein. Wenn die Akten des Komitees sich als nutzlos erwiesen, dann konnte sie immer noch im Büro des Senators nachfragen und schauen, was für Unterlagen die aufgehoben hatten. Aber dieses Gesetz zu verändern war dem Senator offensichtlich nicht so furchtbar wichtig gewesen. In den letzten fünf Jahren hatte er nicht versucht, seinen großartigen Vorschlag noch einmal einzubringen.

Tess betrat das praktisch menschenleere Gebäude und stieg über die breite Doppeltreppe hoch in den dritten Stock. Die Sekretärin, die Tess die Akte reichte, schien für jede Ablenkung dankbar zu sein.

»Was versuchen Sie eigentlich herauszubekommen?«, fragte sie.

»Ich suche nach den Leuten, die in dieser Angelegenheit ausgesagt haben. Ich möchte herausfinden, ob die mir Informationen über die Adoptionsagentur geben können, mit der alles losging.« Tess zog die Liste heraus, die vor jeder Anhörung ausgelegt wurde. Um auszusagen, musste man sich eintragen. Die Liste für SB 319 umfasste nur fünf Namen: den Senator selbst, jemand vom Department of Human Resources, der staatlichen Agentur, die alle Adoptionen überprüfte, ein Paar, Mr. und Mrs. John Wilson aus Baltimore, und eine Frau, Willa Mott. Der Senator und das DHR hatten schriftliche Fassungen ihrer Aussagen zur Verfügung gestellt, aber in der Akte fand sich nichts über die Wilsons oder Willa Mott.

»Ist das alles?«, fragte Tess.

»Wenn das alles in der Akte ist, dann ist das alles. Wissen Sie, ich bin seit zehn Jahren in diesem Büro, und ich kann mich an die meisten kontroversen Angelegenheiten gut erinnern, aber an diese Sache erinnere ich mich *gar nicht*. Worum geht es?«

»Es war keine große Sache, aber ich möchte die Leute finden, die ausgesagt haben. Ich wünschte bloß, ich wüsste, was sie gesagt haben oder was sie mit der Sache zu tun hatten.«

Die Sekretärin zuckte mit den Achseln. »Es gibt ja noch die Bänder.«

»Bänder?«

»Der Senat nimmt jede Anhörung auf. Wenn Sie das Datum und die Uhrzeit wissen – und die stehen da, also haben Sie die –, können Sie rüber ins Archiv gehen und sich das Ganze auf Kopfhörer anhören, wie ein altes Hörspiel. Bloß ist es viel langweiliger, wenn Sie verstehen, was ich meine.«

»Kann ich das gleich jetzt tun?«

»Klar. Aber mir tut jeder leid, dem an einem schönen Junitag nichts Besseres einfällt, als sich eine unserer Anhörungen anzuhören. Wieso gehen Sie nicht runter zum Hafen und essen in einem dieser Fischrestaurants? Es gibt da einen Laden, der den besten Krabbendip von allen serviert. Und wenn Sie auf Spesen abrechnen können: Im Café Normandy gibt es ganz tollen Drachenkopffisch.«

Tess versuchte, bei der Vorstellung von Krabbendip oder Drachenkopffisch nicht allzu deutlich zusammenzuzucken, bedankte sich bei der Frau und ging quer über die Straße zum Archiv.

Obwohl sie versucht war, schnell durch die Aussagen vorzuspulen, hörte sie sich pflichtbewusst das ganze Band an. Die langweilige zusammengefaselte Einführung des Senators mit all den kleinen Formalitäten, dann die defensive Position der Agentur. Das DHR schien überhaupt nichts gegen den Gesetzesvorschlag zu haben, wollte aber klarmachen, dass sie jedenfalls keine Schuld an solchen Katastrophen wie Family Planning Alternatives trugen.

Das Gesetz selbst war nichts Besonderes. Es hätte die Dienstleister verpflichtet, in ihren Anzeigen klarzustellen, ob sie Abtreibungen durchführten. Der Anti-Abtreibungs-Senator schien einen Präventivschlag führen zu wollen, er bot eine unnütze Gesetzesänderung an, die die Regierung daran hindern würde, andere Agenturen genauer unter die Lupe zu nehmen, die genau jene Locktaktik durchzogen, die auch Family Planning Alternatives versucht hatte: Sie versprachen den

Frauen Abtreibungen, dann setzten sie alle möglichen Propagandamittel ein, um sie ihnen auszureden. (Einer Frau beispielsweise hatte man erzählt, eine Abtreibung würde die Wahrscheinlichkeit halbieren, dass sie je wieder schwanger werden könnte, und zugleich ihr Risiko verzehnfachen, an Gebärmutterkrebs zu erkranken.)

Die Aussagen dröhnten immer weiter und Tess nickte beinahe ein, doch dann ertönten neue Stimmen, und sie zuckte zusammen und spulte das Band zurück.

Die Wilsons waren ein Paar, das eine Adoption über Family Planning Alternatives in die Wege geleitet, dann aber abgebrochen hatte, weil sie vom Angebot eines Mitarbeiters entsetzt waren, die Sache sehr viel billiger zu machen, wenn sie ein *mixed-race* behindertes Kind nähmen. »Es war, als führten sie einen Schlussverkauf durch, nicht wahr, Mike?«, wandte sich die Frau an ihren Mann. »›Würden Sie so ein Baby nehmen, wenn wir es tausend Dollar billiger machen? Oder zweitausend? Und was ist, wenn das Baby nicht behindert ist, sondern bloß *mixed-race*?‹«

Wieder stoppte Tess das Band und spulte zurück. Ja, die Frau hatte ganz eindeutig Mike gesagt, trotz der Tatsache, dass sie und ihr Mann sich als Mr. und Mrs. John Wilson eingetragen hatten. Wenn die Frau auf Band nicht noch einen Fehler beging und ihren ganzen Namen oder die Heimatstadt kundtat, würde es unmöglich sein, sie zu finden.

Willa Mott war, so ihre Aussage, zehn Jahre lang Mitarbeiterin der Agentur gewesen und führte jetzt einen Kindergarten in Westminster, dem Heimatstaat des Senators. Bingo!, dachte Tess und schrieb den Namen auf.

Wenn man annahm, dass die Frau nicht weggezogen war, würde es leicht sein, sie zu finden, bei so einem Namen. Mit nervöser, dünner Stimme, die zu ihrem jungfernhaften Namen passte, beschrieb sie die Einschüchterungstaktik, die ihr ehemaliger Arbeitgeber eingesetzt hatte, und wie sie schließlich die Geschichte einem regionalen Fernsehsender zugespielt hatte. Als kirchliche Beraterin hatte sie bei den meisten Gesprächen dabeigesessen und alle Akten zu Gesicht bekommen.

»Wieso haben Sie so lange gewartet, bevor Sie jemandem sagten, was dort geschah?«, fragte ein Mitglied des Komitees.

Willa Mott stotterte vor Nervosität. »Ich persönlich glaube nicht an Abtreibungen, wegen meiner religiösen Pr-Pr-Pr-Prinzipien. Ich fand es richtig, jungen Frauen davon abzuraten. Aber mit der Zeit begann ich auch zu sehen, dass sie den Frauen wehtaten, die zu uns kamen, und manche von ihnen gingen auch einfach woanders hin. Das kam mir nicht christlich vor, was sie da machten. Ich und eine der Klientinnen riefen einen Fernsehreporter an. Ich war nicht zu sehen – sie haben mich im Dunkeln gefilmt, mit einer dieser Maschinen, die die Stimme komisch klingen lassen. Aber bevor die Reportage gesendet wurde, haben meine Abteilungsleiter das Büro geschlossen und sind verschwunden. Eines Tages kam ich zur Arbeit, und der Laden war dicht.«

Eine Senatorin stellte eine Frage: »Die Adoptionen, die Sie durchführten – waren die legal und genehmigt?«

»Oh mein Gott, ja. Wenn sie nur das getan hätten, ohne zu versuchen, die Frauen zu beeinflussen, die zu ihnen kamen, wäre ich stolz gewesen, dort zu arbeiten. Aber sie hatten ja ein Ziel, verstehen Sie? Sie haben wirklich an das geglaubt, was sie taten.«

Damit endete die Anhörung, und bevor Tess es realisierte, hörte sie auch schon eine Debatte über einen anderen Gesetzesvorschlag, irgendwas über Adoptionsgesetze. Sie gab ihre Kopfhörer ab und ging hinaus, blinzelte ins helle Sonnenlicht der Lawyers Mall, betrachtete den Platz in der Mitte der Behördenbauten. Touristen standen um das Denkmal Thurgood Marshalls herum, machten Fotos und stellten sich neben die Bronzeversion des Richters, als wäre er eine dieser lebensgroßen Figuren des Präsidenten oder ein berühmter Sportler.

Marshall war ein relativ neuer Zugang, man hatte ihn hier aufgestellt, um den Unwillen über die Statue eines weiteren Richters aus Maryland zu mildern, der ebenfalls im Supreme Court gesessen hatte, Roger Taney. Taneys Ruhm gründete sich leider darauf, dass er die Dred-Scott-Sklavenhalterentscheidung getroffen und so seinen Teil zum Ausbruch des Bürgerkriegs beigetragen hatte. Natürlich hatten die Leute in den Vergesst-die-Vergangenheit-Neunzigern Taneys Denkmal abreißen wollen, als würde das alles besser machen. Der Staat hatte in einem der seltenen Fälle salomonischer Weisheit gekontert, indem er Marshall aufgestellt hatte. Der Kompromiss hatte auf eine Art und Weise funktioniert, die wenige sich hatten vorstellen können. Denn während Marshall hier auf dem offenen Platz stand und wortwörtlich von den Touristen umarmt wurde, hockte Roger Taney immer noch hoch oben auf dem Berg, auf der anderen Seite der Behörden, allein und verlassen.

Zurück im Wagen stellte Tess das Radio an und

drückte auf den Knöpfen herum, bis sie einen Mann gefunden hatte, der über eine Medienverschwörung redete, die irgendeinen Skandal in Washington verhüllen sollte. Natürlich war es eine Verschwörung der liberalen Medien, eine Bezeichnung, die Tess immer lächeln ließ. Die Medien waren eine der konservativsten Mächte, die sie kannte.

Der Verkehrsfunk unterbrach, er warnte vor einem Stau in den Straßen westlich ihres Büros. Ein brennendes Reihenhaus führte zur Sperrung von Fayette und Pratt, in allen Richtungen staute sich der Verkehr. Sie würde nach Osten ausweichen müssen und sich der Stadt durch den Fort-McHenry-Tunnel nähern, obwohl der Tunnel ihr immer ein klaustrophobisches Gefühl gab und sie gebührenpflichtige Straßen fast genauso sehr hasste wie gebührenpflichtige Parkplätze. Vor allem hasste sie die Vorstellung, dass sich außerhalb der weiß gekachelten Wände Wasser befand, sie hasste den Augenblick, in dem der Radiosender verschwand, sie allein ließ in ihrem Wagen, ohne die idiotischen Verschwörerstimmen, die ihr Gesellschaft leisteten.

Vielleicht sollte sie eine der Talkshows anrufen, bevor sie den Tunnel erreichte, vielleicht sollte sie ihre Erkenntnisse über die beiden Richter mit dem Rest der Welt teilen. Die meisten Sender waren verzweifelt genug auf der Suche nach Anrufern, dass sie für Anrufe vom Handy bezahlten. Aber sie wollte nicht mit irgendeinem angeberischen Bariton reden. Tess wurde klar, dass sie im Geiste mit Jackie über die beiden Denkmäler gesprochen hatte, sie hatte sich vorgestellt, worüber sie vielleicht redeten, wenn sie auf der Suche nach Willa

Mott nach Westminster fuhren. Das hatte sie schon immer getan, sie hatte sich Anekdoten gemerkt, von denen sie wusste, dass sie jemanden amüsieren würden, der ihr nahestand, sie freute sich auf die Gelegenheit, Tyner zu provozieren, Kitty zum Lachen zu bringen.

Bloß war Jackie keine Freundin, musste sie sich in Erinnerung rufen, sondern nur eine Klientin. Sobald Tess ihre Tochter gefunden hatte, würde sie aus ihrem Leben verschwinden.

14

Gibt es in Carroll County nicht noch aktive Mitglieder des Ku-Klux-Klans?«, fragte Jackie und schaute sich nervös in dem Bagel-Shop um, an dem Tess und sie angehalten hatten. Sie schlugen Zeit tot vor ihrer 10-Uhr-Verabredung mit Willa Mott.

»Hmhm. Sie haben sogar ein Werbeplakat da drüben an der Wand hängen«, sagte Tess und deutete mit dem Kinn in Richtung der Pinnwand. »Ich hab gehört, man kann dort toll Männer kennenlernen. Soll ich die Nummer aufschreiben?«

»Wissen Sie, manche Sachen sind einfach nicht lustig.«

»Das gebe ich gerne zu, wenn Sie zugeben, dass manche Sachen lustig *sind.*«

Jackie brach ein Stückchen von ihrem Bagel ab, dann schaute sie es an, als könnte sie sich nicht mehr erinnern, was sie damit eigentlich vorgehabt hatte. Sie war nicht mehr ganz so angespannt und nervös wie bei dem Treffen von Adoption Rights, aber sie war immer noch verstört. War es möglich, dass man etwas so sehr wollte, dass es einen verängstigte?

»Bitte erinnern Sie mich, dass ich mir meine Zähne im Rückspiegel anschaue, bevor wir losfahren«, sagte Tess. »Ich will niemanden mit Mohnkörnchen zwischen den Zähnen interviewen.«

»Dann hätten Sie sich etwas ohne Mohn bestellen sollen.« Ach ja, die Oberplanerin.

»Was denn, so ein Bananen-Nuss-Ding mit *Blaubeer*-Frischkäse, mit dem Sie spielen? Ich sag Ihnen was, Jackie. Das ist kein Bagel. Wenn der städtische KKK jetzt hier reinkäme, würden sie einen Blick auf ihren Teller werfen und sagen: ›Wenigstens ist sie keine Jüdin.‹ Und dann würden sie mich hier an meinem Zopf rauszerren wie die Kosaken, die immer wieder das Dörfchen meiner Urgroßmutter überfielen.«

»Wirklich? Sind Ihren Vorfahren wirklich solche Sachen passiert?«

Tess zuckte mit den Achseln. »Wir können uns nur auf Gramma Weinsteins Wort verlassen, und dann und wann hat sie durchaus mal übertrieben. Vor allem, wenn sie darauf aus war, eines ihrer Enkelkinder dazu zu bewegen, Leber zu essen.«

»Aber Sie sind doch nicht wirklich Jüdin, oder? Ihr Nachname ist Monaghan.«

»Judentum wird über die Mutter vererbt.«

»Wirklich?« Jackie schien ernsthaft neugierig. »Ich meine, wenn Ihr Vater Weinstein wäre und Ihre Mutter Monaghan, wären Sie keine Jüdin?«

»Ich wäre genau das, was ich jetzt bin, ein ungläubiger Mischling, aber ich würde mich nicht als Bürgerin Israels qualifizieren.« Tess verzog die Lippen zu einem Zahnfleischgrinsen. »Mohnkörnchen?«

»Eins, oben neben dem Eckzahn. Nein, andere Seite. Jetzt haben Sie's.«

»Dann auf zu Willa Mott.«

H.L. Mencken, der nicht viele Komplimente machte, hatte Carroll County als einen der schönsten Orte Marylands bezeichnet. In einigen vergessenen Eckchen konnte man immer noch die sanften Hügel und die weiten Ausblicke entdecken, die ihn inspiriert hatten. Die älteren Städte – Westminster, New Windsor, Union Mills – standen voller roter Ziegelhäuser aus dem neunzehnten Jahrhundert, fast wie die alten deutschen und mennonitischen Siedlungen auf der Pennsylvania-Seite der Mason-Dixon-Grenzlinie. Es war wie eine Zeitreise. Und dann nahm man eine Kurve auf dem Highway und erblickte eine hässliche Siebziger-Jahre-Ansiedlung, die sich auf dem Land breitmachte wie eine Familie eifersüchtiger Trolle, entschlossen, alle Schönheit fernzuhalten.

Willa Mott lebte in einem der ältesten, hässlichsten Vororte südlich von Westminster. Ein verblasstes Schild im Vorgarten warb: »Apple Orchard Daycare«, aber der einzige Baum, den Tess sehen konnte, war ein Götterbaum, den niemand zu kappen versucht hatte, bis es zu spät war. Der Baum hatte sich durch einen Spalt neben der Auffahrt gezwängt und war jetzt dürre vier Meter hoch.

»Die Kinder schauen ein Video an«, sagte Willa Mott, die ihnen öffnete, bevor sie geklopft hatten. »Also haben wir genau achtundachtzig Minuten. Obwohl sie manchmal wollen, dass ich mit dem Glöckner mitsinge.«

Es war schwer, sich Willa Mott beim Singen vorzustellen oder bei überhaupt irgendetwas einigermaßen Fröhlichem. Tess fand, sie sah genauso aus, wie sie sich beim Anhören der Aussagen auf dem Band vorgestellt hatte:

eine langweilige, unauffällige Frau. Sie trug einen Jeansrock, eine weiße Polyesterbluse und eine blaue Strickjacke. Ihr Haar war von ödem Braun, ihre Augen waren von noch öderem Braun. Der einzige Farbtupfer in ihrem Gesicht war ihre Nase, rot von einer Sommergrippe. Sie griff nach einem Taschentuch und putzte sich die Nase, wie Kinder es tun, erst eine Seite, dann die andere.

»Allergie«, sagte sie. »Heute ist der Pollenflug bei 150.«

»Ist das hoch?«, fragte Tess.

»Schrecklich. Aber Sie sind sicher nicht hergekommen, um über meine Nebenhöhlen zu sprechen.« Sie schaute Jackie an. »Ich kann nicht behaupten, dass ich mich an Sie erinnere. Aber ich vermute, Sie haben sich seit damals verändert. Erinnern Sie sich an mich?«

»Ich glaube schon. Vielleicht.« Aber Tess wusste, dass Jackie log, vor allem log sie sich selbst an. Sie war so verzweifelt, dass sie alles sagen würde, was sie für die richtige Antwort hielt, selbst wenn es nicht stimmte.

»Jackie kam vor dreizehn Jahren in die Agentur, damals trug sie den Namen Susan King. Sie war ein Teenager, kaum älter als achtzehn. Hilft das?«

»Eigentlich nicht. Bei uns gab es jede Menge junger Mädchen. Meine Güte, ist das echtes Gold?«

Willa schaute auf Jackies Hände, die sie ineinander verschlungen hatte, als bete sie, sie schaute auf die Uhr an ihrem linken Handgelenk. Sie war edel, kleine Diamanten waren rund um das Zifferblatt eingesetzt, ein durchaus ungewöhnliches Stück, aber Tess' Meinung nach nicht so ungewöhnlich, dass es vom gegenwärtigen Thema ablenken müsste.

»Die? Ja, ich denke schon.«

»Ich mag solche alten Dinge«, sagte Willa. »Beim Juwelier unten in Skyesville gibt es eine alte Brosche. Auf die habe ich ein Auge geworfen, und sobald ich ein bisschen zurückgelegt habe, werde ich sie mir wohl kaufen. Ich wollte das eigentlich mit meiner Steuererstattung tun, aber die hat man ja immer ausgegeben, bevor sie kommt, nicht wahr?«

Tess schaute sich in dem kleinen Haus mit zwei Etagen um. Ein Leben als Kindergarten hinterließ in jedem Haus Spuren – Saftspritzer auf Bodenhöhe, klebrige Handabdrücke an den Wänden und Schmutzstreifen auf dem Teppich waren zu erwarten. Aber selbst ohne diese dekorativen Elemente zahlloser Kleinstkinder hätte Willa Motts Haus müde und heruntergekommen gewirkt. Dem Lärm nach zu urteilen befanden sich fünf oder vielleicht sechs Kinder nebenan. Willa Mott verdiente also sechshundert, vielleicht neunhundert Dollar die Woche. Tess hatte eigentlich keine Ahnung, was ein Kindergarten einbrachte, wo sie jetzt darüber nachdachte. Genug zum Leben, aber es blieb wohl auch nicht viel übrig für antike Broschen.

»Als ich Sie gestern anrief, Mrs. Mott, habe ich da erwähnt, dass es üblich ist, die Leute für ihre Zeit zu bezahlen? Ich meine, uns ist klar, dass wir Sie von Ihrer Arbeit abhalten, und ich möchte nicht, dass Sie denken, wir wüssten das nicht zu schätzen.«

»Miss Mott«, korrigierte Willa mit einem nervösen Lachen. »Und, guter Gott, ich glaube, ich kann kein Geld nehmen, nicht, wenn ich keine große Hilfe sein kann. Obwohl …« Sie betrachtete Jackies Gesicht. »Sie sind dünner als damals, oder? Deswegen habe ich Sie zuerst nicht erkannt. Sie sind viel dünner.«

»Natürlich bin ich dünner«, sagte Jackie. »Ich war schwanger, als ich in die Agentur kam.«

»Nein, nicht nur das. Ihr Gesicht war damals voller und Sie trugen eine große Brille, dahinter haben Sie sich praktisch versteckt. Sie haben viel älter ausgesehen, als Sie waren, oder? Ja, langsam erinnere ich mich.«

Tess dachte an das Foto, das Jackie ihr gegeben hatte, als sie noch dachte, Jackie sei Mary Browne und auf dem Foto wäre ihre verschwundene Schwester zu sehen, Susan King. Willa hatte recht oder hatte jedenfalls gut geraten. Jackie war als Teenager schwerer gewesen, und das Gewicht hatte sie älter aussehen lassen, als sie war.

Im Raum nebenan bumste es laut, dann begann ein Kind zu jammern: »Miss Mott! Miss Mott – Brady sagt, ich sehe aus wie Quasimodo.«

»Chrissie sieht aus wie Quasimodo. Chrissie sieht aus wie Quasimodo.« Jetzt riefen es alle Kinder.

»Entschuldigen Sie mich«, sagte Willa. »Ich gehe ihnen mal eben einen Saft holen, den habe ich im großen Kühlschrank draußen in der Garage. Vielleicht lassen sie uns dann in Ruhe.«

Kaum war sie verschwunden, bohrte Jackie Tess die Spitze ihres hochhackigen Schuhs in die Wade.

»Geben Sie ihr Geld.«

»Sie hat gesagt, sie will keins.«

»Sie redet Scheiße. Jeder braucht Geld. Sie haben auf dem Weg hierher doch an einem Geldautomaten gehalten. Es endet ja sowieso alles auf meiner Rechnung. Geben Sie ihr Geld.«

Willa kehrte mit den Armen voller Saftpäckchen zurück aus der Garage. Als sie sie verteilte, wurde reichlich geschrien und gequengelt, dann stritten die Kinder darüber, wer die beste Sorte abbekommen hatte. Sie lief zurück in die Garage und holte noch einmal Traube. Fast zehn Minuten waren vergangen, als sie ins Wohnzimmer zurückkehrte.

»Ja, jetzt erinnere ich mich«, sagte Willa, als hätte es keine Unterbrechung gegeben. »Irgendetwas war mit dem Vater Ihres Babys. Irgendetwas Ungewöhnliches. Aber ich weiß nicht mehr genau, was.«

»Der Vater meines Babys ist unwichtig«, sagte Jackie. »Ich weiß, wer der Vater war. Ich will wissen, wer mein Mädchen adoptiert hat.«

Willa runzelte die Stirn und presste die Lippen aufeinander, sie machte aus dem Nachdenken eine große Show. Tess erwartete beinahe, dass sie sich vornüberbeugte und das Kinn auf die Hand stützte, als hätte Rodin sie gemeißelt. Und nach einer Weile tat sie das auch. Seufzend zog Tess ihre Geldbörse aus dem Rucksack und ließ einen Zwanziger in Willa Motts Schoß fliegen.

»Oh du meine Güte. Ich möchte nicht, dass Sie glauben, ich würde das für Geld tun.« Tess legte einen weiteren Zwanziger dazu, dann noch einen Zehner. Sie packte, wo sie schon dabei war, auch ihre Visitenkarte drauf. Willa wartete noch einen Moment, nur falls noch weitere Geldscheine kämen, dann faltete sie die, die in ihrem Schoß gelandet waren, und steckte sie in die Tasche ihrer Strickjacke, zusammen mit Tess' Visitenkarte. Hoffentlich war es nicht die Tasche mit den zusammengeknüllten Taschentüchern, dachte Tess, obwohl ihr letztlich egal sein konnte, ob Willa Mott sich die Nase mit einem Zwanziger putzte.

»Ich weiß wirklich nicht sehr viel. Sie haben ein Mädchen bekommen, nicht wahr? Ich glaube, der Adoptivvater war vielleicht ein Manager einer dieser Fabriken draußen in Hunt Valley. Vielleicht McCormick oder Noxell. Eine dieser Firmen. Ich weiß noch, dass er gut Geld verdiente. Man musste gut Geld verdienen, um bei uns ein Baby zu adoptieren, es kostete über zehntausend Dollar. Seine Frau war Lehrerin, aber sie wollte zu Hause bleiben, wenn sie das Baby bekamen. Der Name war nichts Besonderes. Johnson oder Johnston. Sie wollten ein Mädchen, und sie wollten es Caitlin nennen.«

Jackie guckte skeptisch. »All das ist Ihnen plötzlich wieder eingefallen?«

»Oh, ich erinnere mich an alle Mädchen, die bei uns waren, ehrlich gesagt. Es dauert nur einen Moment, bis mir alles wieder einfällt. Ich muss das Gesicht mit den Umständen in Verbindung bringen.«

»Wenn ich meine Uhr abnähme und Ihnen gäbe, würde Ihnen noch mehr einfallen?«

Willa Mott schaute beleidigt. »Ich bin Ihnen dankbar, dass Sie mich für meine Zeit entschädigen, aber das hat nichts damit zu tun, ob ich mich an etwas erinnere. Ich habe einen Augenblick gebraucht, mich zu erinnern, wie Sie damals aussahen, das ist alles. Wissen Sie, als Sie noch fett waren.«

»Ich war *nicht* fett.« Jackie knirschte mit den Zähnen.

Ein Kind quiekte. »Miss Mott! Miss Mott! Cal pikst mich mit seinem Schuh.«

»Tu ich nicht«, erwiderte eine Jungsstimme.

»Tust du doch! Tust du doch!«

»Ich sehe wohl besser mal nach meinen Kleinen«, sagte Willa Mott. »Es war nett, Sie beide kennenzulernen. Wenn mir noch etwas einfällt, werde ich Sie sofort anrufen, das verspreche ich. Ich habe ja Ihre Karte.«

Mit diesen Worten marschierte Willa Mott hinüber in das Chaos nebenan. Sie packte den Störenfried Cal am Kragen seines T-Shirts, wie eine Katzenmutter ihr Kleines am Nacken packen würde, dann schaltete sie das Video mit der Spitze ihres dunkelblauen Ked-Turnschuhs aus.

»Kein *Glöckner* mehr, bis alle sich hier wieder benehmen«, verkündete sie. »Das heißt alle – Cal, Brady, Bobby, Chrissie und, ja auch du, Raffi.«

Tess unterdrückte ein Lachen.

»Was ist denn so lustig?«, fragte Jackie. Sie schien wütend zu sein, dass Tess etwas gefunden hatte, worüber sie lachen konnte.

»Vielleicht ist es Zufall, aber alle Kinder hier heißen nach Spielern der Orioles in dem Jahr, in dem Cal Lou Gehrigs Rekord gebrochen hat. Cal Ripken, Chris Hoiles, Rafael Palmiero, Brady Anderson. So muss es gewesen sein, das war ungefähr die Zeit, zu der sie gezeugt wurden.«

»Weiße sind verrückt«, sagte Jackie und rümpfte die Nase. Sie waren fast wieder zurück in Butchers Hill, bis Jackie etwas sagte.

»Sie haben ihr zu viel gegeben.«

»Wie bitte?«

»Das war keine fünfzig Dollar wert, was sie uns erzählt hat. Sie haben ihr zu viel gegeben, und jetzt hält sie uns für Idioten. Ich wette, sie weiß mehr, als sie gesagt hat.«

»Erst sagen Sie, ich soll ihr Geld geben, dann sagen Sie, ich habe ihr zu viel gegeben. Aber sie hat sich erinnert, wie Sie aussahen. Das schien mir zu stimmen. Ich habe das Foto gesehen. Erinnern Sie sich? Sie waren schon … schwer. Und was war das eigentlich mit dem Vater des Babys?«

»Nichts.« Jackie umklammerte das Steuerrad so fest, dass es aussah, als würden ihre Knöchel gleich aus den Handrücken platzen.

»Keine Geheimnisse, Jackie, und keine Lügen mehr. Das war unser Deal, schon vergessen?«

»Okay.« Ein kleiner Seufzer. »Der Vater meines Babys war weiß.« Und bevor Tess darauf in irgendeiner Weise reagieren konnte: »Gucken Sie nicht so überrascht.«

»Ich gucke überhaupt nicht. Aber Sie haben mir gesagt, es sei ein Junge aus der Nachbarschaft gewesen.«

»Es gab weiße Jungs in unserer Nachbarschaft.«

»Ich weiß, ich kenne *Pigtown*.« Es gefiel Tess, zu sehen, wie Jackie bei der Erwähnung ihrer unelegant benannten alten Wohngegend zusammenzuckte. »Ich frage mich, warum Willa diese Kleinigkeit erwähnenswert fand. Die Agentur, bei der sie arbeitete, hat definitiv *mixed-race* Kinder zur Adoption vermittelt. So viel weiß ich schon aus den Aufnahmen der Anhörung.«

»Was haben Sie denn von einer alten Jungfer aus Carroll County erwartet? Vergessen Sie sie. Was machen wir denn jetzt?«

»Keine Ahnung. Nach jemand namens Caitlin Johnson-Johnston im Einzugsbereich Baltimores zu suchen ist wie die Sache mit der Nadel und dem Heuhaufen.«

»Also, *ich* habe eine Idee. Sie haben doch sicher heute Abend Zeit?«

»Klar.«

»Wir treffen uns um sieben in Ihrem Büro. Dann zeige ich Ihnen, wie ich meinen Lebensunterhalt verdiene. Ich bringe sogar was zu essen mit.«

»Was werden wir denn dann tun?«

»Das sage ich Ihnen, wenn wir uns treffen. Sie haben nur eine Telefonleitung, nicht wahr? Aber ich denke, wir können auch mein Handy benutzen, das ist nicht die billigste Möglichkeit, aber sonst dauert das alles zu lange.«

Als sie vor Tess' Büro hielten, wartete Martin Tull in seinem Zivilwagen auf sie.

»Ich muss mit dir reden«, sagte er abrupt, dann schaute er Jackie an, die am Steuer ihres weißen Lexus saß. »Unter vier Augen.«

»Jetzt?«

»Jetzt.«

»Schon in Ordnung«, sagte Jackie und schaute von Tull zu Tess. »Wir treffen uns um sieben. Es dauert keine Viertelstunde, Ihnen meine Idee zu erklären.«

Esskay sprang vom Sofa herunter und streckte sich, als würde sie gen Mekka beten, dann begann sie mit ihrem rituellen Leckerli-Tanz. Tull fragte normalerweise, ob er Esskay ihren Knochen geben könnte, aber heute schien er sie kaum wahrzunehmen. Tess fand in der Keksdose noch einen Keks, einen aus einer Bäckerei in

South Baltimore, warf ihn der Hündin hin, dann legte sie ihre Waffe zurück in den Wandsafe.

»Ich dachte, du trägst deine Waffe nicht gern.«

»Tyner fand, ich sollte, wegen des Einbruchs.«

»Genau, am Wochenende wurde ja bei dir eingebrochen. Im Polizeibericht steht allerdings, dass nichts gestohlen wurde.«

Tess entschied sich, nicht zu fragen, warum ein Detective der Mordkommission über den Einbruch bei ihr Bescheid wusste. Sie hatte keinen Polizeibericht anfertigen lassen, aber vielleicht hatte das ja der Vermieter getan. Sie hoffte nur, dass Tull nicht hier war, um sie zu beschützen. Das fehlte ihr noch, eine weitere Person, die sich um ihre Sicherheit und ihr Wohlergehen sorgte. »Möchtest du eine Cola? Immerhin ist da Koffein drin.«

»In Butchers Hill passiert im Moment aller möglicher Mist. Gestern Nachmittag hat es in der Gegend gebrannt«, sagte er. Er ignorierte ihr Angebot. »Direkt um die Ecke.«

»Hm-hm. Im Radio hieß es, es sei ein leer stehendes Reihenhaus an der Fayette.« Sie holte sich eine Cola, ging zurück an ihren Schreibtisch und schaute auf den Zähler ihres Anrufbeantworters. Keine Anrufe. Keyes Investigations, heiß geliebt und viel beachtet.

»Da hatten sie im Radio gleich zweimal unrecht. Das Feuer sorgte für einen Stau auf der Fayette, aber das Haus stand an der Chester. Und es war zwar verlassen, aber nicht unbewohnt.« Tull warf einen Umschlag auf ihren Schreibtisch. »Im Keller haben sie eine Leiche gefunden. Es sah aus, als hätte der Typ eine Crack-Pfeife geraucht und fallen gelassen.«

Tull schien zu erwarten, dass sie nach dem Umschlag griff. Als sie das nicht tat, nahm er ihn wieder, öffnete ihn und zog zwei Polaroidfotos heraus.

»So was passiert natürlich. Ich bin überrascht, dass das nicht öfter passiert. Diese Knallköpfe machen es sich in leer stehenden Häusern bequem, sie rauchen da drin oder setzen sich ihren Schuss. Da kommt es natürlich auch zu Unfällen. Aber der Leichenbeschauer sagt, dieser Typ sei tot gewesen, bevor das Feuer ausbrach. Jemand hat ihm den Schädel eingeschlagen und dann ein Feuer gelegt. Wir hätten ihn nie identifizieren können, gäbe es nicht aus seiner Zeit im Waisenhaus zahnärztliche Unterlagen. Der Staat lässt alle Kinder in seiner Obhut mindestens einmal vom Arzt durchchecken.«

»Wie anständig vom Staat.« Tess' Magen verkrampfte sich. Sie schraubte ihre Colaflasche wieder zu und stellte sie neben den Computer.

»Der Junge hieß Treasure Teeter.« Tull warf ihr ein Polaroid hin wie eine Spielkarte. Tess ließ es an sich vorbei zu Boden segeln, aber trotzdem sah sie die verkohlte Menschenform mitten auf dem Bild, als es vorbeiflog.

»Du hast doch von ihm gehört, oder? Du hast nach ihm gesucht, soweit ich weiß. Suchst du auch nach seiner Schwester? Destiny? Ich denke mal, die hast du nicht gefunden. Aber ich kann es dir leichter machen – ich hab sie.« Er ließ ein zweites Bild auf ihrem Schreibtisch landen. Tess sah das gelbe Absperrband an den Rändern, die Leiche im leuchtend grünen Gras, den Schnitt quer durch den Hals, ein schreckliches Echo des Munds darüber. Bloß konnte man den Mund nicht sehen, man konnte überhaupt keine Gesichtszüge erkennen, denn das Gesicht war eingeschlagen worden.

»Das ist Destiny Teeter«, sagte Tull. »Du kennst sie vielleicht eher als die Prostituierte von der Pagode.«

15

Luther Beale schrubbte seine Marmortreppe, ein geliebtes Klischee in Baltimore. Selbst wenn er nicht vor seinem Haus gestanden hätte, wäre Tess sofort klar gewesen, wo er wohnte. In einem Block, in dem die anderen Ziegel-Reihenhäuser verwahrlost und ungeliebt herumstanden, war Beales Haus in einem sanften Gelb mit weißen Akzenten gestrichen. Eine Schale gelber Gänseblümchen stand neben der Marmortreppe. Die Farbe schien Tess frisch zu sein, allerdings hatte sie nicht besonders viel Ahnung von Malerarbeiten. Auf jeden Fall sah es nicht so aus, als wollte Luther Beale sein Haus demnächst verlassen.

Aber so was kann sich ja schnell ändern.

»Hübsche Blumen«, sagte Tess. Manchmal ließ die Wut sie unglaublich banal werden.

»Das sind schon meine zweiten diesen Sommer«, sagte Beale, schaute aber nicht von seiner Arbeit auf. »Jemand hat den ersten Topf gestohlen. Ich denke mal, auch dieser wird wieder gestohlen werden, obwohl ich keine Ahnung habe, warum. Ich kann mir nicht vorstellen, dass man für die Blumen mehr als einen Dollar bekommt, wenn man sie verkauft.« Beale stippte seine Bürste in einen Aluminiumeimer und machte sich über einen weiteren Fleck her, entschlossen und methodisch, er würde ihn auslöschen.

»Können wir reingehen? Ich muss mit Ihnen reden.«

»Dann reden Sie beim Arbeiten mit mir. Ich habe heute spät angefangen. Ich muss aufholen.«

»Das ist kein Gespräch, das wir hier draußen auf der Straße führen könnten.«

Sie wünschte, er hätte überraschter geschaut, er hätte sich ein wenig mehr gesträubt oder ihr einen Haufen neugieriger Fragen gestellt. Stattdessen ließ er die Bürste zurück in das Seifenwasser fallen und erhob sich mit knirschenden Knien.

»Ich wohne im zweiten Stock«, sagte er und schloss die Haustür auf, dann eine weitere Tür im Innern, eine Holztür, die leuchtend poliert war und nach zitronigem Möbelöl roch. »Ich hatte die unteren beiden Geschosse vermietet, aber das mache ich nicht mehr. Ich habe lieber meine Ruhe als das Geld.«

Beales Wohnung sah aus wie eine Wohnung, deren Bewohner viel Zeit damit verbrachte, im Dunkeln herumzusitzen. Sauber, was Tess erwartet hatte, aber auch ziemlich leer. Sie dachte, dass alte Menschen doch immer allen möglichen Krempel hatten, so wie ihre Großmutter. Beales Wohnung, mit den leeren weißen Wänden und dem sauberen graubraunen Teppich kam ihr vor wie eine Galerie, die darauf wartete, dass eine Ausstellung gehängt wurde. Sie folgte ihm durch das Wohnzimmer, in dem es nur einen Stuhl gab, einen Computer und einen Fernseher, in die Küche. Hier gab es immerhin zwei Stühle, sie waren mit Vinyl gepolstert und passten zu dem gelben Formica-Tisch.

»Möchten Sie etwas Kühles trinken?«, fragte Beale. Sie hatte Tull vor nicht einmal einer halben Stunde dasselbe gefragt. Vielleicht war es ein ganz allgemeiner menschlicher Instinkt, dass man Getränke anbot, um Unangenehmes hinauszuzögern.

»Nein danke.« Sie hielt inne und wusste nicht recht, wie sie anfangen sollte. »Ihre Wohnung ist sehr spartanisch eingerichtet. Aber das gefällt mir.«

»Jemand ist eingebrochen, während ich im Gefängnis war, hat gestohlen, was sich lohnte, und den Rest zerschlagen. Als ich die Wände gestrichen und den neuen Teppich verlegt hatte, schien es mir leichter, es alles so zu lassen.« Er schaute sie streng an. »Sie sind nicht hergekommen, um mit mir über Inneneinrichtungen zu reden. Was wollen Sie?«

»Wieso war Destiny nicht so wichtig?« So hatte sie eigentlich nicht anfangen wollen, aber es musste reichen.

»Destiny?«

»Destiny Teeter, das Zwillingsmädchen. Sie haben gesagt, sie sei nicht so wichtig, es wäre in Ordnung, wenn ich sie nicht finden könnte. Wirklich nur, weil sie ein Mädchen war? Oder wussten Sie, dass sie tot war? Wussten Sie, dass sie tot war, weil Sie sie umgebracht haben?«

»Das Mädchen ist tot?« Er klang eher verwirrt als überrascht. Er rieb sich die Schläfen, als schmerzte sein Kopf plötzlich.

»Sie ist die Leiche, die man vor ein paar Wochen im Park gefunden hat, bevor Sie mich engagierten. Ihr Bruder Treasure verbrannte gestern in einem Haus, das in Brand gesetzt wurde. Jemand hat ihm den Schädel eingeschlagen und dann ein Feuer gelegt in der Hoffnung, dass es wie ein Unfall aussähe. Als die Cops ihn mithilfe der Zahnabdrücke identifiziert hatten, kamen sie auf die Idee, Destinys Unterlagen mit denen des toten Mädchens abzugleichen.«

Sie hatte gehofft, ihr Wortschwall würde Beale zum Reden bringen. Aber der schaute bloß nachdenklich. »Das ist eine Schande, aber die anderen sind noch am Leben, oder? Waren Sie nicht gestern in der Schule des dünnen Jungen? Wie geht es ihm? Außerdem könnte ja auch der Dicke wieder auftauchen. Diese Jungs bleiben nicht ewig weg, wenn sie davonlaufen. Die kommen immer wieder nach Hause. Sie haben gar nicht genug Phantasie, um irgendwo anders zu bleiben.«

Diese Kälte, sein Desinteresse machten sie noch wütender, gaben ihr aber auch wieder ein wenig Hoffnung. Wenn er die Zwillinge getötet hätte, würde er dann jetzt nicht irgendwelche Entschuldigungen oder Alibis vor sich hin stammeln?

»Mr. Beale, ich glaube, Sie haben nicht ganz verstanden, wie wichtig das ist, was ich Ihnen gerade gesagt habe. Destiny und Treasure Teeter wurden ermordet, und die Polizei wird bald mit einem Haftbefehl für Sie hier sein.«

»Bei mir. Sie geben immer mir die Schuld. Macht denn sonst niemand in der Stadt irgendetwas? Es wäre doch sinnlos, Sie dafür zu bezahlen, dass Sie die Kinder finden, bloß damit ich sie umbringen kann.«

»Die Polizei glaubt, Sie hätten Destiny in einem Wutanfall getötet – dass Sie es nicht geplant hätten, es aber so gekommen sei, und dass es sich gut angefühlt hätte, kathartisch. Also hätten Sie sich entschieden, die anderen auch umzubringen, um sie dafür zu bestrafen, gegen Sie ausgesagt zu haben. Aber Sie wussten nicht, wie Sie sie finden sollten. Und das war meine Aufgabe. Ich würde sie finden, auch noch glauben, ich täte ein gutes Werk, und dann würden Sie sie umbringen.«

Wenn Tull recht hatte, dann war Beales Plan wirklich gerissen und komplex. Nach seinem zufälligen Treffen mit Destiny hatte er Tess aufgesucht, damit sie die anderen für ihn ausfindig machte. Er hatte darauf bestanden, die Kinder nicht von Angesicht zu Angesicht zu treffen, sodass er alles abstreiten konnte, wenn die Leichen auftauchten. Nach Tulls Theorie war Beale in ihr Büro eingebrochen und hatte seine eigene Datei gestohlen, um in Erfahrung zu bringen, was sie schon wusste, während er zugleich Unwissen vorschützen konnte. Aber in der Datei, die er früh am Samstagmorgen ausgedruckt haben könnte, hatten nur die Informationen über die Teeter-Zwillinge gestanden. Sie hatte noch nicht zusammenfassen können, was Jackie über Sal und sein Stipendium an der Penfield School herausgefunden hatte. Das Leben hing oft an solchen Zufällen. Also war Treasure Teeter tot und Sal Hawkings noch am Leben. Er wäre auch schwerer zu kriegen gewesen. Beale hätte schon ordentlich nachdenken müssen, wie er Sal einigermaßen glaubwürdig zu Tode kommen lassen könnte.

»Die Polizei wird Sie heute noch verhaften«, sagte Tess. »Sie werden gleich mit einem Haftbefehl hier sein. Aber ich wollte zuerst mit Ihnen reden, ich wollte hören, was Sie zu sagen haben.«

Beale ging hinüber zu einem Wandkalender, der neben seiner Küchentür hing, es war einer von denen, die man in manchen Läden als Werbegeschenk bekam. Das Bild dieses Monats war eine überdachte Brücke, darunter stand die Erinnerung, Gartenutensilien zu kaufen. Im Juni waren bislang alle Tage mit Xen markiert, außer gestern. Beale nahm einen schwarzen Stift und kreuzte auch dieses Quadrat sorgfältig durch.

»Ich habe vergessen, meinen Kalender auszustreichen. Wie gesagt, ich habe heute spät angefangen. Ich bin seit siebenundsechzig Tagen aus dem Gefängnis. Wissen Sie, wie viele Tage ich im Gefängnis war?«

Tess war relativ gut im Kopfrechnen, ein Nebeneffekt der Tatsache, dass sie in den letzten paar Jahren ihren Kontostand stets bis auf den letzten Penny hatte auswendig wissen müssen. »Fünf mal 365, das sind – 1500 plus 300 plus 25, 1825.«

»Sie haben das Schaltjahr vergessen, also 1826. Ich muss mindestens zweiundsiebzig werden, um all das wieder aufzuholen. Und ich kann es noch nicht einmal aufholen. Man kann im Leben nichts aufholen, wenn es einem erst mal genommen wurde. Meine Frau Annie, die Babys, die in ihr starben. Wir haben fünfmal versucht, Kinder zu haben, aber sie konnte einfach kein Baby bekommen. Irgendetwas in ihr stimmte nicht. Wenn es einem heutzutage so geht, können die Ärzte etwas machen, wenn man das Geld dafür hat. Stimmt das nicht?«

»Ja, ich denke schon.« Tess hatte keine Ahnung gehabt, wie das Gespräch laufen würde, aber ganz sicher hatte sie nicht damit gerechnet, über moderne gynäkologische Behandlungsmethoden zu diskutieren.

Er seufzte. »Kinder, Kinder, Kinder. Ehrlich gesagt, ich war vor allem Annies wegen enttäuscht. Ich finde ja, Kinder sind eine der unsolidesten Investitionen, die man machen kann. Man gibt all das Geld für sie aus, man verbringt all die Zeit mit ihnen, und man hat keine Ahnung, was am Ende dabei herauskommt. Dieser Treasure, das war mal ein hübscher kleiner Junge. Rotzfrech, in schlechter Gesellschaft, aber er sah wirklich gut aus. Auch das Mädchen war hübsch oder wäre es zumindest gewesen, wenn sie ordentliche Klamotten angehabt hätte. All diese Kinder, immer so schlecht angezogen. Es tut mir leid, dass sie tot sind, aber ich habe sie nicht umgebracht.«

»Aber Sie hatten nie vor, Ihnen zu helfen, oder? Es ging niemals darum, diesen Kindern zu helfen.«

»Ich glaube, ich möchte jetzt etwas Eistee. Sind Sie sicher, dass Sie nicht auch welchen wollen?« Tess schüttelte den Kopf, Beale nahm eine Dose gesüßten Instant-Eistee vom Kühlschrank und rührte einen Löffel in ein großes bernsteinfarbenes Glas, das er mit Leitungswasser gefüllt hatte. Er ließ sich Zeit beim Rühren, als brauchte man größte Konzentration, um Instant-Eistee herzustellen.

»Hat Ihnen jemals ein Kind den Plot einer Fernsehsendung erzählt?« Der Teelöffel klickte seitlich gegen das Glas, klick, klick, klick. »Wissen Sie, wie sie durcheinandergeraten, das Wichtigste vergessen, wieder von vorne anfangen müssen? Und keine zwei Kinder erzählen die Geschichte genau gleich. Das macht einen verrückt, wenn man ihnen zuhört.«

Tess wartete. Es schien ihr, als wäre Luther Beale kein wesentlich besserer Geschichtenerzähler.

»Die Kinder, die Donnie Moore sterben sahen, sagten

alle dasselbe. Sie haben der Jury dieselbe Geschichte erzählt, beinahe Wort für Wort. Ich stand da mit meiner Waffe und sah aus wie der Teufel. Das Mädchen sah es, obwohl sie schon um die Ecke war und die Straße hochrannte, bevor Donnie umfiel. Ihr Bruder war direkt hinter ihr, aber er hat mich auch gesehen. Der Dicke hat es gesehen, obwohl er mir den Rücken zuwandte. Aber sie haben alle dieselbe Geschichte erzählt, fast Wort für Wort. Ist das nicht erstaunlich?«

»Ihre Aussagen wurden vielleicht in einem bestimmten Maß geprobt«, sagte Tess. »Es waren immerhin Kinder, und die Staatsanwaltschaft musste sie ja darauf vorbereiten, als Zeugen aufzutreten. Da kann man doch eine gewisse Ähnlichkeit der Aussagen erwarten.«

»Was in Ordnung ist, abgesehen von einer Sache. Ich habe Donnie Moore *nicht* umgebracht, Miss Monaghan.«

Was hatte Tull ihr erzählt, als sie den Mond über Locust Point aufgehen sahen? *Er wollte aussagen und auf Notwehr oder irgendeinen anderen Unsinn plädieren. Sein Anwalt hat es ihm ausgeredet.* Wieso hatte sie sich nur wieder mit so einem verrückten alten Sack eingelassen?

»Sie meinen, jemand anders mit einer Waffe wie Ihrer war zufällig in jener Nacht auf der Fairmount Avenue unterwegs und hat Donnie erschossen, nachdem Sie angefangen hatten zu schießen, und zufälligerweise hat niemand anders die Schüsse gehört? Da müssen Sie sich schon etwas Besseres einfallen lassen.«

»Ich habe zwei Schüsse gehört. Damals dachte ich, es sei die Fehlzündung eines Autos. Später erst wurde mir klar, dass es Pistolenschüsse waren. Vielleicht kamen sie aus dem Wagen, den ich um die Ecke fahren sah.«

»Aber die Kugel, die man in Donnie gefunden hat, passte zu ihrer Waffe, oder?«

»Die Kugel ging glatt durch. Sie haben sie nie gefunden. Aber sie haben auch nicht danach gesucht. Sie mussten keine Kugeln finden. Sie hatten mich. Sie hatten meine gerade abgefeuerte Waffe, sie hatten vier Kinder, die sagten, ich sei es gewesen.«

»Das klingt für mich trotzdem immer noch unglaubwürdig. Aber meinetwegen, ich spiele mit. Jemand anders hat Donnie Moore erschossen. Warum?«

»Es wäre nicht das erste Mal, dass ein Kind getroffen würde, wenn irgendein Drogendealer jemand anders erledigen will. Sehen Sie, es muss sich um Drogen handeln, denn wenn nicht, wieso haben die Leute in dem Wagen dann nicht angehalten? Warum haben sie nicht bei der Staatsanwaltschaft angerufen und angeboten, ihrerseits auszusagen? Und wenn sie jemand anders treffen wollten, dann würde derjenige mir auch nicht weiterhelfen. Er würde einfach bloß abtauchen. Die Kinder haben gesagt, dass ich es war, weil sie sich nicht mit den Drogendealern anlegen wollten.«

»Aber nach Donnies Tod wurden die anderen Kinder voneinander getrennt. Sie kamen in verschiedene Kinderheime. Sie konnten sich überhaupt nicht darauf einigen, dieselbe Geschichte zu erzählen, selbst wenn sie gewollt hätten.«

»Ich sage es Ihnen noch einmal. Ich habe Donnie Moore nicht erschossen, Miss Monaghan. Es stimmt, ich habe Ihnen am Anfang eine Lüge erzählt. Ich habe nicht geglaubt, dass Sie die Kinder finden könnten, wenn Sie ihnen kein Geld versprechen. Wenn Sie sie gefunden hatten, wollte ich ihnen die Wahrheit sagen. Aber ich wollte bloß mit ihnen reden, ich wollte herausfinden, warum sie gelogen haben, warum sie die anderen Schüsse nicht erwähnt haben oder den Wagen, der in die Fairmount einbog, als Donnie starb.«

Er trank seinen Eistee in einem langen Schluck leer, dann trug er das Glas sofort zur Spüle, spülte es aus und stellte es in das Abtropfgitter. Tess beobachtete ihn und kämpfte mit ihren eigenen Gefühlen. Sie wollte ihm glauben, wenn auch nur, um keine Mitschuld an Treasures Tod zu tragen. Aber sie konnte ihn nicht einfach vom Haken lassen, nur um selber vom Haken zu sein.

»Arbeiten Sie immer noch für mich?«, fragte er.

»Die Polizei hat mir gesagt, Sie hatten Bewährung wegen eines tätlichen Angriffs. Sie sind also nicht ganz der herzensgute Mann, als der Sie sich dargestellt haben. Sie haben mal jemanden verletzt, Sie haben ihn fast getötet, sagen die Cops. Wieso sollten Sie das nicht noch einmal tun?«

Beale zog eine lange goldene Uhrkette aus seiner Tasche, er ließ sie durch seine Finger gleiten, so wie Tess Monaghans Verwandte einen Rosenkranz. »Ich habe Ihnen von meiner Annie erzählt, wie sehr sie sich Kinder wünschte. Aber ihr Körper meinte es nicht gut mit ihr. Er tötete die Babys, die sie sich wünschte, und dann tötete er sie; ihre Weiblichkeit wandte sich gegen sie. Sie lag im Sterben, daran gab es keinen Zweifel, und ich beeilte mich jeden Tag nach der Arbeit, ins Krankenhaus zu kommen, ich wollte unbedingt bei ihr sein, wenn sie diese Welt verließ. Eines Tages ließ mein Chef mich länger bleiben, irgendein Unfug. Als ich kam, zog ein Pfleger ihr ein Laken über das Gesicht.«

Tess wartete.

»Also zog ich das Tuch wieder herunter, um sie noch einmal anzuschauen, ein letztes Mal. Am Ende war sie so dünn, sie hatte fast all ihr Haar verloren, sie sah nicht mehr aus wie die Frau, die ich geheiratet hatte, aber sie war meine Annie. Ich schaute sie an, und ich sah, dass ihr Hals nackt war. Der Pfleger versuchte, sich mit einer zur Faust geballten Hand aus dem Zimmer zu verdrücken. Ich schlug ihn nieder und setzte mich auf ihn und knallte seinen Kopf auf den Krankenhausboden, bis er seine Hand öffnete und mir das Medaillon meiner Annie wieder gab. Dann schlug ich seinen Kopf auf den Boden, bis er bewusstlos war und in seine eigene Notaufnahme musste. Als der Richter die Geschichte hörte, gab er mir Bewährung.«

Er öffnete das Medaillon am Ende der Kette, die er in Händen hielt, und zeigte Tess das verblasste Foto darin. Luther Beale, der junge Luther Beale, den Annie gekannt hatte.

»Er hatte auch ihren Ehering. Aber der Anhänger war mir wichtiger.«

»Ein hübsches Bild. Sie waren ein gut aussehender junger Mann.« Das war er, obwohl in seinem Gesicht auch etwas Kaltes, Hartes lag, selbst als junger Mann. Luther Beale sah aus, als sei er schon selbstgerecht zur Welt gekommen.

»Ich frage mich immer, ob ich Annies Foto jetzt dort hineinsetzen sollte. Ich meine, sollte es so bleiben, wie es war, oder ist es jetzt mein Anhänger, meine Erinnerung an sie?«

Tess konnte diese Frage nicht einmal ansatzweise beantworten. Wie behält man die Toten in Erinnerung? Zündet man eine Kerze an, stellt man einen Stein auf, sitzt man im Dunklen und trinkt Tequila? Obwohl sie nur das letzte dieser drei Rituale selbst ausprobiert hatte, war dies etwas, mit dem sie sich seit fast einem Jahr plagte, seit sie zugesehen hatte, wie Jonathan Ross an einem nebligen Morgen in Fells Point von einem Taxi überfahren worden war. Sie hatte Tequila getrunken und war die schreckliche Litanei der Was-wäre-wenns durchgegangen. *Was wäre, wenn sie an jenem Morgen lange geschlafen hätten. Was wäre, wenn sie durch die Vordertür statt den Seitenausgang gegangen wären. Was wäre, wenn, was wäre, wenn, was wäre, wenn.*

Sie vermutete, Luther Beale hatte seine eigene Version davon. Was wäre, wenn Annie noch am Leben wäre? Was wäre, wenn sie Kinder gehabt hätten? Dann wären sie umgezogen, um in der Nähe einer besseren Schule zu sein, und dann hätte Luther Beale längst nicht mehr in der Fairmount Avenue gelebt.

»Ich habe Donnie Moore nicht ermordet, Miss Monaghan. Ich habe diese Zwillinge nicht ermordet. Und wenn ich das nicht getan habe, hat es jemand anders getan. Ich bin verdammt noch mal zu alt, um noch mehr Zeit abzusitzen für ein Verbrechen, das ich nicht begangen habe. Arbeiten Sie immer noch für mich, Miss Monaghan? Glauben Sie mir jetzt?«

»Ich glaube, dass Sie die Zwillinge nicht getötet haben«, sagte Tess langsam. »Und ich glaube, Sie wollten Donnie Moore nicht töten. Ist das genug?«

»Das ist mehr, als die meisten Leute von mir halten.«

Und dann saßen sie in seiner Küche und warteten darauf, dass die Polizei kam.

16

Die Cops kamen spät am Nachmittag, um Luther Beale zu holen. Sie hatten einen Durchsuchungsbeschluss, aber noch war er nicht offiziell angeklagt, er wurde nur zur Befragung vorgeladen. Tyner vermutete, dass sie so lange gewartet hatten, weil sie hofften, Beale wäre müde, dann könnte man ihn beim Verhör leichter knacken. Tess fand, die Cops sollten Luther Beale besser kennen.

»Aber für uns ist das gut«, sagte Tyner zu Tess, als sie ihn anrief, um zu sagen, dass sie Beale mitgenommen hatten und jetzt seine Wohnung durchsuchten. »Ich wette, sie haben keine Beweise oder Augenzeugen, die ihn mit dem Tod der Zwillinge in Verbindung bringen.«

»Sie wollen auch meine Akten, und sie wollen mich verhören. Der Detective, der die Sache leitet, hat versucht, mir zu erzählen, meine Unterlagen seien nicht vertraulich, weil Beale mich engagiert hätte, bevor er verdächtigt wurde. Als das nicht funktionierte, haben sie Tull wieder dazugeholt, der mir ganz moralisch kam. Er hat gesagt, er wolle bloß, dass ich das Richtige täte, damit ich ein reines Gewissen hätte.«

Tyner lachte. »Nicht schlecht, aber wir haben meine Unterlagen, um nachzuweisen, dass Beale als Empfehlung zu dir kam. Ich bin bei der Polizei, wenn du mich brauchst. Luther Beale und ich haben eine lange Nacht vor uns, aber irgendwann kriege ich ihn wieder raus.«

Auch Tess hatte eine lange Nacht vor sich. Sie fühlte sich, als wären seit dem Vormittag ungefähr drei Wochen vergangen. Deswegen war sie nicht besonders begeistert von der Aussicht, sich mit Jackie in ihrem Büro treffen zu müssen. Aber ein Versprechen war ein Versprechen, und eine Klientin war eine Klientin, selbst wenn die Suche nach Jackies Tochter im Vergleich zu dem Schlachter vom Butchers Hill – die Fortsetzung – einigermaßen unwichtig erschien.

Jackie betrat ihr Büro mit einem Telefonbuch, einem Stadtplan und einem Stapel Kopien unter dem Arm sowie einer braunen Tüte in der Hand.

»Chinesisch?«, fragte Tess, und ihre Laune besserte sich ein wenig.

»Fresh Fields«, sagte Jackie. Tess schnitt eine Grimasse, obwohl sie in Wahrheit noch nie in dem unglaublich seriösen Ökoladen gewesen war. Fresh Fields war ihr ein bisschen zu weit außerhalb ihres normalen Lebens angesiedelt. Außerdem hatte sie gehört, dass der Laden spezialisiert war auf gesundes Essen, fettarm und organisch. So einen Laden boykottierte sie schon mal aus Prinzip, und zwar schon deshalb, weil Gemüseläden sich nicht in hübschen kleinen Mühlen neben einem Starbucks einnisten sollten. Trotzdem sahen Jackies Schachteln vielversprechend aus.

»Vegetarisches Pad Thai, Sushi, Chicken-Curry-Salat, Räucher-Couscous, Focaccia, Pasta-Salat«, sagte Jackie. »Und zum Nachtisch Eclairs.«

»Pad Thai? Ist das nicht mit Fisch? Und Sushi ist sogar mit *rohem* Fisch. Ich schätze, ich muss beide Eclairs essen.« Tess linste in die leere Tüte. »Kein Wein?«

»Wir arbeiten, haben Sie das schon vergessen? Sie können es sich nicht leisten, nicht ganz klar zu sein.«

»Was machen wir denn nun eigentlich genau?«

»Wir führen eine einfache kleine Telefonumfrage durch, nicht viel anders als etwas, was ich für einen meiner Kunden täte. Sie nehmen die Johnsons A bis M, ich nehme die Johnsons N bis Z. Danach nehmen wir die Johnstons. Sie schlagen im neuen Telefonbuch nach, dann überprüfen wir das auf diesen Seiten, die ich aus einem dreizehn Jahre alten Telefonbuch fotokopiert habe. Wenn der Name nicht auf der Fotokopie steht, machen Sie einen Stern daneben und weiter geht's. Wenn er dort auch steht, rufen Sie an.«

»Im Telefonbuch gibt es fast ein Dutzend Seiten mit Johnsons. Das dauert doch ewig.«

»Nicht, wenn man die damalige Wohnsituation mit berücksichtigt.« Jackie klopfte auf die Landkarte. »Vergessen Sie nicht, wir wissen, dass unsere Johnson-Johnstons in North Baltimore County gelebt haben. Rufen Sie nur die Leute an, die in dem alten Telefonbuch mit einer Adresse in der Gegend angegeben sind. Das sollte die Sache ziemlich abkürzen.«

Tess war beeindruckt, wollte das Jackie aber nicht zeigen.

»Wir rufen die Leute also einfach an und sagen: ›Yo, ist Caitlin da?‹«

»Nein, denn dann würden wir vielleicht eine Caitlin mit dem falschen Alter bekommen, oder eine, deren

Eltern nicht zum Profil passen. Caitlin war eine Weile ein sehr beliebter WASP-Name. Nein, wir führen eine Umfrage über beliebte Kindernamen durch, speziell in der städtischen Region Baltimore. Sagen Sie den Leuten, wenn sie uns kurz Auskunft geben, könnten sie einen 27-Zoll-Farbfernseher gewinnen. Fragen Sie, wie viele Kinder sie haben und wie die heißen. Dann fragen Sie nach den Altersangaben. Wenn wir eine dreizehnjährige Caitlin finden, haken Sie nach, fragen Sie nach dem genauen Geburtsdatum. Wenn wir fertig sind, sollten wir zumindest ein paar gefunden haben.«

»Wenn wir davon ausgehen, dass sie nicht umgezogen sind. Und davon, dass Willa Mott recht hatte.«

In Jackies Welt gab es keinen Raum für Zweifel. »Geben wir uns nicht geschlagen, bevor wir angefangen haben, in Ordnung? Und jetzt essen Sie Ihr Abendbrot, denn wir fangen um sieben Uhr dreißig mit den Anrufen an, damit wir die Leute nicht beim Abendessen stören.«

»Sie meinen, ich kriege endlich die Gelegenheit, mich als Telemarketer auszugeben, und dann störe ich die Leute *nicht* beim Essen? Die wissen doch sofort, dass wir das nur spielen.«

Jackie richtete zwei Arbeitsplätze ein, sie stapelte fotokopierte Telefonbuchseiten neben zwei Landkarten, sodass sie jeden Eintrag nachschlagen konnten. Offensichtlich würde sie die Anrufe von ihrem Handy aus erledigen, und Tess sollte ihr Bürotelefon benutzen. Aber *zwei* Karten, dachte Tess. Konnten sie nicht wenigstens die Karte teilen?

»Einer der Gründe, warum ich so gut in dem bin, was ich mache, ist, dass ich die Leute nicht beim Abendessen anrufe«, sagte Jackie. »Außerdem höre ich genau um zehn Uhr auf. Die Leute hören das Telefon nicht gern nach zehn klingeln. Sie denken dann immer, es seien schlechte Nachrichten, und über diese allererste Angst, die sie empfinden, kommt man nie hinweg.«

Tess, die mit den Eclairs angefangen hatte und sich dann rückwärts zum Couscous durcharbeiten wollte, sagte nichts. Sie hatte den Mund voll.

Jackie hatte ein richtiges Drehbuch, an das sie sich mit aller Entschlossenheit hielt, sie rasselte ihre vorgefertigten Zeilen in das Handy hinein. »Wir versuchen nicht, Ihnen etwas zu verkaufen ... Wir machen bloß eine Umfrage für einen regionalen Verlag über die beliebtesten Kindernamen in Baltimore ... Wenn Sie unsere Fragen beantworten, nehmen Sie an einer Verlosung eines 27-Zoll-Farbfernsehers teil ... Darf ich Sie fragen, was Sie und Ihr Mann beruflich tun? Haben Sie Kinder? Wie heißen die? Wie alt sind sie? ... Vielen Dank. Einen schönen Abend noch.«

Tess versuchte, die Sätze zu variieren, zum Teil, um sich nicht zu langweilen, zum Teil aber auch, weil sie nicht einmal sich selbst gegenüber eingestehen wollte, wie raffiniert Jackies Plan war. Aber sie lernte schnell, dass es nicht effizient war zu improvisieren, und kehrte zu dem Script zurück, das Jackie ihr ausgedruckt hatte. Während Jackie jedoch über das Talent verfügte, jeden Anruf frisch und spontan klingen zu lassen, wurde Tess' Stimme im Verlauf des Abends immer müder und müder. Wie, um Himmels willen, konnte jemand das jeden Tag tun?

Um zehn, Jackies Hexenstunde, hatten sie sich durch

etwa die Hälfte der Namen gearbeitet. Und Tess hatte trotz ihres langsamen Starts am Ende ein paar mehr Familien erreicht als Jackie. Sie hatte eine fünf Jahre alte Caitlin ausgemacht, eine elf Jahre alte Caitlin und sogar eine zweiunddreißigjährige Caitlin, eine Frau, deren Eltern der Zeit offensichtlich voraus waren. Aber keine einzige dreizehnjährige Caitlin, nicht in North Baltimore County.

»Sie sind nicht schlecht«, sagte Jackie und betrachtete Tess' Liste. »Wenn Sie als Privatdetektivin nicht klarkommen, können Sie jederzeit für mich arbeiten. Obwohl Sie die Leute dann tatsächlich um Geld bitten müssen, und das ist noch eine ganz andere Sache.«

»Darf ich jetzt was trinken, Chefin, wo wir fertig sind?«

»Klar, aber ich habe nichts mitgebracht.«

»Wir können rübergehen zum Koreaner. Der verkauft Bier. ›Der Koreaner‹, das darf nicht wahr sein. Ich rede schon wie alle anderen in Butchers Hill.«

»Ich trinke nicht gern Bier«, sagte Jackie und rümpfte die Nase. »Ich mag lieber Wein.«

»Das ist ein Problem. Mr. Kim hat mehr Dorito-Sorten als Weinflaschen. Ich weiß was, wir gehen rüber zu Rosie's. Das ist um die Ecke.«

»Sind die Kneipen in dieser Gegend nicht ein bisschen, na ja …?«

Tess lachte. »Rosie's nicht. Sie werden schon sehen, wenn wir da sind.«

Von draußen sah Rosie's aus wie jede andere Eckkneipe in East Baltimore. Ein Neonschild warb für Budweiser vom Fass, in einem Fenster standen zwei Fischer aus Porzellan, im anderen zwei der Marx Brothers, Harpo und Chico. Drinnen gab es nichts als eine lange Bar, über der ein Fernseher irgendeine Komödie zeigte, und ein paar blassgrüne Sitznischen an der Wand.

»Die Leute starren uns an«, flüsterte Jackie Tess ins Ohr, als sie in einer der Nischen Platz genommen hatten. »Tun sie das, weil ich die einzige Schwarze hier bin?«

»Na ja, Sie sind besser angezogen als alle anderen. Bei Rosie's sieht man selten Chanel-Kostüme. Aber die sehen hier wahrscheinlich auch wenig *mixed-race* Paare.«

»Sie meinen …?«

»Sie haben schnell bemerkt, dass hier nur Weiße sind, aber Ihnen ist nicht aufgefallen, dass nur Frauen da sind«, sagte Tess. »Können Sie sich eine tolerantere Gruppe vorstellen als berufstätige Lesben? Ich glaube, ich gönne mir einen ordentlichen Cocktail, mal was anderes. Wissen Sie, was ich will? Einen Mint Julep.«

»Glauben Sie, die haben Weißwein?« Jackie flüsterte immer noch. Tess flüsterte zurück: »Natürlich haben sie Weißwein. Sie haben sogar anständigen Weißwein. Aber trinken Sie doch einen Julep mit mir. Die Barkeeperin macht den Sirup aus ihren eigenen Minzpflanzen, die sie im Vorgarten zieht. Sie sind großartig.«

Die Juleps wurden in zehn Jahre alten Preakness-Gläsern serviert, Souvenirgläsern, die es auf der Rennbahn gab, normalerweise gefüllt mit einer üblen Mischung aus Wodka, Grapefruitsaft und Pfirsichschnaps. Die Barkeeperin im Rosie's war klug genug, die Gläser zu behalten und das Getränk zu meiden.

»Spectacular Bid, Sunday Silence«, las Jackie von ihrem Glas ab. »Wissen Sie, ich war nie bei einem Pferderennen.«

»Das ist lustig dort, solange man die Ruhe behält.« Die Juleps waren sirupsüß und mit so viel zerstoßenem Eis hergestellt, dass sie schmeckten wie ein Eisbecher mit Alkohol-Kick. »Man darf nicht auf die Rennbahn gehen und erwarten zu gewinnen. Nicht, wenn man nicht die Zeit hat, sich mit der Sache wirklich zu beschäftigen. Ich hatte die ersten paar Male Glück. Ich hatte eine Exacta und eine Dreierwette, reines Anfängerglück. Danach glaubte ich natürlich, ich hätte richtig Ahnung, ich fing an mitzurechnen und die Ergebnislisten in Rennzeitschriften auszuwerten. Ab da habe ich nur noch verloren. Wenn ich jetzt hingehe, betrachte ich es als interaktive Unterhaltung, wie ein Spiel, von dessen Ausgang ich durchaus etwas habe.«

»So eine Art Performance-Kunst.«

»Genau. Ich mache irgendwelche Wetten, aber durchdacht. Wenn es an den Schaltern nicht so voll ist, schaue ich mir gerne die Parade an und suche mir ein Pferd aus, das aussieht, als hätte es Lust, ein ordentliches Rennen zu laufen.«

»Woran erkennt man denn einfach nur vom Angucken ein Siegerpferd?«

»Na ja, wie gesagt, nichts davon ist narrensicher. Aber ich mag diejenigen, deren Ohren hochstehen und die ein bisschen angeberisch vor sich hin tänzeln. Mein Lieblingsrennen von allen ist das allerletzte am Preakness-Day.«

»Ist das nicht das Preakness-Rennen?«

»Das ist das vorletzte Rennen. Beim letzten Rennen steht nicht viel auf dem Spiel, es ist keine große Sache. Die Hälfte der Besucher ist schon gegangen. Aber ich hatte bei dem Rennen immer Glück. Dieses Jahr hatte ich sogar ein Exacta.«

»Ich dachte, Sie fänden die Wette riskant.«

»Ist sie ja auch.«

Jackie lächelte tatsächlich, obwohl sie versuchte, es hinter dem Rand ihres Glases zu verbergen.

»Sie haben also doch Humor.«

»Wer hat denn gesagt, dass ich keinen hätte?«

»Sie lachen über die meisten meiner Witze nicht.«

»Sind Sie je auf die Idee gekommen, dass die meisten Ihrer Witze auch nicht lustig sind?«

Tess tat so, als hätte sie dieser Pfeil direkt ins Herz getroffen. »Wie perfide.«

»Ehrlich gesagt beruhigt es mich, Sie wieder scherzen zu hören. Heute Abend schienen Sie ein wenig abgelenkt zu sein. Ist alles in Ordnung? Und was war eigentlich mit diesem Typen, der Sie heute Morgen sehen wollte?«

»Ich hatte einige … unerwartete Entwicklungen in einem anderen Fall.«

Jackie zögerte, dann sagte sie, als läse sie einen Satz aus einem Lehrbuch für Fremdsprachen ab: »Möchten Sie darüber sprechen?«

»Das wäre unethisch. Sie möchten ja auch nicht, dass ich mit anderen Klienten über Ihren Fall rede, nicht wahr? Und wenn die Bullen mich fragen, kann ich nicht auf der Vertraulichkeit zwischen Mandant und Anwalt bestehen, wenn ich der ganzen Stadt schon davon erzählt habe.«

»Könnte das wirklich passieren?«

»Möglich ist alles.«

»Könnte das bald passieren?«

Tess musste über Jackies sorgenvolles Gesicht lachen. »Machen Sie sich keine Sorgen, Miss Weir. Morgen Abend bin ich noch da und beende die Umfrage bei den Johnson-Johnstons in North Baltimore County.«

Sie winkte der Barkeeperin, ihnen nachzufüllen, aber Jackie legte die Hand über ihr Glas. »Ich habe einen weiten Heimweg.«

»Ich nicht«, sagte Tess. »Wussten Sie, dass James M. Cain eine Schneemaschine hatte und damit seine eigenen Mint Juleps machte? Aber ich wette, sie waren nicht halb so gut wie die hier.«

Tess kannte Leute, die hätten über diese kleine Anekdote stundenlang reden können. Aber Jackies Phantasie wurde nicht von längst verstorbenen Autoren angeregt, nicht mal von welchen, die Bescheid wussten über alle Geheimnisse von Kellnerinnen und Versicherungsvertretern. »Sie wollen immer mehr, nicht wahr?«

»Bitte?«

»Ich dachte an das Foto in Ihrem Büro. Mehr Juleps, mehr Runden auf dem fliegenden Hasen, mehr Malz-Schokoladen-Shakes.«

»Ich habe Malz-Milchshakes geliebt. Und ich wollte immer einen extra Teelöffel Malz. Poppa hat ihn mir gegeben, Gramma nicht.« Plötzlich kam ihr der zweite Julep nicht mehr so lecker vor. Nachschläge waren das nie. »Kein Wunder, dass ich eine Essstörung bekam, wenn ein Großelternteil mir dauernd Süßigkeiten reinschiebt und das andere immer versucht, sie mir wegzunehmen.«

»Eine Essstörung. Das ist wirklich ein Wahnsinn nur für weiße Mädchen. Magersucht?«

»Nein, nur Feld-Wald-und-Wiesen-Bulimie. Ab und an eine Fressattacke, der ein bisschen Kotzerei mithilfe von Ipecac folgte. Aber vor allem habe ich einfach Sport gemacht. In der Highschool bin ich zehn Meilen am Tag gelaufen und habe auf meinem Zimmer endlos Sit-ups gemacht. Als meine Eltern endlich spitzbekamen, dass ich gar nicht in der Leichtathletikmannschaft war, hatte ich Schienbeinschmerzen zum Verrücktwerden.«

»Und dann haben Sie einfach aufgehört?«

Tess dachte an das Essen, das sie in ihrem Büro zurückgelassen hatte. Sie hatte eine ganze Menge gegessen, aber es war noch viel übrig. Sie hatten es wieder eingepackt und in den Kühlschrank gestellt, außer dem Pad Thai, das Jackie mit nach Hause nehmen würde. Es hatte eine Zeit gegeben, in der selbst das zu riskant gewesen wäre. Sie hätte alles weggeworfen oder Jackie überredet, es mitzunehmen. Sie hätte sich nicht zugetraut, in Gegenwart von so viel Essen vernünftig zu bleiben.

»Fressanfälle sind wie Alkoholismus, bloß kann man nicht einfach ganz Schluss machen. Jeder muss schließlich essen, nicht wahr? Außerdem muss ich Sport machen, weil ich süchtig nach den Endorphinen bin. Ich habe bloß beide Aktivitäten in fast normale Bahnen zurückgeführt. Ich habe angefangen zu rudern, was nicht ganz so schlecht für die Knie ist, und abwechselnd laufe ich und stemme Gewichte. Ich habe mich mit einem Dasein als athletischer Typ abgefunden. Frauen sind der Meinung, ich könnte ruhig zehn Pfund abnehmen, Männer finden mich prima so.« Sie grinste. »Besser als umgekehrt, oder? Es sei denn, man ist Stammgast hier.«

»Sie sehen gut aus. Wie gesagt, ein Wahnsinn nur für weiße Mädchen.«

»Wirklich? Wieso haben Sie sich dann so geärgert, als Willa Mott immer wieder sagte, Sie seien fett gewesen?«

Jackie schnitt eine Grimasse. Es war nicht klar, ob die Grimasse sich auf Willa Mott bezog oder das Mädchen, das sie gewesen war. »Als ich schwanger wurde, habe ich die ersten vier Monate wie verrückt gefuttert, ich habe geglaubt, dann würde niemand bemerken, dass ich ein Baby bekäme, sie würden einfach nur glauben, ich sei fett. Das war kein besonders vernünftiger Plan, muss ich zugeben. Aber als ich akzeptierte, was los war, blieb mir nichts anderes übrig, als die Schwangerschaft einfach durchzustehen.«

»Sie sehen jetzt so anders aus.« Tess sah das Foto wieder vor sich, das formlose Mädchen, in dessen kurzsichtigem Blick sich der Kamerablitz spiegelte.

»Nicht viel anders.«

»Doch, doch. Nicht nur wegen des Gewichts. Auch die Brille …«

»Ich trage jetzt Kontaktlinsen. Schon davon gehört?«

»Und die Haare – diese beiden kleinen Zöpfe, die von Ihrem Kopf abstanden, und die Enden sahen aus, als hätte jemand sie abgekaut.«

»Hey, es kann schließlich nicht jeder das ganze Leben lang die gleiche Frisur tragen. Aber, wie gesagt, Sie haben sich nicht sehr verändert. Sie haben eines dieser Gesichter, die sich nie verändern. Wenn Sie fünfzig sind, wird man Sie immer noch auf diesem Bild erkennen. Ich glaube, das steckt in den Genen, ein Gesicht zu haben, das sich nicht verändert.«

»Darüber habe ich nie viel nachgedacht, aber vielleicht schon, zumindest mütterlicherseits. Die Monaghans fangen mit diesen runden kleinen Marshmallow-Gesichtern an, die von Jahr zu Jahr kantiger und sommersprossiger werden. Vor nicht allzu langer Zeit war ich in der Innenstadt, und jemand, mit dem ich in der vierten Klasse war, hat mich erkannt und gesagt: ›Du hast dich gar nicht verändert.‹ Kein Kompliment, fand ich.«

»Ist es aber«, sagte Jackie nachdrücklich. »Eine derartige Kontinuität im Leben zu haben, dass Leute einen immer wiedererkennen – das ist ganz wunderbar.«

»Eine interessante Ansicht für eine Frau, die ihren Namen gewechselt hat, von ihrer Familie weggelaufen ist und alles getan hat, was sie konnte, abgesehen von einem Besuch beim Schönheitschirurgen, um ihr Aussehen zu verändern.«

Jackie sagte nichts, sie spielte bloß mit ihrem leeren Glas, fuhr mit den Fingern über den Aufdruck.

»Können wir los?«

»Klar.«

Draußen war es schwül, als könnte ein Gewitter kommen. Tess und Jackie gingen langsam die Collington Street hoch, als sich ihnen eine abgemagerte Frau näherte, die einen Kinderwagen vor sich her schob. Obwohl die Frau aussah, als hätte sie seit Wochen nichts gegessen, hatte das schlafende Baby rosige Wangen und sah gesund aus.

»Ladys, Ladys, habt ihr vielleicht ein bisschen Kleingeld, Ladys? Mein Baby braucht eine Arznei, die Essensmarken sind diesen Monat verspätet, der Arzt sagt, ich muss mit diesem neuen Medikament anfangen, und mein Mann, der hat gerade aus Georgia geschrieben, dass er keine Arbeit findet …«

Jackie fing an, in ihrer Handtasche zu kramen, aber Tess legte sanft eine Hand auf ihr Handgelenk.

»Wir leben bis zum nächsten Zahltag auch nur von Plastik«, sagte sie höflich, aber streng zu der Frau. »Tut mir leid.«

Die Frau schaute sie hasserfüllt an und murmelte leise etwas vor sich hin, dann schob sie den Kinderwagen weiter, sie näherte sich einer Gruppe Leute, die ein paar Häuser weiter auf der Treppe standen.

»Sie hatte ein Baby«, sagte Jackie. »Sie ist keine Drogensüchtige oder Alkoholikerin, die bloß Geld für ihre Sucht will.«

»Das ist nicht ihr Baby, und genau das ist sie.«

»Wie wollen Sie das wissen?«

»Sie ist berühmt in der Gegend. Sie kommt immer wieder. Die Leute haben versucht, ihr zu helfen, ihr eine Wohnung zu verschaffen. Sie haben herausgefunden, dass sie babysittet, wenn sie Geld braucht, und dann fährt sie das Baby umher und benutzt es, um mehr zu erbetteln. Einer der Kolumnisten des *Leuchtturm* hat über sie geschrieben. Man erkennt sie an den Details. Zum Lügen gehören Kleinigkeiten, jede Menge Kleinigkeiten. Die Leute geben ihr vor allem Geld, damit sie endlich aufhört zu reden. Sie gehört zu den umhergeisternden Frauen.«

»Zu *was*?«

»Den umhergeisternden Frauen, den verlorenen Seelen Baltimores, denjenigen, die mit sich selbst reden und durch die Stadt streifen. Ich sehe sie in den Bussen, unten am Hafen, selbst im Rotunda-Einkaufszentrum. Manche von ihnen betteln, andere nicht. Aber vor nicht allzu langer Zeit habe ich mir Sorgen gemacht, ich würde auch eine von ihnen werden.«

»Blödsinn«, sagte Jackie leise.

»Wie bitte?«

»Ich habe gesagt: *Blödsinn.* Sie waren nie in der Gefahr, so zu enden. Sie haben Eltern, Familie. Es würde Sie auf jeden Fall jemand auffangen, wenn Sie wirklich straucheln.«

Tess wollte widersprechen, aber Jackie hatte recht, sie hatte ihre Lüge genauso eindeutig durchschaut wie sie die der Frau mit dem Kinderwagen. Ja, sie hatte vielleicht das Gefühl gehabt, sie wäre am Ende, aber die Familie hätte ihr auf jeden Fall geholfen. Als sie ihre Arbeit verloren hatte, halfen ihr Tante Kitty und Onkel Donald. Und wenn sie nicht zu stolz gewesen wäre, hätte ihr Vater sie auch irgendwie in der Stadtverwaltung unterbringen können.

»Sie haben recht, das war albern. Mich hat immer jemand unterstützt. Und ich schätze, Sie nicht.«

»Ich hatte einen Menschen. Jetzt habe ich niemanden mehr. Ich bin alles, was ich habe.«

Tess wollte ihr widersprechen, wollte etwas Beruhigendes sagen, aber was hätte sie ehrlicherweise sagen können? Jackies Mutter war tot, ihre Tochter war die Tochter von jemand anders. Jackie Weir war so allein, wie man es auf dieser Welt nur sein konnte.

17

Tess wäre am nächsten Morgen am liebsten direkt in Tyners Büro gefahren, aber sie war damit dran, Gramma Weinstein zum Friseur zu bringen, eines von Grammas zahlreichen Familienritualen. Im Gegensatz zu vielen anderen älteren Menschen, die sich ewig ans Steuerrad klammerten, hatte Gramma an ihrem sechzigsten Geburtstag verkündet, dass sie nicht mehr selbst fahren würde. Sie hatte es aber als selbstverständlich angesehen, dass ihr Ehemann und – nach seinem Tod – ihre Kinder und Enkelkinder die Chauffeursaufgaben übernahmen.

Aber der Rotationsplan, den Gramma selbst aufstellte, war nicht gerade narrensicher. Als Tess auf den Parkplatz hinter Grammas Wohnblock fuhr, sah sie ihre Mutter aus ihrem blauen Saturn steigen.

»Gott sei Dank«, sagte sie zu sich selbst. Jetzt konnte sie bei Tyner vorbeischauen und herausbekommen, wie es mit Beale gelaufen war. Aber der Ausdruck auf dem Gesicht ihrer Mutter hielt sie davon ab, den Rückwärtsgang einzulegen und mit quietschenden Reifen vom Parkplatz zu verschwinden. Die tiefen Falten auf den beiden Seiten des Munds, der ängstliche Blick. Sie erinnerte Tess an sich selbst, wenn sie Judith besuchen ging.

»Hey, Mom. Sieht so aus, als hätte Gramma wieder zwei bestellt. Ich dachte, ich wäre dran.«

»Na toll. Ich musste einen Urlaubstag nehmen, um den Morgen freizuhaben. Im Gegensatz zu dir kann ich mir meine Arbeitszeit nicht selbst einteilen. So flexibel ist die Bundesregierung nicht.«

»Und die Landesregierung ebenso wenig, aber da kommt auch noch Onkel Donald. Dreifach verplant – das ist selbst für Gramma neu. Wird sie senil, oder ist ihr einfach nur egal, was wir sonst noch mit unserem Leben vorhaben?«

»Jetzt sei nicht respektlos deiner Großmutter gegenüber«, sagte Judith. »Sie wird nicht mehr lange bei uns sein.«

»Das hättest du gerne«, sagte Tess, und ihre Mutter schaute sie entsetzt an. *Über den Witz oder die Wahrheit dahinter?* Unmöglich zu sagen.

Onkel Donald kam zu ihnen herübergeschlendert, er pfiff eine Musicalmelodie: *Younger Than Springtime.* Er war Grammas Liebling, wenn auch nur, weil er nie geheiratet hatte und daher seine Loyalitäten klar waren. Selbst sein politischer Absturz, bei einem Skandal, der seinen Senatoren-Chef ins Gefängnis befördert hatte, hatte Grammas Zuneigung zu ihm nicht ins Wanken bringen können.

»Guten Morgen, Schwesterherz, Tesser. Was sollen wir jetzt machen? Wir können eine Münze werfen oder Karten ziehen, ich habe zufällig einen Satz Spielkarten in meinem Wagen. Die höchste Karte gewinnt. Der Verlierer fährt sie zum Friseur.«

»Ich mache es«, sagte Judith. »Ich habe den Tag freigenommen, da kann ich auch ruhig fahren.«

Ich bin begnadigt, dachte Tess. Aber als sie in das

pflichtbewusste, unglückliche Gesicht ihrer Mutter schaute, konnte sie nicht einfach wieder gehen.

»Lass uns doch alle fahren. Machen wir einen Familienausflug daraus. Meine Mutter und mein Lieblingsonkel. Und Gramma«, setzte sie hinzu, als Judith ihr einen vorwurfsvollen Blick zuwarf. »Wir können hinterher zu S'n'H fahren, wie früher mit Poppa.«

»Warum nicht?«, entgegnete Onkel Donald.

»Warum nicht«, wiederholte Judith schwach, aber sie sah aus, als würden ihr gleich mehrere Gründe einfallen.

Der Pikesville Beauty Palace befand sich in einem alten Einkaufszentrum an der Reisterstown Road, in der Nähe der Synagogen, die errichtet worden waren, als Baltimores jüdische Familien begannen, nach Norden und Westen zu ziehen. Obwohl die Gegend immer weiter herunterkam, blieben dem Schönheitssalon jede Menge Stammkunden wie Gramma, die nicht einmal im Traum daran dachten, für ihre allwöchentliche Frisur und das Nachfärben des Haaransatzes woanders hinzugehen.

»Mrs. Weinstein!«, sagte die Rezeptionistin mit jener fröhlichen Unsicherheit, die alle befiel, die mit Gramma zu tun hatten. »Wir freuen uns schon darauf, Sie nach hinten zur Haarwäsche zu bringen.«

»Sie haben mir keine dieser Russinnen zugeteilt, oder? Ich hasse es, wenn sie so unverständlich reden.«

»Sie sind heute bei Lisa.«

»Bei der war ich noch nie. Ist das nicht diejenige, die ihr Kaugummi platzen lässt?«

»Macht sie nicht«, sagte die Rezeptionistin, deren Lächeln immer gekünstelter wirkte. »Ich sage es ihr noch einmal.«

»Warum kann ich nicht zu Wanda?«

»Sie hat einen anderen Kunden.«

»Dann geben Sie mir Francie. Die mochte ich immer.«

»Sie hat uns verlassen, um in einem Friseursalon in Mount Washington zu arbeiten.«

»Wahrscheinlich rennt sie um ihr Leben«, murmelte Tess leise.

»Kein Geflüster«, sagte Gramma. »Wenn du etwas zu sagen hast, sag es.«

»Seid nett, alle miteinander«, bettelte Judith. Onkel Donald pfiff vor sich hin und spazierte davon, als hätte er keine Ahnung, wer diese drei streitsüchtigen Frauen waren, und plötzlich interessierten ihn die Friseuraccessoires im Ausstellungsschrank an der Eingangstür ganz außerordentlich.

»Vergessen wir die ganze Sache einfach«, sagte Gramma plötzlich. »Mir gefällt die Vorstellung nicht, dass jemand Neues meinen Kopf anfasst.«

»Aber Sie waren schon bei Lisa«, sagte die Rezeptionistin ein wenig verzweifelt.

»Tragen Sie mich für nächsten Mittwoch ein. Und schreiben Sie dazu: keine Russinnen, keine Fremden, keine Kaugummiknaller. Ich will Wanda, verstehen Sie. Wanda zum Haarewaschen, Michael für die Frisur. Donald, fahr den Wagen vor. Dann essen wir eben früher als geplant bei S'n'H.«

Onkel Donald zuckte zusammen, als wäre er wieder ein zwölfjähriger Junge. Judith lächelte die zornige Rezeptionistin erschöpft an, während Tess an die Decke starrte. *Was für eine schrecklich nette Familie,* dachte sie.

Selbst mit Gramma dabei war es nett, wieder im S'n'H zu sein, wie alle Alteingesessenen das Suburban House Restaurant nannten. Das S 'n' H war ein Heiligtum, ein fensterloser, zeitloser Ort, mit unglaublichen Desserts und Tischsets mit gewollt lustigen jiddischen Übersetzungen.

Tess' Frühstück lag lange zurück, deshalb bestellte sie Nudelsuppe mit Kreplach (»koschere Ravioli« stand in der Karte). Gramma entschied sich für einen Kartoffelpfannkuchen, Onkel Donald nahm Käse-Blintzes und Hering dazu. Judith wollte nur einen Eistee.

»Das ist gut, Judith«, sagte Gramma lobend. »So hältst du deine Figur.«

Das war der Startschuss für Onkel Donald, der in den seltenen Augenblicken, in denen ihm klar wurde, dass man Frieden stiften könnte, entsprechend agierte. »Hat dein Anwalt eigentlich schon die Aufteilung des Grundstücks abgeschlossen, Mama? Wenn es irgendwelche Probleme mit Regierungsbehörden gibt, lass es mich bloß wissen.«

»Keine Sorge, es ist alles schon fast fertig. Nächsten Mittwochabend veranstalte ich ein Krebsessen, dann können wir ein wenig feiern und gemeinsam alle Anträge unterzeichnen.« In Baltimore aßen selbst koschere Juden Krebse, als gäbe es irgendeine geheime Ausnahmeregelung für sie. »Deswegen ist es mir wichtig, vorher noch beim Friseur vorbeizuschauen. Kannst du mich nächste Woche fahren, Donald? Ich weiß ja, wie schwierig es für dich ist, von der Arbeit wegzukommen.« Für Judith galt das offensichtlich nicht, fiel Tess auf, obwohl die bei der Arbeit tatsächlich arbeitete. Schwierig, für Donald, der eigentlich gar nichts machte …

»Ein Krebsessen in deiner Wohnung?«, fragte Judith. »Aber Krebse sind eine solche Schweinerei, Mama, das muss man wirklich draußen machen, mit Picknicktischen und Zeitungen.«

»Ich weiß. Ich dachte, wir könnten es bei dir machen. Du hast so einen hübschen Garten. Und wenn wir draußen essen, musst du auch nicht sauber machen. So, wie du arbeitest, ist es sicherlich schwer für dich, das Haus immer sauber zu halten.«

Jetzt war der Zeitpunkt gekommen, dass Tess sich ins Kreuzfeuer stürzte. Ein Gespräch mit Gramma war ein wenig, als würde man auf einem Schießstand herumrennen, wobei die Familienmitglieder sich damit abwechselten, die Zielscheibe abzugeben.

»Hast du das Grundstück aufgeteilt, sodass jeder einen kleinen Teil bekommt, oder überschreibst du einfach nur die Eigentümerurkunde, sodass wir alle als Eigentümer genannt werden?«

»Es bleibt ein Stück, alle für einen, einer für alle. Meine Kinder und Enkelkinder müssen lernen, irgendwann miteinander klarzukommen.«

Eine neue Beschwerde. Das musste man Gramma lassen – in einem Alter, in dem die meisten Leute es satthatten, sich mit irgendetwas zu plagen, war sie immer offen für neue Probleme.

»Wir kommen alle miteinander klar«, sagte Tess beruhigend. Gramma war heute Morgen wirklich auf

Krawall gebürstet. Der Aufstand beim Friseur hatte ihr bloß noch mehr Appetit gemacht.

»Du bist gemein zu Deborah, Theresa Esther. Sie glaubt, du respektierst sie nicht, weil sie bloß Hausfrau und Mutter ist, und du bist eine tolle Privatdetektivin, über die was in der Zeitung steht.«

»Hat sie das gesagt?« Tess war überrascht. Sie hatte geglaubt, sie und Deborah, die in der Kindheit stets im Wettstreit miteinander gestanden hatten, hätten als Erwachsene eine Art Waffenstillstand geschlossen. Sie konnten vielleicht nicht viel miteinander anfangen, aber das kümmerte sie nicht weiter.

»Nein, aber ich kann es sehen. Ich habe einen sechsten Sinn, was diese Dinge angeht.«

»Aha. Und ich wette, du erzählst Deborah, dass ich, ich weiß nicht, neidisch auf sie bin, weil sie einen Mann und ein Baby hat, während ich ›bloß‹ eine alte Jungfer mit einem mäßig erfolgreichen Geschäft bin. Hat dein sechster Sinn das auch bemerkt?«

»Mama, hast du gesehen, dass es bei Hecht einen Ausverkauf mit den Strumpfhosen gibt, die dir so gut gefallen?« Das war Judith, die versuchte, Grammas Zielfernrohr auf sich zu richten, weg von Tess. »Soll ich dir heute Nachmittag welche besorgen? Ich habe sowieso den Tag freigenommen, also kann ich auch etwas damit anfangen.«

Gramma hob die Hand in Richtung ihrer einzigen Tochter wie eine ungeduldige Verkehrspolizistin, den Blick immer noch auf Tess gerichtet. Wie hatte Treasure Teeter diese Bewegung genannt? *Ich mach den Heisman.*

»Noch ist genug Zeit, deinen Namen von der Eigentümerurkunde zu streichen, Fräuleinchen. Was sagst du dazu?«

Tess wollte dazu viel sagen. *Na los, nimm es mir weg, du bittere alte Frau. Gib meinen Anteil einem deiner geliebten Porzellanspaniel. Du kannst mich doch mit Geld nicht erpressen. Du bist gemein und kleinkrämerisch. Poppa ist wahrscheinlich gestorben, weil er es nicht ertragen hat, noch länger mit dir zu leben.*

Onkel Donald begann, eine weitere Musicalmelodie zu pfeifen, »Some Enchanted Evening«. Judith schaute einfach elend. Sie war noch unglücklicher als vorhin, als Tess sie auf dem Parkplatz vor dem Wohnhaus ihrer Großmutter getroffen hatte. Aber war der Grund für ihre Unzufriedenheit ihre Mutter oder ihre Tochter?

»Ich sage«, Tess warf noch einen letzten Blick auf Judiths Gesichtsausdruck, »dass es mir leidtut, wenn ich mich nicht gut benommen habe, und natürlich bin ich dankbar für deine Großzügigkeit. Kann ich Mittwochabend irgendetwas mitbringen?«

Eine pummelige, irgendwie bekannt wirkende Frau wartete auf der Türschwelle, als Tess zu ihrem Büro zurückkehrte.

»Miss Monaghan?« Sie trug ein moosgrünes Kostüm mit einer roten Seidenbluse. Fröhliche Weihnachten, dachte Tess, war aber trotz allem gerührt. Diese Frau, wer auch immer sie war, fand einen Besuch bei Keyes Investigations wichtig genug, sich ordentlich anzuziehen.

»Das bin ich.« Tess schloss die Tür auf. Als sie den Schlüssel ins Schloss steckte, konnte sie hören, wie Esskay sich vom Sofa rollte und unter großem Gekratze der Krallen auf sie zurannte. Die Hündin klang ziemlich beeindruckend – es könnte ein Rottweiler sein oder ein Pitbull, abgesehen vom fehlenden Bellen, und die Besucherin duckte sich hinter Tess.

»Das Einzige, was meine Hündin Ihnen antut, ist, Sie zu Tode zu lecken«, versicherte sie der Besucherin, die sich durch die Tür drückte und versuchte, Tess zwischen sich und der Hündin zu halten. »Was kann ich für Sie tun?«

»Erinnern Sie sich nicht an mich?«

Tess hatte das zuerst nicht getan. Sie hatte den Fehler gemacht, auf die Kleidung zu schauen, nicht in das Gesicht der Frau. »Keisha Moore. Donnies Mutter. Wo ist Laylah?«

»Meine Schwägerin schaut nach ihr.«

Es folgte ein peinliches Schweigen, während Tess darauf wartete, dass Keisha sagte, warum sie gekommen sei, und Keisha offensichtlich darauf wartete, dass Tess anfing, ihr Fragen zu stellen.

»Kann ich Ihnen in irgendeiner Angelegenheit helfen, Keisha?«

»Ich habe in den Nachrichten gehört, dass der Mann, der meinen Jungen getötet hat, möglicherweise zwei andere Kinder umgebracht hat. Die, nach denen Sie gesucht haben.«

Scheiße. Tess hatte darauf vertraut, dass die Fernsehsender von den Verdächtigungen der Polizei keinen Wind bekämen, bis Beale offiziell angeklagt würde. Entweder hatten sie bessere Beweise, als Tyner geglaubt hatte, oder jemand auf dem Revier hatte die Sache ausgeplaudert, in der Hoffnung, Beale dadurch in die Zange zu nehmen. Aber da er ohnehin schon wegen Mordes gesessen hatte, war es natürlich schwer, ihn unter Druck zu setzen.

»Das sind bloß Spekulationen, Keisha.«

Das grüne Kostüm war viel zu eng, und als Keisha sich hinsetzte, schien die leuchtend rote Bluse aus dem Blazer herauszuquellen. Es fiel Tess schwer zu glauben, dass diese ganze Show nur für sie aufgeführt wurde.

»Nun, wo die anderen jetzt tot sind, wer kriegt deren Geld?«

Auf jeden Fall kam sie schnell zur Sache. Fünf Jahre lang hatte Keisha Moore versucht, irgendwie Geld aus dem Tod ihres Sohns herauszuschlagen, und sie hatte die Hoffnung offenbar nicht aufgegeben, doch noch ein paar Scheine einstreichen zu können.

»Ich muss Ihnen leider sagen, dass es für niemanden Geld gibt. Ich dachte, es wäre so, aber dann hat sich herausgestellt: Es ist nicht ganz so, wie es schien.«

»Ich habe gehört, das Mädchen hat sein Geld bekommen. Das sagt man auf der Straße.«

»Als ich bei Ihnen war, wussten Sie noch gar nichts über sie«, wandte Tess ein.

»Ja, ich hab einfach die Verbindung nicht hergestellt, verstehen Sie? Ich hab an ein kleines Mädchen gedacht. Aber wie viel hat sie denn nun gekriegt?«

»Alles, was Destiny gekriegt hat, war ein ziemlich unschöner Tod.«

Ohne es zu bemerken, streckte Keisha die Spitze ihrer Zunge zwischen den Zähnen heraus, wie ein Kind. Die Zunge verschwand, der Blick wurde plötzlich gerissen.

»Haben Sie ihm geholfen, sie und ihren Bruder zu töten, den, der verbrannt ist?«

»Gott, nein. Was für eine unverschämte Frage.«

Keisha blieb ungerührt. »Na, Sie haben mich auch ein paar ganz schön harte Sachen gefragt, als Sie bei mir zu Hause waren. Warum war Donnie im Waisenhaus, als hätte das mit irgendetwas was zu tun. Wieso haben sie ihn mir weggenommen? Sie waren noch schlimmer als die Bullen oder die Sozialarbeiter. Das ist das Schlimmste daran, arm zu sein, dass man dauernd irgendwelche Fragen beantworten muss. ›*Haben Sie ein Auto? Haben Sie Geld gespart? Lebt ein Mann bei Ihnen? Wer ist der Vater Ihres Babys?*‹ Ich hab es satt, okay?«

»Das kann ich verstehen.«

»Quatsch. Als hätten Sie jemals die Fragen von irgend so 'nem Sackgesicht beantworten müssen.«

»Ich war eine Weile arbeitslos. Glauben Sie mir, ich habe meinen Anteil Fragen beantwortet.«

Auch das beeindruckte Keisha nicht. Sie sackte auf ihrem Stuhl zusammen, senkte ihr Kinn auf die rote Brust, starrte Tess an.

»Brauchen Sie Geld, Keisha?«

»Kennen Sie jemand, der keins braucht?«, konterte sie.

»Es ist relativ früh im Monat, um pleite zu sein.«

»Ich hatte einige ... unerwartete Ausgaben. Es gibt da eine Esszimmergarnitur, die ich angezahlt habe. Wenn ich heute keine weitere Rate zahle, ist alles weg.« Also war der Weihnachtsaufzug für den Typen im Möbelladen. Tess wollte gar nicht daran denken, was Keisha möglicherweise als Ersatz für eine Zahlung anbieten könnte. Jackie hatte recht. Sie hatte nie wirklich erfahren, wie es war, am Boden zu liegen, oder auch nur, wie weit unten der Boden eigentlich war.

»Vielleicht kann ich Ihnen helfen. Aber zuerst möchte ich Ihnen einige der Fragen stellen, die ich schon mal gestellt habe. Bloß will ich diesmal Antworten hören.«

Keishas Augen waren bernsteinfarben, fiel Tess auf. Ein kalter, harter Bernsteinton mit ein klein wenig Grün in der Mitte der Iris.

»Dann kriege ich meine Esszimmergarnitur?«

»Sie kriegen Ihre Möbel«, versicherte Tess ihr. »Also, warum war Donnie im Waisenhaus?«

»Ich musste nach Atlantic City fahren. Ich dachte, ich würde am Abend nach Hause kommen, aber da war … irgendwie … so eine Sache. Als der Lehrer herausbekam, dass Donnie die Nacht allein verbracht hatte, kam das Sozialamt und hat ihn mitgenommen.«

»Ein Autounfall? Eine Panne?«

Keisha wand sich auf ihrem Stuhl, sagte aber nichts.

»Wenn ich einen Freund in New Jersey anrufe, werde ich dann erfahren, dass Sie vorbestraft sind?« Tess hatte keine Freunde in New Jersey, aber das wusste Keisha schließlich nicht. Es war möglich. Irgendjemand musste ja Freunde in New Jersey haben.

»Ich war ein Maultier, okay? Ich war ein Maultier und wurde erwischt.«

»Ein Maultier?«

»Ich hab für einen Mann Drogen transportiert. Ich hab sie im Zug mit nach Atlantic City genommen, und sie haben mich geschnappt, als ich ausstieg. Der Verteidiger hat mich wieder rausgeholt – er hat einen Labortest verlangt, und es stellte sich heraus, dass dieser

Vollidiot mich mit einem Koffer voll Puderzucker und Chinin in den Zug gesetzt hatte. Aber ich kam erst nach einer Woche nach Hause, da hatten sie Donnie schon geholt. Er musste ja unbedingt in der Schule die Fresse aufreißen, dass er keine Mama hatte und von Cornflakes lebte. Das Sozialamt sagte mir, er könnte nicht mehr bei mir leben, bis ich Unterricht genommen hätte, wie man eine gute Mutter ist. Ich brauchte nur noch zwei Stunden, als er ermordet wurde.«

»Der Mann, für den Sie die Drogen transportiert haben – war das Donnies Vater?«

»Nein.« Keisha schaute Tess an, als fände sie die Frage unglaublich dämlich. »Das war einfach nur ein Typ, mit dem ich eine Weile zusammen war.«

»Wie war sein Name?«

»Hören Sie, er ist tot. Wozu brauchen Sie seinen Namen? Er war ein blöder, dämlicher Junkie, und er ist krepiert, wie es die meisten Junkies tun. Ich hab vielleicht versucht, ihm zu helfen, Drogen zu verkaufen, aber ich hab nie welche genommen.«

»Der Mann, mit dem Sie jetzt zusammen sind, Laylahs Vater – der ist nicht so, oder?«

»Keine Sorge, ich hab nicht vor, denselben Fehler noch mal zu machen.« Keisha erhob sich, wieder vibrierten ihre Rundungen. Sie war eine Art großer Wackelpudding von Frau. Sie öffnete ihre Handtasche, eine leuchtend gelbe Tasche, die größer war als mancher Koffer. »Haben Sie noch mehr Fragen, oder kann ich jetzt meine Esszimmergarnitur holen? Ich schulde noch 119 Dollar dafür. Sie können ruhig auf 120 aufrunden, wenn Sie zum Geldautomaten dafür gehen müssen.«

»Ich habe gesagt, Sie kriegen Ihre Möbel. Ich habe nicht gesagt, dass es unbedingt die Möbel sind, die Sie angezahlt haben.«

Keishas Mund war ein kleines wütendes rundes O, aber es kam kein Geräusch heraus. Wenn sie nicht ihr bestes Kostüm angehabt hätte, wäre sie vielleicht trotz des Schreibtischs über Tess hergefallen. Stattdessen ließ sie ihre Handtasche zuschnappen, trampelte mit den Füßen, trampelte immer weiter mit den Füßen. Tess ignorierte das Drama und kritzelte ein paar Zahlen auf ein Stück Papier.

»Es gibt einen Mann namens Spike Orrick«, sagte sie und reichte Keisha den Zettel. »Rufen Sie ihn unter dieser Nummer an und sagen Sie, Tesser hätte sie geschickt. Es ist wichtig, dass Sie mich als Tesser bezeichnen, nur so weiß er, dass Sie die Nummer von mir haben. Er wird Ihnen bis heute Abend die Möbel besorgen, die Sie brauchen, und auch etwas zu essen. Vielleicht legt er auch noch einen neuen Fernseher oder ein Radio drauf, wenn er was Passendes hat.«

Keisha betrachtete skeptisch den Zettel. »Reden wir hier über neue Möbel oder über irgendwelchen Dreck aus zweiter Hand?«

»Es wird mindestens so gut sein wie das, was Sie sich ausgesucht haben, vielleicht besser«, versicherte ihr Tess. »Und Keisha?«

»Ja?«

»Warum lassen Sie sich von Spike nicht auch noch einen Wickeltisch liefern? Geht auf mich.«

18

Der Schlachter von Butchers Hill war zurück. Mit neuer Wucht, konnte man fast sagen. Auf jeden Fall war es das, was jeder einzelne Fernsehreporter in ganz Baltimore sich zu sagen verpflichtet fühlte, als arbeiteten sie alle mit demselben Handbuch geschmackloser Klischees.

Tess und Kitty schauten sich gemeinsam in Kittys Küche die Sechs-Uhr-Nachrichten an, sie schalteten von Sender zu Sender, nur um immer wieder dieselben fünf Jahre alten Aufnahmen zu sehen. Wie Tyner vorhergesagt hatte, hatte die Polizei nicht genug Beweise, um Luther Beale anzuklagen. Wie Tess vermutet hatte, hinderte das die Medien nicht daran, sich wie wild auf die Geschichte zu stürzen. In allen vier Vorabend-Nachrichtensendungen Baltimores verkündete ein anderes ernstes Gesicht unter einer anderen Föhnfrisur dieselben dürftigen Details: Beale wurde verhört wegen des Mordes an den Teenager-Zwillingen, die gegen ihn ausgesagt hatten. Keine Anklage erhoben. Und wenigstens ein Sender griff dann zurück auf die letzte Hoffnung der Journalisten in aller Welt: auf den Mann von der Straße, live und unzensiert.

»Ich finde, wir brauchen mehr Leute wie Luther Beale«, sagte ein Weißer mit zurückweichendem Haaransatz, der als Joe aus Remington identifiziert wurde, einer ziemlich heruntergekommenen Gegend. »Ich meine, wen hat er umgebracht? Drei Penner. Einen Verbrecher, eine Hure und einen Drogensüchtigen. Diese Stadt könnte ein paar mehr Luther Beales vertragen.«

Das waren Worte, die Martin Tulls Herz wärmen würden, dachte Tess. Es war Gott sei Dank nicht sein Fall, aber sie wusste, er würde seine Versuche, sie zur Kooperation mit der Polizei zu überreden, nicht aufgeben. Tull hatte seine Überzeugungen, wenn es um Luther Beale ging, und er schien den Fall von Tag zu Tag persönlicher zu nehmen.

Im Bild redete Joe weiter, seine Gesichtszüge wurden vor Wut immer hässlicher; mittlerweile erläuterte der Nachrichtensprecher aus dem Studio, was Joe sonst noch über den Fall dachte, aber man musste nicht Lippenlesen können, um zu bemerken, dass einige nicht jugendfreie Worte aus Joes Mund kamen und dazu noch ein paar ausgewählte rassistische Anwürfe. Ein weiterer Nachteil der Interviews mit Passanten. Manchmal sagten die Passanten, was sie wirklich dachten.

»Warum, um Himmels willen, sendet man so etwas?«, fragte Kitty ernsthaft überrascht.

»Wusstest du das noch nicht? Das ist ihre Auffassung davon, ›beide‹ Seiten der Geschichte zu bringen«, sagte Tess. »Einerseits ist es falsch zu töten. Andererseits, was ist, wenn man die richtigen Leute tötet? Großer Gott. Ist dir aufgefallen, dass niemand auch nur erwähnt, dass Beale es vielleicht gar nicht war? Immerhin war Tyner klug genug, Beale von den Reportern fernzuhalten.

Wenn sich auch noch herausstellt, dass er glaubt, er hätte Donnie Moore gar nicht getötet, wird er wie ein Verrückter dastehen.«

»Wie kannst du für ihn arbeiten, wenn du ihm nicht glaubst?«

»Ich glaube ihm, dass er die Teeter-Zwillinge nicht getötet hat. Ich glaube, er hat in der Nacht, in der Donnie erschossen wurde, einen Wagen gesehen und irgendetwas gehört. Hat jemand anders Donnie Moore erschossen? Ich weiß es nicht, und es ist auch nicht wichtig. Ich glaube durchaus, dass er an seine Unschuld glaubt, aber Luther Beale ist jemand, der gerne recht hat. In den letzten fünf Jahren ist er die Nacht wahrscheinlich im Kopf immer wieder durchgegangen, bis er eine Möglichkeit gefunden hat, schuldlos dazustehen. Es ist egal. Sie werden ihn nicht noch einmal des Mordes an Donnie Moore anklagen.«

»Mir kommt es so vor, als würden alle eine andere Möglichkeit übersehen«, sagte Kitty und schaltete auf eine Kochsendung auf einem der Kabelsender um. Kitty kochte nicht lieber als Tess, aber sie schaute gern zu. »Es könnte doch alles Zufall sein. Ein absolut irrer Zufall.«

»Wie meinst du das?«

»Destiny ist zu fremden Männern ins Auto gestiegen, oder? Treasure war drogensüchtig. Sie gingen höhere Risiken ein als andere. Wenn du eine Schwester hättest, die mit dem Flugdrachen unterwegs ist, und einen Bruder, der Fallschirm springt, wäre es so ungewöhnlich, wenn sie innerhalb von ein paar Wochen beide sterben? Es wäre merkwürdig und erstaunlich, es wäre eine Geschichte in der Zeitung wert, aber es wäre nicht unmöglich. Man liest ja auch von Leukämieclustern, von einer hohen Anzahl Krebsfälle an bestimmten Orten, z. B. in Massachusetts, aber man kann nie die Verbindung beweisen. Ich glaube, es gibt auch Unglückscluster, unerklärliche Anhäufungen von Tragödien.«

Tess dachte darüber nach. Kittys Theorie war merkwürdig, aber nicht schlecht. Doch sie kaufte sie ihr nicht ab, auch wenn eine Jury in Baltimore das vielleicht täte.

»Ich glaube, die beiden Todesfälle *haben* etwas miteinander zu tun. Treasure hat gesagt, Destiny sei irgendwo hingegangen, und wenn sie zurückkäme, wären sie reich. Er hat gesagt, sie sei nach Burma gegangen. Vielleicht ist das irgendein neuer Straßenslang für den Verkauf von Drogen.«

»Ich glaube, Burma heißt inzwischen Myanmar.«

»Und eine derartige Geographiekenntnis erwartest du von Drogenhändlern? Also, Keisha Moore hat mir heute erzählt, sie sei ein ›Maultier‹ gewesen, eine Drogenlieferantin. Ich frage mich, ob Destiny nicht auch in so etwas geraten ist, und irgendjemand hat Treasure umgebracht, weil er fürchtete, sein Drogenhirn könnte trotz allem vielleicht genug Details aufbewahrt haben, um ihm gefährlich zu werden.«

»Mir gefällt meine Theorie«, sagte Kitty stur. »Unglücks-Cluster.«

»Meinetwegen«, sagte Tess. »Scheiße, es ist schon spät. Wenn ich zu meinem zweiten Telemarketing-Abend zu spät komme, wird die Chefin mir den Kopf abreißen. Ich dachte, mein eigenes Geschäft zu haben bedeutete, dass ich niemandem Rechenschaft schulde. Aber

Klienten erwarten viel mehr, als meine Chefs das jemals taten.«

»Dabei half allerdings«, sagte Kitty, »dass du für mich und Onkel Donald gearbeitet hast.«

Tess brachte dieses Mal das Essen mit. Es stammte aus einem kleinen Imbiss, der mehr wollte, als er konnte. Butchers Hill Hot Food Hot fabrizierte Pizza, italienische Gerichte, Sandwiches und Burger – »amerikanische Sandwiches« hießen sie auf der Karte – und einigermaßen essbare indische Gerichte. Für die hatte Tess sich entschieden, sie hatte Samosas, Nan und zwei Portionen Rogan Josh bestellt. Außerdem hatte sie den Lieferanten gebeten, vier Flaschen Kingfisher-Bier mitzubringen.

»Ich brauch heute einfach ein Bier, okay?«, sagte sie, als sie Jackies missbilligenden Blick bemerkte.

»Ich hab nichts gesagt«, sagte Jackie und untersuchte die Aluminiumschalen, deren Plastikdeckel dampfbedeckt waren. »In 24 Stunden von Fresh Fields zu Frittenfett. Das könnte auch Windhundfleisch in diesem sogenannten Lammgericht sein.«

Esskay wimmerte, aber nicht, weil sie Jackies Klage verstand, sondern weil sie Rogan Josh liebte – und selten mehr als ein wenig Soße und ein paar Körnchen Reis abbekam.

»Immer noch besser als diese Fisch-mit-Tofu-Angelegenheit, die Sie gestern angeschleppt haben. Essen Sie so was wirklich gerne? Oder glauben Sie nur, Sie sollten es mögen?«

»Wissen Sie, ich glaube, ich trinke auch eins von den Bieren. Aber essen oder trinken Sie auf keinen Fall, während Sie einen Anruf machen. Das ist ekelhaft.«

Am Anfang waren sie noch aufgeregt und voller Erwartung, aber diesmal verging die Zeit langsamer, jeder Anruf schien sie weiter von einer befriedigenden Antwort zu entfernen. Vor vierundzwanzig Stunden hatte der Sieg so kurz bevorgestanden. Selbst die skeptische Tess hatte sich von Jackies systematischem Vorgehen beeindrucken lassen und geglaubt, so würden sie ihre Tochter ausfindig machen. Aber die Anrufe des heutigen Abends brachten gar nichts. Keine einzige Caitlin. Nicht einmal eine dreizehnjährige Kate oder Katie. So nah vor der Zielgeraden empfanden sie die Arbeit als öde und frustrierend. Tess sagte ihre auswendig gelernten Zeilen zu schnell auf, nur um sie den erstaunten Gesprächspartnern wiederholen zu müssen. Jackie wurde ungeduldig und ärgerlich, sie drängte ihre Johnsons, als hätte sie den Verdacht, sie würden lügen, was die Namen ihrer Kinder anginge.

Um 9:55 Uhr, als Tess die Nummer für Wyler Johnston eingetippt hatte und die zitternde Stimme am anderen Ende der Leitung hörte, legte sie einfach auf.

»Das reicht«, sagte sie. »Sie ist nicht da.«

»Sie haben diesem Haushalt noch nicht einmal eine Frage gestellt«, protestierte Jackie und griff nach Tess' Liste mit den Nummern.

Tess packte das Blatt Papier ihrerseits; es zerriss, aber das war ihr egal: »Er klang, als wäre er fünfundneunzig. Er lebt seit 45 Jahren dort. Glauben Sie wirklich, das ist der Adoptivvater Ihrer Tochter?«

»Er könnte ihr Großvater sein. Und es gibt immer noch Leute, die wir nicht erreicht haben.« Jackie begann in ihren Unterlagen zu kramen. »Vielleicht sollten wir unser Suchgebiet auf die ganze Stadt ausdehnen, wir sollten mit allen sprechen, deren Namen Johnson oder Johnston auch nur ähnelt. Oder es könnte auch Jones sein. Willa Motts Gedächtnis ist nicht perfekt, das muss man bedenken, das haben Sie selbst gesagt. Niemand erinnert sich richtig an alles.«

»Jackie ...«

Jackie legte die Hände über die Augen, obwohl Tess vermutete, dass sie sich in Wahrheit lieber die Ohren zuhalten wollte, wie ein Kind, das singt, weil es ein Verbot nicht hören will.

»Vielleicht kann Ihnen jemand anders helfen.« Sie versuchte, beruhigend und mitleidsvoll zu klingen, nicht nur müde und frustriert. »Ich weiß es nicht. Aber ich habe das Gefühl, dass ich völlig sinnlos Ihr Geld kassiere. Wir kommen hier nicht weiter, und ich weiß nicht, was wir noch machen sollen. Sicher, es gab eine Chance, dass Willa Mott sich an den richtigen Namen erinnert hat, dass die Familie, die Ihre Tochter aufgenommen hat, immer noch dort wohnt, wo sie damals wohnte, und dass sie das Kind Caitlin genannt haben. Aber das war nie besonders wahrscheinlich. Die Leute wohnen heutzutage nicht mehr dreizehn Jahre lang im selben Haus. Vielleicht haben die Mitarbeiter von Adoption Rights irgendeine Idee, aber mir fällt nichts mehr ein.«

»Haben sie nicht, und das wissen Sie auch. Die Agentur war unsere einzige Spur.«

»Dann brauchen Sie einen Privatdetektiv, der mehr von solchen Sachen versteht als ich. Die Wahrheit ist zudem, dass der andere Fall, den ich bearbeite, immer mehr Zeit benötigt. Möglicherweise kommt es zu einer

Gerichtsverhandlung, und ich stecke ganz schön tief drin. Sie wären wahrscheinlich besser bedient, wenn Sie mit jemand anders arbeiten, mit jemand, der Ihnen Priorität einräumen kann.«

»Nein. Ich will, dass *Sie* mir helfen.«

Sie hatten zwei Kingfisher aufgehoben, die sie im Siegestaumel hatten trinken wollen. Tess öffnete jetzt beide und begann, eines davon in Jackies Glas zu gießen, aber Jackie nahm ihr die Flasche aus der Hand und trank direkt daraus, so wie Tess es immer tat.

»Hören Sie, es ist nett, dass Sie einer Frau, die gerade ein Geschäft aufgemacht hat, helfen wollen. Aber es muss ja auch noch andere Detektivinnen geben, die sich gerade selbstständig machen. Suchen Sie sich eine von denen.«

Jackie hatte schon mehr als ein Drittel ihres Biers ausgetrunken. Sie starrte in die Flasche, als würde ihre Tochter vielleicht am Boden herumschwimmen. Tess erinnerte sich jetzt, wie fordernd Jackie am ersten Tag aufgetreten war, wie selbstsicher. *Warum haben Sie sich für Keyes Investigations entschieden? Es stand etwas über Sie in der Zeitung. Sie haben auf jemanden geschossen, oder jemand hat auf Sie geschossen?* Ja, es hatte ein paar Mal etwas über sie in der Zeitung gestanden, aber nicht, dass sie Privatdetektivin wäre. Dass sie sich als Detektivin niedergelassen hatte, war ein kurzer Text, ein einziger Absatz im *Baltimore Business Journal* gewesen, in dem auch nur ihr offizieller Name genannt wurde, Theresa Esther Monaghan. Man musste schon ganz schön aufpassen, um die beiden Artikel miteinander in Verbindung zu bringen, um zu begreifen, dass

Tess, das Opfer der Schießerei, jetzt eine selbstständige Detektivin war.

Und man musste schon ganz schön gut aufpassen, um über Tess' Vorliebe für Schoko-Milchshakes Bescheid zu wissen, etwas, was Jackie bekannt gewesen war, bevor Tess es erwähnt hatte. Wie kann man erkennen, was für einen Schmierfleck ein Kind auf einem Schwarz-Weiß-Foto im Gesicht hat? Vielleicht kann man noch erahnen, dass es Schokolade ist, aber ganz bestimmt nicht mehr, dass sie von einem Milchshake stammt. Aber Jackie hatte das von Anfang an gewusst.

»Sie wollten nicht bloß eine Frau, oder? Es geht um mich. Ausgerechnet ich musste es sein. Warum, Jackie?«

Jackie Weir hob den Blick von der Flasche und schaute Tess hilflos an, als könnte sie nicht mehr länger sprechen. Dann wanderte ihr Blick hinüber an die Wand, zu dem Foto. Das weinende Mädchen auf dem fliegenden Hasen.

»Ich kannte Sie«, sagte sie schließlich. »Als Sie jünger waren.«

»Waren wir zusammen auf der Western?« Jackie hätte Senior sein können, als sie dort anfing.

»Nein, aus dem Drugstore«, sagte sie und zeigte mit ihrer Bierflasche auf das Foto. »Nicht aus dem – aus dem großen, aus dem in der Bond Street.«

»Aus dem Weinstein-Flagship-Store an der Ecke Bond/Shakespeare? Das ist jetzt der Buchladen meiner Tante Kitty.«

»Damals nicht. Nicht, als ich achtzehn war. Nicht, als Sie fünfzehn waren. Nicht, als Sie nach der Schule dort hinkamen, Schoko-Milchshakes tranken und Ihrem

Großvater von Ihrem Tag erzählten. Sie ließen Ihr Haar normalerweise wie einen schimmernden Wasserfall über Ihren Rücken fallen, und Sie waren damals unglaublich dünn, fast wie verhungert. Das muss zu der Zeit gewesen sein, als Sie dauernd liefen.«

»Das stimmt. Aber ich …« Sie hielt peinlich berührt inne.

»Sie erinnern sich nicht an mich? Es gibt auch keinen Grund dafür. Ich war bloß das Mädchen im Hintergrund. Ich hab die Burger gewendet. Ich hatte eine Schürze an und trug ein Haarnetz, und dazu kam diese große Brille. Aber ich konnte Sie hören. Sie haben Ihrem Großvater erzählt, was für gute Noten Sie bekamen, auf welche Partys Sie gingen und was dieser oder jener Junge zu Ihnen gesagt hatte. Es war wie eine Wiederholung einer dieser alten Patty-Duke-Serien, Ihrem Leben zuzuhören.«

»Lustig, mir kam meine Jugend mehr vor wie eine Komödie, die auf einem Kafka-Roman basiert.«

Jackie hörte sie, ließ sich davon aber nicht ablenken, genauso wenig, wie sie Tess als eine arme, allein stehende Frau gesehen hatte, die beinahe durch das soziale Netz gestürzt wäre. »Letzten März habe ich dann in der Zeitung von Ihnen gelesen. Da war Ihr Bild, mit dem Hund. Wie schon gesagt, Sie sehen noch genauso aus. Und als ich dann sah, dass Sie sich als Privatdetektivin niedergelassen haben, wusste ich, dass ich Sie engagieren musste. Ich wusste, wenn es schwierig würde oder hart, würden Sie mich nicht einfach im Regen stehen lassen, wie es der erste Detektiv gemacht hat, oder einfach nur mein Geld nehmen und nichts dafür rauskriegen, wie es der zweite getan hat. Sie mussten mir helfen. Sie mussten einfach.«

»Nur weil Sie mal für meinen Großvater gearbeitet haben, weil ich vorne Milchshakes getrunken habe, während Sie hinten Burger gebraten haben?«

Jackie schaute ängstlich, als wäre das, was sie sagen wollte, so verboten, so lange unausgesprochen, dass sie nicht ganz sicher war, was passieren würde, wenn sie diese Worte nun doch aussprach.

»Sie müssen mir helfen, weil Samuel Weinstein der Vater meines Babys war.«

19

Wie so oft musste Tess nach der Rollstuhlrampe Ausschau halten, um Tyners Haus im Tuxedo Park zu erkennen. Es war in der Gegend verdammt dunkel für eine Sommernacht – Dunkelheit war der gemeinsame Nenner entweder sehr sicherer oder wirklich gefährlicher Orte –, und die schindelgedeckten Häuser waren praktisch ununterscheidbar. Es war schwierig genug, die Straße zu finden, St. John's, aber dann auch noch das Haus? Als sie es geschafft hatte, wartete sie auf den Eingangsstufen und trank aus dem internationalen Sixpack, das sie in Alonso's Tavern zusammengestellt hatte, wo man die Biere mischen konnte. Ein Red Stripe, ein Bohemia, ein Royal Oak, ein Tsing-Tao, ein Molson und ein Anchor Steam. Um die Welt in achtzig Bieren.

Es war nach elf. Die samtenen Stimmen der Nachrichtensprecher drangen aus offen stehenden Fenstern und erfüllten die Nacht mit ihrem autoritären Klang. So mitfühlend, so sicher. Man musste nicht einmal die Worte verstehen, um zu wissen, was für ein Gefühl ein Bericht einem geben sollte. In der Stimmlage lag alles, was man wissen musste. *Etwas Schlimmes ist passiert. Etwas Wichtiges ist passiert. Etwas Lustiges ist passiert. Und Wetter haben wir auch.*

Richtige Scheiße war passiert. *Wo, zum Teufel, steckte Tyner?* Tess trank das Red Stripe leer. Sie war halb mit

Mexiko durch, als sein Van vorfuhr. Sie rief ihm zu, als er die Rampe hochrollte, damit er nicht erschrak, wenn er sie auf seiner schattigen Eingangstreppe entdeckte. Aber Tyner überraschte eigentlich nie etwas. Das Glückskind.

»Kein besonders gutes Training«, bemerkte er und betrachtete die Glasflaschen zu ihren Füßen.

»Hängt davon ab, wofür man trainiert. Wo warst du, hattest du einen Mitternachtseinsatz im Dienste Luther Beales?« Sie klang ein wenig beleidigt, als hätte Tyner wissen müssen, dass sie vor seiner Tür auf ihn wartete.

»Luther Beale ist sicher daheim, und ich gehe davon aus, dass er dort auch bleibt, bis die Polizei etwas deutlich Substanzielleres gegen ihn zusammenstellt als diese an den Haaren herbeigezogenen Theorien, mit denen sie uns den ganzen Tag genervt haben. Ich hatte ein Date.«

»Ein Date?« Sie hatte gewusst, dass Frauen Tyner attraktiv fanden, aber sie hatte nicht gewusst, dass er darauf auch reagierte. »Mit wem?«

»Einer anderen Anwältin. Du kennst sie nicht.«

»Wie alt ist sie? Oder sollte ich fragen, wie jung ist sie? Jung genug, deine Tochter zu sein? Jung genug, deine Enkelin zu sein?«

»Was für eine merkwürdige Frage.«

»Nein, eigentlich nicht.«

Und dann erzählte sie ihm alles. Sie begann mit ihrem Gespräch mit Jackie, verzettelte sich mit Berichten über Willa Mott und Adoption Rights und die Ledersitze in Jackies Lexus. Irgendwann mitten in ihrer konfusen Geschichte langte Tyner nach dem Anchor Steam und dem Flaschenöffner, aber er sagte kein Wort. Als Tess heiser wurde, war es still geworden auf der Straße, die

Fernseher waren lange ausgeschaltet, alle Fenster waren dunkel.

»Also suche ich nach meiner Tante, wenn ich es mir recht überlege«, sagte sie. »Wie geht dieser blöde Witz aus West Virginia, der in dem Lied? ›I'm My Own Grandpa‹? Ich suche nach meiner dreizehnjährigen Tante.«

»Viele Leute haben Tanten und Onkel, die jünger sind als sie selbst. Wenn man die Sache mal biologisch betrachtet, ist das nichts Ungewöhnliches.«

»Großer Gott, Tyner, sie waren fünfzig Jahre auseinander.«

»Und?«

»Das ist krank.«

»Aber es war legal. Sie war alt genug, sich einverstanden zu erklären.«

»Er war ihr Chef, also war es sexuelle Belästigung. Und Ehebruch noch dazu. Und das ist im Staate Maryland nicht legal, ganz egal, wie alt man ist.«

»Fühlte Jackie sich sexuell belästigt, oder ist das nur deine Sichtweise?«

Tyner war gerissen. Er wusste immer, was sie wirklich störte. Sie war wütend, nicht Jackie. Der Mann, an den Jackie sich erinnerte – ein Mann, den sie Samuel nannte, und das mit einem so zärtlichen Ton in der Stimme, dass Tess eine Gänsehaut bekam –, war lieb zu ihr gewesen. Was zwischen ihnen gewesen war, war nicht Liebe, aber doch viel gegenseitige Anerkennung: Zwei einsame, unglückliche Menschen fanden Freude an der gegenseitigen Gesellschaft. Er hatte ihr Geschenke gemacht, er hatte sie ermutigt, über ein Leben jenseits des Grills in Weinstein's Drugstore nachzudenken. Als sie ihm sagte, sie sei schwanger, hatte er ihr Geld für eine Abtreibung gegeben, das sie zurückgelegt hatte, denn sie wusste, dass sie schon zu weit dafür war. Er hatte sogar angeboten, ihr mit den Studiengebühren zu helfen, aber seine geschäftlichen Probleme hatten ihn dann daran gehindert, dieses Versprechen einzulösen. Aber Jackie hatte nichts Schlechtes über ihn zu sagen. Er hatte ihr nie versprochen, seine Frau für sie zu verlassen, hatte sie Tess berichtet. Er hatte ihr nie irgendetwas versprochen, außer ein wenig Wärme und Bestätigung in einer Welt, die ihr so wenig von beidem geboten hatte.

»Sie ist verrückt«, murmelte Tess.

»Das ist möglich. Oder sie lügt. Vergiss nicht, sie hat auch das erste Mal gelogen, als sie bei dir war.«

Daran hatte Tess nicht gedacht, und es war ein vielversprechender Ausweg. Würde Jackie so eine weit hergeholte Geschichte erzählen, damit Tess weiter für sie arbeitete? Zugegeben, sie hatte viel über Weinstein's Drugstore gewusst, aber immerhin war es ja möglich, dass sie dort gearbeitet hatte, aber nicht flachgelegt worden war. Vielleicht hatte sie ihren Arbeitgeber gehasst und all diese Jahre gewartet, um seine Nachkommen zu strafen. Tess erlaubte sich das flüchtige Glück, diese Theorie in Betracht zu ziehen, verwarf sie dann aber zügig. Nicht einmal Gramma Weinstein hätte jemanden dazu bringen können, so einen wirren Racheplan zu schmieden. Außerdem gab es definitiv irgendwo dort draußen eine Tochter, zumindest davon hatte Jackie sie überzeugt. Plötzlich wurde ihr klar, dass das merkwürdige Detail, an das Willa Mott sich über den Vater von

Jackies Baby erinnert hatte, nicht seine Hautfarbe war, sondern sein fortgeschrittenes Alter.

»Ich würde alles geben, wenn ich beweisen könnte, dass das Ganze nur eine kranke Lüge ist, aber das kann ich nicht.«

»Warum nicht?«

»Weil ich tief in meinem Herzen weiß, dass es stimmt.« Tess öffnete das Royal Oak.

»Und was machst du jetzt?«, fragte Tyner.

»Ich weiß nicht. Selbst wenn ich mich wegen dieser verdammten Geschichte nicht so mies fühlen würde, bin ich immer noch der Meinung, dass sie mit einem erfahreneren Ermittler besser bedient wäre. Mit ihrer Tochter verwandt zu sein, qualifiziert mich nicht dafür, sie zu finden. Außerdem habe ich ihr keinen Quatsch erzählt. Luther Beale muss Priorität haben, nicht wahr?«

Sie schaute Tyner hoffnungsvoll an, aber der hatte nicht vor, sie vom Haken zu lassen.

»Mit Beale passiert gar nichts, es sei denn, ein Zeuge meldet sich, oder irgendwelche Beweise bringen ihn mit einer der Leichen in Verbindung. Das mit Destiny war übrigens wirklich traurig. Einer der Gründe, warum sie so lange nicht identifiziert werden konnte, bestand darin, dass ihr Körper so stark gealtert war. Sie hatten sie als Jane Doe eingetragen, fünfundzwanzig bis fünfunddreißig, aber sie war erst siebzehn.«

»Ach was, solange sie wenigstens aussah wie fünfundzwanzig, nicht wahr?«

»Meine Güte, Tess. Wenn du auf jemand sauer bist, dann aber auch richtig, oder?«

»Ich sah mit vierzehn schon aus wie eine erwachsene

Frau. Weißt du, wie das ist? Ich konnte nicht mal die sechs Blocks von der Bushaltestelle nach Hause gehen, ohne wenigstens drei Angebote abzulehnen, zu irgendjemand in den Wagen zu steigen. Manche von ihnen haben mich in Ruhe gelassen, wenn ich ihnen sagte, wie alt ich war. Andere fanden das noch viel interessanter. Meine Güte, ich frage mich, warum Poppa nicht gleich mich in sein Hinterzimmer gebeten hat?«

»Nur weil ein Mann etwas mit einer jungen Frau hat, heißt das nicht, dass er auch scharf auf seine eigene Enkelin ist. Zumindest das musst du deinem Großvater lassen.«

»Tut mir leid, Poppas Konto ist geschlossen. Auf Grammas andererseits steht plötzlich ein dickes Plus. Vielleicht ist sie deswegen so eine böse alte Frau, weil ihr Mann die ganzen Jahre lang mit den Hilfskräften rumgebumst hat. Ich wette, Jackie war nicht die Einzige. Wer weiß, wie viele unentdeckte Tanten ich noch in Baltimore habe?«

Tyner griff nach dem Molson. »Weißt du, ich bin wahrscheinlich so alt wie dein Großvater damals, als du Teenager warst, oder?«

»Ungefähr.«

»Was würdest du sagen, wenn ich dir sage, dass mein Date heute Abend fünfundzwanzig war?«

»Du hast gesagt, sie sei Anwältin.«

»Es gibt fünfundzwanzig Jahre alte Anwältinnen.«

»Na ja ... Das ist etwas anderes.«

»Warum?«

»Weil sie älter ist, und weil ... na ja, du hast nicht mit ihr geschlafen.«

»Nein, aber auch nur, weil es unser erstes Date war. Ich habe zu gute Manieren, um so aufdringlich zu sein. Oder hast du gedacht, wir hätten keinen Sex gehabt, weil ich im Rollstuhl sitze?«

»Natürlich nicht.« Tess sprach zu laut, denn genau das hatte sie gedacht. Klar, ältere Männer hatten Sex, Männer in Rollstühlen hatten Sex, aber die Kombination disqualifizierte Tyner doch bestimmt. Abscheulicher hätte sie nur noch gefunden, wenn ihre Eltern angefangen hätten, detailliert über ihr Sexleben zu berichten.

»Tess, sag die Wahrheit.«

»Okay, das habe ich gedacht. Aber ich bin betrunken. Verhafte mich doch wegen *Reden unter Alkoholeinfluss*.« Sie hob die Hände, als sollte er ihr Handschellen anlegen, und bemerkte, dass ihre Hände zitterten.

»Außerdem gibt's ja auch noch Kitty«, sagte Tyner, der ihre ausgestreckten Hände ignorierte. »Wie alt ist deren Freund im Moment? Oder wie jung, sollte ich wohl besser sagen. Sie war auf jeden Fall mit Männern zusammen, die jung genug sind, ihre Söhne zu sein.«

»Das ist nicht dasselbe. Er war in den Sechzigern, sie war ein Mädchen, das für ihn gearbeitet hat. Mir ist egal, ob sie nicht wütend auf ihn ist. Ich bin wütend. Ich bin unglaublich wütend. Ich hab ihn geliebt. Und jetzt ist er nicht der, für den ich ihn gehalten habe, und ich kann ihn nicht mehr lieben. Ich wünschte, Jackie Weir – Susan King – Mary Browne wären niemals durch meine Tür gekommen.«

Ihre Worte hallten durch die Nacht. Jemand rief aus einem nahe gelegenen Haus: »Ruhe da drüben. Hier ist nicht Hampden, kapiert?«

»Und hier ist auch nicht Roland Park, obwohl du das bestimmt den Leuten erzählst«, brüllte Tess zurück. Plötzlich hatte sie Baltimores pingelige Hierarchien so satt. Roland Park schaute herunter auf Tuxedo Park, was wiederum Evergreen überlegen war, wo die Leute fürchteten, man würde sie für Bewohner Hampdens halten, deren Gefühle wiederum verletzt waren, wenn man andeutete, sie lebten in Remington, dessen Bewohner ihrerseits auf Pigtown herabschauten. Immer weiter, die soziale Leiter hinab. Wenn man sagte, man wohnte in der Nähe des Wasserturms an der Roland Avenue, dann fragten Alteingesessene: Auf welcher Seite? Wie albern diese Leute waren, wie dumm.

»Also, mit einem hast du recht«, sagte Tyner, als es wieder ruhig geworden war.

»Ja? Das muss mir entgangen sein.«

»Du hast zu viel getrunken. Du legst dich besser im Gästezimmer hin, es sei denn, du willst zum Ärger wegen Reden unter Alkoholeinfluss auch noch welchen wegen Trunkenheit am Steuer kriegen. Zumindest ist Ersteres keine Straftat.«

»Warum nicht? Es kann genauso gefährlich sein.«

Der Patapsco sah am nächsten Morgen täuschend einladend aus, nur einige wenige Ölfleckchen zeigten sich an der Oberfläche. Obwohl Tyner Tess geraten hatte, während ihres Work-outs in der Nähe zu bleiben, hatte sie ihn ignoriert und war einen schmalen Nebenarm entlanggerudert, von dem sie wusste, dass sie dort alleine wäre. Nur wenige andere Ruderer machten sich die Mühe, unter den niedrigen Brücken dort hindurchzufahren, die einen zwangen, die Ruder einzuziehen, den Kopf zu beugen und die Pfeiler mit den Händen zu greifen, um sich zur anderen Seite durchzuziehen.

Sie hatte nicht gut geschlafen. Die Biere, die merkwürdige Nacht, das fremde Bett, das sie zudem hatte begreifen lassen, wie selten sie irgendwo anders schlief als auf ihrer eigenen klumpigen Matratze. Es hatte Zeiten in ihrem Leben gegeben, in denen Tess mit vielen Männern schlief, aber sie schlief nie irgendwo *anders*. Sie hing an ihrem Zuhause.

Aber Jonathan Ross hatte sie trotzdem gefunden.

Die eigenen Albträume wissen immer, wo sie einen finden können, und Tess schleppte diesen speziellen Traum schon seit fast einem Jahr mit sich herum. Erst war es nur Jonathan im Flug gewesen. In letzter Zeit aber hatte er angefangen aufzustehen, sich abzuklopfen und mit ihr zu reden. Er wirkte netter, jetzt, wo er tot war, und sie glaubte nicht, dass es daran lag, dass sie die Erinnerung an ihn romantisierte. Sie konnte sich nur zu deutlich daran erinnern, wie Jonathan lebendig gewesen war – arrogant, egozentrisch, perfekt im Job, unberechenbar im Privatleben. Emotionales Quecksilber. Nicht, dass sie unschuldig gewesen war an ihrer unseligen Beziehung. Wäre er noch am Leben, wäre sie wahrscheinlich immer noch Teil dieses kranken Dreiecks und Jonathan würde zwischen ihr und seiner Verlobten pendeln und versuchen, noch ein paar Jahre lang nicht erwachsen zu werden. Tess, die ihr eigenes Alter ebenfalls skeptisch betrachtete, war eine willige Komplizin gewesen.

Aber Jonathan war im Tode fromm geworden. Er belehrte sie, er tyrannisierte sie. Nicht, dass sie sich an viel von dem erinnerte, was er ihr in diesen Träumen sagte. Jonathans Auftritte waren wie ein Kater, irgendwie dumpfe Schmerzen, die ihr das Gefühl gaben, sie müsste sich beim nächsten Mal wirklich besser benehmen, selbst wenn sie sich nicht genau erinnern konnte, was sie getan hatte.

Du darfst dich nicht vor der Wahrheit fürchten.

Sie erreichte eine weitere Brücke, aber statt sich hindurchzuschieben, hielt sie sich an den Pfosten fest und lauschte dem Summen der Autoreifen über ihrem gesenkten Kopf. Wahrheit. Wenn sie sich für Wahrheit interessiert hätte, wäre sie nie in den Journalismus gegangen und erst recht nicht hätte sie angefangen, als Detektivin zu arbeiten. Sie war Faktensammlerin, keine Wahrheitsfanatikerin.

Die Wahrheit war: Sie liebte die kleinen Lügen, die sie als Detektivin erzählte, die Erlaubnis, die sie hatte, Menschen mit harmlosen Unwahrheiten zu manipulieren, eine Praxis, die im Journalismus wahrscheinlich verboten wäre. Mal angenommen, es gäbe so etwas wie harmlose Unwahrheiten. Kleine weiße Lügen. Konnte man das jetzt sagen? Oder war auch das politisch nicht mehr korrekt, weil es implizierte, dass Weiß besser als Schwarz war?

Kleine weiße Lügen. Große weiße Lügen. Poppa Weinstein, lieb, wie Jackie es immer wieder betonte, hatte sie mit dem Geld für eine Abtreibung losgeschickt, hatte sein eigenes Gewissen beruhigt. Jetzt wollte Tess mehr oder weniger dasselbe tun – sie wollte Jackie wegschicken, wollte ihr den Rest ihrer Anzahlung zurückerstatten. Natürlich alles zu ihrem eigenen Besten. Es musste doch bessere Detektive geben, Leute, die mehr Erfahrung hatten, die wussten, wie man so etwas anging.

Aber Jackie wollte sie. Sie war – konnte Tess es sagen, es laut sagen, es zumindest hier über das Wasser flüstern? – Familie. Sie würde genug Zeit haben, sich damit zu beschäftigen, wie sie das fand. Im Moment war das Wichtigste, Jackies Tochter zu finden. Poppas Tochter. Eine dreizehnjährige Zeitbombe, die irgendwo dort draußen war, die hochgehen könnte und ihre ganze Familie zerstören. Tess musste sie finden, wenn auch nur, um alle anderen vor der Explosion zu schützen.

Vielleicht versuchte Jonathan Ross, ihr das zu sagen. Vielleicht wollte er auch einfach nur, dass sie endlich richtig erwachsen würde – wo er diese Chance schon nicht mehr hatte.

Ein kleiner Presseauflauf fand sich vor Tess' Büro, als sie am Morgen dort ankam. Verfluchte Jackie. Sie hatte sie verkauft, sie war mit der Information über die Vaterschaft ihrer Tochter an die Öffentlichkeit gegangen, sie hatte sich entschieden, die ganze Familie zu zerstören.

»Haben Sie heute schon mit Ihrem Klienten gesprochen, Miss Monaghan?«, fragte eine atemlose junge Brünette.

»Meine Arbeit mit Klienten ist vertraulich«, schnauzte sie, schloss die Tür auf und zerrte an Esskays Leine. Obwohl die Windhündin die Aufmerksamkeit der Medien schon reichlich genossen hatte, war sie immer wild auf mehr. Sie starrte begeistert in die Kameras und öffnete die Schnauze, als wäre sie bereit, ihr Statement abzugeben.

»Aber Luther Beale ist doch Ihr Klient, oder?«, rief eine Männerstimme hinter ihr her. Das Pack blieb auf dem Bürgersteig, klug genug, nicht widerrechtlich ihr Büro zu betreten.

»Luther Beale?«

»Der Schlachter von Butchers Hill, jetzt des Mordes an zwei Zwillingen verdächtigt.«

»Zwei Zwillingen? Im Gegensatz zu drei Drillingen oder vier Vierlingen?« Tess lächelte, und zwar nicht nur wegen der Redundanz des Reporters. *Luther Beale.* Gott sei Dank. Sie hatte ganz vergessen, dass die meisten dieser Teletubbies so neu in Baltimore waren, dass sie kaum je in einem Weinstein-Drugstore gewesen sein konnten. Ihr Großvater wäre nur ein Nachrichtenthema gewesen, wenn er Madonnas Baby gezeugt hätte.

»Auch diese Informationen sind vertraulich«, rief Tess zurück. »Und ich bin sicher, Sie können das nachvollziehen. Sie wollen schließlich auch nicht, dass ich Ihnen sage, wenn die Frau eines Ihrer Chefs eine Detektivin engagiert, um herauszufinden, wieso er so viel Zeit bei Prostituierten verbringt. Es heißt, er treibt sich jede Nacht im Patterson Park herum. Und es werden noch nicht mal die Quoten gemessen.«

»Wollen Sie sagen …?«

Tess ging zurück zur Tür; ihr war klar, dass sie aus dieser ganzen Sache vielleicht ein bisschen kostenlose PR herausschlagen könnte. »Ich sage, dass Keyes Investigations eine diskrete Firma ist, weil hier alle Klienten absolute Vertraulichkeit genießen. Und da ich hier sowieso nur eine Mitarbeiterin bin, kann ich auf keinen Fall im Namen der Firma sprechen. Ich weiß, dass Tyner

Gray Mr. Beale repräsentiert. Und was Fragen über die Agentur angeht, sollten Sie eher den Besitzer, Edward Keyes, anrufen.«

»Wie erreichen wir die beiden?«

»Nun, als erfahrene investigative Reporter haben Sie sicher ihre eigenen Methoden. Ich persönlich würde im Telefonbuch nachschlagen.« Tess strahlte und winkte in die Kameras, während Esskay die Nase zur Tür herausstreckte und begeistert mit dem Schwanz wedelte. Sie würden es vermutlich nicht in die Nachrichten schaffen – es wäre ein viel besserer Shot gewesen, wenn Tess sich geduckt hätte und an ihnen vorbeigerannt wäre. Aber wenn sie ihren Kommentar verwendeten, würden die Zuschauer erfahren, dass Keyes Investigations immer den Mund hielt, rotzfrech auftrat und über einen ungeheuer freundlichen Wachhund verfügte.

Tess versuchte es mit Jackies Pager-Nummer und bekam die Voicemail. »Ich bin da«, sagte sie ins Nichts. »Ich weiß nicht, wie ich Ihnen helfen soll, aber ich werde es versuchen. Aber wir haben einen neuen Deal, einen neuen Vertrag, ich gebe Ihnen die Details durch.« Danach wählte sie die Nummer ihres Onkels Donald. Wieder ein Anrufbeantworter. Unbeschäftigt, wie er war, legte Onkel Donald Wert darauf, niemals ans Telefon zu gehen und immer ein Clipboard bei sich zu tragen, während er durch die Flure schlich, von der Kaffeemaschine zum Männerklo und wieder zurück. Es war viel wichtiger, geschäftig auszusehen, als wirklich geschäftig zu sein, hatte er seiner Nichte einmal erklärt.

»Zeit für eine Gefälligkeit«, sagte sie dem Anrufbeantworter. »Eine große.« Onkel Donald würde verstehen, dass sie ihn um etwas bitten wollte, was technisch gesehen illegal war. Er würde bloß nicht wissen, dass auch sein eigener Vater in diese Sache involviert wäre. Das war der neue Deal. Statt Jackie Geld für ihre Dienstleistungen zu berechnen, wollte Tess nur die Garantie, dass sie stillschwieg. Wenn sie das Mädchen gefunden hatten, musste Jackie für immer aus ihrem Leben verschwinden.

Esskays Ohren, die besser waren als ihre, schossen plötzlich in die Höhe. Tess hatte es auch gehört, ein Quietschen aus dem Badezimmer. Nichts Ungewöhnliches. Das alte Gebäude seufzte und stöhnte oft, während es in sich zusammensackte. Aber dieses Geräusch war anders als alle, die sie bisher gehört hatte. Leise zog sie die Pistole aus ihrem Rucksack. Vielleicht war der Einbrecher ja zurückgekehrt. Ebenso leise schob sie die Pistole wieder zurück in den Rucksack. Was, wenn der Einbrecher größer wäre als sie oder besser bewaffnet? Dann würde die Waffe ihn vielleicht provozieren, sie zu erschießen, obwohl er das gar nicht vorgehabt hatte. Menschen wurden Einbrecher, weil sie Konfrontationen scheuten. Sonst wären sie Räuber.

Sie holte einen Hundekeks aus der Keksdose auf ihrem Tisch und warf ihn in den Flur, knapp an der Badezimmertür vorbei. Esskay rannte los und klang dabei mächtig gefährlich. Tess hörte einen gedämpften, unwillkürlichen Schrei. Dann klatschte etwas in Wasser, und ein Fenster, das sich zu schnell öffnete, quietschte.

Ein brauner Schuh schwamm in der Toilette, und zwei Beine in Kakihosen wollten gerade zum Fenster hinaus verschwinden, als Tess den Eindringling an seinen nassen Knöcheln packte. Er wand sich und kämpfte gegen ihren Griff, aber es gelang ihm nur, sich den Kopf zu stoßen, erst am Fensterrahmen und dann an der altmodischen Badewanne. Der zweite Treffer gab Tess die Gelegenheit, seinen Rucksack zu packen, ihn daran herumzudrehen und sich auf seine Brust zu setzen.

»Blute ich?«, fragte Sal Hawkings.

20

Tatsächlich blutete Sal Hawkings ganz ordentlich, was Tess nervös machte. Was, wenn sie Marylands bestem Diskutanten ein oder zwei Zähne ausgeschlagen hatte? Aber das Blut stammte nur aus einer Platzwunde auf seiner Stirn, und obwohl es viel war, war die Wunde nur oberflächlich. Sie reichte ihm ein paar Papierhandtücher, um sich sauber zu wischen, aber es war schon zu spät, um sein weißes Hemd und den blauen Blazer zu retten.

»Sollten Sie die Wunde nicht auswaschen?«, fragte er besorgt. »Dieser Badezimmerboden ist ziemlich dreckig. Ich könnte mir eine Infektion holen.«

»Sehe ich aus wie die Schulkrankenschwester?«

»Nein, die ist fett, trägt leuchtend roten Lippenstift und verbringt den Großteil der Zeit damit, am Lieferanteneingang hinter dem Speisesaal zu rauchen.«

Sehr charmant. Das wäre es jedenfalls gewesen, wenn Tess hätte eingelullt werden wollen. Sie faltete ein paar weitere Papiertücher und reichte sie Sal.

»Ich kann dich zur Notaufnahme fahren, wenn du willst. Nachdem ich bei der Polizei angerufen habe, natürlich, und in Penfield. Du bist abgehauen, nehme ich an?«

»Wieso wollen Sie mich denn reinreiten?« Es musste ganz schön schwer sein, mit dem aktuellen Slang auf dem Laufenden zu bleiben, während man Penfield besuchte. Tess fragte sich, ob Sal versuchte, seine wohlerzogenen Klassenkameraden zu beeindrucken, indem er den gerissenen Straßenjungen spielte. Wenn ja, dann sollte er ein bisschen moderner auftreten. *Reinreiten.* Wenn sie das Wort schon kannte, war es bestimmt lange außer Mode.

»Du bist in mein Büro eingebrochen, und das ist schon das zweite Mal diese Woche, dass das passiert. Auch am Wochenende war jemand hier. Vielleicht warst du das ja auch.«

»Ich wusste nicht einmal, dass es Sie gibt, bis Sie Dienstagmorgen zu mir in die Schule kamen.«

»Aber Chase Pearson wusste, wer ich bin. Ich frage mich … ich frage mich, ob er schon begonnen hat, an meinem kleinen Dossier zu arbeiten, bevor ich ihn anrief? Er hat in ganz schön kurzer Zeit eine ganze Menge Informationen zusammengetragen.«

»Das müssen Sie ihn fragen.«

»Mach ich vielleicht auch. Aber im Augenblick bist du hier, und er ist es nicht.«

Sals Rucksack stand auf ihrem Schreibtisch, ein viel hübscherer, neuerer Rucksack als ihrer. Das Leder war weder verkratzt noch verdreckt. Sie nahm ihn auf den Schoß und öffnete die glänzende Messingschnalle.

»Das dürfen Sie nicht, dafür brauchen Sie einen Durchsuchungsbeschluss.«

»Das gilt nur für Bullen.« Tess zog einen Notizblock heraus, zwei Stifte, ein kleines Ledertäschchen, in dem Schraubenzieher steckten, und ein altes dickes Buch, das in verblasstes grünes Leinen eingeschlagen war. Die

Buchstaben auf dem Rücken waren über die Jahre fast verschwunden. *The Kipling Compendium*, das Buch, das Sal in der Bibliothek gelesen hatte.

»Wofür sind die Schraubenzieher? Nur für Einbrüche oder auch, um Autos aufzuknacken?«

Sal runzelte die Stirn. »Ich habe Werkunterricht. Die Schraubenzieher sind ein Geschenk von Mr. Pearson. Außerdem habe ich Ihnen schon gesagt, ich war am Wochenende nicht hier. Sie können ja in Penfield nachfragen, wenn Sie mir nicht glauben.«

»Also, jedenfalls warst du definitiv heute Morgen hier.« Tess zeigte auf seinen klatschnassen Schuh, dunkel vom Wasser, der in einem Sonnenstrahl auf der Fensterbank vor sich hin trocknete. »Eine hübsche kleine Cinderella-Nummer.«

»Ich bin eigentlich nicht eingebrochen.«

»Nein, du schienst eher *aus*zubrechen. Was die Frage aufwirft, wie du eigentlich hier reingekommen bist. Ich war nicht in Penfield, aber ich denke, das ist relativ logisch. Was rauswill, muss irgendwie reingekommen sein.«

Marylands bester Diskutant auf Mittelschulebene schwieg einen Augenblick. Tess nahm den Telefonhörer ab und wählte 311. War natürlich besetzt, also tat sie so, als hätte sie eine Verbindung. »Eastern District … Ich möchte einen Einbruch melden …«

Sal streckte den Arm aus und drückte auf die Gabel. »Mr. Pearson kam vorgestern in die Schule und hat mir gesagt, sie würden Luther Beale verhaften.«

Würden ihn verhaften – Chase Pearson hatte gute Quellen. Er hatte von Beales Verhaftung gewusst, bevor es dazu kam. Tess sagte nichts, sie legte bloß den Hörer auf und wartete. Sie hoffte, Sal würde weiterreden, wenn sie nichts sagte.

»Ich weiß, dass Beale Sie beauftragt hat, uns alle zu finden. Sie haben mich gefunden. Sie haben Treasure gefunden. Sie konnten Destiny nicht finden, weil Beale sie schon umgelegt hatte.«

»Das ist nicht sicher, Sal. Ganz und gar nicht.«

»Klar.« Er schaute sie von oben herab an, als wäre sie hoffnungslos naiv. Es war merkwürdig, von einem siebzehnjährigen Jungen so angeschaut zu werden, aber Sal schaffte es beinahe.

»Was willst du, Sal?«

Wieder schaltete er den Charme an – seine Augen leuchteten, er lächelte freundlich. »Ich habe mich gefragt, ob Sie wissen, wo Eldon ist. Von allen, die bei den Nelsons gewohnt haben, waren wir einander am nächsten. Ich meine, alle waren einander nahe, schließlich wohnten wir in einem Drei-Zimmer-Haus, aber Eldon war mein Kumpel, verstehen Sie? Wir gehörten zusammen. Ich habe ihm eine Weile Briefe geschrieben, nachdem sie uns getrennt hatten, aber er hat nie zurückgeschrieben. Eldon war kein großer Schreiber.«

Sal Hawkings guckte so traurig, dass er Tess beinahe leidtat. Immerhin wusste sie, wie es war, einen besten Freund zu haben, der nicht schrieb. Whitney schickte ihr wundervolle Geschenke und rief sie manchmal auch völlig überraschend für eine Stunde an, aber sie würde sich nicht einmal hinsetzen und einen Brief schreiben, wenn man ihr eine Pistole an den klugen blonden Kopf hielt. Die Brieftauben zwischen Bond

Street und Tokio flogen ganz klar immer nur in eine Richtung.

»Eldons Spur ist ziemlich kalt«, sagte sie. »Er wird polizeilich gesucht, weil er nicht zu einer Anhörung erschienen ist. Das war vor ungefähr sieben Monaten. Ich schätze, er hat den Staat verlassen. Wahrscheinlich gibt er sich alle Mühe, nicht gefunden zu werden.«

»Eldon ist erst siebzehn, zwei Monate jünger als ich. Wieso unterliegt er nicht dem Jugendstrafrecht?«

»Wahrscheinlich hat er sich so gut angestellt, dass er eine Klasse überspringen dürfte.«

Sal Hawkings fand das nicht lustig. »Hey, Eldon ist ein guter Kerl. Wenn er abgehauen ist, dann wahrscheinlich, weil er es nicht war, aber nicht weiß, wie er jemanden dazu bringen kann, ihm das zu glauben. Er weiß einfach nicht, dass es auch noch ein anderes Leben gibt, okay? Er versucht einfach nur durchzukommen.«

»Aber du hast gelernt, dass es ein anderes Leben gibt. Denk darüber nach, Sal. Fünf Kinder leben im Haus der Nelsons in der Fayette Street. Eins wird erschossen. Eins nimmt Drogen, eins geht auf den Strich, und eins ist ein gesuchter Verbrecher auf der Flucht. Du hast es da rausgeschafft, weil Chase Pearson dir geholfen hat, aber Pearson hätte dir nicht geholfen, wenn du nicht all diese Preise für deine öffentlichen Auftritte gewonnen hättest. Was war anders bei dir, Sal? Was hat dich von den anderen unterschieden?«

Sal runzelte wieder die Stirn, er verschränkte die Arme fest vor der Brust, als wollte er Tess daran hindern, in sein Herz zu schauen, in seine Seele. »Jetzt klingen Sie wie der Psychologe in Penfield. Alle bohren immer bloß in mir herum, sie wollen wissen, warum, warum, warum. So ein Typ von der University of Maryland wollte sogar einen Artikel über mich schreiben. ›Sal H. Eine Erfolgsgeschichte entgegen aller Wahrscheinlichkeit.‹«

»Und?«

»Nichts da. Mr. Pearson hat gesagt, er würde mich von niemandem auf ein verdammtes Syndrom reduzieren lassen. Ich bin bloß ein Junge, bloß ich, verstehen Sie? Man kann mich nicht auseinandernehmen und da drinnen die Antwort auf alle Probleme der Welt finden. Sie haben mir das Gefühl gegeben, ich sei ein Spinner.« Sal sprach mit Massachusetts-Akzent weiter, offensichtlich ahmte er jemanden nach, er strich sich übers Kinn. Spielte er Sozialarbeiter, Psychologe oder einfach nur einen notorischen Besserwisser? »›Mein Gott – ein schwarzer Junge, der denken kann! Der sich bessern will! Was kann das nur bedeuten?‹«

»Sie haben es gut gemeint«, sagte Tess irgendwie abwehrend. Immerhin hatte sie auf andere Art dasselbe gefragt. »Wenn sie herauskriegen, wieso du Erfolg hattest, können sie vielleicht auch anderen Kindern helfen.«

»Klar.« Er schaute sie wieder überheblich an. »Vielleicht habe ich Erfolg, weil ich etwas Besonderes bin. Gibt's diese Möglichkeit nicht?«

»Oh, du bist was ganz Besonderes. Diskutant, Einser-Schüler und dann auch noch ein Einbrecher in Ausbildung, der zu meinem Badezimmerfenster raushängt.«

»Ich hab Ihnen doch schon gesagt, ich wollte wissen, wo Eldon ist.«

»Ja, aber bist du hergekommen, um mich das zu fragen oder um mein Büro nach dieser Information zu durchsuchen? Wenn du mich wirklich treffen wolltest, hättest du einen Termin vereinbaren können.«

»Ich glaube nicht, dass Mr. Pearson mich zu Ihnen gelassen hätte.«

»Wahrscheinlich nicht. Wie bist du überhaupt aus Penfield weggekommen?«

»Wir haben heute Morgen einen Ausflug zum National Aquarium und dem Columbus Center gemacht. Ich hab ein Taxi genommen und bin hergefahren. Als ich die ganzen Reporter vorne gesehen hab, dachte ich, ich geh hinten rum.«

Gute Geschichte, geschmeidig erzählt. Aber das war schließlich Sal Hawkings' Talent, nicht wahr? Spontan zu denken, alles Mögliche geschmeidig und plausibel klingen zu lassen.

»Erzähl mir von dem Auto, Sal.«

»Ein Checker-Taxi, nichts Besonderes. Am Steuer saß ein Pole, der kaum Englisch sprach, er hatte irgendeinen blöden Radiosender eingestellt.«

So doof konnte er doch gar nicht sein. Es war beinahe, als hätte er gewusst, dass die Frage käme, und ein Ausweichmanöver vorbereitet. »Nicht das Auto, mit dem du hergefahren bist. Das Auto, das in die Fairmount Avenue einbog, als Donnie getötet wurde.«

»Ich habe keine Ahnung, wovon Sie reden.« Die Antwort kam schnell, zu schnell. Als hätte Sal seinen Part so gut gelernt, dass er immer noch spontan hineinschlüpfen konnte, so wie Tess die auswendig gelernten Dialoge aus dem Französischunterricht an der Junior High immer noch aufsagen konnte. *Bonjour, Jean, comment vas-tu? Dis donc, où est la bibliothèque?*

»Luther Beale hat mir gesagt, da wäre ein Wagen gewesen und er hätte zwei Schüsse gehört, Schüsse, die er nicht abfeuerte. Aber keiner von euch hat einen Wagen erwähnt, keine anderen Schüsse. Ihr habt alle dieselbe Geschichte erzählt, mit denselben Details. Aber Luther sagte, Destiny und Treasure wären schon um die Ecke gewesen und Eldon hätte ihm den Rücken zugekehrt, als er zu schießen anfing. Ihr könnt also nicht alle dasselbe gesehen haben.«

»Er ist ein verdammter Lügner. So was würden wir nicht machen, okay? Wir waren Kumpels, wir haben zusammengehalten, wir haben keinen von uns allein gelassen. Wir sind weggerannt, als Donnie tot war, weil wir Angst hatten. Die hätte doch jeder gehabt. Er wollte uns auch töten.«

»Und da war kein Wagen?«

»Nein. Kein Wagen, kein zweiter Schütze, kein O.J. Simpson, okay? Deswegen bringt der alte Mann uns Überlebende um, verstehen Sie, denn wenn wir erst mal alle tot sind, gibt es niemanden mehr, der sagen kann, dass er lügt, und dann gewinnt er. Aber er war es. Er muss einfach lernen, damit zu leben, so wie wir mit Donnies Tod leben mussten und damit, dass sie uns auseinandergerissen und uns in neue Familien gesteckt haben.«

Sal packte seinen Rucksack und fing an, die Sachen hineinzuwerfen, die Tess auf ihrem Schreibtisch ausgebreitet hatte. Tess ließ ihn alles außer dem Kipling einpacken, den sie an die Brust drückte. Sie ging davon aus, das wäre das Teil, ohne das er das Büro nicht verlassen würde, und er sah tatsächlich besorgt aus, als er das Buch in ihren Händen entdeckte.

»Man sieht nicht mehr viele Kinder Kipling lesen, obwohl ich früher viel davon auswendig lernen musste. Aber ich schätze, Penfield ist ein wenig altmodisch.«

»Geben Sie das her. Es ist meins.«

Sie blätterte in dem Buch. Die alten Farbbilder waren sehr schön, wenn auch etwas vergilbt. Da waren die Weibchen aller Gattungen, die tödlicher waren als die Männchen, Mandalay, und natürlich der gute alte Ganga Din. *»Merry Christmas, Love, Grandmere«*, stand auf dem Vorsatzblatt. Tess vermutete, dass die verblasste kursive Widmung nicht Sal galt. Sowohl das Buch als auch die Handschrift waren mindestens vierzig Jahre älter als er.

»Das ist meins«, wiederholte er mit kindlich hoher Quengelstimme. »Das ist das erste Buch, das mir je gehört hat, es ist ein Geschenk von Mr. Pearson. In Penfield lesen wir bloß moderne Gedichte, Kunitz und Cummings und Merwin und solchen Scheiß. Ich lese lieber so was.«

»Ich bin nicht sicher, ob ich mit deinem Urteil über die modernen Dichter übereinstimme, aber es beeindruckt mich, wenn du Kipling aus Vergnügen liest. Du bist von uns beiden der bessere Mann, Ganga Din.«

Sal schaute sie vorwurfsvoll an, mit ausgestreckten Händen. Vielleicht dachte er, es wäre rassistisch, auf jeden Fall nicht sehr PC, ihn mit dem treuen Wasserträger zu vergleichen. Sie gab ihm das Buch, und er strich über den Rücken, bevor er es in den Rucksack steckte, als hätte ihre Berührung es irgendwie beschmutzt.

»Wie erklärst du die Platzwunde auf deiner Stirn, wenn du zu deiner Klasse im Aquarium zurückkehrst?«

»Ich lass mir was einfallen«, sagte er und schulterte seinen Rucksack, er überprüfte die Messingschnalle, um sicher zu sein, dass Kipling bei ihm blieb, dann nahm er seinen Schuh von der Fensterbank.

Tess hatte daran keinen Zweifel; es war sehr offensichtlich, dass Sal Hawkings verdammt schnell denken konnte. Sie sah ihm nach, als er hinausging. Sein rechter Schuh quietschte immer noch ein wenig vor Nässe.

21

Onkel Donald konnte durchaus schnell sein, wenn er tatsächlich etwas zu tun hatte. Tess und Jackie sollten sich mit ihm Montagmorgen in seinem Büro im Department of Human Resources treffen. Der Ort stimmte Tess nostalgisch, denn die Behörde befand sich im alten Hutzler's, einst dem größten Kaufhaus der Stadt. Zehn Stockwerke hoch und so prallvoll mit Sachen, die man kaufen und nach denen man sich sehnen konnte, dass es einen Anbau im Süden gab, um den Rest aufzubewahren. Dort hatte Tess ihr erstes Make-up gekauft, sie hatte die Schule geschwänzt und war mit dem Bus Nr. 10 in die Stadt gefahren. Nach heutigem Standard – Kaufhäuser mit großen Pianos und Marmorböden und Espressobars – würde das alte Hutzlers's nicht besonders großartig wirken. Aber Tess hatte dennoch einen Kloß im Hals, als sie sah, worauf es reduziert worden war, bloß eine weitere Behörde mit dünnen Wänden und einem Labyrinth aus Büros.

»Gehen wir spazieren«, sagte Onkel Donald, als er sie mit seinem Clipboard in der Hand im Foyer traf.

Er schaute auf seine Uhr und führte sie zur Haltestelle der Light Rail um die Ecke, wo sie sich auf einer Bank niederließen, einer von denen, die so geformt waren, dass Obdachlose sich darauf nicht zum Schlafen hinlegen konnten.

»Kaum fing ich an, Erkundigungen einzuholen, sagte man mir, da gäbe es einen Richter«, sagte Onkel Donald. »Er nimmt dafür eine Gebühr, normalerweise.«

»Wie viel?«, fragte Jackie.

»Zehntausend Dollar.«

»In Ordnung.« Jackie zog tatsächlich ihr Scheckbuch und ihren Montblanc heraus. Jackie benutzte keine ordinären Einwegkulis. Onkel Donald legte seine Hand auf ihre, bevor sie anfangen konnte, einen Scheck auszuschreiben. Tess konnte sich vorstellen, was sie darauf geschrieben hätte. *Für Richter sowieso. Zehntausend Dollar. Grund: Bestechungsgeld.*

»Das sind Bargeschäfte, Schätzchen. Außerdem habe ich gesagt, er verlangt das *normalerweise.* Als ich ihm von Ihrer Situation erzählte, sagte er, da könne er nicht helfen. Alles, was er tun kann, ist, die ursprüngliche Geburtsurkunde zu entsiegeln. Aber Sie wissen ja, was da draufsteht, nicht wahr? Und es gibt nichts, was die erste Geburtsurkunde mit der zweiten, nachträglich ausgestellten in Verbindung bringt.«

»Wieder eine Sackgasse«, sagte Jackie bitter. »Nach allem, was ich rausbekommen habe, klingt es, als könnte meine Tochter mich ziemlich leicht finden, aber ich werde es nie schaffen, sie zu finden.«

Der Zug fuhr ein, halb leer, wie immer. Ein großer, breitschultriger Mann mit blonden Locken, die unter dem Schirm eines Yankee-Käppies hervorlugten, stieg aus und setzte sich neben sie. Er las die Sportseiten der *New York Post.* Er trug ein Jeanshemd, das über die Hose hing, eine ausgeblichene Jeans und schmutzig weiße

Chuck Taylors. Normalerweise hätte man in Baltimore statt des Yankee-Käppies auch ein Schild mit der Aufschrift »Schlag mich« tragen können, aber man konnte sich schwer vorstellen, dass jemand diesen Mann belästigte. Es war nicht nur seine Größe. Er trat mit einer solchen Selbstsicherheit auf, dass es Tess irritierte. Sie hasste natürliche Selbstsicherheit, weil sie so schwer arbeiten musste, um ihre vorzutäuschen.

»Wenn Sie nach Camden Yards wollen, sind Sie ungefähr sechs Blocks zu weit nördlich«, sagte Tess zu dem Mann. Sie ärgerte sich über sein Eindringen in ihren persönlichen Raum. Was für ein Arschloch setzte sich direkt neben einen, wenn jede Menge Bänke frei waren? »Und wenn Sie zum Yankee-Stadion wollen, das ist ungefähr zweihundert Meilen nördlich.«

»Glauben Sie mir, ich weiß, wo ich hinmuss, wenn ich ein ordentliches Baseballspiel sehen will«, sagte der Mann mit leiser Stimme, den Blick auf die Spielergebnisse gerichtet.

»Wir führen hier ein Gespräch unter uns, und es geht dabei nicht um Baseball.«

»Donald, vielleicht möchtest du diesen Damen sagen, wer ich bin. Nein, nicht, wer ich bin, aber warum ich hier bin.«

»Tess, Miss Weir, ihr dürft diesen Herrn Mr. Maulwurf nennen.«

»Was, spielen wir plötzlich *Der Wind in den Weiden?*«, fragte Tess. »Ich will der Kröterich sein.«

Mr. Maulwurf betrachtete sie, aber nicht mit dem sonnengeblendeten Blinzeln seines Namensvetters. Er hatte leuchtend blaue Augen, Augen, die so hell schimmerten, dass sie eiskalt zu sein schienen. Er gewann den Blickaustausch mühelos.

»Mr. Maulwurf arbeitet beim Gesundheitsamt«, sagte Donald. »Er hat Zugriff auf Geburtsurkunden, die aufgrund der Gesetze des Staates Maryland vertraulich sind. Wie ich schon sagte, wir wissen, was auf der ursprünglichen Geburtsurkunde steht, denn die hat Jackie selbst ausgefüllt. Mr. Maulwurf hat vorgeschlagen, alle Geburtsurkunden durchzusehen, die in den achtzehn Monaten nach dem Geburtstag von Jackies Tochter ausgestellt wurden.«

Tess fragte sich, wieso das nun besser funktionieren sollte als alles andere, was sie bisher versucht hatten. »Wie stellen wir die Verbindung zwischen der neuen Geburtsurkunde und der alten her? Wir haben keine gesicherten Informationen – nicht den Namen, nicht den Nachnamen der Eltern, nicht ihren Wohnort. Alles, was wir bisher erfahren haben, könnte gelogen sein oder auf falschen Erinnerungen beruhen.«

»Ich brauche keinen Namen«, sagte Mr. Maulwurf. »Ich kann mich nur auf die Geburtsurkunden konzentrieren, die nicht am Geburtstag ausgestellt wurden. Das ist der Trick, das deutet auf eine Adoption hin. Normalerweise sind die beiden Daten gleich.«

»Über wie viele Möglichkeiten reden wir hier?«, fragte Tess skeptisch.

»Eigentlich nicht viele. Die Geburtsurkunde muss von der Stadt ausgestellt worden sein, denn dort hat die Adoption stattgefunden. Es muss ein Mädchen sein. Ich sehe auch die County-Unterlagen durch, bloß sicherheitshalber, aber ich bin zuversichtlich, dass ich sie in den städtischen Urkunden finden werde. Das Baby war *mixed-race*, nicht wahr?«

»Stimmt«, sagte Jackie. Sie warf Tess einen schnellen Blick zu, um sicherzugehen, dass sie diese Information weitergeben konnte. Sie hatte sofort Tess' Bedingung verstanden und akzeptiert, dass Familie Weinstein weitere Details niemals erfahren dürfte.

»Wenn wir erst mal den Namen der Eltern und des Kindes wissen, werden Sie erstaunt sein, wie leicht es ist, sie zu finden. Computer heutzutage …«

»Ich weiß alles über Computer heutzutage«, sagte Tess. Selbst in ihren eigenen Ohren klang sie arrogant wie ein besserwisserisches Kind.

Jackie holte wieder ihr Scheckbuch und ihren Montblanc heraus. »Wie viel schulde ich Ihnen dafür?«

Mr. Maulwurf schüttelte den Kopf. »Kein Geld.«

Jetzt wurde Jackie skeptisch. »Warum machen Sie es dann? Was haben Sie davon?«

»Ich bin adoptiert. Als ich in der Gesundheitsbehörde anfing, haben die mir gezeigt, wie man Geburtsurkunden heraussucht, und ich habe das Original meiner Urkunde gefunden, mit dem Namen meiner Mutter darauf. Das sollte eigentlich nicht möglich sein, aber es ist schließlich eine Behörde, verstehen Sie? Da arbeiten auch nur Menschen, und Menschen machen Mist. Ich habe meine Mutter gefunden. Sie hat zwei Meilen von mir entfernt gewohnt, während meiner Kindheit. Das hat meine Beziehung zu meiner ›richtigen‹ Mutter und meinem Vater nicht verändert, aber ich hatte das Gefühl, als wären mir ein paar Fragen beantwortet worden. Warum sollte ich nicht anderen Menschen dieselbe Chance geben?«

Sie konnten das Rumpeln des nächsten Zugs aus Süden hören. Mr. Maulwurf stand auf und warf seine Zeitung in den Papierkorb.

»Ich muss wissen, was auf der ursprünglichen Geburtsurkunde steht, sicherheitshalber. Donald hat mir gesagt, es sei ein Mädchen, geboren am elften August vor dreizehn Jahren, stimmt das? Wer ist als Vater und Mutter angegeben?«

Tess schaute Jackie besorgt an. Mit dieser Frage hatte sie nicht gerechnet.

»Mutter: Susan King«, sagte Jackie. »Vater: unbekannt.«

Die quietschenden Bremsen der Bahn übertönten Tess' erleichterten Seufzer. Sie wusste nicht, ob Jackie die Wahrheit gesagt hatte oder nicht, ob der Vater als unbekannt angegeben war oder nicht. Aber sie hielt ihre Vereinbarung ein. Mr. Maulwurf suchte ja sowieso nicht nach der ursprünglichen Geburtsurkunde. Und wenn er sie fände, wusste Tess, dass er diskret vorgehen würde. Mr. Maulwurf war niemand, den sie mögen konnte, aber sie hatte das Gefühl, ihm vertrauen zu können. Er bestieg den Zug, ohne sich noch einmal umzuschauen.

Onkel Donald erhob sich, das Clipboard unter dem Arm. »Zurück an die Arbeit. Ich muss durch viele Flure gehen und viele Tassen Kaffee trinken, bevor dieser Tag vorbei ist.«

»Wie lange dauert es, bis wir von Mr. Maulwurf hören?«, fragte Jackie.

»Keine Ahnung. Er wird mich mithilfe eines codierten Memos kontaktieren. Ehrlich gesagt glaube ich, es gefällt ihm, die ganze Sache ein wenig geheimnisvoller zu gestalten, als es sein muss. So aufregend ist es nicht, in der Gesundheitsbehörde zu arbeiten, müssen Sie wissen.«

»Wie hast du ihn eigentlich aufgetrieben?« Tess fand, dass Mr. Maulwurf ihr irgendwie bekannt vorkam, wie ein alter *Star*-Reporter, der begonnen hatte, in der Presseabteilung der Stadt zu arbeiten, als die Zeitung pleiteging, und dann von der Bildfläche verschwunden war.

»Einen Mann, der nichts für seine Informationen berechnet? Ach, Schätzchen, in meinem kleinen Netzwerk ist er berühmt. Er macht den Leuten eine höllische Angst. Ein paar mehr von der Sorte, und das ganze System bricht zusammen.« Onkel Donald pfiff vor sich hin – »Hey, There« war der Song des Tages – und schlenderte zurück ins DHR, um sich einem weiteren langen Tag der Unterbeschäftigung zu stellen.

Tess und Jackie waren sich unausgesprochen einig, dass sie nicht zu optimistisch sein sollten. Sie hatten vorher schon geglaubt, das Ziel fast erreicht zu haben, nur um dann eines Besseren belehrt zu werden. Deshalb sprachen sie nicht über Mr. Maulwurf, als sie im Woman's Industrial Exchange zu Mittag aßen, und auch nicht über den Fall an sich. Was ihnen relativ wenig Gesprächsstoff übrig ließ.

»Ich kann kaum glauben, dass dieser Laden fast zugemacht hätte«, sagte Jackie zum zweiten Mal, seit sie Platz genommen hatten.

»Es ist okay hier, wenn man auf Tomatenaspik steht.«

»Ich muss zugeben, ich komme mir immer ein wenig

betrogen vor, wenn Miss Marguerite nicht meine Kellnerin ist.« Jackie plauderte auf sie ein, so wie Tess vor ein paar Tagen auf sie eingeredet hatte, sie versuchte, ihr irgendeine Antwort zu entlocken. »Glauben Sie, sie reservieren sie für die Stargäste, wie Jim McKay, seit er seinen kleinen Auftritt in *Schlaflos in Seattle* hatte?«

»Ich weiß nicht«, sagte Tess lustlos. »Wieso will man eine siebenundneunzigjährige Kellnerin haben? Außerdem ist sie in Rente.«

»Es gehört einfach dazu.«

»Es erinnert mich bloß daran, dass ich anfangen müsste, mal Geld zurückzulegen, damit ich mit siebenundneunzig nicht kellnern muss.«

»Das haben Sie noch nicht getan? Damit müssen Sie schnellstens anfangen. Ich sag's Ihnen ja nicht gern, aber es ist Ihr Leben. Sie warten vielleicht darauf, dass irgendetwas passiert, aber das tut es schon. Sie leben jetzt.«

Sie schwiegen. Jackie spielte mit ihrem Tomatenaspik herum, Tess aß eine Charlotte russe, denn das war das, was sie wirklich wollte, und sie fand, sie hätte es nicht nötig, sich durch ein Sandwich oder einen Thunfischsalat zu kauen, nur um sich ein Dessert gönnen zu dürfen. Sie war mittlerweile ein großes Mädchen, sie konnte essen, was sie wollte und wann sie wollte.

»Sind Sie sich sicher, dass Sie keine Essstörung mehr haben?«, fragte Jackie.

»Dies ist der Beweis, dass ich geheilt bin.«

Wieder eine ungemütliche Stille. Jackie und sie waren beinahe an dem Punkt gewesen, wo sie miteinander reden konnten, statt ungeschickt miteinander herumzustreiten. Aber seit Jackies Enthüllung – war das wirklich erst vier Abende her? – konnte Tess der anderen Frau kaum in die Augen sehen. Sie hatte die neue Eigenart, sich dauernd zu entschuldigen, nie verstehen können, aber jetzt sah sie den Sinn dahinter. Sie wollte sich bei Jackie für alles entschuldigen – für ihren Großvater, dafür, dass sie arm gewesen war und schwarz, sodass sie den Job bei Weinstein's Drugs hatte annehmen müssen, was dazu geführt hatte, dass Samuel Weinstein sich über sie hergemacht hatte. Dass Jackie sich selbst nicht als Opfer betrachtete, war in Tess' Augen nur der Beweis dafür, dass sie eins war. Wie jemand mit Stockholm-Syndrom hatte sie sich in ihren Unterdrücker verliebt. Nun ja, nicht verliebt, aber so etwas Ähnliches. Sie hatte eine Bindung aufgebaut, die sie mit Liebe verwechselt hatte.

»Ich vergesse das immer«, sagte Jackie und legte ihre Gabel hin. »Der Woman's Industrial Exchange ist berühmt für sein Tomatenaspik, also bestelle ich es. Aber eigentlich mag ich Tomatenaspik gar nicht.«

Tess kaute auf ihrer Charlotte russe herum. Entweder war die nicht so gut, wie sie sich erinnerte, oder alles fing an, nach Sägespänen zu schmecken.

Immerhin hatte der Medienzirkus vor Tess' Büro die Zelte abgebrochen. Da Luther Beale nicht sofort angeklagt wurde, hatten die Fernsehreporter sich entschieden, anderen Möglichkeiten nachzugehen, alle bedacht mit den juristisch notwendigen Fragezeichen. Gibt es einen Serienmörder in East Baltimore? Tess hatte die rhetorische Frage früh am Morgen gehört, als sie sich angezogen hatte. Die Antwort war natürlich: Nein, es sei denn, man wollte die Definition eines Serienmörders infrage stellen, aber im Fall Luther Beale interessierte sich niemand für Antworten.

Es war schön, im Dämmerlicht in aller Ruhe am Schreibtisch zu sitzen und ein paar Minuten Ruhe von der endlosen Aneinanderreihung der Besucher zu haben, die in den letzten zwei Wochen hier aufgetaucht waren. Beale, Jackie, Detective Tull, Keisha Moore, Sal Hawkings. So viele Leute verlangten nach ihrer Hilfe, so wenige waren bereit, dafür zu bezahlen. Immerhin hatten Beale und Jackie ihr Geld gegeben.

Aber sie waren auch nicht ehrlicher gewesen als alle anderen. Beale und Jackie hatten ihre wahren Motive erst zugegeben, als es unbedingt notwendig war. Sal hatte Eldon finden wollen, aber sie hatte immer noch nicht begriffen, wieso er dafür durch ihr Badezimmerfenster hatte hereinkriechen müssen. Jedenfalls würde er so bald nicht wiederkommen. Das Badezimmerfenster hatte einen brandneuen Riegel und war außerdem zugenagelt. Doppelt hält besser!

Keisha Moore war immerhin geradeheraus gewesen. Sie hatte Geld gewollt. Für neue Esszimmermöbel. Sie hatte sogar genau gesagt, wie viel, 119 Dollar. Aber Lügen waren immer präzise. Das war eines der Geheimnisse der »umhergeisternden Frauen«, einen so mit Details zu verwirren, bis einem schwindelig wurde oder man sich so sehr langweilte, dass man ihnen Geld gab, damit sie einen in Ruhe ließen. Das war alles, was sie wollten, Bargeld, wenn auch nicht für das, was sie behaupteten. Vielleicht war Keisha so wütend auf Tess' Möbelköder gewesen, weil es gar keine Esszimmermöbel gab, keine Anzahlung. Vielleicht hatte auch sie nur schnell ein wenig Bargeld machen wollen. Aber warum? Sie hatte sich aufgebrezelt, und die große Tasche, die sie bei sich gehabt hatte, hätte genauso gut ein kleiner Koffer sein können.

Keisha war zu Tess gekommen, weil sie etwas in Erfahrung gebracht hatte, etwas über Beale und Destiny und Geld. Für Keisha ging es letztlich immer um eine Frage: Mein Sohn ist tot, was ist das wert? Aber was hatte sie gehört? Wie viel wusste sie wirklich?

Tess nahm Esskays Leine vom Haken an der Tür und steckte ihre Pistole in die Außentasche ihres Rucksacks. Es waren nicht die sichersten zehn Blocks von Butchers Hill bis zu Keishas Reihenhaus, aber der fast sommerliche Himmel war immer noch hell, und Esskay konnte aus der Ferne bedrohlich aussehen. Sie liefen zügig los, obwohl die Hündin bald langsamer wurde, um die fremden Gerüche eines neuen Wegs zu genießen.

Tess konnte Laylahs Schreie einen Block weit hören. Das Baby klang panisch, aber auch erschöpft, als hätte es seit Stunden geschrien und niemand wäre zu ihm gekommen. Na wunderbar. Keisha benahm sich wieder so wie früher, trotz aller Versprechungen und Behauptungen.

»Sie schreit noch nicht lange«, sagte eine alte Frau, die auf der Treppe nebenan saß, als Tess Keishas Treppe hochhetzte. »Es ist gut für sie. Keisha verwöhnt das Baby schrecklich.«

Laylah hatte jetzt Schwierigkeiten zu atmen, also wurden ihre Schreie unregelmäßig und schwächer, immer schwächer. Tess hämmerte an die Tür, dann holte sie Schwung und trat mit dem flachen Fuß dagegen. Die Tür zitterte ein wenig, hielt ihr aber stand, ganz offensichtlich war es die stabilste Tür in ganz East Baltimore.

»Haben Sie einen Durchsuchungsbeschluss?«, fragte die Nachbarschaftspolizei. Tess ignorierte sie und lief in die kleine Gasse hinter dem Haus. Keishas Haus verfügte über einen kleinen Hinterhof, der von einem Maschendrahtzaun umgeben war. Das Tor war mit einem Schloss gesichert, aber der Zaun war nur hüfthoch. Tess band Esskays Leine an das Tor, dann kletterte sie darüber. Die Küchentür war offen, die äußere Windfangtür abgeschlossen. Tess schaute durch die schmutzigen Scheiben, sah aber nichts. Sie dachte, sie könnte sich mit schierer Willenskraft Eintritt verschaffen, aber auch diese Tür hielt stand, egal, wie sehr sie daran zerrte oder dagegentrat. Am Ende schlug sie mit ihrer Pistole die untere Glasscheibe ein und griff hinein, um den Hebel zu lösen, der das Schloss sicherte.

Sie fand Laylah in einem kleinen Zimmer am oberen Ende der Treppe, sie lag in einer hölzernen Krippe aus den Fünfzigern, so wie sie mittlerweile aus Sicherheitsgründen nicht mehr gebaut wurden: mit Holzgitter und giftigen Bildern verrückt grinsender Pastelltiere. Vorsichtig griff Tess nach ihr, sie fürchtete, eine Fremde würde das Baby noch mehr aufregen. Aber das kleine Mädchen grub die winzigen Finger in ihre Arme, als wäre Tess ein Holzstamm, der während einer Flut an ihr vorbeitrieb.

Aber sie weinte weiter. Kein Wunder. Laylah stank. Tess hielt das Baby auf Armeslänge von sich fern und betrachtete es zweifelnd. Sie hatte keine Windel gewechselt seit ihrer Zeit als Babysitter vor fast fünfzehn Jahren. Aber wie schwer konnte das schon sein? Sie fand eine frische Windel und eine Schachtel Öltücher im Badezimmer, dann schaute sie sich um, wo sie das Baby wickeln könnte. Tatsächlich gab es einen Wickeltisch, Keisha musste trotz allem bei Onkel Spike angerufen haben. Windeln zu wechseln war einfacher, als Tess es in Erinnerung hatte. Gott sei Dank für Wegwerfwindeln mit selbstklebenden Verschlüssen, eine der großartigen technischen Innovationen unseres Zeitalters.

Laylah schrie immer weiter, aber immerhin hatte sich ihre Stimmlage ein wenig geändert. Sie war jetzt nicht mehr so panisch, sie klang jetzt eher fordernd. Es war ähnlich wie Esskays Wimmern, wenn die Essenszeit schon vorbei war. Tess trug Laylah die Treppe hinunter – es gab tatsächlich neue Esszimmermöbel, die waren ihr beim Hochrennen gar nicht aufgefallen – und wühlte sich durch die Küche. Eine Dose Milchpulver, von dem sie keine Ahnung hatte, wie man es zubereitete, eine Flasche im Kühlschrank, in der hoffentlich Apfelsaft war. Laylah nuckelte, sie war wenigstens vorübergehend zufriedengestellt.

Aber was jetzt? Wenn sie beim Sozialamt anriefe, wäre Laylah innerhalb von Stunden im Kinderheim. Natürlich war das allemal besser, als sie in Keishas »Obhut« zu lassen. Aber vielleicht hatte Keisha ja auch eine gute Entschuldigung. Sie hatte auch nicht gelogen, was die Möbel anging. Vielleicht hatte sie das Baby bei jemandem gelassen, der dann weggegangen war, bei ihrer verschlafenen Schwägerin oder einem Kind aus der Nachbarschaft. Tess ging durch das leere Esszimmer. Sie wiegte Laylah. Ihr Repertoire an Babybeschäftigung war ausgeschöpft. Wenn Keisha nicht bald auftauchte, würde sie das Jugendamt oder die Polizei rufen müssen.

Laylahs Haut erschien ihr kalt und klamm. War die Abendluft zu kühl für das Baby? Sie setzte das Baby auf ihre Hüfte und ging hoch, um nach einem T-Shirt zu suchen. In Laylahs Zimmer gab es nichts, außer einem Berg schmutziger Wäsche in einem kleinen Wäschekorb. Im Badezimmer nur der Windeleimer. Mit dem Fuß stieß sie die letzte Tür auf, sie ging davon aus, dass das Keishas Zimmer wäre.

Sie hatte nicht damit gerechnet, dass Keisha darin wäre.

Ihre bernsteinfarbenen Augen standen offen. Sie schaute ein wenig erstaunt, als hätte sie gerade noch genug Zeit gehabt zu begreifen, wie ihr geschah. Der Mann, der auf ihr lag – hatte er versucht, sie zu beschützen, oder wollte er aus dem Bett fliehen, als die Schüsse fielen? Seine Waffe lag auf dem Boden, nur wenige Zentimeter von seinen steif gewordenen Fingern entfernt, sein Rücken war von den Schüssen zerfetzt worden, die auch durch Keisha hindurchgedrungen sein mussten, dem Blut nach zu urteilen. Jede Menge Blut, aber das hatte offensichtlich nicht gereicht. Der Killer hatte noch zweimal geschossen – dem Mann in den Hinterkopf, Keisha in die Stirn. Nur um sicherzugehen.

Tess war sich plötzlich Laylahs bewusst, die sie immer noch auf der Hüfte balancierte, sie streckte ihre Babyärmchen nach ihrer toten Mutter aus.

22

Das kommt mir bekannt vor«, sagte Martin Tull. »Du, ich, ein Tatort.«

Tess saß in Keisha Moores Küche, sie hielt Laylah immer noch im Arm. Das Baby war trotz all der Aufregung um sie herum schließlich eingeschlafen. Die Polizei und die Spurensicherung trampelten durchs Haus, der Pathologe transportierte die Leichen von Laylahs Eltern ab. Tess schaute herunter und bemerkte, dass sie immer noch kein T-Shirt für das Baby gefunden hatte. Sie drückte es ein wenig fester an sich.

»Ich schätze, du glaubst mal wieder, das war Beale«, sagte sie.

»Ich schätze, du nicht.« Er war streng und kühl, viel unfreundlicher, als er zu einer Fremden gewesen wäre. Sie wusste das, sie war ihm einmal fremd gewesen. Sie erinnerte sich, wie nett er zu ihr gewesen war, als sie sich das erste Mal getroffen hatten. Er hatte ihr kein Wort geglaubt, aber er hatte ihr ohne Unterbrechung zugehört.

»Willst du Luther Beale wieder festnehmen?«

»Jemand ist schon zu ihm unterwegs.« Etwas in Tulls Gesicht schien nachzugeben. »Aber weißt du was? Ich glaube nicht, dass er mit dieser Sache etwas zu tun hat. Für mich sieht das aus wie eine Hinrichtung. Ich bin sicher, wir werden feststellen, dass der Freund irgendwelche krummen Dinger gedreht hat.«

Ich habe nicht vor, denselben Fehler noch einmal zu machen. »Keisha Moore hat gesagt, das hätte er nicht.«

»Bist du jetzt auf meiner Seite? Bist du bereit, über deinen Klienten zu reden?«

Tess schnupperte an Laylahs Kopf. Er roch süß, als käme der Apfelsaft, den sie getrunken hatte, durch die Poren wieder heraus.

»Na ja, der Tod von Donnie Moores Mutter ist eine gute Entschuldigung, Beale zu verhaften und zu hören, ob er etwas zu sagen hat. Oder zu gestehen.«

»Er ist härter, als du es bist.«

»Ja, das ist er«, sagte Tull, und sie schaute von Laylahs Kopf hoch, sie war überrascht, dass er Beale irgendetwas zugestand, egal wie widerwillig. »Weißt du, wie hart es ist, kaltblütig drei Kinder zu töten? Das ist auf jeden Fall härter, als ich es bin.«

»Er hat keine drei Kinder getötet.«

»Wie viele hat er dann getötet, Tess? Wie viele müssen es sein, bevor du zugibst, dass er so ist, wie ich es dir sage? Reicht eins nicht? Zwei vielleicht? Oder fünf? Sag du es mir. Glaubst du wirklich, er hat Donnie Moore nicht erschossen? Oder nur, dass er ihn nicht absichtlich erschossen hat? Glaubst du, er hat Treasure getötet, aber nicht Destiny, oder umgekehrt?«

Esskay winselte leidend in der Ferne. Sie war hinten in Tulls Polizeiwagen gesperrt worden, damit sie nicht den Tatort verwüstete. »Oder was vom Tatort übrig geblieben ist«, hatte sich einer der Spurensicherer beschwert, als hätte Tess wissen müssen, dass sie sich in einem Haus mit zwei frischen Leichen befand, als sie die Windel wechselte und nach Apfelsaft suchte.

»Hat irgendjemand die Schüsse gehört?«, fragte sie Tull.

»Die Nachbarn sagen jetzt, sie glauben schon, aber sie haben sie nicht gemeldet, weil sie glaubten, es wäre irgendwo anders gewesen. Hier in der Gegend werden Schüsse nicht immer gemeldet.«

»Und wessen Schuld ist das?«

»Deren, weil sie sich dauernd erschießen. Siehst du, ich kann genauso gut wie alle anderen den bösen Cop spielen, Tess. Willst du das? Denkst du so von mir?«

»So verhältst du dich jedenfalls seit einiger Zeit.«

»So verhalte ich mich, seit du dich mit Luther Beale eingelassen hast. Und ich habe recht gehabt, nicht wahr, Tess? Sieh es mal so. Wenn du Luther Beales Fall nicht übernommen hättest, hättest du niemals mit Keisha Moore gesprochen. Dann wärst du jetzt nicht hier. Hättest du dir nicht wenigstens das gern erspart? Ich meine, es ist ja schlimm genug, den Tod von Treasure Teeter auf dem Gewissen zu haben ...«

»Sind wir fertig?«

»Nicht ganz.«

Eine Polizistin kam herein und streckte Tess die Arme entgegen. Einen Augenblick lang war Tess nicht sicher, was die Polizistin wollte. Als sie begriff, dass es Laylah war, drückte sie das Baby fester an sich.

»Keine Sorge«, sagte die Polizistin. Sie war erstaunlich jung, selbst nach Tess' Maßstäben. Sie konnte nicht älter als einundzwanzig oder zweiundzwanzig sein. »Dem Baby wird es gut gehen.«

Die Polizistin hatte eine große Wickeltasche bei sich, sie hatte gepackt und war abfahrbereit. Offensichtlich hatte sie die Kleidungsstücke finden können, die Tess nicht gesehen hatte. Aber Tess war noch nicht bereit zuzugeben, dass jemand kompetenter sein könnte als sie.

»Was haben Sie mit ihr vor?«

»Wir werden sie heute Nacht provisorisch unterbringen, dann werden wir versuchen herauszubekommen, ob ein Familienmitglied sie nehmen kann.«

Tess dachte an das, was sie über Keishas Familie wusste – die süchtige Tonya, die unzuverlässige Schwägerin, die ihre Kinder bei Keisha ablieferte, wenn ihr danach war.

»Und wenn nicht?«

»Dann bleibt sie in Pflegschaft. Machen Sie sich keine Sorgen, wir wissen, was wir tun.«

»Herrgott, das klingt ja, als gäbe es eine Anleitung dafür.«

»Die gibt es, Tess.« Tulls Stimme klang jetzt wie der alte Tull, wie ihr Freund. »Glaubst du, dieses kleine Mädchen ist das erste Baby in Baltimore, dessen Eltern ermordet wurden?«

»Nein, wohl nicht.« Mit diesen Worten reichte Tess der Polizistin zögernd das Baby. Laylah schlief weiter, sie öffnete ihre Augen während des vielleicht wichtigsten Ereignisses ihres jungen Lebens nicht ein Mal. Ihre ganze Zukunft änderte sich in dieser Nacht, basierte auf diesen Entscheidungen. Was würde sie denken, wenn sie an einem fremden Ort aufwachte, umgeben von lauter fremden Gesichtern? Wie viel wussten Babys, an was erinnerten sie sich? Würde sie eines Tages darauf warten, dass ihre Mutter sie holte? Wartete Jackies Tochter auf sie, gab es irgendeine Urerinnerung, die man niemals auslöschen konnte? Tess versuchte, sich ein Leben ohne Judith vorzustellen. Ohne die nervige, anstrengende, kritische, wunderbare Judith, die ewige Märtyrerin. Und es gäbe keine Judith ohne Gramma Weinstein.

»Lass mich dich und deine Hündin heimfahren«, schlug Tull vor. »Es ist dunkel, es gefällt mir nicht, dass du ganz allein zurück nach Butchers Hill gehen musst.«

»Esskay sieht furchterregend aus. Niemand wird uns belästigen.« Tess fühlte sich genauso unbeholfen wie Tull. Es war ihr unmöglich, ihm zu erlauben, freundlich zu ihr zu sein. Wenn er nicht mit Treasure Teeter angefangen hätte, hätte sie sein Angebot vielleicht angenommen, um sich wieder besser mit ihm zu verstehen, aber er hatte wissen wollen, ob sie bereit wäre, auf seine Seite zu wechseln – was nichts anderes bedeutete, als dass er recht hatte und sie nicht.

»Na gut, ruf meinen Pager an, wenn du da bist.«

»Okay«, sagte sie ein wenig ruhiger. »Gibt es eine Möglichkeit, dass ich nach Laylah fragen kann?«

»Laylah?«

»Das Baby.«

»Ich behalte sie im Auge, ich frage beim Sozialamt nach, was hältst du davon?«

»Das ist okay, schätze ich. Aber was, wenn sie ins Waisenhaus muss? Was passiert dann mit ihr?«

»Ich weiß es nicht, Tess. Ich weiß es einfach nicht.«

»Aha.«

»Ich sage dir nur ungern, wie viele Leute auch das Baby umgebracht hätten, einfach nur so. Immerhin waren diese Typen Profis. Das kleine Mädchen hatte Glück.«

»Sicher. Sie ist arm, sie ist Vollwaise, sie wird im selben

System groß werden, in dem ihr Bruder starb. Wie viel Glück kann ein Mensch noch haben?«

Zwei Blocks von Keisha Moores Haus entfernt begann Tess zu bereuen, Tulls Angebot, sie heimzufahren, abgelehnt zu haben. Es war jetzt nach neun, und die Fayette war leerer, als sie gedacht hatte. Sie ging schneller, und Esskay lief fröhlich neben ihr her, sie war immer begeistert, draußen zu sein. Tess lauschte ihren eigenen Schritten, dem dumpfen Geräusch ihrer Nubuk-Loafer und dem hellen Klacken der Hundekrallen wie Kastagnetten. Sie glaubte, im selben Rhythmus noch mehr Schritte zu hören, aber noch ein wenig tiefer, von größeren, schwereren Schuhen.

Sie blieb stehen. Nichts. Wahrscheinlich nur das Echo ihrer eigenen Schritte.

Sie ging weiter, blieb wieder stehen. Das Geräusch stoppte mit ihr. Wenn jemand ihr folgte, dann verschluckten die Schatten hinter ihr denjenigen, vielleicht kauerte er sich auch hinter eine Treppe oder verbarg sich in einer der Gassen, die sie gerade passiert hatte.

»Ich habe eine Pistole«, sagte sie der Nachtluft, der scheinbar leeren Straße.

Gut für dich, schienen die Nacht und die Straße zu entgegnen. Aber sonst hatte niemand etwas zu sagen.

Hatte jemand Keisha Moore letzte Woche denselben Weg gehen sehen? Man hatte sie kaum übersehen können in ihrem rot-grünen Outfit mit den roten hochhackigen Schuhen, die nicht ganz dieselbe Farbe wie ihre Bluse hatten, aber schon ziemlich nah herankamen. Und dazu noch die leuchtend gelbe Tasche, so schrecklich, dass sie schon wieder toll war. Was hatte sie nur in dieser großen Tasche gehabt? Ganz offensichtlich kein Geld, und wahrscheinlich auch nichts, was viel Geld wert war, denn sie versuchte, 119 Dollar aus Tess herauszuholen. Was hatte Keisha Moore gewusst? Was hatte sie mit Treasure Teeter gemeinsam gehabt, außer der Tatsache, dass sie mit Tess geredet hatte?

Manchmal schaffen es die eigenen Gedanken, einem eine Gänsehaut über den Rücken zu jagen. *Außer der Tatsache, dass sie mit Tess geredet hatte.* Sie hatte im Zusammenhang mit Luther Beales Fall mit drei Leuten geredet, und zwei davon waren tot. Mindestens zwei davon.

Sie fing an zu laufen, sie hörte nicht mehr auf die Schritte, sie rannte, als hinge ihr Leben davon ab, und wenn nicht ihres, dann vielleicht ein anderes. Esskay passte sich ihr an, sie wurde nicht langsamer, bis sie ihren Block in Butchers Hill erreicht hatte.

Sie schaute noch einmal hinter sich, mit gezogener Pistole, dann kam sie sich albern vor. Da war niemand. Sie schloss ihr Büro auf, sie wünschte, sie könnte ihren Kopf einfach in eine Wasserschüssel stecken, so wie Esskay. Stattdessen setzte sie sich an den Schreibtisch und versuchte, wieder zu Atem zu kommen. Als sie aufgehört hatte zu keuchen, wählte sie die Nummer der Penfield School.

»Ist Sal Hawkings da?«

»Wer sind Sie?«

»Tess Monaghan.«

»Ma'am, wir erlauben es unseren Jungen nicht, so spät Anrufe entgegenzunehmen, es sei denn in Notfällen.

Und wir haben die strikte Anweisung, von Ihnen überhaupt keine Anrufe entgegenzunehmen.«

»Ja, von Chase Pearson. Hören Sie, ich will gar nicht mit Sal reden, ich will nur wissen, ob mit ihm alles in Ordnung ist, ob er da ist.«

Die Stimme klang beleidigt. »Natürlich ist er da. Bei uns ist immer …«

»Können Sie bitte, verdammt noch mal, nachsehen gehen, sonst rufe ich die Baltimore County Police an und melde ihn als vermisst.«

Es folgte ein langes Schweigen. Tess hätte glauben können, die Leitung sei getrennt worden, wären da nicht ein Klicken im Hintergrund gewesen, vielleicht von einer altmodischen Gegensprechanlage, und Gemurmel. Schließlich meldete sich wieder jemand. Es war eine andere Stimme, eine bekannte Stimme.

»Sal geht es gut«, versicherte ihr Chase Pearson. »Gibt es irgendeinen Grund, aus dem das nicht so sein sollte, Miss Monaghan?«

»Donnie Moores Mutter wurde heute Nacht ermordet.«

Eine Pause, als könnte Chase Pearson sich nicht recht erinnern, wer Donnie Moore war. »Das tut mir leid, aber Donnies Mutter pflegte immer schon schlechte Gesellschaft, finden Sie nicht? Wenn ich mich recht erinnere, landete ihr Sohn deswegen auch im Pflegeheim. Was könnte das mit Sal zu tun haben?«

»Ich weiß nicht, er …« Aber Tess entschied sich, Pearson nichts von Sals Besuch zu erzählen. »Ich weiß nicht, ich glaube, ich habe Angst bekommen.«

»Allerdings.«

»Sind Sie normalerweise in der Schule, Mr. Pearson?«

»Ich bin nicht sicher, wie Sie das meinen. Ich bin ein Alumni, ich bin Mentor. Ich sitze im Board …«

»Ich meine, sind Sie normalerweise an einem Montagabend nach neun Uhr in der Schule?«

»Ich war zu einer Verpflichtung in einem Country Club in Phoenix und dachte, ich schaue vorbei.«

Was auch immer sie mit ihrem Leben anstellte, Tess hoffte, es würde nie dazu kommen, dass sie an etwas so Langweiligem teilnehmen müsste, dass man es nur eine Verpflichtung nennen konnte. »Sie machen sich auch Sorgen um Sal, nicht wahr, Mr. Pearson? Sie sorgen sich, dass derjenige, der Destiny und Treasure umgebracht hat, es auch auf ihn abgesehen haben könnte, und Sie bleiben in seiner Nähe.«

»Miss Monaghan, jeder in Baltimore weiß, wer die Teeter-Zwillinge ermordet hat. Es ist nur eine Frage der Zeit, bis es der Polizei gelingt, ihm dieses Verbrechen nachzuweisen. Bis dahin, ja, mache ich mir Sorgen um Sal. Es wird für Luther Beale schwieriger sein, an ihn heranzukommen, aber es ist nicht unmöglich. Er hat unter Beweis gestellt, dass er nicht dumm ist, nicht wahr?«

»Wenn Luther Beale die Teeter-Zwillinge nicht umgebracht hat, dann hat es jemand anders auf Sal abgesehen, Mr. Pearson, jemand, der deutlich gefährlicher ist, weil niemand nach ihm Ausschau hält.«

»Warum sollte jemand anders als Luther Beale diese armen Kinder umgebracht haben?«

»Weil sie etwas wissen. Sie haben in der Nacht, in der Donnie Moore getötet wurde, etwas gesehen. Vielleicht war es ein Drogendealer, der Sal und die anderen bedrohte, und sie haben ihm versprochen zu schweigen. Aber wenn sie so ein Versprechen gegeben haben, gilt es offensichtlich nicht länger. Luther Beale ist aus dem Gefängnis heraus und will seine Unschuld beweisen, und der wahre Mörder muss die Zeugen ausschalten, bevor ihm das gelingt.«

»Miss Monaghan, hören Sie oft Radio-Talkshows?«

Die Frage brachte sie aus dem Gleichgewicht. »Ja, manchmal. Aber ich verstehe nicht …«

»Das dachte ich mir«, sagte Pearson überheblich. »Sie klingen genau wie diese paranoiden Leuten, die in solchen Sendungen anrufen.« Und mit diesen Worten legte er auf.

23

Eine Woche verging, eine Woche, in der gar nichts geschah. Immerhin, die Sonne ging auf und wieder unter, Tess absolvierte ihren Trainingsplan, und Kitty trennte sich von Will Elam, was für ungefähr fünf Minuten Drama sorgte. Er weinte, er sagte, er könne sie niemals vergessen, er versuchte, ihre Erstausgabe von Anne Tylers *A Slipping Down Life* zu stehlen, und Esskay biss ihn in den Knöchel. Luther Beale blieb in Freiheit, und niemand sonst starb – jedenfalls niemand, der mit Tess in Verbindung stand. Es gab nur Warten. Jedes Mal, wenn das Telefon klingelte, dachte sie, jemand würde ihr von Sal Hawkings' Tod berichten oder vielleicht auch davon, dass man Eldon Kanes Leiche gefunden hatte, die im Hafen schwamm oder unter der Eislaufhalle im Patterson Park auftauchte.

Aber als das Telefon schließlich klingelte, war Onkel Donald dran, der sie und Jackie in sein Büro bat, auf den Tag genau eine Woche nach dem Treffen mit Mr. Maulwurf.

»Das müssen doch gute Nachrichten sein, glauben Sie nicht?«, fragte Jackie, als sie im Foyer des DHR warteten, vielleicht drei Meter von dem Ort entfernt, wo früher bei Hutzler's der Kosmetiktresen gestanden hatte.

Tess, die anfing, sich an die Idee, dass keine Nachrichten gute Nachrichten sind, zu gewöhnen, versuchte, optimistisch dreinzuschauen. »Na ja, es war jedenfalls nicht genug Zeit, um das Handtuch zu werfen.«

»Genau das denke ich auch.« Jackie schäumte vor Aufregung fast über. »Es ist, als wenn man nach einem Schuh in einer bestimmten Größe fragt. Je länger sie im Lager bleiben, desto größer die Chance, dass sie ihn gar nicht haben. Aber wenn sie sofort zurückkommen, haben sie immer eine Schachtel in der Hand. Nicht, dass ich meine Tochter mit einem Schuh vergleiche, aber Sie wissen, was ich meine.«

Tess rieb sich die Stirn. Sie hatte unglaubliche Kopfschmerzen, die sich über den Nasenrücken zogen, wahrscheinlich die Nebenhöhlen. Und obwohl sie Jackie die Freude nicht verderben wollte, gefiel ihr nicht viel an diesem schnell einberufenen Treffen. Das Arrangement mit Mr. Maulwurf war geheimnisvoll und inoffiziell gewesen. Wieso saßen sie dann jetzt in der Behörde und warteten darauf, in ein Büro gerufen zu werden? Onkel Donald war am Telefon merkwürdig kurz angebunden gewesen, Tess hatte den Eindruck gehabt, dass jemand den Anruf mithörte. Sie hatten das Gesetz gebrochen. Vielleicht würde man sie verhören und zurechtweisen, bis sie Mr. Maulwurf preisgaben.

Einer der drei Fahrstühle öffnete sich, und eine gedrungene Frau mittleren Alters kam auf sie zu. »Sie haben jetzt Zeit für Sie.«

»Sie? Wie viele Leute treffen wir denn?«, fragte Tess, als der Fahrstuhl in den zehnten Stock aufstieg.

»Die Leiterin der Beratungsstelle, den Leiter des Jugendamtes, Ihren Onkel und einen Anwalt, David Edelman.«

»Wieso ist denn ein Anwalt da?«

»Das weiß *ich* ganz bestimmt nicht«, sagte die Frau kurz angebunden. Sie war klein und hatte eine voluminöse Brust, sodass sie Tess an eine Taube erinnerte. Die Frau hatte sogar dieselbe dusselige, selbstzufriedene Ausstrahlung wie diese Vögel. »Ich habe nicht seit fünfundzwanzig Jahren hier einen Job, weil ich nach Dingen frage, die mich nichts angehen. Aber sie sind aufgeregt, so viel kann ich Ihnen sagen. Sie sind schon den ganzen Morgen aufgeregt.«

Diese Information stimmte Tess nur noch besorgter, aber Jackie war immer noch unglaublich hoffnungsvoll. Sie erlaubte es sich wieder zu hoffen, und vor lauter Vorfreude drehte sie fast durch. Und als sie das Büro der Leiterin der Beratungsstelle betraten, schöpfte auch Tess wieder Hoffnung. Diese Leute waren vielleicht den ganzen Morgen aufgeregt gewesen, aber sie waren irgendwie abwehrend nervös, als hätte Jackie im Moment alle Trümpfe in der Hand. Aber wieso schaute dann Onkel Donald mit seinen spanielbraunen Augen so sorgenvoll?

Die Leiterin der Beratungsstelle war eine Halbasiatin, Mitte dreißig, der Leiter des Jugendamts ein großer, dünner Schwarzer. Sie schauten den Anwalt, Edelman, an, als wollten sie fragen: *Wer zuerst?* Er schüttelte den Kopf. *Ich nicht. Wir auch nicht*, schüttelten sie zurück.

»Sagt jetzt irgendjemand irgendetwas?«, forderte Onkel Donald. »Großer Gott, dann fange *ich* an. Jackie, Sie wissen, wie das ist, wenn man nach etwas sucht, und man hat es die ganze Zeit direkt vor der Nase?«

Sie nickte, sie strahlte noch immer.

»Okay, Sie haben also nach Ihrer Tochter gesucht,

aber Sie gingen davon aus, sie hätte einen neuen Namen und eine neue Geburtsurkunde, denn so läuft es, wenn ein Kind adoptiert wird. Aber was, wenn es nicht adoptiert wird?«

»Das verstehe ich nicht«, sagte Jackie, deren Freude abebbte.

»Es gab keine Geburtsurkunde, die man zu Ihrer Tochter zurückverfolgen konnte. Mein … Freund kam dann auf die Idee, Ihren Namen und den Geburtsnamen Ihrer Tochter hier durch die Datenbank laufen zu lassen, nachdem er bei seiner ursprünglichen Suche nichts gefunden hatte. Das Kuriose ist, er landete sofort einen Treffen. Sie war die ganze Zeit hier, Samantha King.«

»Sie war die ganze Zeit hier?«

»Sie ist in Pflegschaft«, sagte die Leiterin der Beratungsstelle. »Sie steht unter der Obhut des Staates, und so war es fast ihr gesamtes Leben lang.«

»Wie kann das sein?« Tess konnte die widerstreitenden Gefühle in Jackie sehen – die Aufregung zu wissen, dass man ihre Tochter gefunden hatte, das Erstaunen zu erfahren, dass sie in Pflegschaft war, die Sorge, dass dieses Gespräch eine unerwartete Wendung nehmen würde. Letzteres Gefühl teilte Tess.

»Es kam nie zu einer Adoption«, erklärte die Leiterin der Beratungsstelle. »Nach unseren Unterlagen gab Family Alternatives Ihre Tochter an den Staat weiter, als sie vierzehn Monate alt war. Was auch immer sie geplant hatten, kam nicht zustande, und sie konnten keine anderen Adoptiveltern auftreiben. Also kam sie in Pflege.«

»Geht es ihr gut? Kann ich sie sehen? Ist sie in irgendeinem Heim, oder lebt sie bei einer Familie?«

»Es geht ihr gut«, sagte David Edelman. »Es geht ihr hervorragend.« Jackie schaute ihn an. »Was wissen Sie denn darüber?«

»Ich bin ihr Pflegevater.«

Das Wort ›unangenehm‹ reichte nicht aus, um das Schweigen zu beschreiben, das sich im Zimmer ausbreitete. Jackie und Edelman starrten einander an. Edelman schaute unsicher und defensiv, während sich Hass in Jackies Zügen ausbreitete.

»Sie sehen in Ihrem schicken Anzug und Ihren feinen Schuhen so aus, als ginge es Ihnen ganz gut,«, sagte Jackie schließlich. »Wieso müssen Sie Kinder des Geldes wegen aufnehmen?«

»Wir haben Sam nicht des Geldes wegen aufgenommen, wir haben sie zu uns genommen, weil sie ein Zuhause brauchte. Meine Frau und ich wollten sie adoptieren, aber wir durften nicht. Ein weißes Paar kann in Baltimore kein *mixed-race* Baby adoptieren.«

»Grundsätzlich wäre das schon möglich«, unterbrach der Leiter des Jugendamts. Robert Draper, wie das Namensschild auf dem Schreibtisch besagte. Das musste also sein Büro sein, auch wenn er seinen Schreibtischstuhl an die Leiterin der Beratungsstelle abgetreten hatte. »Jeder Gerichtsbezirk kann seine eigenen Vorgaben bei Adoptionen machen. In Baltimore City haben sich die Sozialarbeiter entschieden, den Empfehlungen mehrerer prominenter Gruppen zu folgen, die glauben, dass solche Adoptionen dem Kind schaden.«

Edelman warf dem Jugendamtschef einen Blick zu. »Na prima, Robert. Willst du erklären, wieso Samantha

King in rechtlichem Niemandsland bei mir zu Hause endete, oder soll ich?«

Draper nickte ein wenig, er wollte damit sagen, dass Edelman weitersprechen konnte.

»Haben Sie jemals von dem Prozess *L. J. gegen Massinga* gehört?«, fragte der Anwalt Jackie und Tess. Jackie schüttelte den Kopf. Tess hatte das Gefühl, als klingelte irgendetwas, zumindest bei dem Namen Massinga.

»War sie nicht irgendwann mal Mitarbeiterin dieser Behörde?«

»Ja, vor über zehn Jahren, als das gesamte Pflegeprogramm in einer Krise steckte. Die Sachbearbeiter hatten viel zu viele Fälle, niemand hatte den Überblick. Es war eine Katastrophe. Staatsanwälte haben gemeinsam mit freien Rechtsanwälten, wie ich es bin, eine Sammelklage gegen die Stadt angestrengt, im Namen von sieben Kindern, die man ihren leiblichen Eltern wegnahm, nur um sie in Pflegefamilien zu geben, wo es ihnen noch schlechter ging. L. J. war ein Junge, der Hauptkläger.«

»War meine Tochter eine von diesen sieben?«

Edelman lächelte Jackie an. »Sam hatte Glück. Kurz nach Erhebung der Klage bekam ich einen Tipp, dass ein älteres Paar immer weiter Kinder aufgenommen hatte, obwohl sie sich schon lange nicht mehr um sie kümmern konnten. Sie hatten fünf Kinder bei sich zu Hause, drei davon unter fünf Jahren. Sam hatte nicht mal ein eigenes Zimmer, sie schlief im Wohnzimmer in einem Nest aus schmutzigen Laken. Es war Freitagabend, und ich konnte niemanden finden, bei dem sie über das Wochenende bleiben konnte, also nahm ich sie mit nach Hause. Seitdem lebt sie bei uns.«

»Hält sie Sie für ihre Eltern?«

Edelman war Anwalt, aber er sprach nicht vorschnell, sondern dachte ernsthaft über Jackies Frage nach, nahm sie im Kopf auseinander und untersuchte jedes Wort. »Wir betrachten sie als unsere Tochter. Sie nennt uns Mom und Dad. Aber sie ist sich darüber im Klaren, dass sie nicht blutsverwandt mit uns ist.«

»Hat sie je nach mir gefragt? Nach ihrer Mutter, meine ich?«

Edelman schüttelte den Kopf. »Es sind immer alle davon ausgegangen, dass ihre Mutter tot sei. Deswegen befinden wir uns jetzt in dieser etwas delikaten Situation.«

»Welcher Situation?«

Wieder die nervösen Blicke zwischen Edelman und den anderen beiden. *Sag du es. Nein du.* Wieder zog Edelman den Kürzeren.

»Wie Ms. Chu sagte, befindet sich Sam offiziell in der Obhut des Staates, aber Ihre elterlichen Rechte wurden nie widerrufen. Man glaubte, Sie seien tot, und auf Sams Geburtsurkunde stand: Vater unbekannt. Aber Sie sind am Leben.«

»Das alles wusste ich schon, als ich herkam«, blaffte Jackie. »Was ich nicht weiß, ist, warum wir hier diesen Tanz aufführen.«

Die Leiterin der Beratungsstelle seufzte. »Samantha King ist Ihre Tochter. Sie haben das Recht, sich an die Adoptionsabteilung zu wenden und zu verlangen, dass sie Ihnen zurückgegeben wird. Unter den gegebenen Umständen können wir Sie nicht daran hindern, den Edelmans das Mädchen wegzunehmen.«

Tess konnte sehen, dass Jackie diese Idee einerseits

großartig fand – und andererseits schrecklich. *Sie konnte ihre Tochter zurückhaben.*

»Was will …« Offensichtlich erlaubte sie es sich nicht, den Namen ihrer Tochter auszusprechen. »Was will *sie*? Möchte sie bei Ihnen bleiben, oder will sie zu mir?«

»Ich würde es nicht wagen, für Sam zu sprechen. Ihre biologische Mutter war für sie immer nur eine abstrakte Idee, ein Name, Susan King, nichts sonst. Wir haben einmal versucht, ihre Sterbeurkunde zu finden, aber als daraus nichts wurde, haben wir einfach vermutet, sie müsste irgendwo außerhalb Marylands verstorben sein.«

»Dann sind Sie unfähig, genau wie der Staat«, mischte sich Tess ein. »Ich habe Susan King in weniger als drei Tagen gefunden. Schon bei der Suchanfrage nach ausstehenden Schulden konnte man sie finden. Dann hätten Sie auch von der Namensänderung erfahren. Sie sind Anwalt, das zumindest hätten Sie doch wissen sollen.«

Jackie streckte den Arm aus, als wollte sie sie zurückhalten, wie ein Fahrer, der plötzlich bremst. »Vor zehn Jahren war ich in Penn. Selbst wenn Sie von meiner Namensänderung erfahren hätten, hätten Sie mich dort wahrscheinlich nicht gefunden.«

»Wir haben zudem einen Antrag auf Kindesunterhalt an Sie gestellt«, sagte die Leiterin der Beratungsstelle ein wenig beschämt. Tess erinnerte sich an die unbezahlte Forderung gegen Susan King, von der Dorie erzählt hatte und die sie für unbezahlte Strafzettel gehalten hatte. »Das Gesetz billigt uns zu, rückwirkend Kindesunterhalt geltend zu machen, wenn man die Gegebenheiten berücksichtigt. Aber in diesem Fall werden wir darauf verzichten.«

»Nett von Ihnen«, murmelte Tess. »Wirklich sehr nett.«

Sie hatte erwartet, dass Jackie wütender wäre, aber die war benommen wie eine Schlafwandlerin. Sie öffnete ihre Handtasche und starrte hinein, als müssten sich die Antworten auf alle Fragen des Lebens neben ihrem Lippenstift, dem Scheckbuch und dem Montblanc-Kugelschreiber darin befinden, dann klappte sie die Tasche resolut wieder zu.

»Haben Sie ein Foto von ihr?«, fragte sie Edelman.

»Wie bitte?«

»Haben Sie ein Foto von ihr, in Ihrem Portemonnaie?«

»Ein altes. Ihr neues Schulfoto wollte sie mir nicht geben. Sie hat gesagt, sie sähe darauf fett aus.« Er zog sein Portemonnaie heraus und blätterte an Fotos von zwei sommersprossigen, rothaarigen Jungs vorbei zu einem Mädchen mit hellbraunem Haar, braunen Augen und einer dunklen, olivfarbenen Haut. Jackie starrte es lange an. Dann reichte sie Edelman seine Geldbörse zurück.

»Ich möchte sie gern sehen«, sagte sie.

»Haben Sie doch gerade.«

»Ich würde sie gern persönlich sehen. Sie müssen ihr nicht sagen, wer ich bin, noch nicht. Aber ich muss sie sehen, bevor ich mich entscheiden kann, was ich tue.«

»Wir sind die einzigen Eltern, die sie je gekannt hat«, sagte Edelman. Er klang, als würde er gleich weinen. »Sie ist glücklich bei uns. Unsere Söhne beten sie an. Wir wären keine Familie mehr ohne Sam.«

»Das glaube ich Ihnen«, sagte Jackie. »Aber wann kann ich sie sehen?«

24

Schließlich einigten sie sich auf Mittwoch nach der Schule, Jackie und Tess würden mit Molly Edelman Tee trinken, alles ganz gediegen, und sie würden höflich miteinander plaudern, während Jackie ihre Tochter beobachtete. Aber am Mittwoch sollte außerdem auch das Krebsfestessen bei ihrer Mutter stattfinden, und Tess musste Obstsalat machen. Nicht nur irgendeinen Obstsalat, sondern Grammas Lieblingsobstsalat, mit einem ganz bestimmten Mohn-Dressing und allen möglichen Vorgaben, was die Früchte anging. (Keine Kiwis, grüne Weintrauben, aber keine blauen, extra viele Erdbeeren, und Melonen durfte es nur als Bällchen geben.) Sie bereitete den Salat in der kleinen Küche ihres Büros zu, als Tull klopfte.

»Hi«, sagte er.

»Hi«, sagte sie und hob die Hände. »Ich würde dir gern die Hand geben, aber ich bin voller Saft.«

Tull griff in die Keksdose und warf Esskay etwas Trockenfutter hin. Die Hündin schlang es dankbar herunter, dann kehrte sie in die Küche zurück, um auf den Obstsalat aufzupassen. Esskay mochte Melone, ob als Bällchen oder nicht.

»Das Baby …«, begann Tull.

»Laylah.«

»Ja, Laylah. Sie ist jetzt in einer Art betreutem Heim.

Die Schwägerin hat sie ein paar Tage genommen, sich aber dann entschieden, dass sie es nicht schafft.«

»Ich weiß nicht, ob das gut oder schlecht ist.«

»Ich habe ein paar Erkundigungen über das Haus eingezogen, in dem sie jetzt ist. Es ist wirklich nett. Draußen auf dem Land, viel Platz. Die Frau nimmt normalerweise HIV-positive Babys und Behinderte, aber sie hatte jetzt gerade einen freien Platz.«

»Wunderbar. Ich meine, nicht wunderbar, aber okay, schätze ich.« Obwohl sich Tess fragte, ob Laylah, die keine »besonderen« Bedürfnisse hatte, genauso viel Aufmerksamkeit erhalten würde wie die anderen. Ein acht Monate altes Waisenkind zu sein war eben nichts Besonderes, nichts im Vergleich zu behinderten und AIDS-infizierten Kindern.

Tull blieb stehen, er schaute irgendwie merkwürdig.

»Wegen Luther Beale«, sagte er.

»Was ist mit ihm?« Sie war wieder zu ihrem Obstsalat zurückgekehrt.

»Sei vorsichtig, okay? Der Doppelmord? Es hat sich herausgestellt, dass er kein Alibi hat. Alleine zu Hause, Radio gehört.«

»Aber du hast gesagt, der Mord hätte möglicherweise im Zusammenhang mit Drogen gestanden. Du hast gesagt, du wolltest ihn nur verhören, um ihm Angst zu machen.«

»Ja, aber Lavon und Keisha hatten mit Drogen nichts zu tun, soweit wir das beurteilen können. Ja, sie hat zu Unrecht Sozialhilfe kassiert. Sie hat behauptet, der Vater des Babys sei verschwunden. Aber Lavon hat schwarz als Maler gearbeitet. Er war wirklich zuverlässig, sagt sein Boss. Keine Anzeichen dafür, dass einer von ihnen Drogen genommen hat, ganz zu schweigen davon, dass er sie verkauft hätte.«

»Was willst du mir sagen?«

Tull schaute sie an. In seinem Blick lag kein Hochmut, kein Triumph, nur Sorge, ganz einfach. »Ich sage, dass jemand Destiny Teeter umgebracht hat, und er hat es aussehen lassen, als sei eine Nummer schiefgelaufen. Jemand hat Treasure Teeter den Schädel eingeschlagen und versucht, es wie einen Unfall aussehen zu lassen. Und jemand hat Lavon und Keisha auf eine Art und Weise getötet, die uns einen Drogenmord vermuten ließ. Ich sage, dass du vielleicht deine Waffe tragen solltest, und ich möchte, dass du vorsichtig bist.«

»Selbst wenn Beale irgendetwas verbrochen hätte – und ich glaube das nicht –, warum sollte er mir etwas antun?«

»Weil dieser Mörder verrückt ist und immer verrückter wird. Weil dieser Mörder anfängt, auch gegen Leute vorzugehen, die nur entfernt mit Donnie Moore zu tun haben. Wir haben Personenschutz angeordnet für den Staatsanwalt, den Richter, die Nelsons unten in D.C. Aber du bist auf dich allein gestellt, Tess. Ich kann dich nicht vor deinem eigenen Klienten schützen.«

»Und Sal?«, fragte Tess. »Schützt ihr auch Sal?«

»Sal ist am einfachsten zu schützen. Er verbringt die Sommerferien in Penfield. Sie haben ihm sogar einen Bodyguard besorgt, falls er das Gelände verlassen will.«

Tess hätte wetten können, dass Sal das toll fand. Einen Bodyguard. Nur eine weitere Erinnerung daran, dass er bei Weitem nicht so hart war, wie er zu sein glaubte.

Tull wandte sich ab, um zu gehen.

»Martin …« Komisch, wie fremd sein Vorname sich in ihrem Mund anfühlte.

»Ja?«

»Erzähl mir etwas von dir, etwas Persönliches, irgendetwas. Etwas über deine Ehe oder warum sie gescheitert ist.«

Er zögerte einen Augenblick. »Wir hatten einen Kater.«

»Deine Ehe scheiterte, weil ihr einen Kater hattet?«

»Gib mir doch mal einen Moment. Du fragst nach einer Geschichte, und dann unterbrichst du mich gleich wieder. Wir hatten einen Kater. Er hieß Stanley, weil er so merkwürdig miaute, es klang, als würde er ›Stella‹ rufen. Ehrlich. Ich hab diesen Kater geliebt. Als meine Frau mich verließ, nahm sie Stan mit. Sie hat auch alles andere mitgenommen – unser Bett, die Klimaanlage, die Elektrogeräte. Ich meine, sie hat den verdammten Herd ausgebaut, okay? Aber sie hat das Katzenklo dagelassen. Ich glaube, sie wollte mir irgendetwas sagen.«

»Und zwar was?«

»Das versuche ich immer noch rauszukriegen. Irgendwelche Ideen?«

»Ich glaube, dass sie ein bekloppter Gierschlund war, der für dich nicht auch nur im Entferntesten gut genug war.«

Tull lächelte, ging zu ihrem Schreibtisch zurück und holte noch einen Keks für Esskay heraus, dann boxte er Tess verschwörerisch gegen den Oberarm. »Sei vorsichtig«, sagte er. »Bitte, sei vorsichtig.«

Keine vier Stunden später saßen Tess und Jackie in einem Pavillon hinter einem überladenen viktorianischen Haus in Mount Washington, einem Stadtteil voller großzügiger alter Häuser. Molly Edelman servierte ihnen Eistee, selbst gemachte Blätterteigstangen mit Käse und Schinken-Sandwiches, von denen sie die Rinde abgeschnitten hatte. Ihre Hände zitterten, als sie den Tee eingoss. Niemand aß etwas.

»Unglaublich«, murmelte Jackie eher zu sich selbst. »Als ich zu Fresh Fields fuhr, war ich praktisch in ihrem Garten. Vielleicht habe ich sie gesehen. Vielleicht war sie gegenüber im Starbucks. Oder sie spazierte durch die kleine Ladenzeile und schaute sich Klamotten und Schmuck bei Something Else an.«

Die Jungs kamen zuerst nach Hause, denn ihre Schule befand sich am Fuße des Hügels. Es waren zwei rothaarige Jungs, und sie waren sich in der Größe so ähnlich, dass sie Zwillinge hätten sein können.

»Sandwiches. Super«, sagte der Ältere und griff sich ein paar.

»Wo sind deine Manieren, Henry?«, sagte Molly. »Henry, Eli, begrüßt bitte meine Gäste, Miss Weir und Miss Monaghan.«

»'lo«, sagte Henry mit vollem Mund. Eli schaute mit leuchtend grünen Augen auf, er war zu schüchtern, um etwas zu sagen.

»Können wir trainieren, obwohl du Besuch hast?«, fragte Henry.

»Natürlich«, sagte Molly. »Aber passt auf. Ich möchte nicht, dass wir einen Lacrosse-Ball abbekommen.«

Die zwei Jungs verschwanden ins Haus und kehrten

mit Lacrosse-Schlägern in ihrer Größe zurück, dann begannen sie, den Ball gegen ein Netz zu werfen, und spielten sich Pässe zu. Plötzlich hielt ein Volvo Kombi auf der Straße und ein langbeiniges Mädchen stieg aus. Die Jungs ließen ihre Schläger fallen und rannten auf sie zu, sie warfen sich auf den Boden und packten sie an den Knöcheln.

»Danke, Ms. Reston. Wir sehen uns morgen in der Schule, Hannah.« Das Mädchen schaute zu Boden, eine erheiterte Riesin. »Lasst mich los, ihr Deppen.«

Sie trug den kurzen blauen Rock einer Privatschule aus der Gegend – Bryn Mawr, dachte Tess, oder Roland Park County. Sie war kräftig, aber schlank, die teefarbenen Beine waren mit Kratzern übersät. Das honigfarbene Haar war zu einem Zopf zurückgebunden, aber kleine Löckchen hatten sich an der Stirn und im Nacken freigekämpft. Das Gesicht war die hellere Version von Jackies – die breite Stirn, der ausdrucksstarke Mund, die tief liegenden Augen.

»Sammy, Sammy«, riefen die Jungs und hielten ihre Knöchel weiter fest. »Trainierst du mit uns?«

»Ich hab keine Lust«, sagte sie, lächelte dabei aber. »Ich möchte etwas essen, und dann will ich wieder los.«

»Mom hat Blätterteig-Käsestangen und kleine Sandwiches im Pavillon. Wir durften welche abhaben.«

»Cool.« Samantha King lief die Stufen zum Pavillon hinauf, stopfte sich eine Käsestange in den Mund, dann gab sie Molly Edelman einen Kuss auf die Wange, wobei ein paar Krümel kleben blieben. Molly schien das nicht aufzufallen. »Ich hab heute Physik abgegeben und meine letzte Arbeit in Englisch. Mir geht's blendend.«

Wieder stellte Molly ihre Gäste vor, aber ihre Stimme war diesmal noch angespannter. Sam gab ihnen mit einer Herzlichkeit die Hand, die Tess so bekannt vorkam, dass sie sich beinahe vorstellen konnte, wie ihre gemeinsame DNA sich an den Fingerspitzen begegnete. Immerhin war auch sie mit ihr verwandt. In diesem beeindruckenden jungen Mädchen steckte genauso viel Weinstein wie King.

»Und was versucht Mum diesmal zu retten? Ein Haus, einen Wal, ein Kind in Guatemala? Wenn sie nicht aufpasst, verschenkt sie alles, und wir müssen mit einem Sportstipendium aufs College gehen. Dann haben meine Brüder ein echtes Problem.«

»Ich bin Beraterin für Fundraising«, sagte Jackie, die das Mädchen in sich aufzusaugen schien, jede Kleinigkeit. »Wir besprechen gerade unsere Strategie.«

Sam war damit beschäftigt, eine Serviette mit Sandwiches und Käsestangen zu beladen. *Ich kenne diesen Appetit,* dachte Tess. *Ich wusste nur nie, von welcher Seite ich ihn geerbt hatte.*

»Ich spiel noch ein bisschen mit den Nervensägen, dann geh ich rüber zu Darla, okay? Sie will mir ihren neuen Badeanzug zeigen. Ich soll sagen, ob sie darin dick aussieht.«

»Okay«, sagte Molly ein wenig heiser. Das Mädchen rannte davon, die langen Beine trugen sie mit wenigen schnellen Schritten über den Rasen.

»Sie ist wunderhübsch«, sagte Jackie.

»Sie sieht aus wie Sie«, sagte Tess. »Ich bin ganz überrascht, dass sie nichts gemerkt hat.«

»Mädchen in ihrem Alter sind ein wenig egozentrisch«, entschuldigte Molly sie. »Ich glaube nicht, dass sie irgendein anderes als ihr eigenes Gesicht sieht.«

Jackie erhob sich. »Okay, das reicht.«

Molly schaute ängstlich auf. »Reicht?«

»Ich habe gesehen, was ich sehen musste. Ich werde sie Ihnen nicht wegnehmen. Sie ist ein nettes Mädchen, und sie ist glücklich. Sie haben ihr das Leben gegeben, das ich ihr nie hätte bieten können. Vielen Dank.«

Tränen liefen über Mollys Wangen, aber sie versuchte, sich zusammenzureißen, damit die Kinder nicht bemerkten, was los war. »Wir könnten uns etwas überlegen, meinen Sie nicht? Ich bin sicher, sie würde Sie gern kennenlernen, Sie könnten ein Teil ihres Lebens sein. Wir müssten natürlich mit einem Psychotherapeuten reden, aber es könnte funktionieren. Ich weiß, dass es funktionieren könnte.«

»Ich glaube nicht, dass ich es halb kann«, sagte Jackie. »Ich weiß, dass ich irgendwie auch selbstsüchtig bin, aber mit einem Teil von ihr wäre ich nicht zufrieden. Ich habe sie vor dreizehn Jahren aufgegeben. Damit muss ich leben.«

»Wir könnten ihr sagen, dass Sie am Leben sind, wenigstens das – dass Sie nicht tot sind, wie sie immer geglaubt hat.«

Jackie schüttelte den Kopf. »Vielleicht später, wenn sie ein bisschen älter ist. Aber ich werde gerne aushelfen, wenn ich kann. Ich könnte für ihre Ausbildung bezahlen oder auch für die Privatschule.«

Molly wischte sich die Augen. »Oh, Sam hat nur einen Witz gemacht, was mich anging. David verdient genug Geld, es geht uns gut.«

Aber nicht allen, dachte Tess, die Jackie ins Gesicht schaute. *Es geht nicht allen gut.*

Zum ersten Mal ließ Jackie Tess ans Steuer ihres geliebten Lexus. Sie verkroch sich auf den Beifahrersitz und starrte geradeaus, das Gesicht ausdruckslos.

»Also, ich finde, Sie haben das Richtige getan«, sagte Tess vorsichtig. »Es ist für eine alleinstehende Frau die Hölle, ein Kind großzuziehen.«

»Ich habe Geld«, sagte Jackie mit einer ausdruckslosen Stimme. »Geld macht es leichter. Ich könnte sie großziehen, wenn ich wollte. Aber was habe ich ihr zu bieten? Mein Leben ist steril. Ich habe keine richtigen Freunde, kein Leben. Alles, was ich tue, ist Geld verdienen.«

»Das würde ich nicht sagen«, sagte Tess nervös. »Sie sind ... Sie sind selbstständig, autark, Sie sorgen für sich, das ist etwas anderes als ›steril‹.«

»Ich bin, was ich bin, Tess. Ich habe mich daran gewöhnt, ich habe überlebt. Die Frage ist, was habe ich unterwegs aufgegeben? Ich habe meine Tochter aufgegeben. Ich habe mich selbst aufgegeben.«

Tess dachte an die *Genau-so-Geschichten* in Sals *Kipling Compendium.* Jede einzelne davon handelte von jemandem, der sich verändert hatte, um zu überleben. Das Kamel brauchte einen Höcker, der Leopard musste Flecken bekommen, der Elefant brauchte eine Nase, wenn auch nur, damit man sah, wohin unstillbare Neugier führen kann. Mehrere Meilen lang sagte keine der Frauen ein Wort.

»Alles in Ordnung?«, fragte Tess, als sie nach Osten in Richtung Butchers Hill fuhren. »Ich meine, ich muss heute Abend unbedingt zu diesem Fest von meiner Mutter, aber wenn Sie mich brauchen, dann kann ich auch später kommen oder früher gehen.«

»Nein, Ihre Arbeit ist erledigt«, sagte Jackie. »Ich habe Sie gebeten, meine Tochter zu finden, und das haben Sie getan. Wie viel schulde ich Ihnen?«

»Das deckt die Vorauszahlung. Sie schulden mir nicht mal was für die Kilometer. Wir sind immer in Ihrem Wagen gefahren.«

Am Bürgersteig vor Tess' Büro hielt sich Jackie plötzlich die Hand an die Stirn.

»Haben Sie ein Aspirin im Büro? Ich glaube, so wie ich mich fühle, kann ich nicht zurück nach Columbia fahren.«

Tess lief hinein und kehrte mit einem Ibuprofen, einem Glas Wasser und der hechelnden Esskay zurück, die sich auch verabschieden wollte. Jackie trank dankbar das Wasser, streichelte die Hündin, dann rutschte sie rüber auf den Fahrersitz und reichte Tess zusammen mit dem leeren Glas ihren Rucksack.

»Vielen Dank«, sagte sie förmlich und streckte Tess die Hand hin. »In den letzten zwei Wochen fand ich Sie eigentlich richtig nett.«

»Hey, ich Sie auch. Wie heißt es in dem Lied? ›You may have been a headache, but you never were a bore.‹ Außerdem gehören wir jetzt zusammen, nicht wahr? Wir sind verwandt, wenn man genau darüber nachdenkt.«

»Sie und Sam, ja. Uns verbindet nichts.«

»Oh«, sagte Tess, die sich zurückgewiesen fühlte. Sie dachte, sie hätten mehr gemeinsam gehabt. Dann lächelte Jackie.

»Was ist so lustig?«

»Ach, ich habe nur an unsere gemeinsamen Abenteuer gedacht. Das Treffen mit Mr. Maulwurf, der Besuch in der Lesbenbar, diese blöde Geschichte, die Sie mich über *Frische Seeforellen* haben erzählen lassen. Haben Sie den Jungen eigentlich gefunden?«

»Ja.« Jackie auf ihrer imaginären Insel musste der einzige Mensch in ganz Baltimore sein, der noch nicht wusste, dass sie Sal Hawkings gefunden hatte. »Es ging nicht ganz so aus, wie ich erwartet hatte, aber ich habe ihn gefunden.«

»Und dann noch diese mistige Willa Mott, diese Kaninchenlöcher, in die sie uns gehetzt hat. Glauben Sie, dass es jemals einen Mr. und eine Mrs. Johnson gab, die ihr Baby Caitlin nennen wollten?«

»Das werden wir wohl nie erfahren.«

»Wohl nie«, sagte Jackie, winkte und fuhr dann aus Tess' Leben davon.

Tess und Esskay gingen ins Büro. Tess setzte sich an den Computer und betrachtete ihren einstmals jungfräulichen Tischkalender. Jetzt war er nicht mehr so leer. Namen, Spuren und Kritzeleien bedeckten die Oberfläche, sie suppten sogar hinein in Tage, die sie noch nicht einmal gelebt hatte. Da waren Ringe von Coladosen, Flecke von Rogan Josh, von Fett und Schokolade. Ein Chaos. Das Leben war chaotisch. Das musste sie Jackie erzählen. Das Leben war chaotisch.

Dann erinnerte sie sich daran, dass sie Jackie nie wiedersehen würde.

25

Tess hasste Meeresfrüchte. Und die Meeresfrüchte hassten sie im Gegenzug zurück. Ein Bissen, das kleinste Stückchen Fisch in einem Auflauf oder Dip, und sie reagierte allergisch, ihr Hals schwoll zu, bis sie keine Luft mehr bekam. Immerhin hatte diese Allergie für einen unvergesslichen achten Geburtstag bei Noam Fischer gesorgt. Wann immer sie ihn traf, normalerweise an dem Tisch mit den Geschichtsbüchern beim Sonderverkauf im Smith College, erzählte er ganz begeistert, als wäre es der Höhepunkt seiner Kindheit gewesen: »Du bist blau geworden! Du bist fast krepiert!«

Man könnte glauben, da sie ja nun seit mittlerweile neunundzwanzig Jahren hier herumhing, dass ihre eigenen Eltern diese Kleinigkeit mitbekommen hätten. Aber als das Krebse-Festessen bei den Monaghans losging, wurde schnell klar, dass Judith vergessen hatte, ein alternatives Hauptgericht einzuplanen. Wenn Tess nichts in der Vorratskammer fand, würde sie sich an Kohlsalat, Maiskolben und ihrem eigenen Obstsalat, den sie nicht besonders mochte, satt essen müssen.

»Hast du keine Erdnussbutter?«, fragte sie ihre Mutter, während sie Gläser und Dosen herumschob. Judith warf nie etwas weg, also waren ihre sorgsam geordneten Regale voll mit exotischen, aber nicht mehr essbaren

Dingen, die irgendwelche Leute ihr geschenkt hatten. Chutney, Früchtekuchen, Marmeladen in merkwürdigen Geschmacksrichtungen. »Dann könnte ich mir wenigstens ein Sandwich machen.«

»Ich könnte runter zu Arby's laufen und ihr Roastbeef holen«, bot ihr Vater hilfsbereit an. Er trug immer noch seine Sommerarbeitskleidung, ein kurzärmeliges weißes Hemd und einen blauen Schlips zum Anklemmen, eine Nuance heller als seine Augen. Er hatte auch einen sommerlichen Sonnenbrand, eine Nuance heller als sein Haar.

Tess dachte, wenn jemand nun schon ihretwegen wegdürfte, dann sollte sie es selbst sein. »Oder ich könnte ihr auch was von Mr. G's holen oder von dem Chinesen drüben in Ingleside, dem mit der tanzenden Kuh. Genau, ich hole ein paar Klöße und vielleicht noch Spareribs dazu.«

»Nein!« Judith schrie so schrill und hysterisch, dass sie beide erstarrten. Aber niemand schien überraschter als Judith zu sein, dass dieser gequälte Ton aus ihr herausgebrochen war.

»Ich meine ... verlasst mich nicht. Ich brauche euch beide hier. Pat, wenn du mir jetzt beistehst, dann fahre ich im August mit deiner Familie ans Meer und wir wohnen in dieser schrecklichen kleinen Wohnung und ich sage kein Wort.«

Tess warf ihrem Vater einen Blick zu. Das war tatsächlich ein ernst zu nehmendes Zugeständnis. Judith bestand normalerweise darauf, in einem Hotel zu wohnen, wenn die Monaghans im August ihr Familientreffen feierten, und normalerweise dachte sie sich auch irgendeinen Grund aus, warum sie den einwöchigen Aufenthalt nach spätestens zwei Tagen abbrechen musste.

»Okay, Schätzchen«, sagte er. »Ich bleibe und Tess auch. Sie muss hier bloß irgendwas finden, was sie essen kann.« Er breitete die Arme aus, und Judith erlaubte, umarmt zu werden. Als sie sich aneinander kuschelten, erinnerte Tess sich an die nahezu elektrische Spannung, die die ganzen Jahre über zwischen ihren Eltern geknistert hatte, eine Konstante ihrer Ehe. Sie hatten sich, weniger als zwei Wochen nachdem Donald Weinstein seine kleine Schwester diesem aufstrebenden Monaghan-Jungen beim West Side Democratic Club vorgestellt hatte, füreinander entschieden. Beide Familien hatten vorhergesagt, gehofft, gebetet, dass die Beziehung scheiterte. Aber über dreißig Jahre später waren sie noch immer zusammen, und es gab immer noch eine Spur von dem, was sie bei ihrem ersten Treffen zueinander hingezogen hatte. Tess hätte die Beziehung ihrer Eltern inspirierend gefunden, hätte sie nicht geglaubt, sie hätten sie für den Rest ihres Lebens vermurkst. Hatte sie nicht ihren letzten Freund nur deswegen rausgeworfen, weil er zu nett war, zu angenehm?

»Ich leg die Zeitungen aus«, sagte Tess. »Soll ich sie festkleben oder nur mit Tellern beschweren?«

»Kleb die erste Lage fest«, sagte Judith, deren Stimme von Patricks Schulter gedämpft wurde. »Dann breite noch mehr darüber, damit wir sie einsammeln und direkt in den Müll werfen können, wenn die Tische voll sind.«

Eine Stunde später standen die mit Papier bedeckten

Picknicktische im Garten voll, und kleine Stückchen Krebsschale flogen bei jedem Schlag der Krebshämmerchen durch die Luft. Selbst die Krebshasserin Tess war durchaus beeindruckt von der Professionalität, mit der ihre Verwandten diese keineswegs koschere Delikatesse aufbrachen. Onkel Jules und Tante Sylvie hatten natürlich spezielle Hämmerchen, Holzköpfe an Stielen aus Sterlingsilber, mit eingraviertem Monogramm. Sie aßen unmanierlich, opferten große Stücke Krebsfleisch ihrer gierigen Hast. Cousine Deborah war ordentlich, aber meistens zog sie sich kleine Schnitte am Bett ihrer manikürten Nägel zu, was schmerzte, wenn sie die Old-Bay-Würze hineinbekam. Der kleine Samuel saß zwischen seinen Großeltern und klopfte mit seinem eigenen Monogramm-Hammer auf dem Tisch herum, als übte er für den Tag, an dem er mehr als Cracker und vom Kolben geschnittene Maiskörner essen könnte.

Onkel Donald sezierte seinen Krebs mit einem Messer und war Experte darin, große Stücke aus dem Rückenpanzer herauszupulen, dem besten Teil des Krebses. Aber Gramma war die schnellste, ordentlichste Krebsknackerin von allen. Sie hatte einmal einen Krebsknack-Wettbewerb unter Prominenten gewonnen, vor dreißig Jahren, als man die Besitzer von Weinsteins Drugstore als Prominente ansah. Das erzählte sie der Familie bei jedem Krebs-Festessen. Und natürlich erzählte sie es auch jetzt wieder.

»Die Zweite, die Frau von diesem kleinen Eisladen, wie hieß sie noch, war keine Konkurrenz. Sie hatte kräftige Handgelenke, weil sie immer Eiskugeln ausstechen musste, aber ihre Haut war weich, und sie war empfindlich.« Gramma drehte ihr Handgelenk, als kratzte sie etwas aus einer Kiste, vielleicht Schokolade oder Karamell. »Aber dieser kleine Eisladen wurde letztes Jahr von Beatrice Foods aufgekauft, also hat sie am Ende doch noch gewonnen. Ihr Mann wusste, wie man ein Geschäft führt. Sie konnte es sich leisten, empfindliche Hände zu haben.«

Tess, die lustlos an ihrem Sandwich mit Guaven-Marmelade herumkaute, betrachtete ihre Großmutter. Jetzt verstand sie Grammas Bitterkeit, diese wiederholten Sticheleien gegen Poppas Scheitern als Ernährer. Gramma musste von seinem Betrug gewusst oder ihn zumindest vermutet haben. Andererseits war Gramma immer schon eine sauertöpfische, unglückliche Person gewesen. Früher hatte es keine Jackie gegeben, als sie Tess' Zeit auf dem fliegenden Hasen im Auge behielt. Oder doch? War Jackie ein einmaliger Ausrutscher oder nur eine von vielen? Tess legte ihr Sandwich weg, der letzte Rest Appetit war ihr vergangen.

Aber sie gewann ihn schnell zurück, als sie sah, dass Tante Sylvie ihren selbst gemachten Schokoladenkuchen hervorholte. Was auch immer man ihr vorwerfen mochte, Tante Sylvie buk gute Kuchen. Gramma stand am Kopf des Tischs und klopfte mit der Gabel gegen ihr Glas, während Samuel weiterhin mit seinem Hämmerchen auf dem Tisch herumhaute. Gramma starrte ihn an. Sie wurde nicht gern übertönt, nicht einmal von ihrem zweijährigen Augenstern. Aber beide verloren die Aufmerksamkeit ihres Publikums, als ein Polizeiwagen vorfuhr.

»Wahrscheinlich hat sich jemand über die ganzen Wagen beschwert, die in der Straße parken«, murmelte Patrick und ging zum Tor.

Aber es war ein County-Streifenwagen, kein städtischer, und die beiden Polizisten wirkten zurückhaltend und ein wenig peinlich berührt.

»Ist eine Miss Tess Monaghan hier?« Alle Familienmitglieder schauten sie an, so vorwurfsvoll, so bereit, das Schlimmste von ihr zu glauben, dass Tess sich doch ein wenig ärgerte.

»Das bin ich«, sagte sie, stellte die Mülltüten voll Krebspanzer hin, die sie gerade zugeknotet hatte, und wischte sich die Hände an der Jeans ab.

»Du musst ihnen gar nichts sagen«, versicherte ihr Vater ihr. »Lass mich unseren Anwalt anrufen.«

»Wenn du möchtest, kann ich auch den Polizeichef anrufen, oder Arnold Weiner«, schlug Onkel Donald vor. »Ich glaube nicht, dass Polizisten aus dem Umland hier etwas zu sagen haben.«

Penfield School liegt im Bereich von Baltimore County, dachte Tess, als sie zum Tor ging. Ihr Mund war trocken, als wäre er voller Asche. Wenn Sal Hawkings etwas zugestoßen war, würden die County-Cops die Sache untersuchen, die County-Cops würden sie befragen wollen, die County-Cops würden alles über Luther Beales immer gleiches Alibi wissen wollen.

»Wie kann ich Ihnen helfen?«

»Wir haben jemand gefunden«, sagte der größere Polizist, praktisch ein Riese, sein Namensschild war auf Tess' Augenhöhe. Officer Buske. Mit seiner breiten Brust und dem schwarz schimmernden Haar erinnerte er Tess an die grinsenden Jungs in den rot-weiß karierten Overalls, die bei Shoney's Big Boys die Burger verkauften.

»Ist er tot?«, fragte sie.

Officer Buske schaute sie irritiert an. »Tot? Er? Nein, es ist eine Sie, und sie sagt, sie geht nirgendwohin, bis sie mit Ihnen geredet hat. Wir haben sie barfuß am Hanover Pike aufgegriffen, an der Stadtgrenze. Sie sagt, sie sei gekidnappt worden, aber sie wolle niemanden anzeigen – Sie würden sich um sie kümmern. Sie hatte ihre Visitenkarte in der Tasche. Wir haben sie zu Ihrem Büro gefahren, und als Sie dort nicht waren, sind wir zu Ihrer Wohnung gefahren. Ihre Tante hat gesagt, wir könnten Sie hier finden.« Buske errötete plötzlich. »Sie sieht echt gut aus, Ihre Tante.«

Tess sah plötzlich diesen breitschultrigen Typen am Frühstückstisch sitzen, in dem Flanellbademantel, den Kitty für all ihre Männerfreunde bereitstellte. Bettbulle Buske.

»Augenblick mal«, sagte sie. »Sie haben *wen* am Hanover Pike aufgegriffen? Ein Kidnapping-Opfer, das mit mir sprechen will? Das verstehe ich nicht.«

Der kleinere Polizist – er war auch fast eins achtzig, aber Big Boy Buske ließ ihn wie einen Zwerg wirken – öffnete die hintere Tür des Streifenwagens, und Willa Mott hinkte heraus, die nackten Füße so rot wie ihre ständig verschnupfte Nase, aber sie sahen aus, als ob sie noch mehr wehtäten.

»Willa?«

»Ich habe ihnen gesagt, Sie würden sich um mich kümmern«, sagte sie steif. »Dass Sie für meinen Anwalt arbeiten.«

Tess entschied sich mitzuspielen, auch wenn sie nicht ganz sicher war, welches Spiel überhaupt. »Natürlich. Tyner wird sehr ärgerlich sein, wenn er davon hört. Ihr Ex-Mann wieder? Sind Sie endlich bereit, Anzeige zu erstatten?«

»Ich finde, wir sollten unter vier Augen darüber sprechen«, sagte sie und taumelte vorwärts. Nicht nur ihre Füße waren wund und geschwollen, ihre Knöchel waren zudem zerkratzt und voller Insektenstiche.

Der große Polizist senkte die Stimme. »Ehrlich gesagt, Ma'am, denken wir, sie sollte in der Psychiatrie unter Beobachtung gestellt werden. Sie hat die ganze Zeit, die sie hinten bei uns mitgefahren ist, vor sich hin gemurmelt. Sie hat jeden Fluch benutzt, den wir kennen.«

»Sie hat ihre Probleme, aber es ist alles in Ordnung, solange sie ihre Medikamente nimmt«, sagte Tess. »Es ist immer dieselbe alte Geschichte. Sie fühlt sich gut, deswegen entscheidet sie, dass sie das Lithium nicht mehr nehmen muss. Das passiert ungefähr alle sechs Monate.«

Willa kochte, wagte aber nicht, ihr zu widersprechen. Die Polizisten gingen ein wenig zögerlich zum Wagen zurück, meldeten sich per Funk und fuhren schließlich ungefähr eine Minute später aus der Auffahrt heraus. Kaum waren sie verschwunden, wandte sich Willa an Tess.

»Das hat mir Ihre verrückte N–freundin angetan«, schrie sie. Tess konnte kaum glauben, dass die mausige Willa Mott so eine laute Stimme hatte. »Diese verrückte N– hat mich gekidnappt, hat meine Schuhe gestohlen, und dann hat sie mich mitten im Nirgendwo auf der Straße rausgeworfen.«

Tess schaute zu ihrer Familie hinüber. Ihre Mutter sah entsetzt aus, als hätte sie immer genau so etwas gefürchtet: Irgendeine verrückte Freundin von Tess störte ein ansonsten reizendes Familientreffen, fluchte und rief allgemeine Empörung hervor.

Cousine Deborah beugte sich vor, auf ihrem entsetzten Gesicht spiegelte sich auch ein wenig Begeisterung, wohingegen Gramma nur ungeduldig schaute. Baby Samuel schlug weiterhin mit seinem Krebshammer auf den Tisch. »Ve'ückte N–Huhn. Ve'ückte N–Huhn«, rief er fröhlich.

Tess sagte das Einzige, was ihr einfiel. »Möchten Sie auch einen Nachtisch?«

Willa Mott verzichtete auf Kuchen, ließ aber Tess' Vater ihre Füße behandeln; sie wimmerte, als das Wasserstoffperoxid auf den offenen Wunden blubberte und zischte.

»Das heißt nur, dass es seine Arbeit tut«, versicherte ihr Patrick.

»Jetzt erzählen Sie mir, was mit Jackie passiert ist«, sagte Tess.

Sie befanden sich im oberen Badezimmer, fern vom Rest der Familie, obwohl Judith darauf bestanden hatte, dabei zu sein. Immerhin war es ihr Haus. Willa saß auf dem geschlossenen Toilettendeckel, Patrick zu ihren Füßen, Judith blockierte die Tür. Tess blieb der Badewannenrand, sie klemmte sich dicht neben Willa Mott, sie sah ihr Profil. Willa schien das zu gefallen, sie schaute Patrick an, nicht Tess.

»Heute, ungefähr um halb fünf, nachdem die letzten Kinder abgeholt worden waren, ist diese N– in ihrem teuren Auto angerauscht gekommen und hat gesagt, sie will mit mir reden.«

»Jackie«, korrigierte Tess. »Ihr Name ist Jackie, und wenn Sie sie noch einmal so nennen, haue ich Ihnen eine rein.«

Willa zuckte mit den Achseln, als wäre ihr heute so viel zugestoßen, dass ein Schlag mehr auch keinen Unterschied machte. »Dann hat sie gesagt, sie weiß es. Sie weiß es, und sie würde mich umbringen, wenn ich ihr nicht gebe, was sie will.«

»Weiß was?«

Willas Stimme war unverständlich.

»Lauter, Willa.«

»Sie weiß, dass ich die Unterlagen von Family Alternatives habe, und sie würde mich umbringen, wenn ich ihr nicht ihre Akte gebe.«

Patrick und Judith verstanden kein Wort, aber Tess sah sofort wieder vor sich, wie Willa durch ihr Wohnzimmer marschierte, die Arme voller Saftpäckchen. Die ganze Sache hatte viel länger gedauert, als sie sollte, aber das hatte Tess Willas Unfähigkeit zugeschrieben.

Aber erst nachdem sie aus der Garage zurückgekehrt war, hatte sie angefangen, sich an die Details von Jackies Fall zu erinnern. Ein schneller Blick in die Unterlagen hatte wahrscheinlich mehr mit ihrem Erinnerungsvermögen zu tun gehabt als die ganzen Zwanziger, die Tess ihr in den Schoß hatte fallen lassen.

»Wie ist Jackie darauf gekommen?«

Willa zuckte mit den Achseln. Es war ihr egal. »Ich weiß es nicht. Irgendwas, was ich über den Vater des Babys gesagt habe. Außerdem konnte ich ihr kaum widersprechen, sie hat gebrüllt und gedroht, mich umzubringen. Stimmt ja auch, ich habe die Akten. Na und? Diese Schweine, für die ich gearbeitet habe, sind mitten in der Nacht abgehauen, und sie schuldeten mir das Gehalt für zwei Wochen. Ich fand, die Akten sind meine Abfindung.«

»Was nützen einem denn die Adoptionsakten einer geschlossenen Agentur?«

»Glauben Sie, Sie sind die erste tolle Detektivin, die mich gefunden hat, auf der Suche nach einem der Babys, die wir untergebracht haben?«

Ja, Tess hatte das tatsächlich geglaubt. »Sie verkaufen diese Informationen also.«

»Erst nachdem ich mit den Adoptiveltern Rücksprache gehalten habe.«

Jetzt war Tess verwirrt, aber ihr Vater nickte. In seinen langen Jahren als Kontrolleur der Alkoholausschank-Lizenzen hatte er viel gesehen, und er verstand derart innovative Geschäftsideen auf Anhieb. »Ein Wettbieten«, erklärte Patrick Tess und Judith. »Sie gibt den Adoptiveltern die Gelegenheit, dafür zu zahlen, dass sie die Information *nicht* weitergibt. Und sie müssen vielleicht auch noch ewig weiterzahlen, denn man kann es ihnen ewig androhen.«

»Darauf bin ich nie gekommen.« Willa schaute enttäuscht, sie dachte über verpasste Erpressungsmöglichkeiten nach. »Ich habe ihnen einfach fünftausend Dollar berechnet. So habe ich das Geld für mein Haus zusammenbekommen, so konnte ich meinen Kindergarten aufziehen. Aber es war lange her, seit jemand da war. Vielleicht hätte ich mit diesen Adoptionsgruppen zusammenarbeiten sollen und denen sagen, was ich hatte. Aber die hätten mir die Akten dann weggenommen.«

Irgendetwas passte nicht. Tess trommelte mit den Fingern auf dem Badewannenrand und versuchte herauszufinden, was nicht stimmte.

»Jackies Baby wurde *nicht* adoptiert. In ihrem Fall gab es keine Eltern, die man erpressen konnte. Wieso haben Sie nicht einfach Ihren Preis genannt und ihr gesagt, dass das Baby wieder ins System zurückgespeist wurde? Warum haben Sie uns, als wir bei Ihnen waren, nicht gesagt, was wir wissen wollten?«

Willa senkte den Blick. »Die Leute, die ihr Baby genommen und wieder zurückgegeben haben, denen ... denen bedeutete Vertraulichkeit viel. Die hätten nicht gewollt, dass diese verrückte Ni..., diese verrückte Tusse bei ihnen zu Hause auftaucht und Theater macht.«

Tess packte Willa am Arm und schüttelte sie kräftig. »Was haben Sie Jackie gesagt?«

»Ich habe ihr gesagt, was sie wissen wollte.« Bestenfalls war Willa Mott unscheinbar und stinknormal. Wenn sie wütend war, schienen ihre Züge sich zu verzerren, bis ihre Augen fast verschwanden und ihr Mund klein wie der eines Käfers wurde. »Ich habe ihr den Namen der Leute gesagt, die ihr Baby aufnahmen und die es dann zurückgegeben haben – als sie herausfanden, dass es halb N– war. Sehen Sie, die haben für ein weißes Baby bezahlt, und sie haben gesagt, es reicht nicht, wenn es weiß *aussieht*, es musste weiß sein. Die Agentur hat ihnen einen Rabatt angeboten, wenn sie das Kind behalten, aber sie haben abgelehnt. Ich kann nicht mal sagen, dass ich ihnen daraus einen Vorwurf mache.«

Tess lehnte sich zur Seite, bis ihre rechte Schläfe die kühlen schwarz-weißen Badezimmerkacheln berührte. Es war ein großes Bad, aber es war nicht für vier Leute ausgelegt, und plötzlich erschien es ihr bedrückend klein.

»Das haben Sie Jackie nicht erzählt, oder?«

»Ich musste«, wimmerte Willa Mott. »Ich hatte keine andere Wahl.«

»Sie hätten ja lügen können, so wie vorher. Wieso haben Sie sich ausgerechnet heute entschlossen, zu einem ehrlichen Menschen zu mutieren?«

»Weil Ihre affige Freundin mir ausgerechnet heute eine Pistole an den Schädel gedrückt und gesagt hat, sie würde mich umbringen, wenn ich ihr nicht alles sage, was ich weiß.«

»Eine Pistole? Woher sollte Jackie eine Pistole haben?« Tess rannte runter zur Eingangstür, wo sie vor der Garderobe ihren Rucksack hatte fallen lassen. Und natürlich fehlte ihre Smith & Wesson. Jackie musste die Kopfschmerzen vorgetäuscht haben, um die Waffe aus Tess' Tasche zu nehmen und in ihrer Handtasche verschwinden zu lassen. Sie hatte ihren Ausflug die ganze Zeit geplant, vielleicht von dem Augenblick an, in dem sie bei den Edelmans losgefahren waren. *Glauben Sie, dass es jemals einen Mr. und eine Mrs. Johnson gab, die ihr Baby Caitlin nennen wollten? Das werden wir wohl nie erfahren.*

»Wo ist Jackie hingefahren, nachdem sie Sie aus dem Wagen geworfen hat?«, fragte sie Willa, noch ein wenig atemlos, weil sie die Treppe zu schnell hochgelaufen war. »Sie ist zum Haus der Adoptiveltern gefahren, nicht wahr? Wo leben die? Wie heißen sie?«

Plötzlich guckte Willa wieder gerissen. »Ach, ich bin gar nicht sicher, dass ich mich jetzt daran erinnern kann. Was ist es Ihnen wert, diese verrückte N– zu finden?«

Tess gab ihr eine Ohrfeige, und Willas Kopf flog zurück, mit einem dumpfen Geräusch traf er auf die Wand. Das fühlte sich verdammt gut an, wahrscheinlich besser, als es sich hätte anfühlen sollen.

»Tess!«, rief ihre Mutter. »So betreibst du deine Geschäfte?« Aber ihr Vater schaute beeindruckt.

»Sie verdienen kein Geld mehr mit diesen Akten, Willa Mott. Verstanden?« Tess packte sie an den Schultern, so wie man ein trotziges Kind hält, und schüttelte sie kräftig genug, dass ihr Kopf auf ihrem dürren Hals herumschlenkerte. »Sie werden, solange Sie leben, keine weiteren Informationen mehr verkaufen. Und jetzt sagen Sie mir, was Sie Jackie gesagt haben.«

»Dr. und Mrs. Becker, Edgevale Road in Roland Park«, wimmerte Willa. »Und diese verrückte … diese Frau hat meine Akten sowieso schon mitgenommen.«

»Also war alles, was Sie uns erzählt haben, eine Lüge? Der Name, die Gegend, der Beruf des Adoptivvaters. Sie haben dafür gesorgt, dass wir ihnen niemals nahe kommen, dass stattdessen Sie sie ausnehmen können.«

Ausgerechnet in diesem Augenblick kam Gramma hoch. »Seid ihr hier noch nicht fertig?«, fragte sie von der Tür her. So viele Leute waren nicht mehr im Bad der Monaghans gewesen seit einer denkwürdigen Highschool-Party, auf der Tess und ihre Freunde die gemischten Gefühle entdeckten, die Mixgetränke auslösen konnten. »Ihr haltet alle auf.«

»Das hier ist wichtig«, sagte Tess mit zusammengebissenen Zähnen, aber sie hatte dennoch zu viel Angst vor ihrer Großmutter, um sich einfach an ihr vorbeizudrängen und zu ihrem Wagen zu rennen. »Leute sind in Lebensgefahr. Es gibt da eine Frau – Jacqueline Weir, vielleicht erinnerst du dich an sie als Susan King. Sie hat im Laden in Fells Point für Poppa gearbeitet, und sie steht kurz davor, den größten Fehler ihres Lebens zu machen.«

Sie konnte nicht anders, sie war neugierig – sie wollte sehen, was das Gesicht ihrer Großmutter verriet, sie wollte sehen, wie sie auf den Namen reagierte. Aber Gramma schaute unbeeindruckt.

»Dieses kleine Miststück? Das ist ja klar, dass sie ausgerechnet jetzt wieder auftaucht, wo es Geld gibt. Sie hatte immer schon ein gutes Gespür für Geld. Aber sag ihr, es gibt keinen weiteren Penny, sag ihr das. Es hat sich nichts verändert.«

Wieder auftaucht? »Wie meinst du das, Gramma? Wann ist Jackie – Susan – schon mal aufgetaucht?«

»Oh, sie kam vor zehn oder zwölf Jahren an, sie wollte von Samuel Geld fürs College, aber das habe ich verhindert. Er hat sie geschwängert, dieser dumme Kerl, und er musste ihr das Geld für die Abtreibung geben. Man sollte doch glauben, jemand, der einen Drugstore besitzt, könnte so etwas verhindern. Er hätte sich ja die Zeit nehmen können, sich selbst Verhütungsmittel zu verkaufen. Hat er aber nicht gemacht, also musste er zahlen. Das habe ich akzeptiert. Ein Mal. Aber sollten wir den Rest unseres Lebens für seine Dummheit zahlen? Als sie wieder um Hilfe bettelte, sagte ich Samuel, das käme gar nicht infrage. Sonst würden wir sie nie los. Und jetzt erzählst du mir, sie ist zurück. Ich muss sagen, das überrascht mich nicht. Ich frage mich, woher sie von dem Grundstücksverkauf erfahren hat?«

»Du wusstest es? Du wusstest es die ganze Zeit?«

»Natürlich wusste ich es. Dein Großvater konnte nie etwas vor mir verbergen. Glaub mir, er hat so was nie wieder gemacht. Ich habe ihn daran erinnert, dass in Maryland Gütergemeinschaft herrscht. Erst war er zu reich, mich zu verlassen, dann war er zu arm. Was ist die Hälfte von nichts?«

»Was wusstest du?«, fragte Judith. »Wer ist Susan King? Kann mir bitte mal jemand sagen, was los ist?«

»Ich erzähl's dir, Mom, aber ich muss erst einmal eine Frau daran hindern, das zweite Verbrechen des Tages zu begehen«, sagte Tess. »Lass es dir von Gramma erzählen. Außerdem kennt sie die ganze Geschichte schon viel länger als ich.«

»Da gibt's nichts zu erklären«, sagte Gramma und wedelte mit der Hand, als wäre die Vergangenheit nur eine kleine Unannehmlichkeit – eine Fliege, die man verjagen musste, ein Fleck am Fenster, den man mit ein wenig Reiniger entfernen konnte.

»Da gibt's jede Menge zu erklären«, sagte Judith. »Ein Leben voller Geheimnisse und Lügen, und ich habe es satt. Du gehst nirgendwohin, Theresa Esther Monaghan, bis du mir alles erzählt hast.«

Tess packte ihre Mutter bei der Hand. »Ich erzähle dir im Wagen, was ich weiß, wenn du darauf bestehst. Aber ich muss dich warnen, ich werde ein klein wenig schneller fahren, als erlaubt ist.«

26

Wie Tess fuhr, war Judiths geringste Sorge, selbst als Tess auf dem Weg nach Roland Park jede gelbe und auch ein paar rote Ampeln überfuhr.

»Diese Klientin von dir, sie … hatte also was mit Poppa?«, fragte Judith zögerlich. »Und Mama wusste das die ganze Zeit und hat keinem von uns davon erzählt?«

Das Verkehrszeichen an der Kreuzung schrieb vor, dass man bei Rot nicht rechts abbiegen konnte, aber Tess ging davon aus, dass sich das ganz sicher nicht auf sie bezog. Sie schaute sich schnell um, ob keine Bullen da waren, dann brauste sie um die Ecke.

»Sie wusste nicht, dass Jackie das Baby zur Adoption freigegeben hatte, denn Poppa wusste nicht, dass das Baby überhaupt auf die Welt gekommen war. Jackie sagte ihm, sie würde es abtreiben lassen, und behielt das Geld. Sie hat mir erzählt, als sie ihn um Hilfe bei ihren College-Gebühren bat, habe er ihr gesagt, seine Geschäfte liefen zu schlecht, um sie zu unterstützen. Aber ich vermute, er konnte einfach nicht so viel Geld beiseiteschaffen, ohne zu Gramma zu gehen, und sie hat ihn daran gehindert.«

»Ich habe also ein Halbgeschwister.«

»Ja, eine Schwester.«

»Ich habe mir immer eine Schwester gewünscht«, sagte Judith, dann lächelte sie. »Ach, das war dumm.«

»Wir haben sie heute gesehen. Ich wusste, dass das Jackie aufgeregt hat, aber ich hatte keine Ahnung, dass sie jetzt völlig ausrasten würde.«

Tess hatte jetzt den Northern Parkway erreicht. Wenn sie in ihrem Büro oder in ihrer Wohnung gewesen wäre, wäre sie in fünfzehn Minuten in Roland Park gewesen. Aber das Haus ihrer Eltern hätte nicht weiter weg sein können. Der Weg führte sie quer durch die ganze Stadt.

»Edgevale ist im Westen von Roland Park«, sagte ihre Mutter. »Geht von der Falls Road ab. Aber wie finden wir ohne Hausnummer das Haus?«

»Ich kenne Jackies Wagen.«

Mittlerweile war es dunkel geworden und die Glühwürmchen leuchteten, als sie Richtung Edgevale fuhren. Was auch immer Jackie tat, sie durfte nicht viel Lärm machen, denn über diese üppigen, gepflegten Rasenflächen trug jedes Geräusch weit. Und im Gegensatz zu Keisha Moores hart gesottenen Nachbarn würden die Bewohner von Roland Park keinen Pistolenschuss ungemeldet lassen, vorausgesetzt, ihnen wäre klar, dass es sich um einen Schuss handelte und nicht um die Fehlzündung eines Wagens. Andererseits standen die Häuser weit genug auseinander, um ein gewisses grundsätzliches Abstandhalten der Besitzer zu demonstrieren, eine oberflächliche Nachbarschaftlichkeit, die nicht weit über stumme »Hallos« auf dem Bürgersteig hinausreichte. In solchen Gegenden gab es oft eine unausgesprochene Einigung darüber, nicht zu neugierig zu sein. Man konnte seine Frau schlagen oder sein Kind, und wenn das ans Licht kam, hörte man nur die üblichen Banalitäten: »Er war ein ruhiger Mann.« Aber wenn ein junger Schwarzer in der Gegend zu Fuß herumspazierte, wurde sofort die Polizei gerufen.

Jackie jedoch verfügte über die richtigen Accessoires, um unter dem Radar hindurchzutauchen. Ihr weißer Lexus stand in der Auffahrt einer stuckverzierten Villa am Ende der Straße. Sie parkte hinter einem recht neuen Toyota Camry mit einem ACLU-Aufkleber, aber ein weiterer Wagen stand mittlerweile hinter dem Lexus, ein schwarzer Mercedes mit »Rettet die Bay«-Nummernschild. Tess hielt hinter dem Mercedes. Ein alter Wagen wie ihrer konnte in einer Gegend wie Roland Park auch für Aufmerksamkeit sorgen, wenn man ihn auf der Straße stehen ließ.

»Bleib im Wagen, Mom.«

»Auf keinen Fall.«

»In dem Haus befindet sich eine Frau mit einer Waffe, meiner Waffe. Eine hysterische, unberechenbare Frau, die dich nicht kennt und die vielleicht nicht zögern wird, dich zu verletzen.«

»Genau. Warum rufen wir also nicht die Polizei und überlassen denen die Sache?«

»Weil es eine kleine Hoffnung gibt, dass ich geradebiegen kann, was Jackie angestellt hat, auch ohne Polizei. Wenn sie noch niemanden verletzt hat. Ich hoffe, dass Jackie nicht so hart ist, wie sie glaubt.«

Aber sie könnte sich auch selbst verletzt haben, dachte Tess. Vielleicht hatte Samantha zu sehen sie so hysterisch gemacht, dass sie sich vor den Augen der Leute umbrachte, die ihre Tochter so übel behandelt hatten.

Die Haustür stand offen. Tess blieb im Flur stehen und lauschte. Judith kam direkt hinter ihr her. Keine

Zeit mehr zum Streiten. Sie bedeutete ihrer Mutter, still zu sein, ihre Mutter gestikulierte zurück, sie wüsste, was sie täte. Gott, sie konnte einen wirklich wahnsinnig machen.

Jetzt konzentrierten sich beide Frauen auf die Geräusche des Hauses. Es war so groß, so still. Es fiel schwer, sich hier ein Kind vorzustellen, das die Treppen hinauflief, die so sehr glänzten, dass sie nass aussahen, oder das Fingerabdrücke auf der teuren Tapete hinterließ. Aus dem hinteren Bereich des Hauses kam ein Gemurmel, vielleicht von einem Fernseher oder von raschelnden Blättern. Tess und ihre Mutter näherten sich dem Geräusch, sie gingen durch das edle Wohnzimmer in ein Esszimmer und dann durch eine Schwingtür in die Küche, einen hellen, kalten Ort, ganz aus Granit und Edelstahl.

»Wer sind Sie?«, fragte eine Frau, und ihre Stimme war zu laut, zu zittrig, selbst für jemanden, der zwei Fremde in seiner Küche erblickte. Sie war klein und fleischig, und sie hatte silberblonde Locken, wie es sie in der Natur nie gab. Sie saß auf einem harten kleinen Zweisitzer-Sofa aus Metall am einen Ende der umgebauten Küche, dort, wo man in einem ehemaligen Alkoven oder einer Frühstücksnische eine Art Familienzimmer eingerichtet hatte. Ein kleinwüchsiger Mann mit Brille saß mit gerunzelter Stirn neben ihr.

Jackie saß ihnen in einem dazu passenden Sessel direkt gegenüber, die Aktentasche offen im Schoß. Lag darin die Waffe? Könnte sie sie benutzen, bevor Tess den Raum durchquert hatte?

»Hey«, sagte Jackie lässig, sie war so kühl und konzentriert wie an jenem Tag, an dem Tess zu ihr in die Wohnung gekommen war. »Ich hatte Sie hier nicht erwartet. Ist das Ihre Mutter? Ich kann die Ähnlichkeit sehen. Sie haben Glück, wenn Sie diesen Knochenbau geerbt haben. Sie werden in zwanzig, dreißig Jahren gut aussehen, wenn Sie jemals lernen, sich ordentlich anzuziehen.«

Judith, die Jackie angestarrt hatte, weil sie wahrscheinlich immer noch versuchte zu begreifen, wie alles zusammenhing, errötete. »Danke schön. Ich habe auch immer geglaubt, dass Tesser nach mir kommt, obwohl natürlich auch etwas von ihrem Vater in ihr steckt.«

»Tesser? Das haben Sie mir vorenthalten.«

Die ganze Sache kam Tess surreal vor. Da standen sie in dieser 100 000-Dollar-Küche eines Paars, das Samantha zurückgegeben hatte, weil ihre Mutter eine Schwarze war, und sie plauderten, als hätten sie sich vor dem Milchregal im SuperFresh getroffen. Das Pärchen auf dem Sofa wirkte nervös und unruhig. Hielt Jackie hinter der Aktentasche die Pistole in der Hand? Hatte sie ihnen befohlen, nichts zu sagen? Aber sie musste doch wissen, dass Tess nicht ohne sie gehen, dass sie nicht zulassen würde, dass sie ihr Leben so zerstörte.

Der Mann, Dr. Becker, meldete sich zu Wort, als wäre er ungeduldig. »Wir führen hier ein, äh, vertrauliches Gespräch. Könnten Sie und Miss Weir ihre Geschäfte vielleicht später abwickeln, wenn wir fertig sind?«

Jackie beugte sich vor und tätschelte die Hände des Doktors. Es waren kleine Hände, sie lagen ordentlich gefaltet auf dem Tisch. Irgendetwas – seine Hände, seine Knie, die Beine seiner Frau – zitterte so sehr, dass die Teetassen vor ihnen ein wenig vibrierten. *Teetassen,* dachte Tess. Was für ein erlesenes Selbstmordkommando war das hier?

»Schon in Ordnung, Dr. Becker. Tess und ich haben keine Geheimnisse mehr voreinander. Obwohl Mrs. Monaghan …« Sie schaute zu Judith hinüber, die schüchtern nickte. »Ja, sieht so aus, als wäre auch mit ihr alles in Ordnung. Was wissen Sie?« Dann zu Tess: »Sie haben's ihr erzählt?«

»Musste ich, als Willa Mott auf dem Krebse-Festessen auftauchte.«

Hatte Tess sich das nur eingebildet, oder rutschten die Beckers unglücklich hin und her, als der Name Willa Mott fiel?

»So haben Sie mich also gefunden. Na ja, wir sind hier auch fast fertig, nicht wahr? Da ist nur noch die kleine Sache mit dem Scheck. Aber so klein ist der ja gar nicht. Ich meine, eine Viertelmillion Dollar sind eine Menge Geld, aber es ist ja für einen guten Zweck, nicht wahr? Eine Gründungsspende für ein Pflegeheim. Sie wissen schon, so ein Heim, wo die Kinder hinkommen, die niemand will. Können Sie sich das vorstellen? Ein Kind nicht zu wollen?«

»Ich habe Ihnen doch schon gesagt, was passiert ist«, sagte der Doktor. »Ich habe die medizinischen Unterlagen des Kindes angefordert. Das Krankenhaus hat einen Fehler gemacht und sie mir direkt geschickt statt der Agentur, und so habe ich gesehen, dass das Mädchen ein Mischling war. Man hatte uns gesagt, dass wir ein weißes Kind bekämen. Wenn die Agentur bei so etwas Relevantem schon log, dann konnte man ihnen überhaupt nicht trauen, fanden wir. Das Adoptionsverfahren war noch nicht abgeschlossen, also war es völlig legal, es abzubrechen.«

»Es ist nicht so, als hätten wir Vorurteile«, mischte sich Mrs. Becker ein. »Wir spenden Geld für alle möglichen schwarzen Zwecke.«

Jackie nickte, sie lächelte, als würde diese Aufführung sie zufriedenstellen. »Ja, ich verstehe. Sie haben ein elf Monate altes Baby zurückgeschickt, als wäre es ein Pullover von J. Crew, der in der falschen Farbe gekommen ist. *›Herrje, ich hab keinen graubraunen Pullover bestellt, ich wollte pfirsichweiß.‹*«

»Wir sind davon ausgegangen, dass man ein anderes Zuhause für sie finden würde«, sagte der Doktor.

»Und was, wenn nicht? Wissen Sie, was mit ihr passiert ist? Wissen Sie, wo meine Tochter heute ist, was für ein Leben sie führt?«

Der Doktor und seine Frau sagten nichts. Erstaunt wollte Tess unterbrechen, wollte Jackie an das wundervolle Leben erinnern, das Sam bei den Edelmans führte, aber dann wurde ihr klar, was Jackie vorhatte. Das Geld reichte ihr nicht. Sie wollte dunkle Bilder im Geiste der Beckers säen, sie wollte ihnen noch ein paar schlaflose Nächte bescheren. *Viel Glück*, dachte Tess. Wenn die Beckers überhaupt je darüber nachdachten, was sie getan hatten, dann nur wegen des Schecks, den Dr. Becker jetzt mit Jackies Montblanc-Kugelschreiber ausfüllte.

»Es gibt eine Bezeichnung für das hier«, sagte er, als er Jackie den Scheck zurückreichte. »Erpressung. Glauben Sie nicht, dass ich es nicht der Polizei melde.«

»Es gibt auch Bezeichnungen für Leute wie Sie«, sagte

Jackie und betrachtete den Scheck genau. »Rassisten. Bigotte Spinner. Begreifen Sie nicht, warum hier Geld den Besitzer wechseln muss? Weil es um Ökonomie geht. Wenn ich meine Kleine behalten hätte, hätte der Staat mir ungefähr 225 Dollar im Monat gegeben und Essensmarken, um sie großzuziehen. Sie haben 10000 Dollar für sie bezahlt, aber die kriegte die Agentur, nicht ich. Ich hoffe, Sie haben das Geld zurückbekommen. Und als sie dann in eine Pflegefamilie kam, hat die doppelt so viel bekommen, wie ich bekommen hätte. Die Edelmans, denen es nun wirklich nicht schlecht geht, kriegen vielleicht 500 Dollar im Monat, die sie nicht brauchen, um das Baby großzuziehen, für das ich nur 225 Dollar bekommen hätte. Kann mir das bitte mal jemand erklären?«

Mrs. Becker fing tatsächlich an, etwas zu sagen, als erwartete Jackie eine Antwort, aber ein strenger Blick ihres Mannes brachte sie zum Schweigen. Tess dachte, die nicht rechtskräftige Adoption wäre mit das Beste gewesen, was Samantha King je passiert war. Dr. Becker wäre es gelungen, die Seele des fröhlichen Mädchens schon vor langer Zeit zu ersticken, während seine dämliche Frau einfach nur zugeguckt hätte.

»Sie müssen wissen, ich kenne Leute«, sagte der Doktor. »Wichtige Leute. Ihre Arbeit wird in Zukunft sehr viel schwieriger werden, wenn Sie diesen Scheck einlösen.«

Zum ersten Mal schien Jackie zu zögern, sie wirkte unsicher. Ihre Karriere basierte auf Weiterempfehlungen, wurde Tess klar, und so konnte sie natürlich auch durch Tratsch zerstört werden.

»Ihr Leute glaubt, jetzt die Stadt in der Hand zu haben.« Dr. Becker hatte einen Hebel gefunden und machte sich brutal an die Arbeit. »Aber das stimmt nicht. Die Leute mit Geld haben die Stadt in der Hand. Egal, ob weiß oder schwarz. Dieser Scheck ist vielleicht der letzte, den Ihnen jemals jemand ausstellt. Denken Sie darüber nach.«

Jackie saß da und betrachtete den Scheck, Tess streckte die Hand aus und schüttelte die des Doktors. »Wo sind nur meine Manieren geblieben? Tess Monaghan, ich hab ganz vergessen, mich vorzustellen, als ich hereinkam. Ich bin Privatdetektivin, aber ich war früher Journalistin, und ich bin immer noch mit vielen Reportern befreundet. Ich glaube, die würden liebend gerne von dem berühmten Dr. Becker hören – ACLU-Mitglied, Freund der Chesapeake Bay –, der eine Adoption abgebrochen hat, weil das Kind nicht weiß war. Wenn man dann noch die Geschichte von Willa Mott dazuwirft, ist das doch eine landesweite Story, meinen Sie nicht?«

»Wir haben Ihnen doch schon erklärt, es lag daran, dass die Agentur gelogen hat«, sagte Becker, der vor Wut kochte. »Bei Ihnen klingt es immer so, als wären wir Rassisten.«

»Nein, ich glaube, es war die Formulierung ›ihr Leute‹, die Sie wie einen Rassisten hat klingen lassen. Aber jedenfalls wird es so ausgehen, wenn Sie Jackie nicht in Ruhe lassen. Glauben Sie mir. Der Chefredakteur des *Leuchtturm* schuldet mir ein paar Gefälligkeiten, und ich bin durchaus willens, die jetzt einzufordern.«

»Und ich arbeite bei der NSA«, meldete sich Judith

plötzlich zu Wort. »Sie möchten lieber gar nicht darüber nachdenken, was ich Ihnen antun kann.«

Tess bezweifelte, dass ihre Mutter mehr tun konnte, als die Sekretärinnen unter ihrer Aufsicht anzuweisen, einen wirklich hundsgemeinen Brief zu schreiben, aber immerhin war es die National Security Agency. Wer wusste schon, welche Macht ihre Mutter wirklich hatte?

Der Doktor nickte benommen, aber Tess traute ihm nicht. Nichts konnte ihn daran hindern, die Polizei zu rufen, kaum dass sie gegangen waren, oder sich darum zu kümmern, Jackies Geschäfte zu ruinieren.

»Also, wir werden jetzt gehen, und ich werde dafür sorgen, dass alle Unterlagen, die Sie mit Samantha King in Verbindung bringen, vernichtet werden, aber Jackie wird eine Kopie behalten. Sind wir uns einig?«

Ein kleines angespanntes Nicken des Herrn Doktor.

»Er wird sich nicht daran halten«, sagte Jackie. »Er wird sich irgendwie an mir rächen, und wenn auch nur, weil er gedemütigt wurde.«

»Nein, wird er nicht«, sagte Judith begeistert. »Immerhin haben Sie ein Alibi. Sie waren niemals hier.«

»Ach ja? Wo war ich dann?«

»Auf der anderen Seite der Stadt, bei einem Krebs-Festessen mit zwanzig anderen Leuten.«

Tess starrte ihre Mutter an. Sie hatte immer geglaubt, ihre Fähigkeit zu lügen, sich spontan etwas einfallen zu lassen, hätte sie von den Monaghans geerbt, aber vielleicht war auch das ein Weinstein-Talent.

»Das verstehe ich nicht«, sagte Jackie. »Das würden Sie für mich tun?«

»Deine Tochter gehört zur Familie«, sagte Tess.

Judith fuhr Tess' Wagen zurück zu den Monaghans, während Tess zum zweiten Mal am Tag Jackie in ihrem weißen Lexus chauffierte.

»Du hättest meine Pistole nicht stehlen dürfen«, sagte sie ärgerlich, als sie allein waren.

»Dann behalte sie nächstes Mal bei dir«, sagte Jackie ungerührt.

»Du hast mir Todesangst eingejagt. Ich dachte, du würdest dich umbringen oder die.«

»Warum sollte ich mein Leben zerstören, nachdem ich so viel Arbeit darauf verwandt habe, es aufzubauen? Ich wollte ihnen wehtun, und das geht nur mit Geld. Bei solchen Leuten gibt es keinen anderen Weg.« Jackie lachte, sie war zufrieden mit sich. Die nächsten ein oder zwei Meilen sagte keiner von ihnen etwas, aber es war ein angenehmes Schweigen. Es war ein Schweigen, wie es zwischen Freundinnen herrscht.

Als Jackie wieder sprach, klang sie sanft und vorsichtig. »Ich war verletzt und wollte jemand anders verletzen. Weißt du, ursprünglich wollte ich ja dich verletzen.«

»*Mich* verletzen?«

»Was glaubst du, warum ich dich angeheuert habe? Ich wollte mich dafür an dir rächen, dass du das Mädchen auf der anderen Seite des Tresens warst, das mit der richtigen Kindheit, während ich schon in der Highschool-Zeit arbeiten musste, und dann auch, als ich auf dem College war.«

»Poppa wollte dein Schulgeld bezahlen. Gramma hat es nicht zugelassen.«

»Sie wusste Bescheid?«

»Sieht so aus.«

»Die arme Frau.«

»Die arme Frau? Sie hat Poppa gezwungen, sein Versprechen dir gegenüber zu brechen.«

»Na ja, wie würde es dir gefallen, die Frau zu sein, deren Mann nach Hause kommt und sagt: ›Erinnerst du dich noch an diese Achtzehnjährige, die ich geschwängert habe? Ich finde, wir sollten sie auf die Uni schicken.‹«

Da hatte Jackie natürlich auch wieder recht. Trotz aller Wut konnte sie stets das gesamte Bild sehen, sie konnte über sich hinaus denken. Tess fand, sie sollte das auch lernen. Sie lächelte. Ganz ehrlich brachte es sie sogar zum Lachen, wenn sie daran dachte, wie Jackie den Beckers gegenübersaß, bei ihrer kleinen Erpresser-Teezeremonie, und die Fakten und Zahlen des Pflegschaftssystems herunterleierte. Nur Jackie würde einen Racheplan so didaktisch aufziehen.

»Sag mal, das, was du über die Ökonomie des Systems gesagt hast. Hast du dir das ausgedacht, oder stimmt das?«

»Oh, vielleicht stimmen die Zahlen nicht wirklich, und seit der Wohlfahrtsreform ist alles anders. Aber die Proportionen waren richtig. Leute bezahlen Tausende, um Babys zu adoptieren, und Mütter auf Sozialhilfe kriegen nur ein paar Cent, um sie zu behalten.«

»Und die Pflegefamilien bekommen mehr Geld als die Mütter?«

»O ja. Aber sie müssen auch mehr bieten als die Sozialhilfe-Mütter – ein eigenes Kinderzimmer und so was.

Deswegen haben sie ja Sam bei diesen anderen Leuten wieder abgeholt. Wieso interessiert dich das plötzlich so sehr?«

»Ich wollte nur ein bisschen kopfrechnen.«

27

Chase Pearsons Büro in Annapolis war deutlich größer, als Tess es sich vorgestellt hatte. Immerhin hatte er nur einen unbedeutenden Posten, eine Aufgabe, die sich in nichts auflösen würde wie Morgentau, wenn der Gouverneur abgewählt wurde. Sondersekretär für Kinder und Jugendliche. Aber wie dumm von ihr, wie naiv. Es gab keine unbedeutenden Aufgaben in der Landeshauptstadt. Keine kleinen Rollen, keine Nebendarsteller.

Und keine kleinen Vergehen.

»Miss Monaghan«, sagte Pearson. Mittlerweile war sie es nicht mal mehr wert, dass er sie mit seinen üblen Zähnen anbleckte. Was auch immer er in Zukunft vorhatte, offensichtlich war er der Meinung, dass er auch ohne ihre Stimme klarkäme. »Ich dachte, ich hätte klargemacht, dass ich nie wieder von Ihnen hören möchte.«

»Sie haben klargemacht, dass sie mich festnehmen lassen würden, wenn ich versuche, nach Penfield zu fahren, also bin ich hierher gekommen, um Sie zu sehen. Das ist doch in Ordnung. Sie können weit mehr meiner Fragen beantworten, als Sal es je könnte.«

Pearson lehnte sich in seinem Stuhl zurück. »Sprechen Sie«, sagte er in einem Ton, als wendete er sich an einen Hund oder einen trainierten Seelöwen. Da Tess keins von beidem war, wanderte sie durch sein Büro, inspizierte die Plaketten, die an den Wänden hingen, schaute zu Pearsons Fenster hinaus. Kein besonders toller Ausblick, nur ein paar Dächer von Annapolis, nicht mal ein bisschen Chesapeake Bay.

»›Für Chase Pearson‹«, las sie von einem der größten Zertifikate ab. »›Für seine Verdienste um Marylands Kinder.‹ Ist das jetzt eine Auszeichnung für Ihren aktuellen Nichtstuer-Job oder für den davor, die Nichtstuer-Taskforce gegen gewalttätige junge Männer?«

»Ich halte die Rettung der nächsten Generation nicht für unwichtig.«

»Ich auch nicht, ich auch nicht«, versicherte ihm Tess. »Aber glauben Sie nicht, Sie haben als Sozialarbeiter direkt an der Front viel mehr erreicht?«

»Wie bitte?«

»Als Sozialarbeiter. So haben Sie doch angefangen, nicht wahr? Ich habe heute Morgen einen Freund beim *Leuchtturm* Ihren Lebenslauf raussuchen lassen, und da steht das drin. Ganze achtzehn Monate harte Arbeit. Sehr nobel, ganz im Sinne der Pearson-Tradition des Dienstes an der Öffentlichkeit, aber Ihre Generation kann es sich bestimmt nicht leisten, andauernd so eine staatsbürgerliche Gesinnung zu zeigen, schätze ich. Vor fünf Jahren, direkt bevor der Bürgermeister Ihnen diese Taskforce verpasst hat. Was genau haben Sie noch für das Jugendamt gemacht?«

»Ich war in der Verwaltung.«

»Ja, in der Abteilung, die sich um Pflegefamilien kümmert.« Tess strahlte, sie freute sich an Pearsons Leid. »Zufälligerweise habe ich gerade einen Crashkurs in den verschiedenen Abteilungen des Department of Human

Resources absolviert. Ich kenne jetzt alle Acronyme. DHR, SSA, DSS, CAP, AFDC. Heute Morgen habe ich sogar die schwammigen Begriffe gelernt, die Leute wie Sie für die Ermittlungen in Missbrauchs- und Vernachlässigungsfällen benutzen. ›Anzeichen für‹ und ›unbegründet‹. Ich muss sagen, das sind die besten CYA-Worte, die ich je gehört habe, und ich habe schon jede Menge gehört.«

»CYA?«

»*Cover Your Ass*: So oder so kann man dem Sozialarbeiter keinen Vorwurf machen. Wenn es zwar Anzeichen gibt, aber diese sich dann doch als unbegründet erweisen. Selbst wenn das Kind am Ende tot ist, hat der Sozialarbeiter keine Schuld.«

Da Pearson immer ein wenig angeekelt aussah, konnte man nicht sagen, ob sein Gesichtsausdruck sich wirklich veränderte, während Tess sprach. Aber seine Oberlippe schien sich doch ein klein wenig zu krümmen. »Derartige halb gare Zynismen werden oft als überlegene politische Analysen vorgeschoben. Sind Sie in Baltimore zur Schule gegangen, Miss Monaghan?«

»Ja, aber ich kann immer noch einigermaßen kopfrechnen und eins im Sinn behalten. Oder, wie in Ihrem Fall, das eine oder andere.«

»Das eine oder andere?«

»Bei Donnie Moores Mutter, Keisha, gab es ›Anzeichen für Vernachlässigung‹, nicht wahr?«

»Das weiß ich nicht.«

»Das ist eigenartig, denn Sie wussten ganz genau, wovon ich rede, als Keisha Moore umgebracht wurde. ›Donnies Mutter pflegte immer schon schlechte Gesellschaft.‹ Es ist aber nie an die Öffentlichkeit gedrungen, wie Keisha Donnie verloren hat. Nur Donnies Sozialarbeiter wusste Bescheid über Keishas Umgang.«

Pearsons Kinn bewegte sich. Es war nicht wirklich ein Nicken, eher ein leichtes Absenken, ein Anzeichen dafür, dass er immer noch zuhörte.

»Sie haben Donnie bei den Nelsons untergebracht, nicht wahr? Donnie, Destiny und Treasure, Eldon und Sal. Fünf Kinder in einem Drei-Zimmer-Haus. Fünf Kinder, die niemals etwas Ordentliches zum Anziehen hatten und aussahen, als bekämen sie nicht genug zu essen. Außer Eldon. Die Nelsons bekamen dafür mindestens zweitausendfünfhundert Dollar im Monat, vielleicht sogar mehr, wenn die Kinder auch noch als ›besonders schwierig‹ klassifiziert waren. Wohin ist dieses Geld verschwunden, Mr. Pearson?«

»Diese Frage müssten Sie den Nelsons stellen.«

»Sehen Sie, das verwirrt mich. Denn ich bin ziemlich sicher, dass es Ihr Job war, den Nelsons diese Frage zu stellen. Es war Ihre Aufgabe sicherzustellen, dass man sich ordnungsgemäß um die Kinder kümmerte. Sie gehörten zu den reformorientierten jungen Sozialarbeitern, die nach der Gesetzesänderung eingestellt wurden. Wieso sollten Sie die Regeln ignorieren, um fünf Kinder in einem heruntergekommenen Haus in einer schrecklichen Gegend unterzubringen? Was hatten Sie davon?«

Auf Pearsons Schreibtisch lag nichts herum. Seine Hände krochen über die Oberfläche, sie suchten nach etwas, womit sie sich beschäftigen konnten, dann zogen sie sich in seinen Schoß zurück.

»Die Nelsons waren liebevolle, nette Pflegeeltern«,

sagte er. »Wissen Sie, wie schwer es ist, junge, begeisterte Pflegeeltern zu finden, die noch in den Dreißigern sind? Die Nelsons glaubten, sie könnten etwas bieten, was wenige Pflegeeltern hatten, selbst wenn es ihnen finanziell nicht so gut ging. Ich habe an ihre Vision geglaubt.«

»Wie viel haben sie Ihnen für diesen Glauben bezahlt?«

Pearson war cooler, als sie gedacht hatte, viel schwerer aus dem Konzept zu bringen. »Sie entwickeln schon wieder Verschwörungsszenarien, Miss Monaghan. Das ist eine interessante Theorie, das muss ich zugeben. Sozialarbeiter bringt Kinder gegen Barzahlung in einer Familie unter. Ich kann sogar begreifen, wie das ablaufen könnte. In der Theorie.«

»Es ist nicht so kompliziert. Ein Vierzehnjähriger könnte darauf kommen. Ein Vierzehnjähriger ist darauf gekommen. Sal Hawkings ist darauf gekommen und hat seinen alten Sozialarbeiter unter Druck gesetzt, bis der ihm ein Stipendium in Penfield beschafft hat. Natürlich zahlt er dafür nicht aus der eigenen Tasche. Selbst jetzt, wo Sie gut Geld verdienen, haben Sie noch immer nicht viel, nicht wahr?«

Sie konnte Pearsons Knie gegen die Unterseite seines Schreibtischs schlagen hören. »Reden Sie weiter«, sagte er. »Mich interessiert, wo Sie mit Ihrer kleinen Geschichte hinwollen.«

»Ich will zurück zu einer Nacht vor fünf Jahren. Ein Junge wird vor den Augen seiner Freunde getötet. Das ist etwas Schreckliches, das macht selbst Straßenkindern Angst. Aber der zuständige Sozialarbeiter und die

Pflegeeltern sorgen sich nicht um die Folgen des Traumas. Sie sind nur darauf aus, die Kinder so schnell wie möglich voneinander zu trennen, sie alle in neue Familien zu stecken, sodass die Reporter keine Gelegenheit haben, sich darauf zu stürzen, wie merkwürdig es eigentlich ist, das fünf Pflegekinder in einem kleinen Reihenhaus in einer miesen Gegend wohnen, wo sie praktisch von niemandem betreut werden.«

»Die Kompromisse, die man schließen muss, um Kinder vor schrecklichen Problemen zu bewahren, sind für Laien manchmal schwer nachzuvollziehen«, sagte Pearson. »Sie können sich nicht vorstellen, was diese Kinder durchlitten haben. Das Haus der Nelsons war das Paradies für sie.«

»Sicher.«

»Die Mutter der Zwillinge war süchtig, wissen Sie. Sie haben in einem Keller ohne Strom oder fließend Wasser gelebt. Sie wurden mir überstellt, als sie mit einer Kerze das Ding fast abfackelte. Sie waren ganz begeistert, in einem Drei-Zimmer-Haus mit einer Toilette zu wohnen.

Donnie – Sie wissen ja, was seine Mutter getan hat. Sie hat ihn tagelang allein gelassen, als sie nach Atlantic City fuhr. Und dann war da Eldon. Sein Vater hat ihn erwischt, wie er mit einem Stock auf einen Hund einprügelte, und entschied sich, Eldon dieselbe Strafe mit demselben Stock angedeihen zu lassen. Zumindest erzählte Eldons Vater diese Geschichte dem Gericht, als er den Antrag stellte, ihn zurückzubekommen. Ich würde vermuten, dass er Eldon zuerst schlug und Eldon sich dann an dem Hund abreagierte. Wissen Sie, das ist normalerweise ein guter Hinweis auf Gewalt in der Familie, Gewalt gegen Tiere. Tatsächlich basieren die Gesetze gegen Kindesmissbrauch auf alten Gesetzen gegen Gewalttätigkeiten allgemein. Bis zum Ende des 19. Jahrhunderts gab es keine Gesetze gegen Kindesmisshandlung.«

Pearson ließ den letzten Satz ausklingen. Er war fast automatisch in seine bürokratische Ausdrucksweise verfallen, er sonderte Statements ab, wie man sie vor einem Senatskomitee von sich gab, aber dann fiel ihm wieder ein, wer sein Publikum war. Er starrte zum Fenster hinaus auf seine wenig bemerkenswerte Aussicht.

»Was ist mit Sal?«

»Sal?« Er schaute tatsächlich verwirrt, als könnte er den Namen nicht unterbringen. »Oh, Sal. Der war anders. Ein echtes Waisenkind, was heutzutage selten ist. Seine Eltern starben bei einem Autounfall, als er acht war, und er hatte keine weiteren Verwandten, er konnte nirgendwo hin. Er wurde in eines unserer besten Heime geschickt, das eine wundervolle Frau betreute. Eine Heilige, eine absolute Heilige. Wir hätten Tausende wie sie brauchen können. Aber sie bekam einen Herzinfarkt, als Sal elf war, und ich musste ein neues Zuhause für ihn finden. Er war das erste Kind, das ich bei den Nelsons unterbrachte.« Er machte eine Pause. »Ich habe Sal immer gemocht, wissen Sie. Ich hätte ihm auf jeden Fall mit Penfield geholfen. Ich habe ihm sogar einmal ein Buch geschenkt. Eines meiner Kindheits-Lieblingsbücher.«

Den Kipling, Sals geliebten Kipling.

»Hat Sal es Ihnen jemals erzählt?«

»Was erzählt?«

»Was die Kinder in Butchers Hill in der Nacht gesehen haben, in der Donnie starb? Warum sie lügen mussten, nie das Auto erwähnen durften oder die anderen Schüsse?«

Pearson schaute sie beinahe mitleidig an, bloß mochte er sie nicht genug, als dass sie ihm ernsthaft leidtat. »Miss Monaghan, lassen Sie es sein. Ja, die Nelsons und ich hatten ein für beide Seiten zufriedenstellendes finanzielles Übereinkommen, was Sie aber niemals werden beweisen können. Doch das heißt nicht, dass Luther Beale nicht Donnie Moore oder die Zwillinge umgebracht hat. Stellen Sie sich den Tatsachen. Ein Mann, der auf Kinder schießt, dem ist alles zuzutrauen.«

»Wieso rufen Sie nicht in Penfield an und sagen ihnen, dass wir dort hinkommen, um mit Sal zu reden? Wenn ich ihm drohe, seinen Helfer ins Gefängnis zu schicken, wird Sals Gedächtnis sicher viel besser werden.«

»Wenn ich das für Sie tue – wenn ich Sal überzeuge, die Wahrheit zu sagen, wie auch immer sie lautet –, lassen Sie uns dann in Ruhe?«

»Ja.« Tess erachtete das nicht als bindendes Versprechen. Über Chase Pearsons Schicksal würde sie später nachdenken. »Sie können ihn auch jetzt auf den Lautsprecher schalten, wenn Sie wollen, dann sind Sie mich noch schneller los.«

Pearson griff nach dem Hörer und wählte.

»Chase Pearson. Können Sie bitte Sal suchen und ihm sagen, ich möchte mit ihm sprechen? Ich weiß, dass heute der letzte Unterrichtstag ist, aber es ist wirklich sehr dringend.«

Mehrere Minuten vergingen. Tess dachte an Jackies

Schuhladen-Analogie – je länger jemand nach etwas suchen musste, desto geringer war die Chance, dass er es fand. Schließlich war am anderen Ende Gemurmel zu hören, aufgeregt und mit hoher Stimme.

»Sind Sie sicher?«, fragte Pearson. »Sind Sie absolut sicher? Ja, und wie lange ist das her, dass jemand ihn gesehen hat? Was ist mit dem Bodyguard passiert? Wie unfähig können Sie eigentlich sein?« Die letzte Frage musste rhetorisch gewesen sein, denn er legte auf, ohne auf eine Antwort zu warten.

»Er ist verschwunden, genau wie der Lieferwagen des Hausmeisters. Offensichtlich ist er vor dreißig Minuten auf die Toilette gegangen und nicht zurückgekommen. Sie haben in einer Kabine seine Schuluniform gefunden, also muss er das geplant haben, er muss sich die Sachen eines Handwerkers angezogen haben. Er hat sogar eine Abschiedsnotiz hinterlassen, er hat ihnen geschrieben, sie sollten sich keine Sorgen machen, er müsse verschwinden, um in Sicherheit zu sein, und am schnellsten reist, wer allein reist.«

»Herrgott.«

»Ich glaube, ich weiß, wo er hin ist.« Pearson schaute aufgeregt auf. »Es gibt da einen Ort, einen Ort, an den er immer zurückkehrt, wenn er Sorgen hat oder unglücklich ist …«

»Wohin?«

Er kniff die Augen zusammen. »Nein. Ich werde ihn allein suchen gehen.«

»Sie meinen, Sie wollen ihn zuerst für sich haben, Ihre Geschichten abgleichen und ihn überzeugen, weiterzulügen, wie er es all die Jahre getan hat.« Tess öffnete die

Klappe ihres Rucksacks, sodass Pearson die Waffe darin sehen konnte. »Wo ist Sal?«

»Er wird weglaufen, wenn Sie allein dort hingehen. Er traut niemandem außer mir.«

»Fein. Dann gehen wir zusammen.« Pearson wollte Einwände erheben, aber Tess zeigte ihm noch einmal ihre Pistole. »Ich würde Ihnen sowieso folgen, also können Sie mich auch gleich mitnehmen.«

28

Sie nahmen Pearsons Wagen, den schicken kleinen Porsche 911, den Sal so sehnsüchtig erwähnt hatte. Tess hatte sowieso das Steuer übernehmen wollen, aber als sie den Porsche sah, war sie finster entschlossen. War der mit den Einnahmen des Pflegekinder-Deals bezahlt? Das konnte sie Pearson später fragen.

»Sagen Sie mir, wohin wir fahren?«

»Noch nicht. Erst wenn wir näher dran sind.«

Sie fuhr los. Der Porsche war ein Traum. Achtzig fühlte sich an wie fünfundfünfzig, die üblichen fünfundzwanzig Minuten aus Annapolis zum Baltimore Beltway vergingen in fünfzehn.

»Und jetzt?«, fragte sie, als sie auf die Interstate 95 abbog.

»Noch nicht.« Sie fragte sich, was Pearson vorhatte. Ob er immer noch glaubte, er könnte Sal vor ihr erreichen? Wenn ja, dann unterschätzte er sie. »Aber es ist in der alten Gegend, so viel kann ich Ihnen sagen.«

»Gut.« Sie brauste an den Ausfahrten für die Innenstadt vorbei.

»Wieso nehmen Sie den McHenry-Tunnel?«, fragte Pearson misstrauisch.

»Ich glaube, wir sind schneller, wenn wir über die Eastern Avenue fahren«, log sie, als sie in die Röhre einfuhr. Plötzlich nahm sie den Fuß vom Gas und ließ den Wagen ausrollen. Hinter ihnen hupte es, es hallte von den Kachelwänden wider.

»Sie bringen uns um«, brüllte Pearson und griff nach dem Steuer, sodass der Wagen nach links schlingerte, dann zurück auf die rechte Spur.

»Vielleicht. Wahrscheinlich werde ich aber nur einen schrecklichen Stau auslösen, wir kommen stundenlang nicht hier raus, und dann ist es zu spät, um Sal zu finden. Jetzt sagen Sie mir, wo ich hinfahre. Genau.«

»Nur, wenn Sie weiterfahren.«

Tess tippte aufs Gas. Der Wagen fuhr jetzt dreißig, immer noch ein bisschen langsam für den Tunnel, aber schnell genug, dass ihnen keiner auffuhr.

»Der Kipling ist der Schlüssel«, sagte Pearson.

»Kipling?«

»Sal hatte in seinem Abschiedsbrief eine Anspielung auf eins der Gedichte gemacht. Am schnellsten reist, wer allein reist. Das hat mich an ein anderes Gedicht erinnert, das er mochte, eins, das er den anderen Kindern beigebracht hat.«

»Welches?«

»›Neben der Moulmein-Pagode, mit ’nem trägen Blick aufs Meer, / sitzt ein Burma-Mädchen, und ich weiß, sie denkt an mich; / denn der Wind ist in den Palmen und die Tempelglocke sagt: / *Come you back, you British soldier,* komm zurück nach Mandalay.‹«

»Sehr hübsch. Aber was hat das mit Sal zu tun?«

»Die Pagode. Er wird bei der Pagode im Patterson Park sein.«

Sitzt ein Burma-Mädchen. Hatte Treasure nicht gesagt, dass Destiny nach Burma gegangen sei? Die Pagode musste der sichere Ort sein, von dem Sal erzählt hatte. Aber für Destiny war er nicht sicher gewesen, sie war an ihrem Fuß gestorben. Der Porsche kroch langsam aus dem Tunnel heraus. Gut, die Schlangen an den Mauthäuschen waren nicht allzu lang. Tess entschied sich für die ganz rechts und drückte auf einen Knopf, um das Fenster herunterfahren zu lassen.

Was, wenn jemand Sal umbringen wollte? Wenn er nur zur Pagode gelockt worden war, so wie Destiny, um seinen Mörder zu treffen?

»Geben Sie mir mein Handy«, sagte sie zu Pearson. »Es steckt in der Seitentasche meines Rucksacks.«

»Wozu brauchen Sie Ihr Handy?«

»Ich glaube, dass Sal in Gefahr ist. Destiny ist bei der Pagode ums Leben gekommen, Treasure war nicht weit entfernt. Vielleicht kann die Polizei schneller dort sein als wir.«

Oder was ist, wenn Sal derjenige war, der Destiny dort hingelockt hatte? Was, wenn Sal der Mörder war? Wen wollte er dann dieses Mal umlegen?

Pearson zog ihr Telefon aus dem Rucksack, öffnete sein Fenster und warf es hinaus, direkt vor den Wagen, der gerade aus dem Tunnel kam.

»Sie gottverdammtes Arschloch.«

»Keine Polizei«, sagte Pearson ruhig. »Das war unser Deal.«

Tess wollte Einwände dagegen erheben, aber jetzt war sie an der Reihe, die Maut zu zahlen. Sie schaute hinüber zur Spur ganz rechts, wo ein Verkehrspolizist stand und den Überblick wahrte.

»Das macht einen Dollar, Ma'am«, sagte der Aufseher.

Tess schrie ohrenbetäubend los. »Er entführt mich! O mein Gott, rufen Sie die Polizei, er entführt mich, er wird mich umbringen!« Sie rammte die Schranke, die nicht ganz so leicht brach, wie sie es erwartet hatte. Na ja, Pearson war vermutlich versichert. Obwohl man einen Karosserieschaden ja nie so richtig hinbekam. Aber das war nur fair. Auge um Auge. Porsche um Handy.

»Was, zum Teufel, machen Sie da?«

»Ich besorge uns eine Polizeieskorte. Im Patterson Park läuft ein Mörder herum, und entweder ist das Sal oder der, den er dort trifft. Ihre politische Zukunft ist leider nicht ganz so wichtig unter diesen Umständen.«

»Sie sind ein Idiot«, brüllte Pearson zurück, er hielt sich an dem Griff über der Tür fest. »Sal wird Ihnen nie sagen, was Sie wissen wollen, dafür sorge ich.«

Streng genommen war es der Polizei von Baltimore verboten, in der Stadt Verfolgungsjagden mit hoher Geschwindigkeit durchzuführen, also hielt sich das Blinklicht in Tess' Rückspiegel zurück und wurde an Kreuzungen sogar noch langsamer. Zum Glück für sie waren die Ampeln an der Eastern Avenue, die einen normalerweise in den Wahnsinn trieben, perfekt synchronisiert, wenn man neunzig Meilen die Stunde fuhr. In weniger als fünf Minuten war sie an der südöstlichen Ecke des Parks, aber die Pagode befand sich an der nordwestlichen Ecke. Sie fuhr also am Südrand entlang, bog nach Norden ab, kurvte auf den Bürgersteig und verschreckte ein paar Spaziergänger mit ihren Hunden, als der Wagen nur fünfzig Meter vor der Pagode zum Stehen kam.

Sie konnte die Polizei immer noch im Rückspiegel sehen. Natürlich, sie glaubten ja, sie wäre ein Opfer, die panische Geisel eines wahnsinnigen Entführers. Sal war direkt vor ihnen, er wartete, er hatte sich eine Windjacke angezogen, als wäre es kalt. Er schaute in Richtung eines großen, muskulösen jungen Mannes in einer ausgebeulten Jeans und mit einem Tanktop, der von Osten kam. Der Mann kam ihr irgendwie bekannt vor, aber sie konnte ihn nicht einordnen. Sie stellte die Gangschaltung auf »Parken«, rasselte dabei durch alle Gänge, riss die Waffe aus ihrem Rucksack und ließ sich aus dem Wagen fallen, die ganze Zeit schrie sie.

»Er hat versucht, mich umzubringen. Er hat versucht, mich umzubringen«, rief sie und rannte in Richtung der Pagode. »Bitte, helfen Sie mir, er versucht, mich umzubringen.«

Wie sie gehofft hatte, lenkten ihre Schreie Sal und den Mann, der auf ihn zukam, ab. Sie rannte zwischen sie, sie schoss einmal in die Luft, nur um ihnen zu zeigen, dass sie wusste, wie man eine Waffe benutzte. Aber hatte es nicht auch bei Luther Beale angefangen, indem er einen Schuss himmelwärts abgab?

»Was auch immer ihr dabeihabt, lasst es fallen«, sagte sie. Sie hoffte, gefährlicher zu klingen, als sie sich vorkam. »Alle beide.«

Sal guckte erstaunt, wohingegen der muskulöse junge Mann zu lächeln begann. Jetzt fiel es ihr ein. Er war der Aufseher aus der Schule der Nelsons, aber er trug heute keine Uniform. Er hatte ihr die Lektion vom Überleben erteilt.

»Wieso glauben Sie, dass ich eine Waffe habe?«, fragte er, das runde Gesicht unschuldig und harmlos.

»Er ist der Mörder, nicht wahr, Sal? Er hatte es wahrscheinlich auf mich abgesehen, als er mich bat, heute herzukommen. Immerhin bin ich der Einzige, der noch weiß, was er getan hat. Wenn ich tot bin, ist er in Sicherheit.«

Sal schrie, er schrie wie ein kleines Kind. »Das ist nicht fair, Eldon. Wir haben geschworen, es niemandem zu sagen, niemals. Alle für einen, einer für alle. Außerdem bist du derjenige, der mich hierherbestellt hat.«

»Alle für einen und einer für alle. Genau. Aber ich kann mich nicht daran erinnern, dass du uns anderen geholfen hast, tolle Stipendien zu kriegen. Von dem Tag an, an dem sie uns getrennt haben, war jeder auf sich gestellt.«

»Aber ich wusste nicht, wo ich dich finden soll. Frag sie, sie kann es dir sagen. Ich bin sogar in ihr Büro eingebrochen, nur um deine Adresse zu finden.«

Das war also der kleine, pummelige Eldon in groß. Er hörte nicht wirklich zu. Er griff hinter sich, bemerkte Tess. Kratzte er sich am Rücken, oder zog er eine Waffe? Das war eine teuflisch schwere Entscheidung, und sie musste sie schnell treffen.

Die Bullen nahmen ihr das ab.

»Stehen bleiben«, brüllte einer, während sechs Polizisten gleichzeitig auf den Rasen liefen. »Und werfen Sie Ihre Waffen weg, jetzt. *Alle.* Sie auch, Miss.«

Tess ließ ihre .38er zufrieden fallen. Eldon schmiss eine semiautomatische Waffe zu Boden, ein gemein aussehendes Ding. Sal zog ein geriffeltes Schlachtermesser aus seiner Jacke und ließ es ins Gras fallen. Was für ein albernes kleines Ding das war, im Vergleich zu Eldons

Waffe, wie unangemessen. Aber es war natürlich nicht einfach, so kurzfristig in Penfield eine ordentliche Waffe aufzutreiben.

»Eldon hat gesagt, er braucht mich«, sagte Sal, er weinte jetzt beinahe. »Er hat gesagt, es gäbe Ärger, er brauchte meine Hilfe. Wahrscheinlich hast du Destiny und Treasure dasselbe gesagt, du Arschloch. Warum hast du sie umgebracht? Was haben sie dir getan?«

»Fick dich ins Knie, du Wichser«, sagte Eldon, die Hände auf dem Kopf verschränkt, während die Bullen ihn abklopften. »Du hast mit allem angefangen. Ohne dich wär nichts von diesem Scheiß passiert.«

Tess, die ebenfalls abgeklopft wurde, schaute die beiden an. Sie konnte ihre Fragen genauso gut jetzt stellen. »Da war ein Wagen, nicht wahr, in der Nacht, in der Donnie starb. Ein Wagen, und es fielen noch zwei Schüsse, genau wie Luther Beale es gesagt hat.«

»Ich kann mich an keinen Wagen erinnern …«, begann Sal.

Eldon zuckte mit den Achseln, eine verkrampfte Geste, weil seine Hände ja immer noch auf dem Kopf lagen. »Ein Wagen? Vielleicht. Ist egal.«

»Luther Beale ist es nicht egal.«

»Sie kapieren's wirklich nicht, was?« Eldon schaute sie verächtlich an. »Blöde Fotze, wirbelst alles auf und kapierst nichts. Nichts von diesem Scheiß ist wichtig, weil Sal nämlich Donnie Moore umgebracht hat. Nicht wahr, Sal? Oh, du warst ja so ein großer Kerl mit deiner Knarre. Du wolltest uns alle beschützen. Na, Donnie hast du bis ins Grab beschützt.«

Auf der Wache, wo die Polizisten versuchten, die verschiedenen Verbrechen des Tages auseinanderzusortieren, tat Tess der Polizeireporter des *Leuchtturm* beinahe leid. Ein junger Mann, den sie nur vom Hörensagen kannte. Herman Peters, auch genannt der Herminator, ein Mann, der angeblich niemals, absolut niemals ohne seinen Pieper unterwegs war. Er hatte rosige Wangen und dunkle Locken und sah aus wie einer dieser grinsenden Jungs, die man auf einer Schachtel Kakao abbildete. Aber er war ein zäher, knallharter Reporter, dem die Fakten und Nuancen wichtig waren, und er war nicht so leicht zufrieden mit den kleinen Schnipselchen, die man den Fernsehreportern gab.

»Ich verstehe das immer noch nicht«, hörte sie ihn drängend Tull fragen, der sich mit den Medienleuten abplagte, während seine Kollegen von der Mordkommission Eldon, Sal und Pearson verhörten. Da sich alles in der Öffentlichkeit zugetragen hatte, waren die Reporter schon wenige Minuten nach dem Showdown im Patterson Park auf der Polizeiwache aufgelaufen. »Sie sagen, Donnie Moore sei von seinem Freund Sal Hawkings erschossen worden, aber Sie werden Eldon Kane des Mordes an Keisha Moore und ihrem Freund anklagen, und außerdem wird er des Mordes an den Teeter-Zwillingen verdächtigt?«

»Derzeit gehen wir davon aus, dass Eldon ein Killer war, der im Auftrag der Nelsons arbeitete. Er hat alle umgebracht, die drohten, ihren Laden in D.C. auffliegen zu lassen. Die Kollegen dort haben gerade die Benjamin Banneker Academy durchsucht und dort einen Keller voll gestohlener Waren und einen Dachboden voller Waffen gefunden. Sie haben die Geschäftsbasis verbreitert, seit sie nach Washington gezogen sind.«

»Augenblick«, bat der Herminator. »Das verstehe ich alles nicht.«

»Okay«, sagte Tull grinsend. »Alles fängt an mit einem Pärchen, das glaubt, es könnte ein paar billige Arbeitskräfte mithilfe des städtischen Pflegesystems abgreifen. Im Grunde ein klassischer Familienbetrieb, wenn man so will.«

Sal hätte Dickens statt Kipling lesen sollen, dachte Tess, während sie zuhörte, wie Tull die dunkle Sage spann. Die Nelsons hatten Pflegekinder aufgenommen, um sie Diebesgut herbeischaffen und vertreiben zu lassen, anfangs im kleinen Rahmen. Ein Familien-Gaunerring. Die Kinder hatten Autoradios geklaut und alles andere, was nicht niet- und nagelfest war. Aber richtig Geld gab es für Waffen. Sal hatte sich sogar aus dem Lager der Nelsons selbst eine beschafft. Und als Luther Beale in jener Nacht das Feuer eröffnete, hatte Sal zurückgeschossen. Bloß konnte er nicht gut schießen, und so hatte er Donnie getroffen. Glaubte er jedenfalls.

Die Kinder hatten geschworen, niemandem je zu erzählen, was wirklich geschehen war, kein Wort zu verlieren über Waffen oder Diebesgut. Sie hatten angenommen, die Lügen würden ihre kleine Familie intakt halten, aber Donnies Tod hatte einen unaufhaltsamen Prozess in Gang gesetzt, der sie auseinanderriss.

Zwei Jahre später hatte Sal sich auf die Suche nach Pearson gemacht und ihn dazu gebracht, ihm ein Stipendium zu verschaffen, indem er drohte, ihn zu verraten. »Vielleicht habe ich Erfolg, weil ich etwas Besonderes bin«, hatte er Tess gegenüber angegeben. Und doch hatte Eldon im Grunde dasselbe getan wie Sal, er hatte die Nelsons dazu gebracht, ihm Unterschlupf zu gewähren, nachdem er geflohen war. Das hatten sie auch bereitwillig getan, solange er ihnen dann und wann eine kleine Gefälligkeit erwies. Und Destiny war klug genug gewesen, bei den Nelsons um Geld anzufragen. Oder dumm genug, wenn man das Ende der Geschichte bedachte.

Die Nelsons hatten sie durchgeschleppt, bis Eldon sie umbringen konnte, aber sie hatten Tess gebraucht, um Treasure zu finden. Und als Keisha Moore anfing, Fragen zu stellen, hatte Eldon auch sie getötet. Auf seine Art war Eldon genauso ein Überflieger wie Sal. Er fokussierte seine Energien bloß anders.

Schließlich tauchte Tyner mit Luther Beale im Schlepptau auf. Es gab auch einige Vorwürfe gegen Tess – Gefährdung anderer Verkehrsteilnehmer, Sachbeschädigung –, obwohl Tull ziemlich sicher war, dass die Anklagepunkte alle fallen gelassen werden würden. Irgendwann.

»Pearsons Versicherung wird dich nicht so leicht davonkommen lassen«, sagte Tyner düster. »Versicherungen machen keine Ausnahmen, selbst wenn man versucht, jemandem das Leben zu retten.«

»Hey, das hab ich wirklich getan, nicht wahr?« Tess, die sich fragte, welche Rolle sie eigentlich bei all den Todesfällen in Butchers Hill spielte, freute sich einen Augenblick lang. »Ich wünschte, das würde Treasure aufwiegen. Oder Keisha. Ich habe das Gefühl, als hätte ich Eldon direkt zu ihnen geführt.«

»Er hätte sie so oder so gefunden«, versicherte ihr Tull. Ein weiterer Olivenzweig. Warum nicht? Sie hatte schließlich recht gehabt.

Beale stand schweigend da. Er hielt seinen Panamahut in Händen. Er trug seinen braunen Anzug, diesmal mit einem blauen Hemd mit weißem Kragen. Tess fragte sich, ob er auch nur ein einziges Hemd hatte, das zu diesem Anzug passte.

»Ich war's also nicht?«, fragte er. »Ich hab den Jungen wirklich nicht umgebracht?«

Tull zuckte mit den Achseln, er war nicht besonders wild darauf, mit Beale Freundschaft zu schließen. »Das werden wir niemals sicher wissen. Sie haben geschossen, er hat geschossen. Donnie war tot. Es könnte jeder von Ihnen beiden gewesen sein.«

»Aber keine Jury hätte Beale verurteilt, wenn sie das gewusst hätte«, wandte Tyner ein. »Dafür gibt es auf jeden Fall eine Entschuldigung des Gouverneurs, vielleicht sogar ein wenig Geld. Ich sehe schon einen großen Prozess vor mir.«

Tull verdrehte die Augen. »Tyner, Sie können den Staat nicht verklagen, weil er seiner Pflicht nachkommt. Aber versuchen Sie's. Vielleicht kassieren Sie ja tatsächlich ein bisschen was.«

Zwei Polizisten führten Sal hinaus. Er war immer noch bloß ein Junge, musste Tess sich ins Bewusstsein rufen. Mit siebzehn war er noch nicht so alt, wie er zu sein glaubte. Und er hatte sein Verbrechen nicht geheim gehalten, weil er sich davor fürchtete, die Verantwortung für das zu übernehmen, was er getan hatte, sondern weil er seine »Familie« zusammenhalten wollte. Vielleicht hatte er wie alle anderen in Baltimore damals angenommen, dass Luther Beale für seine Tat niemals ins Gefängnis gehen würde. Was konnte ein kleiner Junge schon von den Feinheiten der Gesetze über den Gebrauch von Handfeuerwaffen innerhalb der Stadtgrenzen wissen?

»Der Dünne«, sagte Luther Beale. »Du bist der Dünne.«

Sal schaute auf. Er wirkte wütend und schuldbewusst zugleich, aber nicht ängstlich.

»Ja, ich erinnere mich auch an Sie.«

»Nun, ich habe dir etwas zu sagen«, verkündete Beale. »Ich habe dir etwas zu sagen, das alle hören sollen.«

Tull schaute Tess an, als wollte er sagen: »Ich habe dir doch gesagt, dass er ein Arschloch ist.« Nicht einmal Tess konnte wirklich glauben, dass Beale darauf bestand, jetzt eine Szene zu machen. Es reichte ihm nicht, recht zu haben. Er musste es lauthals verkünden.

»So, wie ich es sehe, haben bei dir ziemlich viele Leute Mist gebaut«, sagte Beale, und der Herminator kritzelte seine Worte eilig mit. »Die Leute, bei denen du gewohnt hast, der Mann, der dich zu ihnen gegeben hat. Sie haben dir nicht beigebracht, was richtig und was falsch ist. Aber sie waren Erwachsene und du ein kleiner Junge. Du konntest es nicht besser wissen.

Auch ich war ein Erwachsener. Wenn ich in jener Nacht nicht mit meiner Waffe auf die Straße gekommen wäre, hättest du nicht mit deiner geschossen, und Donnie Moore wäre nicht gestorben. Jedenfalls nicht in jener Nacht. Wir alle haben Mist gebaut, all die Erwachsenen in deinem Leben, wir haben dich im Stich gelassen. Mir bleibt nur zu sagen …« Er hielt inne, er spielte mit der

Krempe seines Huts, eine Geste, an die Tess sich von ihrem ersten Treffen erinnerte. »Ich kann nur sagen: Es tut mir leid.«

Epilog

August

Der ungewöhnlich schöne Sommer hatte schließlich Platz gemacht für etwas Bekannteres – heiße, feuchte Tage mit nachmittäglichen Unwettern, die gerade lang genug andauerten, um einem den Spaß an Picknicks und Barbecues zu verderben, aber nicht genug Regen mit sich brachten, um die verdorrten Gärten und Parks der Stadt zum Leben zu erwecken. In Camden Yards absolvierten die Mitarbeiter mehr Trainingseinheiten als die Orioles: Immerhin konnten sie jeden Abend die Plane ausrollen und dann wieder einrollen, wohingegen die Orioles es selten auch nur einmal um die Base schafften.

Mit anderen Worten: Alles war wieder wie immer. Die Rechnungen für Juni und Juli waren gekommen. Es blieb einem nichts übrig, als zu zahlen und weiterzumachen. Schon überdeckten neuere Skandale die verrückte Geschichte der Geschehnisse in Butchers Hill vor so vielen Jahren. »Butchers Hill?«, hatte Tess einen Mann gerade neulich morgen am Tresen bei Jimmy's sagen hören. »Ach ja, da hat doch dieser Junge versucht, diesen alten Mann zu erschießen.«

»Nein«, hatte sein Kumpel widersprochen. »Der alte Mann wollte den Jungen erschießen, weil er sein Fenster eingeschlagen hat.«

In Kittys Buchladen schob Tess einen Stapel der neuesten Luisa-May-Alcott-Entdeckung beiseite – »Wie viele Manuskripte hatte diese Frau eigentlich noch in der Schublade?«, grummelte sie –, um auf dem alten Getränketresen Platz zu schaffen für noch ein weiteres Tablett mit Häppchen. Ihre Mutter hatte offenbar tagelang gekocht, und sie brachte Tablett um Tablett mit Delikatessen herein, bis Kitty schließlich keinen Platz mehr in ihrer Kühltruhe hatte.

»Ich dachte, Judith hasst es zu kochen«, sagte Kitty, als sie versuchte, eine Platte mit Mini-Quiches zwischen den Nudelsalat und den Artischocken-Dip zu zwängen.

»So war es immer«, sagte Tess. »Aber ich glaube, sie kommt in irgendeine merkwürdige neue Phase. Warte nur, bis du die ganzen Klamotten siehst, die sie gekauft hat.«

»Passen die etwa nicht alle zueinander?«

»Erschreckenderweise nicht.«

Aber diese Party war letztlich Judiths Idee gewesen. Also war es ihr gutes Recht durchzudrehen, wenn sie wollte. »Um … was auch immer zu feiern«, hatte sie gesagt. »Also, nicht zu feiern, aber festzustellen. Ihr wisst schon …«

»Ich weiß«, hatte Tess gesagt, sie war ihrer Mutter dankbar genug, um ihr zuzustimmen. Es war nicht leicht, St. Judith zu sein. Es war nicht leicht, Gramma zu sein. Es war nicht leicht, überhaupt zu sein.

Kitty hatte gerade das Bierfass angestochen, ein süßliches Microbrew von Sissons, das schmeckte wie ein Blueberry-Muffin in einem Bierglas, als die Gäste hereinzuströmen begannen. Die meisten Weinsteins waren da, sie demonstrierten ihre Unterstützung für Judith, selbst wenn deren durchgedrehte Tochter alles durcheinandergebracht hatte. Und auch die Monaghans waren gekommen, wenn auch nur, um die merkwürdigen Umstände in Augenschein zu nehmen, die ihre snobistischen Verwandten befallen hatten. Eine schwarze Teenager-Geliebte! Eine neu entdeckte Erbin! Was glaubte Samuel Weinstein eigentlich, wer er war, Thomas Jefferson? Und dennoch mussten die Monaghans zugeben, dass die Weinsteins die Situation überraschend gelassen nahmen. Selbst Gramma hatte sich einigermaßen vernünftig verhalten, was hieß, dass sie nicht versucht hatte, den Landverkauf aufzuhalten, als sie von Tess' Plan hörte, Samantha King einen gleichen Teil zuzusprechen.

»Alle für einen und einer für alle – das sind deine Worte gewesen«, hatte Tess ihre Großmutter erinnert. »Du hast gesagt, deine Enkel und Kinder müssten lernen, miteinander klarzukommen.«

»*Meine* Kinder und Enkelkinder«, hatte Gramma gekontert. Aber mit einem kleinen Lächeln hatte sie hinzugefügt: »Ich höre, sie ist ein kluges Mädchen, sehr sportlich und hübsch. Ich weiß schon, wessen Gene das sind. Blut ist dicker als Wasser, nicht wahr?«

Tess machte sich nicht die Mühe, ihr zu widersprechen. Sicher, Blut war dicker als Wasser, aber es sagte einem nicht immer, was man hören wollte. Mehr noch als Jackie selbst war die langbeinige, braunhaarige Samantha King eine Erinnerung an die Geheimnisse, die selbst diejenigen haben können, die einem besonders nahe stehen. Tess war nicht wirklich traurig, dass Sam im Lacrosse-Camp war und deshalb nicht zu dieser Party kommen konnte. Alle arbeiteten noch an den Gefühlen, die sie in ihnen aufgewühlt hatte.

Vor allem Jackie. Nach der Konfrontation mit den Beckers hatte sie sich entschieden, das Angebot der Edelmans anzunehmen, Kontakt mit Sam aufzunehmen. Wie sie prophezeit hatte, war das für keine von beiden wirklich einfach. Sam konnte zwar die Entscheidungen, die eine entschlossene Achtzehnjährige gefällt hatte, akzeptieren, aber es irritierte sie zu erfahren, dass ihr biologischer Vater schon über sechzig gewesen war. Und obwohl sie nicht die einzige Familie, die sie je gekannt hatte, für Jackies Haushalt verlassen wollte, war sie mehr als nur ein wenig eifersüchtig, dass Jackie sich entschieden hatte, jetzt ihre eigene Familie zu gründen. Sie wollte beides. Welcher Teenager wollte das nicht?

Tull kam zur Tür herein, er trug eine Tiefkühltasche bei sich. »Kaffee-Eiscreme«, sagte er.

»Ich wusste, egal, was du mitbringst, es würde koffeiniert sein. Wie ist das Leben auf den mörderischen Straßen?«

»Erfreulicherweise kann ich dir mitteilen, dass Baltimore seit achtundvierzig Stunde keine neue Leiche mehr hervorgebracht hat. Vielleicht bin ich bald arbeitslos. Wo ist der Ehrengast?«

»Verspätet. Um Jackies Pünktlichkeit ist es auch nicht mehr so toll bestellt. Sie hat herausbekommen, dass sie manches im Leben nicht zwingen kann, sich nach ihrem Zeitplan zu richten.«

Aber da war Jackie auch schon. Sie kam zur Tür herein, in einem gelb karierten Sommerkleid, und balancierte den Ehrengast auf der Hüfte, in einem passenden gelben Outfit.

»Wie geht's meiner Kleinen«, fragte Tess und griff nach Laylah. Aber Judith war schneller gewesen.

»Darf ich?«, fragte sie vorsichtig und wiegte das Mädchen in ihren Armen. »Oh, Jackie, du hast ihr die Sachen angezogen, die ich dir geschickt habe. Sie sieht zu süß aus.«

»*Einige* der Sachen, die du geschickt hast«, korrigierte Jackie. »Vielen Dank, dass du eine Party gibst, um die Adoption zu feiern. Aber es wird noch ein paar Monate dauern, bis der ganze Papierkram erledigt ist.«

»Das sind doch nur noch Formalitäten«, sagte Judith. »Was mich anbetrifft, so ist Laylah deine Tochter.«

Laylah hatte Judith fasziniert ins Gesicht gestarrt und griff nun nach einem ihrer Ohrringe. Judith lachte, steckte die Ohrringe in die Schürzentasche und begann, mit dem Baby auf dem Arm durch den Raum zu stolzieren, sodass alle sich über den kleinen Ehrengast freuen konnten.

»Ich schulde dir was, Jackie«, sagte Tess. »Ich habe das Gefühl, die nächsten paar Jahre jedenfalls muss ich keine Enkelkinder beisteuern.«

»Ich hab geholfen«, sagte Tull. »Nicht vergessen, ich hab geholfen.«

Und das hatte er wirklich. Er hatte Laylah im Pflegefamiliensystem ausfindig gemacht, während Onkel Donald alle Gefälligkeiten einforderte, die ihm irgendjemand beim DHR schuldete. Die zuständigen Beamten hatten sich anfangs quergestellt. Man hatte ihnen mitgeteilt, es sei ausgesprochen ungewöhnlich, eine allein lebende Frau ein Baby schon zu sich nach Hause nehmen zu lassen, bevor das Adoptionsverfahren abgeschlossen war.

»Wäre das genauso ungewöhnlich, wie das Kind einer Frau im System zu verbummeln und dann zu versuchen, von ihr Kindesunterhalt zu kassieren?«, hatte Donald ganz unschuldig gefragt. Von da an war es ganz einfach gewesen.

Wenn in Zukunft nur alles so einfach sein könnte. Für Jackie und Sam, für Jackie und Laylah. Würde es Laylah bei Jackie besser gehen als bei Keisha? Darüber würde Tess nicht mehr so einfach urteilen. Laylah würde finanziell besser dastehen, und sie würde geliebt werden. Aber eines Tages würde sie anfangen, Fragen zu stellen, und die Antworten würden viel verstörender ausfallen, als es bei Samantha King gewesen war. Blut ist dicker als Wasser. Manchmal zu dick.

Und auch Eldon hatte endlich ausgepackt. Erst hatte er dichtgehalten, aber seine Loyalität zu den Nelsons war nun auch wieder nicht so groß gewesen, dass er sich vier Morde ankreiden lassen wollte. Also mussten die Nelsons sich nun in zwei Gerichtsbezirken verantworten. Wieder kassierten sie doppelt, sie blockierten zwei Gerichte, zwei Staatsanwälte, zwei Jurys. Chase Pearson sollte in Baltimore gegen sie aussagen, obwohl er nur ein kleines Licht war. Es war fast peinlich, wie wenig er für seine Unterstützung eines mittlerweile millionenschweren Schwarzhandelsrings kassiert hatte. Man machte sich über ihn lustig, sein Name war Synonym für Ignoranz und verpasste Gelegenheiten geworden. Als ein Regierungsbeamter kürzlich etwas besonders

Dummes getan hatte, schrieb der *Leuchtturm*, er habe »sich einen Pearson geleistet«. Man konnte durchaus als vorbestrafter Knastbruder in die politische Landschaft Marylands zurückkehren. Aber nur Kirschen geklaut zu haben, wenn ein ganzer Kuchen auf dem Tisch stand – das wurde nicht vergeben.

Jackie sagte zu Tess: »Du siehst gut aus. Und so, als ob es dir gut geht.« Und das tat es. Sie hatte ihr Haar hochgesteckt und trug ein schwarzes Leinenkleid, das Jackie für sie bei Ruth Shaw ausgesucht hatte. Dazu Ohrringe – Onyx in echtem Gold. Nur die schwarz-gelben Pumps dazu hatte sie verweigert. Zu passend sollte ihr Outfit nun auch nicht ausfallen. Sie war schließlich nicht ihre Mutter. Noch nicht.

»Der Job läuft gut, ich muss Aufträge ablehnen. Alle wollen die Privatdetektivin anheuern, die den Fall Luther Beale geklärt hat. Keine Kritik, Martin.«

»Kein Thema, Tess.«

Tess betrachtete ihre beiden Freunde. Zu Beginn des Sommers hatte sie sich so allein gefühlt. Was hatte Kitty noch gesagt? Sie war ein Don Quijote auf der Suche nach Sancho. Aber Jackie war kein Sancho und Tull auch nicht. Sie waren auf ihre Art alle Don Quijotes, jeder musste mit seinen eigenen zerstörten Illusionen klarkommen.

In den Nestern vom letzten Jahr gab's dieses Jahr keine Küken. Aber es würde neue Nester geben, nicht wahr? Man konnte sich von seinen Illusionen verabschieden und sich neue zulegen. Zumindest hoffte sie das. Sie wusste immer noch nicht, was mit dem richtigen Don Quijote passiert war.

Sal Hawkings kam zur Tür rein, er hielt ein kleines Päckchen in der Hand. Er trug Jeans und ein T-Shirt, beide voller Farbspritzer. Er half Beale, Häuser in der Fairmount zu renovieren. Das hatte nicht etwa das Gericht angeordnet; dort hatte man entschieden, Sal des Mordes an Donnie Moore nicht anzuklagen. Es war ein Unfall gewesen, und er war damals erst zwölf. Mittlerweile hatte man das Gefühl, er wäre keine siebzehn, sondern zehn, als versuche er, die Kindheit nachzuholen, die er nie gehabt hatte.

»Mr. Beale ist draußen im Auto, aber er hat gesagt, ich soll das hier abgeben. Macht ihr's gleich auf?«

»Klar«, sagte Jackie. Sie knotete das Band auf und hob ein herzförmiges Medaillon aus einem Wattebett. Ein Medaillon, an das Tess sich gut erinnerte. Sie war überrascht, dass Beale sich davon trennte. Aber Beale überraschte sie eben immer wieder. Er hatte es abgelehnt, die Stadt zu verklagen, eine Entschuldigung reichte ihm. Wenn sie versuchte, mit ihm darüber zu reden, was in jener Nacht vorgefallen war, dann sagte er nur, es sei nicht so wichtig, die Vergangenheit sei Vergangenheit, er sei damit beschäftigt, über die Zukunft nachzudenken. Wo sollte Sal aufs College gehen, beispielsweise? Er hatte gehört, Princeton sei nett, aber er fragte sich, ob ein College näher an Zuhause nicht besser wäre. St. John's in Annapolis? Johns Hopkins?

»Mach auf«, drängte Sal. »Da ist ein kleiner Haken an der Seite. Ich zeig's dir.«

Das Foto drinnen zeigte einen Jungen, dessen Mund ein wenig offen stand, die Augen leuchteten. Das kleine Herz war aus einem körnigen, überbelichteten Farbfoto ausgeschnitten worden, aber man konnte trotzdem die Freude im Blick des Jungen erkennen. Vielleicht war Weihnachten, oder er hatte Geburtstag. Oder er war bei McDonald's. Es brauchte so wenig, ein Kind glücklich zu machen. Es brauchte so viel.

»Das ist ihr Bruder Donnie«, sagte Sal. »Also, Halbbruder, schätze ich. Seine Tante hatte ein paar Fotos, sie hat uns eins gegeben. Irgendwann, wenn Laylah älter ist, kannst du ihr erzählen, dass sie einen Bruder hatte und dass er ein toller Kerl war.«

Jackie bedankte sich bei Sal, sie hatte Tränen in den Augen und reichte das Medaillon an Tess weiter, die sich fragte, ob und wie jemand die Geschichte der Ereignisse in Butchers Hill erzählen könnte. Wo sollte man anfangen? In der Nacht, in der Luther Beale mit seiner Pistole auf die Straße gegangen war? Oder an dem Tag, an dem er in ihr Büro kam? Hatte alles damit begonnen, dass Chase Pearson Sozialarbeiter wurde, oder mit Donnie Moores Geburt? Oder schon, als Luther Beale geboren wurde, stur und rechthaberisch, und das Schicksal ihn auserkoren hatte für ein tragisches Zusammentreffen und einen Spitznamen, den er nie wieder loswurde? Der Schlachter von Butchers Hill. Wo fing irgendetwas an?

Vor langer Zeit hattest du einen Bruder, der hieß Donnie Moore, und er war ein toller Kerl.

Man konnte in schlechterer Erinnerung bleiben.

Danksagung

Mein Dank gilt den üblichen Verdächtigen: John Roll und Joan Jacobsen, meinen ersten Lesern; Mike James, Peter Hermann, Kate Shatzkin und vielen weiteren Kollegen bei der *Baltimore Sun*, die mich mit Rat und Tat unterstützt haben; Holly Selby und Connie Knox hätte ich schon lange Dank sagen müssen, aber sie kennen mich gut genug, um mir diese Verspätung zu verzeihen.

Ich bedanke mich bei Lee Anderson, dem besten Rechercheur, den ich kenne, und bei Patti White, die uns miteinander in Kontakt gebracht hat.

Außerdem möchte ich mich bei jedem Helfer und Freiwilligen bedanken, der mir jemals eine Frage über Obdachlosigkeit, Armut, Sorgerecht, Pflegefamilien, Adoptionen oder Sozialhilfe beantwortet hat. Ihr macht Baltimore – und die Welt – zu einem besseren Ort.

KAMPA VERLAG

Laura Lippman

Wenn niemand nach dir sucht

Roman

Aus dem amerikanischen Englisch von

Kathrin Bielfeldt und Jürgen Bürger

Schon vor acht Monaten ist Cleo Sherwood verschwunden. Abgesehen von ihren Eltern und ihren beiden Söhnen scheint sich niemand darum zu scheren. Im Jahr 1966 interessieren sich weder Polizei noch Öffentlichkeit oder Presse für eine schwarze Frau, die als vermisst gilt. Madeline »Maddie« Schwartz, die als Redaktionsassistentin beim *Baltimore Star* arbeitet, hat sich erst vor Kurzem von ihrem Mann getrennt und klare Vorstellungen von ihrer Zukunft: sich nicht länger nur darum kümmern, dass ihr Haushalt streng koscher ist, endlich sich selbst verwirklichen – und den eigenen Namen unter ihren Artikeln lesen. Als Maddie von einer Frauenleiche hört, die im Brunnen eines Parks gefunden wurde, wittert sie die Story ihres Lebens. Ihr Ehrgeiz ist geweckt. Sie ahnt nicht, wie viel Ärger ihr diese Geschichte einbringen wird – eine Geschichte, die niemand hören will.

»Laura Lippman zeigt, was Frauen in den sechziger Jahren zu sein hatten und was sie sein wollten, in Zeiten, die alles andere als rosig waren. Ein besonderer, ein außerordentlicher Roman.«

Stephen King

LAURA LIPPMAN
IM KAMPA VERLAG

Der Geliebte der Verlobten

Der erste Fall für Tess Monaghan

Aus einem Gefälligkeitsdienst wird bitterer Ernst: Tess Monaghan, Ex-Journalistin und Aushilfsbuchhändlerin, ermittelt in einem Mordfall.

Die Witwe des Millionärs

Der zweite Fall für Tess Monaghan

Big news, big trouble. Es ist der Scoop des Jahres für den Baltimore Beacon: Ein Millionär hat Dreck am Stecken. Dann ist er tot.

Die Frau im grünen Regenmantel

Ein Fall für Tess Monaghan

Mit ihren 35 Jahren gilt Privatdetektivin Tess Monaghan als Risikoschwangere und muss sich schonen. Aber sie kann es nicht lassen – und ermittelt vom Bett aus.

Weitere Bände in Vorbereitung.

PATRICIA CORNWELL
IM KAMPA VERLAG

Post Mortem

Der erste Fall für Kay Scarpetta

Dr. Kay Scarpetta, seit Kurzem Leiterin der Gerichtsmedizin in Richmond, Virginia, erhält frühmorgens einen Anruf: »Mr. Nobody« hat wieder zugeschlagen, ein grausamer Serienkiller, der Frauen erwürgt – immer am Samstagmorgen und ohne jedes erkennbare Motiv.

Flucht

Der zweite Fall für Kay Scarpetta

Im Kühlraum der Gerichtsmedizin von Richmond liegt die übel zugerichtete Leiche einer jungen Schriftstellerin. Die Autopsie ist abgeschlossen, doch wie es zu dem grausamen Mord kommen konnte, ist Dr. Kay Scarpetta ein Rätsel.

DER NEUE FALL

Autopsie

Ein Fall für Kay Scarpetta

Dr. Kay Scarpetta ist wieder da, wo alles begann. Aber nach Scarpettas Start als leitende Gerichtsmedizinerin von Virginia dauert es keine vier Wochen, bis sie es mit einem verstörenden Fall zu tun bekommt: Eine Frau wurde brutal ermordet, ihre Leiche auf einem Bahngleis »drapiert«.

Weitere Bände in Vorbereitung.

Wenn Ihnen dieses KAMPA POCKET
gefallen hat, gefällt Ihnen vielleicht auch der
Lesetipp auf der gegenüberliegenden Seite.

Schicken Sie uns bitte Ihren LIEBLINGSSATZ
aus einem Kampa Pocket, bei einer Veröffentlichung auf unseren Social-Media-Kanälen
bedanken wir uns mit einem Buchgeschenk:
lieblingssatz@kampaverlag.ch